Gina Mayer · Alle Augen auf dich

Bisher von Gina Mayer bei script5 erschienen:

In guten wie in toten Tagen

Gina Mayer

Alle Augen auf dich

Thriller

script5

FSC
www.fsc.org
MIX
Papier aus verantwortungsvollen Quellen
FSC® C083411

ISBN 978-3-8390-0165-3
1. Auflage 2014

script5 ist ein Imprint der Loewe Verlag GmbH, Bindlach
Umschlaggrafik: iStock © artvea
Umschlaggestaltung: Franziska Trotzer
Printed in Germany

www.script5.de

Du hast das Meer gespalten durch deine Kraft,
zerschmettert die Köpfe der Drachen im Meer.
Du hast dem Leviathan die Köpfe zerschlagen
und ihn zum Fraß gegeben dem wilden Getier.
Du hast Quellen und Bäche hervorbrechen lassen
und ließest starke Ströme versiegen.
Dein ist der Tag und dein ist die Nacht.

Psalm 74, 13–16

1

Der Umschlag im Briefkasten. Er riss ihn auf und zog zwei Flugtickets heraus. Vom Flughafen Köln-Bonn nach Curaçao. Am 15. August ging es los. Zwei Wochen Karibik.

Jo schloss die Augen und sah einen weißen Sandstrand vor einem tiefblauen Meer. Möwenschreie gellten in der Ferne. Gab es in der Karibik überhaupt Möwen? Er war noch nie dort gewesen. Und für Myriam wäre es ebenfalls das erste Mal.

Unser Traumurlaub, dachte Jo. Sie hatten ihn nötig. Um ein Haar hätten sie sich in den letzten Monaten verloren. Vor lauter Stress. Vor lauter Dummheit.

Aber sie hatten sich nicht verloren. Sie hatten sich wiedergefunden. Und ihre Beziehung war stark wie nie zuvor.

»Wir gehören zusammen«, murmelte Jo.

Und hörte ein Lachen, aber es war nicht echt, es war nur in seinem Kopf. Es war Simon, den er lachen hörte. Wen willst du überzeugen?, fragte Simon.

»Halt's Maul«, knurrte Jo.

Er legte die Tickets auf den Tisch im Wohnzimmer. Beschloss, eine Flasche Blue Curaçao zu kaufen und weißen Rum und Kokoslikör. Obstsäfte und Eis und exotische Früchte. Der Supermarkt an der Ecke hatte auf bis um zehn. Er würde Myriam einladen und ihr ein paar Cocktails mixen. Und nach dem ersten Glas würde er ihr die Tickets zeigen. Und dann würde sie ihn anlächeln, wie sie ihn in der letzten Zeit nur selten angelächelt hatte, und würde ihn küssen, ein Vorgeschmack auf den Urlaub. Ein Vorgeschmack auf ihr Glück.

Dachte Jo und zog sein Handy aus der Tasche und wählte Myriams Nummer.

Sie ging aber nicht ran.

Stattdessen klingelte es an der Tür. Vermutlich war sie das. Schade, er hätte lieber vorher die Zutaten für die Cocktails besorgt.

Jo drückte auf den Türöffner, machte gleichzeitig die Wohnungstür auf und lächelte Myriam entgegen.

Sein Lächeln erlosch, als er die große Rothaarige sah, die jetzt die Treppe hochkam. Gefolgt von einem bulligen Typ mit Lederjacke und Pickeln im Gesicht.

»Herr Steiner?« Die Frau zog einen Ausweis aus der Tasche. »Kriminalkommissarin Fröhlich, das ist mein Kollege Dürr. Dürfen wir einen Moment reinkommen?«

Sie trat einen Schritt auf ihn zu. Er wich nicht von der Schwelle.

»Worum geht es denn?«, fragte er und hörte, wie seine Stimme zitterte. Blöde Frage, dachte er. Du weißt doch genau, worum es geht. Du bist aufgeflogen, gleich beim ersten Mal.

Die Kriminalkommissarin trat noch näher. Sie roch nach Oregano. Vermutlich hatte sie gerade Pizza gegessen. Oder es war ihr Parfüm. Oregano-Parfüm.

»Es geht um Myriam Bellinger«, sagte sie.

Es ging um Myriam. Im ersten Moment spürte er nichts als Erleichterung. Erst dann klickte etwas in seinem Kopf und er verstand.

»Was ist mit Myriam?«

»Dürfen wir reinkommen?«, fragte Frau Fröhlich.

Lass die Bullen nicht in die Wohnung, bist du bescheuert, sagte Simon, während Jo einen Schritt zur Seite trat und die Beamten einließ. Er fragte sich plötzlich, ob sie wirklich von der Polizei waren. Er hatte sich die Ausweise gar nicht richtig angesehen. Aber jetzt war es zu spät. Jetzt standen sie in der Wohnung.

»Frau Bellinger ist Ihre Freundin, ist das richtig?«, fragte die Kommissarin und zupfte dabei nervös an ihren roten Haaren.

»Ist ihr was passiert?«, fragte Jo zurück.

»Sie wurde heute Abend in ihrer Wohnung überfallen und entführt.«

»Myriam? Entführt? Das ist doch … Wer sollte denn so was tun?«

»Frau Bellinger ist Ihre Freundin«, wiederholte Frau Fröhlich. »Das stimmt doch?« Zupf, zupf, zupf. Wenn sie nur endlich ihre Haare in Ruhe gelassen hätte.

Er nickte. »Wir sind seit zwei Jahren zusammen. Was ist mit Lily?«, fragte er dann. »Myriams Mitbewohnerin?«

»Sie war unter der Dusche, als die Entführer kamen. Und wollte Ihrer Freundin zu Hilfe eilen, da hat man sie niedergeschlagen«, sagte Frau Fröhlichs Kollege. Dürr hieß er, jetzt fiel es Jo wieder ein.

»Ist sie …?«

»Alles so weit in Ordnung«, meinte Dürr. »Wir haben sie ins Krankenhaus gebracht, sie war nur kurz ohnmächtig. Allerdings hat sie von der Entführung nichts mitbekommen.«

Jo ließ sich auf einen Stuhl fallen, starrte auf den Tisch, auf die klebrigen Kaffeeringe, auf die Fettflecken, auf die Krümel. Auf die beiden Flugtickets. Gestern hatte er hier mit Myriam gefrühstückt. Mim. Er merkte, wie ihm plötzlich schlecht wurde. Die Aufregung. Und der viele Wodka, den er letzte Nacht getrunken hatte.

»Alles in Ordnung, Herr Steiner?«

Alles in Ordnung? Er sah die Kommissarin ungläubig an. Nichts war in Ordnung, Mim war weg, ein Wahnsinniger hatte sie überfallen und entführt.

»Ich meine, ist mit Ihnen alles in Ordnung?«

»Wir wollen in drei Wochen in den Urlaub fliegen. Curaçao«, sagte er.

Frau Fröhlich nickte und lächelte ihm aufmunternd zu, als wäre das alles überhaupt kein Problem. »Erzählen Sie mir von Myriam«, sagte sie. »Sie ist Schauspielerin, nicht wahr?«

»Wollen Sie sie nicht lieber suchen, anstatt mich hier zu interviewen?«, fragte er gereizt. »Vielleicht haben die Nachbarn was gesehen. Das Auto, vielleicht hat jemand sogar das Kennzeichen erkannt …«

»Das haben wir alles längst in die Wege geleitet«, sagte Frau Fröhlich. »Wir tun, was wir können, um Ihre Freundin zu finden. Aber es ist jetzt sehr wichtig, dass wir uns ein Bild von ihr machen können.« Zupf, zupf, zupf. Die Frau machte ihn nervös.

»Die Nachbarn können Sie vergessen«, sagte Jo. »Die Wohnung unter Myriam und Lily ist leer, die im ersten Stock sind im Urlaub und die alte Frau im Erdgeschoss ist total verwirrt. Die würde nicht mal was mitkriegen, wenn sie selbst entführt würde.«

»Erzählen Sie uns von Ihrer Freundin«, sagte Frau Fröhlich.

»Sie hat die Hauptrolle in einer Serie. Aber das wissen Sie doch bestimmt schon von Lily. Oder haben Sie sie noch nicht befragt?«

»Wir kommen gerade aus dem Krankenhaus. Aber wir konnten nur kurz mit ihr reden.«

»*Missing*«, sagte Jo. »So heißt die Serie.«

»Läuft das im Fernsehen?« Frau Fröhlich hörte für einen Moment auf, an ihren Haaren zu zupfen, und zog einen Block aus der Tasche. »Worum geht es denn?«

»Die Serie kriegen Sie nur übers Internet. Und es geht um eine Entführung.« Jo merkte, wie ihm noch schwindliger wurde. *Es geht um eine Entführung.* Warum fiel ihm das erst jetzt auf? »Das ist doch kein Zufall«, sagte er. »Oder?«

»Was?« Herr Dürr verstand gar nichts. »Meinen Sie … dass man Frau Bellinger wegen der Serie entführt hat?«

»Worum geht es in der Serie genau?«, fragte Frau Fröhlich.

»Die Handlung ist total bescheuert. Ein Mädchen wird gekidnappt, das ist Mim, also Myriam. Und Lily spielt ihre beste Freundin. Die Eltern, also Mims Serien-Eltern, haben sich gerade scheiden lassen und streiten sich, wer das Lösegeld zahlen soll. Und Noemi, also die Tochter, sitzt in einem finsteren Keller. Ihre Freundin Lara, das ist Lily, fängt an, sie zu suchen. Und am Ende der Staffel findet sie sie auch.«

»Wie lange läuft das Ganze schon?«, fragte Herr Dürr.

»Bei Internetserien ist das nicht wie im Fernsehen, dass man eine Folge nach der anderen ausstrahlt. Da erscheint die ganze Staffel auf einmal. Das Ganze wurde im Mai ins Netz gestellt. Ist auch ziemlich erfolgreich. Also, wenn man bedenkt, dass es nur im Internet läuft.«

Missing, schrieb Frau Fröhlich auf ihren Block und umkringelte das Wort. »Also ist ihre Arbeit beendet?«

Jo schüttelte den Kopf. »Sie arbeiten an der zweiten Staffel.«

»Gab es denn irgendwelche Vorfälle?«, fragte Herr Dürr. »Ich meine, aufdringliche Fans oder wurde Myriam bedroht oder angegriffen oder Ähnliches?«

»Nicht dass ich wüsste«, sagte Jo. »Aber fragen Sie mal Holm. Er ist der Produzent der Serie. Die Firma heißt Chamaeleon.« Er stand auf und ging zu der Kommode neben der Tür. Zog die oberste Schublade auf und wühlte darin herum, bis er eine Visitenkarte fand, die er Herrn Dürr reichte. »Das ist seine Karte.«

»Danke.« Dürr gab sie an Frau Fröhlich weiter, die sie einsteckte.

»Und Sie?«, wandte sie sich an Jo. »Was machen Sie beruflich?«

»Ich schreibe Drehbücher.« Oder auch nicht. Sein letztes Script hatte er vor über einem Jahr beendet. Seitdem suchte er nach einem Produzenten. Und fand keinen. Interessante Idee, leider nicht realisierbar. Zu aufwendig, zu unkonventionell, zu anspruchsvoll. Das waren die Rückmeldungen, die er bekam. Er hielt sich mit Gelegenheitsjobs über Wasser. Taxifahren, Kellnern, manchmal arbeitete er auch auf Filmsets. Das Geld, das er damit verdiente, reichte hinten und vorne nicht. Hätte nicht gereicht. Wenn Mahler nicht gewesen wäre. Aber das gehörte jetzt nicht hierher.

»Aha.« Die Kriminalkommissarin machte sich wieder eine Notiz. »Und was ist mit Frau Bellingers Eltern? Wir haben versucht, sie zu erreichen, aber es ging niemand ans Telefon.«

»Sie wohnen in Düsseldorf. Der Vater ist Pfarrer. Und die Mutter macht irgendwas Soziales. Keine Ahnung, warum sie nicht ans Telefon gehen. Vielleicht sind sie im Urlaub.«

»Kennen Sie sie persönlich?«

»Ich hab sie ein paarmal gesehen.« Myriams Eltern mochten ihn nicht. Und er mochte sie auch nicht. Aber auch das würde er den Bullen bestimmt nicht auf die Nase binden.

»Die haben überhaupt keine Kohle«, sagte er. »Also, wenn es um Lösegeld geht …«

»Gibt es Geschwister?«

»Drei. Zwei Schwestern, ein Bruder. Glaube ich jedenfalls. Ich hab allerdings keine Adresse. Auch von den Eltern nicht.«

»Das kriegen wir schon raus.«

Frau Fröhlich kritzelte wieder etwas in ihr Buch, dabei gab es eigentlich nichts zu schreiben. Dann wollte sie noch etwas fragen, aber dazu kam es nicht, weil jetzt ihr Handy klingelte.

»Hallo, Wiebke«, sagte Frau Fröhlich. Und dann: »Was, echt? So schnell?«

Sie zögerte einen Moment lang. »Ja, wenn ihr alle durchhabt, könnt ihr zurück ins Präsidium. Wir treffen uns in einer halben Stunde zur Besprechung.«

Sie steckte das Handy wieder ein.

»Niemand hat was gesehen«, sagte Jo. »So ist es doch, oder?«

Frau Fröhlich zupfte an ihren Haaren und antwortete nicht.

Sie teilten ihm noch mit, dass er am nächsten Morgen zur Befragung ins Präsidium kommen sollte. Kriminalinspektion 1, Kriminalkommissariat 13.

Dann ließen sie ihn allein. Er starrte auf die Tickets auf dem Tisch. Zwei Wochen Karibik. Vorhin war es ihm schon unrealistisch vorgekommen. Jetzt erschien es geradezu lächerlich.

Mim war entführt worden. Irgendein Psychopath war in ihre Wohnung eingedrungen und hatte sie verschleppt. Auch das war absurd.

Jo trat ans Fenster, das auf einen hässlichen Lichtschacht hinausführte. Unten im Hof standen die Mülltonnen, und wenn man in die Knie ging und den Kopf schief legte, sah man oben ein kleines Stück Himmel. Jo stellte sich vor, wie Myriam ihre Wohnungstür aufmachte, da standen zwei Typen mit Strumpfmasken über den Gesichtern. Wie sie wohl reagiert hatte? Sie hat gelacht, dachte er. Bis sie merkte, dass es kein Witz war. Und dann? Hatte sie geschrien. Um sich geschlagen, sich gewehrt. Es hatte ihr aber nichts genützt. Die Typen waren stärker.

Vielleicht war es auch ganz anders abgelaufen. Ohne Strumpfmasken, ohne Lachen. Weil Myriam die Männer kannte, weil sie sofort gemerkt hatte, dass etwas nicht stimmte.

Auf jeden Fall war Lily aus dem Bad gestürzt und war niedergeschlagen worden. Im Unterschied zu Myriam sah Jo Lily ganz deutlich vor sich. Sie lag auf dem Boden und ihre Locken lagen um ihr Gesicht herum wie ein dunkles Kissen. Die Augen waren geschlossen, die Lippen leicht geöffnet, dahinter glitzerten die Zähne, Lilys weiße Schneidezähne, die ein bisschen schief waren. Sie war nur mit einem Handtuch bekleidet, und das hatte sich gelöst, als sie gefallen war. Er sah ihre Brüste, die viel größer und weicher waren als die von Myriam. Warum dachte er jetzt an Lily, er wollte nicht an sie denken, Mim war verschwunden, sie war in größter Gefahr und er dachte an Lily.

»Wo bist du, Mim?«, flüsterte Jo.

Und schüttelte den Kopf über sich selbst. Er klang wie eine Figur aus einem seiner Drehbücher. Kein Wunder, dass die keiner kaufte.

Er ging zum Kühlschrank, riss ihn auf und starrte auf ein Glas, in dem drei Würstchen in einer trüben Flüssigkeit schwammen. Eine Tube Senf und vier Eier. Eine halbe Flasche Weißwein. Kein Bier. Er brauchte aber ein Bier. Er beschloss, zur Tankstelle in der Neusser Straße zu fahren, als es wieder klingelte.

Entwarnung, dachte er erleichtert. Sie haben sie gefunden. Diese Fröhlich ist noch mal zurückgekommen, um es mir persönlich zu sagen.

Es war aber nicht die Kommissarin.

»Hier ist das Sandmännchen«, sagte eine Männerstimme durch die Gegensprechanlage. »Mach auf, ich hab dir auch was mitgebracht.«

Simon. Jo zögerte einen Moment, dann drückte er widerwillig auf den Türöffner. Ausgerechnet Simon. Er war der Letzte, den er jetzt sehen wollte. Simon fand Myriam spießig und Myriam hasste Simon mit großer Inbrunst.

»Hi!« Nun kam er auch schon die Treppe hoch, einen Sixpack in der einen, eine Flasche Wodka in der anderen Hand. Und hob jetzt beides und winkte Jo damit verheißungsvoll zu.

»Heute ist ganz schlecht …«, begann Jo, aber weiter kam er nicht.

»Ach Quatsch. Heute *war* vielleicht schlecht, aber jetzt wird alles gut, Alter!«

»Es ist was passiert.«

Simons Gesicht wurde schlagartig ernst. »Bist du etwa aufgeflogen?« Er senkte seine Stimme zu einem Flüstern, obwohl er inzwischen in der Wohnung war und die Tür hinter sich geschlossen hatte. »Hast du das Ding vermasselt? Scheiße, Jo. Sag nicht, dass du es verbockt hast.«

»Blödsinn. Es geht nicht um mich. Es geht um Mim.«

»Myriam.« Simon entspannte sich. »Sie hat also endlich Schluss gemacht. Oder ist sie schwanger?« Er grinste über das ganze sommersprossige Gesicht. Seit seinem vierzehnten Lebensjahr soff Simon Lübke wie ein Gully und qualmte wie Lilys alter Polo und stand auch ständig mit einem Fuß im Knast. Aber mit seinem runden, rotwangigen Gesicht, seinem Bürstenhaarschnitt und der

Stupsnase wirkte er so unschuldig, fröhlich und gesund wie ein Junge vom Land.

»Hör doch auf. Sie ist entführt worden.«

»Was?« Ein ungläubiges Lächeln. »Hallo?«

»Kein Scheiß. Heute Abend sind zwei Typen in ihre Wohnung eingedrungen und haben sie mitgenommen.«

»Komm schon. Alter, wir sind hier in Köln und nicht in Mexico City ...«

»Meinst du, ich mach Witze über so was? Ich bin total fertig. Sei nicht sauer, aber ich ... möchte jetzt lieber allein sein.«

Ich möchte jetzt lieber allein sein. Das war viel zu subtil für Simon. Wenn Jo ihn an den Schultern gepackt und mit Fußtritten zur Tür befördert hätte, wäre er vielleicht abgehauen. Aber so zuckte er nur mit den Schultern und ging an ihm vorbei in die Küchenecke. Er verstaute den Wodka im Kühlschrank, zog zwei Flaschen aus dem Sixpack und sein Feuerzeug aus der Tasche. Pffffff! machte die erste Flasche, pffff! die zweite. Simon nahm einen langen Zug und wischte sich mit dem Handrücken den Mund ab. Dann drückte er die andere Flasche Jo in die Hand. Holte seine Kippen aus der Hosentasche und steckte sich eine an. Obwohl er genau wusste, dass Jo es hasste, wenn er in seiner Wohnung rauchte.

»Wer macht denn so was?«, murmelte er, während er den Rauch zur Decke blies. »Das ist doch kein Zufall.«

»Keine Ahnung. Die Typen haben Lily bewusstlos geschlagen. Als sie wieder aufgewacht ist, waren sie mit Mim weg.«

Simon ließ sich auf Jos Schlafsofa fallen, das seit Wochen nicht mehr eingeklappt worden war. Rauchte und schüttelte dabei die ganze Zeit den Kopf. Jo zögerte noch einen Moment, dann setzte er sich neben ihn.

Sie kannten sich seit der Schule, von der Fünften bis zur Achten waren sie gemeinsam aufs Gymnasium gegangen, dann hatte Simon zweimal wiederholt und war schließlich abgegangen. Vor ein paar

Jahren hatte er mit Ach und Krach seinen Hauptschulabschluss bestanden. Und jetzt hielt er sich mit Gelegenheitsjobs über Wasser. Eine Schande, fand Jo. Simon war nicht blöd, nur unendlich faul und undiszipliniert.

Weiß gar nicht, was du hast, sagte Simon immer, wenn Jo wieder davon anfing, dass Simon sein eigenes Leben zerstörte. Andere Leute haben Abi und studiert und trotzdem keinen Job. Andere Leute, sagte er. Und meinte natürlich Jo damit.

»Wer macht so was?«, fragte Simon. »Das ist doch die Frage.«

Jo schnaubte verächtlich. »Das ist doch keine Frage. Myriam sieht super aus und wohnt nur mit einer anderen Frau zusammen. Vielleicht ist ihr einer nachgegangen.«

»Hast du mir nicht erzählt, dass die eine Dachwohnung haben? Das ist doch ein totales Risiko, da einzusteigen. Nee, wenn der Entführer irgendeine gewollt hätte, hätte er sich eine Joggerin im Park geholt. Aber er hat sich Myriam gegriffen.«

»Ein irrer Fan«, sagte Jo. »Vielleicht hat die Entführung was mit der Serie zu tun.«

»Na, in diesem Fall wird es nicht schwer sein, ihn zu finden.« Simon grinste. »Die drei Leute, die sich den Scheiß reintun, sind schnell überprüft.«

»Spinnst du? Die Serie läuft richtig gut. Die Streamingzahlen sind enorm.«

»Und was heißt enorm? Hundert Abrufe? Zweihundert?« Simon winkte ab. »Pillepalle. Vergiss es.«

»Myriam wollte aussteigen«, sagte Jo. »Sie hat schon mit ihrem Produzenten geredet und Lily wusste auch Bescheid. Es war ihr alles zu böd, zu flach. Sie ist eher der Typ fürs Theater …«

»Ich sehe meine Zukunft ja auch eher auf der Bühne.« Simon legte seinen Handrücken gegen die Stirn und seufzte theatralisch. Dabei fiel ein Strang Asche von seiner Zigarette auf den Boden, er bemerkte es gar nicht.

»Hör auf mit dem Scheiß, Simon.« Jo wurde jetzt richtig sauer. »Meine Freundin ist weg und du machst Witze.«

»Schon gut«, sagte Simon schnell. »Myriam wollte also aussteigen. Obwohl es doch so gut lief.«

»Es ging ihr ums Prinzip. Sie wollte was anderes. Die Serie brachte sie nicht weiter.«

»Und die andere, diese Lily? Wie sieht die das?«

»Keine Ahnung.« Jo zuckte mit den Schultern. Und sah Lily wieder vor sich, die halbnackt und ohnmächtig im Flur lag. »Hab noch nicht mit ihr drüber gesprochen. Wahrscheinlich findet sie das nicht so toll. Ohne Mim stirbt die Serie. Und Lily will bestimmt nicht ans Theater.«

»Ohne Mim stirbt die Serie? Bist du dir da sicher?«

»Denk schon. Die Leute stehen total auf sie.«

»Vielleicht war's ja der Produzent. Bevor sie aussteigt, bringt er sie lieber um.«

Jo stand auf. »Das ist nicht witzig, Simon.«

Simon leerte seine Flasche mit einem mächtigen Zug, stellte sie mit einem leisen Knall auf den Tisch und erhob sich ebenfalls. »Ich wollte dir nur helfen. Dein Rumgejammer bringt deiner Süßen nämlich gar nichts. Aber bitte, ich kann mich auch verpissen.« Er streckte die Hand aus. »Denk an Mahler. Und an mich. Ich krieg noch Kohle von dir.«

»Ich weiß. Nächste Woche.«

Simon klopfte ihm auf die Schulter. »Das mit deiner Myriam wird schon wieder. Wirst sehen, morgen taucht sie wieder auf.«

»Tschau, Simon.« Er schob ihn zur Tür.

Als er allein war, trank er sein Bier und machte danach die Flasche Wodka auf. Überlegte, ob er ins Bett sollte, aber er wusste, dass er keinen Schlaf finden würde. Also ging er zum Schrank, wühlte die Pillen unter seinen Unterhosen hervor, schluckte eine, und dann noch eine und spülte mit Wodka nach.

2

Als Amelie ihr Gesicht im Spiegel sah, wurde ihr schlecht. Sie wankte vom Waschbecken zum Klo und übergab sich. Und ließ sich dann auf den Rand der Badewanne sinken. Lehnte ihren Kopf gegen die Fliesen, schloss die Augen und verfluchte die Pizza Funghi, die sie sich gestern Nacht hatte kommen lassen.

Vielleicht hatte es auch gar nichts mit der Pizza zu tun. Vielleicht hatte sich ihr Magen nur deshalb umgedreht, weil sie so furchtbar aussah. Sie erschrak jeden Morgen aufs Neue, wenn sie ihrem Spiegelbild gegenübertrat.

Dieses harte, magere Gesicht. Und dann die Haare. So kurz und kantig und männlich. Rot gefärbt, aber das machte die Sache nur noch schlimmer. Es war unbegreiflich, was Charleen sich dabei gedacht hatte.

Jahrelang hatte Amelie die gleiche Frisur getragen. Halblanges braunes Haar, meistens zum Pferdeschwanz zusammengebunden. »Total langweilig«, fand Charleen und hatte das Amelie auch wieder und wieder mitgeteilt, bis diese bei ihrem letzten Friseurbesuch schwach geworden war. »Dann mach halt mal was anderes.«

Das hatte Charleen dann auch getan. Sie hatte die Haare streichholzkurz abgeschnitten, und als ihr bewusst wurde, wie furchtbar das aussah, war sie auf die Idee mit der Farbe gekommen. »Ein warmer Kastanienton. Das macht das Ganze zum Hingucker.«

Es war aber kein warmer Kastanienton, es war ein knalliges Hennarot.

Amelie erhob sich vorsichtig. Ihre Beine fühlten sich an, als gehörten sie nicht zu ihr. Nie wieder Pizza mit Pilzen. Nie wieder Charleen. Sie würde sich einen neuen Friseur suchen.

Sie wusch sich das Gesicht und putzte die Zähne und vermied dabei den Blick in den Spiegel. »Das wächst doch wieder«, hatte Dürr sie getröstet, als er die Bescherung gesehen hatte.

Aber bestimmt nicht bis nächste Woche, wenn Daniel aus Thailand zurückkäme. Sie stellte sich sein Gesicht vor und unterdrückte ein Winseln. Er wäre entsetzt.

Gut, dass er sie wenigstens jetzt nicht sehen konnte. Sie hatten die Suche nach der Vermissten erst um halb vier Uhr morgens abgebrochen. Jetzt war es sieben. Amelie hatte gerade einmal drei Stunden geschlafen.

»Vielleicht kauf ich mir eine Perücke«, murmelte sie und verließ das Bad. Jeans, T-Shirt, Sneakers, kein Frühstück. Sie fuhr mit dem Rad zum Polizeipräsidium, auf dem Weg kaufte sie sich in einer Bäckerei zwei Brötchen. »Ohne alles?«, fragte die Verkäuferin.

Ohne alles. Obwohl sich die Übelkeit inzwischen verzogen hatte, aber sicher war sicher. Sie nahm die Brötchentüte mit in den Besprechungsraum. Dolder hasste es, wenn bei den Besprechungen gegessen wurde. Aber Dolder hasste so gut wie alles an Amelie, da kam es auf das Brötchen nicht mehr an.

Heute war er zum Glück gar nicht da.

»Magenschmerzen«, sagte Paul Bonn, sein Stellvertreter. »Hat gestern Nacht schon angefangen. Jetzt ist er zum Arzt.«

Amelie murmelte etwas Teilnahmsvolles, während sie sich zwischen Polizeimeister Stahl und Wiebke Huber niederließ. Dürr seufzte und zog dann ein belegtes Brot aus der Tasche. Wenn Dolder nicht da war, musste man das ausnutzen.

Ihnen gegenüber saßen Katja Sehl und Werner Müller von der Spurensicherung und Florian Bertelsmann, der Frischling, der vor ein paar Monaten die Polizeischule beendet hatte. Vier weitere Polizisten betraten jetzt den Raum und ließen sich am Tisch nieder. Die

Sonderkommission war noch in der letzten Nacht von Dolder zusammengesellt worden. Zur allgemeinen Überraschung hatte er Amelie die Einsatzleitung übergeben. Dabei konnten sie und er nicht miteinander, das wussten alle. »So lange der Alte da ist, wirst du hier keine Karriere machen«, prophezeite Dürr ihr seit Jahren. »Er verabscheut ehrgeizige Frauen.«

Dürr. Mit Vornamen hieß er Hans-Jürgen, aber er hasste es, wenn man ihn so nannte. Also verwendeten alle seinen Nachnamen, obwohl er längst nicht mehr so dünn war wie damals, als Amelie ihn kennengelernt hatte. Sie waren zusammen auf der Polizeihochschule gewesen. Auf dem KK13 waren sie dann wieder aufeinandergetroffen. Seit drei Jahren arbeiteten sie zusammen. Sie waren ein gutes Team, Amelie war schnell und ungeduldig, Dürr ruhig und besonnen. Er kam sogar mit Dolder aus. Umso erstaunlicher, dass der die Einsatzleitung Amelie überlassen hatte.

Vielleicht sind ihm die Magenschmerzen aufs Gehirn geschlagen, dachte Amelie. »Sollen wir anfangen?«, fragte sie laut.

»Wir warten noch auf Frau Bartels-Schmidt«, sagte Bonn.

»Da kann ich ja auch noch frischen Kaffee aufsetzen.« Stahl erhob sich grinsend. Die Staatsanwältin kam prinzipiell zu spät.

Heute allerdings nur ein bisschen. Stahl hatte den Besprechungsraum gerade verlassen, als die Tür wieder aufging und Frau Bartels-Schmidt hereineilte.

»Entschuldigung!« Die Staatswältin ließ sich auf den freien Stuhl am Tischende plumpsen. »Der Verkehr.« Sie wischte sich den Schweiß von der Stirn. Ihre roten Kunststoffarmreifen klackerten gegen die Tischplatte. Frau Bartels-Schmidt war eine beeindruckende Frau. Sie maß einen Meter fünfundachtzig, war übergewichtig und liebte kräftige Farben und auffälligen Schmuck.

»Also dann.« Amelie zupfte ein letztes Mal an ihren Haaren, dann stand sie auf und trat an das Flipchart am Kopf des Tisches. »Der Entführungsfall Myriam Bellinger.«

»Haben Sie vielleicht einen Kaffee für mich?«, fragte die Staatsanwältin. »Sorry, aber ohne Koffein kann ich nicht denken.«

»Kollege Stahl kocht gerade Kaffee«, sagte Dürr.

»Myriam Bellinger wurde gestern um 18 Uhr 30 in ihrer Wohnung überfallen und entführt. Ihre Mitbewohnerin Lily Pahl war gerade unter der Dusche, wollte ihr zu Hilfe eilen und wurde niedergeschlagen. Als sie aus der Ohnmacht erwachte, war Myriam weg. Keiner der Nachbarn hat irgendwas beobachtet und es gibt keine Verdächtigen«, fasste Amelie zusammen. »Einer der Anwohner will um die fragliche Zeit einen blauen Toyota bemerkt haben, der mit überhöhter Geschwindigkeit durch die Straße fuhr. Aber ob der was mit der Entführung zu tun hatte, ist fraglich. Kollege Dürr und ich haben gestern den Freund des Opfers befragt, Jonas Steiner, genannt Jo. Außerdem habe ich nachts noch mit den Eltern telefoniert. Die sind natürlich total aus dem Häuschen. Sie kommen um neun hierher.« Ein schneller Blick auf ihre Armbanduhr. Inzwischen war es halb neun. Und jetzt kehrte Stahl mit dem Kaffee zurück. Allgemeine Unruhe, bis alle versorgt waren.

»Aha.« Frau Bartels-Schmidt setzte ihre Lesebrille auf und betrachtete die Fotos, die die Spurensicherung in der Wohnung von Myriam Bellinger gemacht hatten. »Und sonst?«

»Nichts«, gestand Amelie. »Der Bericht der Spurensicherung steht natürlich noch aus. Aber auf den ersten Blick …« Ihr Blick wanderte zu Werner Müller.

»… ist da nichts Sachdienliches«, ergänzte dieser. »Lily Pahl wurde mit einer Art Briefbeschwerer niedergeschlagen. Aber den haben die Entführer wohlweislich abgewischt.«

»*Die* Entführer?«, fragte Stahl. »Weiß man schon, dass es mehrere waren?«

»Wir gehen von mehr als einem Täter aus«, sagte Amelie. »Lily hat ausgesagt, dass sie gehört hat, wie ihre Freundin ›Haut ab!‹ geschrien hat.«

»Plural«, erklärte Dürr unnötigerweise.

»Und dieser Briefbeschwerer gehört zur Wohnung?«, erkundigte sich die Staatsanwältin. »Oder haben ihn die Typen mitgebracht?«

»Nein. Es ist ein Glasobjekt, das auf der Kommode im Flur lag, sagt Frau Pahl.«

»Also erfolgte der Angriff auf die Mitbewohnerin spontan«, konstatierte Florian Bertelsmann.

Amelie zuckte mit den Schultern. »Das lässt sich noch nicht mit Sicherheit sagen.«

»Wir haben den Laptop von Frau Bellinger mitgenommen«, sagte Müller. »Der muss jetzt natürlich untersucht werden.«

»Sind die Eltern wohlhabend?«, fragte Bonn.

»Der Vater ist Pfarrer. Wenn sie reich sind, haben sie es bislang geschickt verborgen. Aber dazu werde ich sie gleich befragen.«

»Wir nehmen uns heute auch noch den Produzenten vor, für den Myriam und ihre Freundin arbeiten. Ist ja auffällig, dass es in der Serie auch um eine Entführung geht«, erkärte Dürr.

»Die beiden sind Schauspielerinnen«, sagte Bonn. »Haben Sie die Namen vorher schon mal gehört?«

Allgemeines Kopfschütteln. »Wie soll diese Serie heißen?«, fragte Katja Sehl von der Spurensicherung. »Missing? Kenn ich nicht. Dabei bin ich der absolute Serienjunkie.«

»Die Serie läuft ja nur im Internet«, erklärte Amelie. »Ich hab mir das gestern Nacht mal reingezogen.«

»Nicht schlecht, oder?«, sagte Dürr. »Also diese Myriam sieht schon super aus.«

Natürlich, dachte Amelie. Myriam Bellinger war genau Dürrs Typ. Groß, schlank, blond und kühl wie Grace Kelly. Aber wie fast alle gut aussehenden Frauen stand sie auf große, breitschultrige, gut aussehende Männer. Männer wie Jo Steiner. Typen wie Dürr mit Hautproblemen und Bauchansatz hatten bestimmt keine Chance bei ihr.

»Die Story ist abstrus«, sagte sie laut. In ihrer Rolle als Entführungsopfer saß Myriam Bellinger in einem dunklen Verlies. Ihre einzige Verbindung zu den Entführern war eine Überwachungskamera, die an der Decke ihrer Zelle aufgehängt war. In Rückblenden erlebten die Zuschauer eine leidenschaftliche Liebesgeschichte mit einem breitschultrigen Rettungsschwimmer. Oder war er ein Rettungssanitäter? Amelie war in der Mitte der ersten Folge eingeschlafen und erinnerte sich nicht mehr genau.

Myriams Mitbewohnerin Lily Pahl spielte die toughe Freundin des Opfers, die sich mit Springmesser und Tränengasspray bewaffnet auf die Suche nach der Entführten machte und dabei von einem Hausdach aufs andere sprang und sich ständig mit Verbrechern prügelte.

»Also, ich fand es gar nicht so übel. Dafür, dass es eine deutsche Serie ist«, sagte Dürr.

»Aber der Plot ist doch total an den Haaren herbeigezogen«, meinte Amelie.

»Apropos Haare«, Bonn starrte sie an, als sähe er sie zum ersten Mal. »Neue Frisur?«

»Nein.« Amelie trank ihren Kaffee aus. Inzwischen war er kalt und schmeckte abscheulich.

»Sieht klasse aus«, sagte Frau Bartels-Schmidt. »Endlich mal was anderes. Kompliment.«

Komplimente von der schrillen Staatsanwältin. Na super. Vielleicht machte sich Frau Bartels-Schmidt auch nur über sie lustig? Aber nun lächelte sie Amelie so sonnig an, dass die schließlich zurücklächelte.

»Na, ist ja auch egal«, sagte Bonn verwirrt. »Sie reden also mit den Eltern. Und Herr Dürr nimmt sich den Produzenten vor.«

»Zuerst befrage ich den Freund von Frau Bellinger noch mal. Er müsste auch schon da sein.« Dürr blickte auf seine Uhr.

»Eine Sache ist noch interessant«, meldete sich nun Wiebke Huber zu Wort. »Diese Fanpage der Serie sollten wir uns genauer ansehen.«

»Diese … was?«, fragte Bonn.

»Fanpage. Eine Internetseite zur Serie, die mit dem Plot verknüpft ist. Man kann eine Webcam anklicken und direkt in Noemis Zelle blicken. Und als Extra gibt es so eine Art Videoblog von ihr. Die Fans kommentieren das dann.«

»Das hab ich gar nicht beachtet«, sagte Amelie. »Super Hinweis. Du hast recht, das müssen wir auf jeden Fall unter die Lupe nehmen.«

Dürr nickte. »Wir sollten das Telefon der Eltern überwachen. Falls die Entführer sich melden.«

»Ich veranlasse das.« Bonn stand auf. »Wir sprechen uns morgen. Dann müsste auch Dolder wieder da sein.«

Myriams Eltern warteten bereits vor Amelies Büro. Als Herr Bellinger Amelie kommen sah, stand er sofort auf und kam ihr entgegen.

»Herr Bellinger.« Sie streckte ihm ihre Hand hin. Er nahm sie mit beiden Händen entgegen, in einer tröstenden Geste, als sei ihre Tochter entführt worden und nicht seine. »Ich bin Kriminalhauptkommissarin Fröhlich«, sagte Amelie. »Wir haben telefoniert.«

»Haben Sie schon etwas herausgefunden?« Nun stand auch seine Frau neben ihnen. Beide Bellingers waren groß und schlank. Frau Bellingers kurzes Haar war grau, obwohl sie bestimmt erst um die fünfzig war. Sie trug ein dunkelblaues Baumwollkleid, knielang, um den Hals ein voluminöses Batiktuch. Die Mutter macht irgendwas Soziales, hatte Jo Steiner gesagt. So sieht sie auch aus, dachte Amelie. Wie eine Sozialarbeiterin, die ehrenamtlich den Schulgarten pflegt und im Gospelchor der Gemeinde singt.

»Wir gehen in einen Besprechungsraum«, sagte Amelie. »Möchten Sie etwas trinken? Kaffee, Tee?«

»Danke, nichts«, sagte Bellinger und seine Frau nickte.

Auf dem Weg über den Flur kam ihnen Dürr entgegen. »Warst du nicht mit Steiner verabredet?«, fragte Amelie.

»Ist nicht erschienen. Und geht auch nicht ans Telefon.«

»Hast du es auf dem Handy probiert?«

»Natürlich. Fehlanzeige.«

»Vielleicht steckt er im Verkehr fest und taucht gleich noch auf.«

»Vergessen Sie's«, mischte Herr Bellinger sich ein. »Der kommt nicht mehr.«

»Christian«, flüsterte seine Frau und legte ihre Hand auf seinen Arm.

»Lass mich doch.« Er zog den Arm weg. »Myriam wurde entführt. Es bringt doch nichts, wenn wir um den heißen Brei herumreden.«

»Nein«, sagte Amelie. »Das bringt wirklich nichts. Ich schlage dennoch vor, wir setzen uns erst mal. Kommst du mit, Dürr? Wenigstens so lange, bis Steiner auftaucht?«

»Warum glauben Sie, dass Herr Steiner nicht mehr kommt?«, fragte Amelie, nachdem sie in einem der Vernehmungsräume Platz genommen hatten.

»Er hat ein Alkoholproblem«, sagte Bellinger. »Wahrscheinlich nimmt er auch andere Drogen. Wenn es Probleme gibt, greift er auf jeden Fall immer zur Flasche.«

»Wissen Sie das von Myriam?«

»Sie hält sich da sehr zurück. Er ist ja ihr Freund und sie steht natürlich zu ihm. Aber sie sind ja nun schon eine Weile zusammen. Da bekommt man als Vater so einiges mit.«

Amelie sah Frau Bellinger an, die langsam nickte. »Es stimmt. Joe trinkt viel zu viel.« Joe. Im Unterschied zu Lily Pahl sprach sie den Namen englisch aus. »Und er ist schrecklich unzuverlässig.«

»Ihre Tochter ist schon zwei Jahre mit ihm zusammen. Wie war ihre Beziehung? War sie glücklich?«

»Na ja.« Frau Bellinger warf ihrem Mann einen unsicheren Blick zu. »Am Anfang war sie natürlich total verliebt. Aber inzwischen scheint sich ihr Verhältnis deutlich abgekühlt zu haben. Sie hat ihn auch schon lange nicht mehr mitgebracht, wenn sie uns besucht hat. Ich glaube nicht, dass sie sehr glücklich mit ihm war. Aber sie hat nur wenig über ihn gesprochen. Sie wusste ja, dass mein Mann und ich nicht wirklich überzeugt von ihm waren.«

»Haben Sie eine Idee, wer Myriam entführt haben könnte?«, wechselte Amelie das Thema. »Hat sie davon gesprochen, dass sie sich bedroht fühlt, oder war sie verändert in der letzten Zeit?«

»Ja«, sagte Herr Bellinger. »Ich meine, wir haben keine Ahnung, wer hinter der Entführung steckt. Bei uns gibt es ja auch nichts zu holen. Aber Myriam hat sich wirklich verändert.«

»Sie war so nervös und sprunghaft«, sagte seine Frau. »So unglücklich. Unsere Myriam von früher war ein ausgeglichenes, fröhliches, offenes Mädchen. Aber jetzt. Sie war ständig auf dem Sprung und unter Stress.«

»Aber Sie hatten nicht den Eindruck, dass sie sich bedroht fühlt?«

»Sie hat irgendetwas vor uns verborgen«, sagte Frau Bellinger. »Vielleicht hatte es mit Joe zu tun oder mit ihrer Mitbewohnerin.«

»Lily Pahl«, sagte Amelie. »Was ist mit ihr?«

»Wir kennen sie kaum«, sagte Frau Bellinger. »Aber irgendwie …« Sie tastete nervös über ihr graues Haar. Amelie, die gerade wieder an einer Strähne herumzupfte, ließ ihre Hände sinken.

»Haben Sie Kinder?«, fragte Herr Bellinger sanft. »Es ist seltsam«, fuhr er fort, als sie den Kopf schüttelte, »am Anfang sind sie einem so nah und so vertraut und dann entfernen sie sich immer weiter von einem.«

»Sie haben vier Kinder«, sagte Amelie.

Er nickte. »Myriam ist die Zweitälteste. Sie ist nach dem Abi nach

Köln gezogen, um Anglistik und Germanistik zu studieren. Es lief alles bestens, bis sie diese Lily kennengelernt hat. Die hat ihr diesen Floh ins Ohr gesetzt. Schauspielerin.« Er lachte traurig und schüttelte den Kopf. »Sie haben sich auf allen möglichen Schulen beworben, immer wieder. In Berlin und Hamburg und München und Wien. Und wurden immer abgelehnt. Meine Güte, der Andrang ist ja auch so groß, da kann man besser Lotto spielen.«

»Und dann haben sie beide das Angebot für die Serie bekommen«, sagte seine Frau. »Ich weiß noch genau, wie Myriam mich angerufen hat. Sie war außer sich vor Freude. Jetzt hab ich es geschafft, hat sie gerufen.« Ihre Stimme brach, sie weinte. Ihr Mann zog sie an sich, zog ihren Kopf auf seine Schulter, streichelte ihr Haar. Wollte etwas sagen, aber auch er brachte keinen Ton heraus.

Amelie holte eine Packung Kleenex aus der Schublade und schob sie dezent über den Tisch. Dürr blickte verstohlen auf die Uhr. Wahrscheinlich hoffte er, dass Jo Steiner endlich auftauchte. Gefühlsausbrüche verunsicherten ihn.

Frau Bellinger zog ein paar Tücher aus der Box und putzte sich die Nase.

»Es war doch auch ein Grund zur Freude, dass die beiden die Rolle bekommen haben«, sagte Amelie. »Das Ganze ist ja recht erfolgreich, oder sehe ich das falsch?«

»Erfolgreich.« Herr Bellinger spuckte das Wort förmlich auf den Tisch. »Haben Sie sich den Mist mal angeschaut? Das hat doch nichts mit Kunst zu tun. Das ist doch lächerlich.«

»Aber Myriam fand es nicht lächerlich.«

»Doch.« Frau Bellinger tupfte sich ein letztes Mal über ihre Lider und warf das durchnässte Taschentuch in den Papierkorb. »Sie hat sich dafür geschämt. Und sie war auch nicht glücklich. Das haben wir als Eltern gespürt.«

»Aber einen Zusammenhang mit der Entführung sehe ich da nicht«, sagte ihr Mann. »Wirklich nicht.«

»Nein?«, fragte Amelie. »Warum sind Sie sich da so sicher? In der Serie geht es um Kidnapping. Vielleicht hat das einen Fan auf die Idee gebracht, die Hauptdarstellerin zu entführen.«

Herr Bellinger zögerte einen Moment lang. Dann schüttelte er den Kopf. »Ich weiß nicht. Ich glaube eher, dass Sie mal mit Joe sprechen sollten.« Auch er sprach den Namen englisch aus. »Ich möchte niemanden verleumden. Aber dieser Kerl ...« Er verstummte und blickte seine Frau an, die mehrmals hintereinander nickte.

Amelie sah auf die Uhr. »Es ist fast zehn. Schick doch mal eine Streife zu Steiner«, sagte sie leise zu Dürr. »Und frag bei den Kollegen vom Rauschgift nach, ob was gegen ihn vorliegt.« Dürr erhob sich sichtlich erleichtert.

Frau Bellingers Augen glänzten schon wieder verdächtig. Sie zog ein frisches Kleenex aus der Box.

»Sie sind Theologe, Herr Bellinger?«, fragte Amelie.

»Gemeindepfarrer in Düsseldorf-Benrath. Dort ist Myriam auch aufgewachsen.«

»Myriams Geschwister leben noch zu Hause?«

»Nur noch Johannes, unser Jüngster. Er hat gerade sein Abitur gemacht.«

»Und Sie, Frau Bellinger?«

»Ich habe auch Theologie studiert, aber nur zwei Semester, dann kam meine Älteste. Und nun arbeite ich ehrenamtlich im Hospiz und bei der Telefonseelsorge.«

Amelie unterdrückte die Frage nach dem Gospelchor.

»Die Kinder standen bei uns immer an erster Stelle«, sagte Herr Bellinger. Seine Stimme zitterte.

Das gab seiner Frau den Rest. Sie griff über den Tisch nach Amelies Händen und umklammerte sie wie ein Nichtschwimmer die Badeleiter.

»Finden Sie unsere Myriam«, schluchzte sie. »Versprechen Sie uns das?«

Ihre tränennassen Augen auf Amelies Gesicht. Und jetzt hob auch Herr Bellinger den Kopf und sah Amelie flehend an. Versprechen Sie niemals Dinge, die nicht im Rahmen Ihrer Möglichkeiten liegen, diesen Grundsatz kannte jeder Polizist, sogar Florian Bertelsmann, der Frischling. Das war das Erste, was man auf der Polizeischule lernte.

»Ja«, sagte Amelie.

Auf dem Stuhl vor ihrer Bürotür fand Amelie die graue Strickjacke, die Frau Bellinger dort vergessen haben musste. Sie nahm sie mit ins Büro und hängte sie an den Garderobenständer.

»Was ist mit Steiner?«, fragte sie Dürr, der wieder an seinem Platz saß.

Er zuckte mit den Schultern. »Zu Hause scheint er nicht zu sein. Jedenfalls macht er nicht auf, sagen die Kollegen. Und am Handy meldet sich die Mailbox. Vielleicht ist er abgehauen. Da lagen diese Flugtickets auf dem Tisch, als wir gestern bei ihm waren.«

»Das was die Bellingers über ihn erzählt haben, klang ziemlich verdächtig. Alkohol, Drogen und so weiter …«

»Beim Rauschgift haben sie aber nichts über ihn. Vielleicht haben die beiden auch übertrieben.«

»Vielleicht hat er auch bisher Glück gehabt und ist nicht erwischt worden.«

»Soll ich ihn zur Fahndung rausgeben?«

Amelie zögerte einen Moment, dann nickte sie. »Sicher ist sicher.«

»Allerdings frage ich mich, warum er seine Freundin entführen sollte. Die Eltern haben kein Geld, das wissen wir jetzt ganz sicher.«

»Keine Ahnung. Ich weiß nur, dass wir ihn finden und befragen müssen.«

»Ich kümmere mich drum.« Dürr griff zum Hörer und unterbrach sich, als es an der Tür klopfte. »Ja, bitte?«

»Entschuldigung.« Frau Bellinger streckte den grauen Kopf ins Zimmer. »Aber ich glaube, ich habe meine Jacke …«

»Hier ist sie.« Amelie zog die Strickjacke vom Ständer, aber Frau Bellinger trat nervös von einem Fuß auf den anderen und machte keine Anstalten, sie entgegenzunehmen.

»Ich muss dringend mit Ihnen sprechen«, flüsterte sie stattdessen und warf dabei einen verunsicherten Blick auf Dürr.

Dürr stand auf. »Ich wollte sowieso grade mal raus.«

»Was gibt es denn?«, fragte Amelie, nachdem sich die Tür hinter ihm geschlossen hatte. Sie bot Frau Bellinger einen Stuhl an, aber diese schüttelte den Kopf. »Mein Mann wartet unten. Ich wollte Ihnen nur noch sagen, dass Myriam Angst vor Joe hatte. Das hat sie mir erzählt.«

»Wann hat sie das erzählt?«

»Als sie uns das letzte Mal besucht hat. Vor zwei Wochen war das.«

»Und warum hatte sie Angst vor Steiner?«

»Das wollte sie mir nicht sagen. Er sei ganz verändert, sagte sie nur. Und dass er ihr Angst mache.« Frau Bellinger wischte sich mit dem Handrücken über die Augen. »Ich mache mir solche Vorwürfe, dass ich sie überhaupt zurück nach Köln gelassen habe. Ich hätte sie beschützen müssen. Meine Mimi.«

»Warum haben Sie das gerade eben nicht erzählt?«

»Mein Mann«, flüsterte Frau Bellinger und blickte sich hastig um, als erwartete sie, dass er plötzlich im Raum auftauchte. »Ich habe ihm damals nichts von Myriams Ängsten erzählt. Sie wollte nicht, dass ich mit ihm darüber rede. Weil sie ihn kannte. Weil sie wusste, dass er Joe zur Rede stellen würde. Aber jetzt mache ich mir Vorwürfe, dass ich ihm nichts erzählt habe. Er hätte gehandelt. Er hätte ihr das erspart, was jetzt geschehen ist.«

Amelie zupfte an ihren Haaren. »Sie sind also sicher …«

Aber nun griff Frau Bellinger nach ihrer Jacke, sie riss sie Amelie förmlich aus den Händen und presste sie vor ihre Brust. »Ich muss jetzt los«, wisperte sie. »Ich kann Ihnen auch nicht mehr sagen als das. Myriam hatte Angst vor Joe. Sie hat um Hilfe gerufen, aber ich habe sie nicht gehört.« Sie warf Amelie noch einen flehenden Blick zu, dann hastete sie zur Tür und verließ den Raum, ohne sich zu verabschieden.

3

Heißes Wasser prasselte auf Jos Kopf. Er hielt den Kopf schräg, sodass der Strahl der Dusche genau auf seine rechte Schläfe fiel. Darunter lag der Temporallappen, das wusste Jo noch aus dem Medizinstudium, das er ein Semester lang durchgehalten hatte, bevor er die Uni verlassen und sich stattdessen an der Filmhochschule beworben hatte.

Er überlegte, wofür diese Region des Gehirns zuständig war. Und erinnerte sich, dass es das Hörvermögen war. Warum dachte er jetzt über einen solchen Schwachsinn nach, fragte er sich und dann fiel ihm die Pfanne wieder ein. Die Pfanne, die er vor dem Duschen auf den Herd gestellt hatte. Er hatte Öl eingefüllt, um Eier zu braten. Hatte er den Herd danach angestellt?

Er drehte die Dusche ab, riss ein Handtuch vom Haken, wickelte es sich um den nassen Körper und stürzte aus dem dampfenden Badezimmer ins vollkommen verqualmte Wohnzimmer. Er wollte zur Kochplatte, um zu retten, was nicht mehr zu retten war, aber bevor er sich durch den Rauch kämpfen konnte, begann die Wohnungstür zu dröhnen und dann knallte sie in den Flur. Jemand hatte sie aufgetreten. Ein junger Polizist stürmte in den Raum.

»Feuer!«, schrie er, als er Jo erblickte.

Das ist nur die Pfanne, wollte Jo sagen, aber der Qualm im Zimmer raubte ihm den Atem. Hustend kämpfte er sich zur Kochecke durch, riss die Pfanne von der Platte, warf sie ins Spülbecken, stieß dabei gegen die drei Eier, die er neben dem Herd bereitgelegt hatte. Sie kullerten über die Ablage auf den Boden und zerbrachen. Als Jo das Fenster öffnete, verlor er auch noch das Handtuch. Nur der Qualm bedeckte seine Blöße.

»Sind Sie Herr Steiner?« Ein zweiter Polizist hatte inzwischen die Wohnung betreten. Beide Beamten sahen Jo dabei zu, wie er sich das Handtuch wieder um die Hüften wickelte.

»Wer denn sonst.«

»Wir haben mehrmals bei Ihnen geläutet. Und dann haben wir den Rauch gesehen. Wir dachten, es brennt.«

»Ich war unter der Dusche. Ich hab Sie nicht gehört. Mir geht's nicht gut.« Ihm ging's beschissen, um genau zu sein. In seinem Kopf wütete der Presslufthammer und seine Wohnung stank nach verbranntem Fett.

»Sie hatten um neun Uhr eine Vorladung im Präsidium.«

»Um neun …? Ach du Scheiße. Ist mir total entfallen.« Jo massierte seine Schläfen.

Die Polizisten wechselten einen schnellen Blick. Was ist denn mit dem los?, sagten ihre Gesichter. Der ist ja wohl total fertig.

»Ziehen Sie sich bitte etwas über«, sagte der ältere der beiden. »Wir bringen Sie ins Präsidium.«

Filmriss. Er erinnerte sich noch an die Pillen, die er genommen hatte. Dass er das Haus verlassen hatte und ins Madonna wollte. Aber ob er dort gewesen war, wusste er nicht mehr. Und was er da gemacht hatte, falls er dort gewesen war.

Jo ließ sich auf eine Parkbank fallen. Zweieinhalb Stunden lang hatte diese Kommissarin ihn vernommen, er hatte ihr alles über seine Beziehung zu Myriam erzählt.

Dass er sich an den Vorabend nicht mehr erinnerte, hatte er ihr allerdings nicht auf die Nase gebunden. Das Madonna war jede Nacht voll bis zum Anschlag, da fiel man nicht auf, da ging man unter. Und vielleicht war er ja sogar da gewesen, vielleicht hatte ihn eins der Mädchen gesehen oder Mick der Türsteher erinnerte sich an ihn. Er schloss die Augen, spürte die Julisonne, die auf sein Gesicht schien. Versuchte, die vergangene Nacht heraufzubeschwören. Die Pille, er hatte sie mit einem Schluck Wodka hinuntergeschluckt. Und hatte das Fahrrad aus dem Keller geholt. Und war losgefahren. Wohin?

In ein Loch, dachte Jo. Er war in ein schwarzes Loch gefahren und auf seinem Schlafsofa wieder aufgewacht. Er trank zu viel, er schluckte zu viel von dem Zeug, das er eigentlich verkaufen sollte, er machte sich kaputt. Es war nicht das erste Mal, dass er morgens aufwachte und sich nicht mehr erinnern konnte, was in der Nacht abgegangen war. Ich muss mit dem Scheiß aufhören, dachte er. Aber auch diese Erkenntnis kam ihm nicht zum ersten Mal.

Zumindest hatten die Bullen ihn laufen lassen und nicht gleich eingebuchtet. Die Kommissarin hätte ihn am liebsten dabehalten, das war ihm klar. Aber sie hatten nichts gegen ihn in der Hand. Außer der Tatsache, dass er die bescheuerte Befragung verpennt hatte.

Ihr Kollege, dieser Dürr, schien zugänglicher. Verständnisvoller. Vielleicht war es eine Masche. Vielleicht wollte er ihn nur einwickeln.

Myriam Bellinger hatte Angst vor Ihnen, hörte er die Kommissarin wieder sagen. Von wem haben Sie denn diesen Blödsinn, hatte er sie gefragt. Warum sollte Myriam Angst vor mir haben? Sie ist meine Freundin. Wir lieben uns, wir wollen zusammen in die Karibik. Vielleicht sogar heiraten. Den letzten Satz hatte er nicht gesagt, nur gedacht.

Natürlich hatte er keine Antwort bekommen. Die Polizei stellt die Fragen, der Zeuge hat zu antworten. Wenn er überhaupt noch als Zeuge galt und nicht schon als Tatverdächtiger.

Er brauchte auch gar keine Antwort, er kannte sie ja schon. Lily Pahl, hieß die Antwort. Lily war die Einzige, die mitbekommen hatte, dass die Dinge zwischen Jo und Mim nicht optimal gelaufen waren in der letzten Zeit. Die gehört hatte, dass Mim ihn angeschrien hatte. Myriam hatte Jo angeschrien, nicht andersrum. Reiß dich endlich zusammen, hatte sie geschrien, nimm dein Leben in die Hand, werd erwachsen. Ich brauch keinen Bubi, der einen Mist nach dem anderen baut.

Wenn einer Grund hatte, Angst zu haben, dann war er das. Eine Zeitlang hatte er ja auch befürchtet, dass Myriam ihn verlassen könnte. Aber dann hatten sie sich wieder versöhnt und nun war ihre Liebe stärker denn je.

Lily. Warum erzählte sie dieser Kommissarin einen solchen Müll? Merkte sie nicht, dass sie ihn damit in Schwierigkeiten brachte? Legte sie es vielleicht gerade darauf an?

Er musste mit ihr sprechen. Nach dem Überfall hatten die Bullen sie ins Krankenhaus gebracht, aber inzwischen war sie bestimmt wieder zu Hause. Er musste sie zur Vernunft bringen.

Nachdem er zum vierten Mal auf die Klingel gedrückt hatte, trat er einen Schritt zurück und starrte nach oben. Lilys Schlafzimmerfenster war geschlossen. Vielleicht lag sie da und schlief genauso tief und fest wie Jo, als die Polizei bei ihm geklingelt hatte. Vielleicht war die Wohnung ja auch versiegelt und durfte noch gar nicht betreten werden. Immerhin war es der Tatort.

Wo steckte sie, wenn sie nicht zu Hause war? Bei ihrer Mutter bestimmt nicht. Die wäre die Letzte, an die sie sich wenden würde. Vielleicht war sie bei einer Freundin.

Jos Kopf dröhnte. Er würde erst mal zurück in seine Wohnung gehen. Bevor sie ins Präsidium gefahren waren, hatten die Bullen seine Tür notdürftig verschlossen. Und jetzt? Wer kam für die Reparatur auf? Musste er die etwa selbst bezahlen?

Er wollte jetzt nicht darüber nachdenken. Sein Kopf dröhnte viel zu laut, um zu denken. Kaffee, dachte er sehnsüchtig, und das brachte ihn auf das Obers, Lilys und Myriams Stammcafé. Es war direkt um die Ecke. Vielleicht war Lily ja dort.

Das Café war leer bis auf ein verliebtes Pärchen am Fenster, das Schwarzwälder Kirschtorte aß.

Jo ließ sich an einem Tisch neben der Theke nieder. Griff nach einer Tageszeitung. Nicht um sie zu lesen, sondern um sich dahinter zu verschanzen. Er wollte nicht gesehen werden und wollte auch nichts sehen.

Er hasste diesen Laden. Zehn Ikeatischchen, auf jedem eine Orangina-Flasche mit drei Blumen. Auf der Tafel neben der Theke standen die Tagesangebote: Laktosefreier Minz-Chai. Glutenfreie Rüblitorte. Selbst gemachte Rhabarber-Karotten-Limonade. Genauso wie es klang, schmeckte es auch. Nur der Kaffee war erträglich. Fair gehandelt natürlich.

Mim und Lily hingen ständig hier ab und schwärmten von den köstlichen Kuchen und tratschten mit der Wirtin Sally und den anderen Stammgästen. Offiziell lernten sie natürlich ihre Rollen. Und genossen es, dass die anderen Gäste sie verstohlen musterten. *Schauspielerinnen. Kennst du die? Sind die berühmt?*

»Hi! Was darf's denn sein?« Sally stand auf der anderen Seite der Zeitung, er sah nur ihren Afro und die Hälfte ihrer Stirn.

»Latte Macchiato. Aber mit Laktose und Fett.«

»Bitte. Gerne.« Weg war sie. Bevor er sie nach Lily fragen konnte. Vielleicht war sie sauer, weil er nicht mit ihr plauderte. Vielleicht hatte sie ihn auch gar nicht erkannt. Er war länger nicht mehr hier gewesen.

Er starrte in die Zeitung, ohne zu lesen. Und fragte sich, wie lange es dauern würde, bis Myriam darin auftauchte. *Schauspielerin aus ihrer Wohnung entführt.* Eine riesige Schlagzeile, ein großes Foto von Mim, ein kleineres von Lily. Und dann? Würden die Überschriften mit jedem Tag kleiner werden, würde die Nachricht immer weiter nach hinten wandern.

Unsinn. Man würde sie finden, heute oder morgen oder spätestens übermorgen. Jo ließ die Zeitung sinken. Und fuhr erschrocken zusammen. An seinem Tisch saß Lily.

Sie hatte eine schillernde Beule auf der Stirn. Ein roter Hügel, umgeben von einem blauen Rand, umgeben von einem gelben Ring. Schwamm auf ihrer makellosen Stirn wie ein Sahnehäubchen auf einer Tasse Kakao. Sie trug ein weißes Kleid und war sehr blass. Wenn die Beule nicht gewesen wäre, hätte sie ausgesehen wie ein Geist. Aber Gespenster hatten keine Beulen.

»Wo kommst du denn so plötzlich her?«, fragte er.

»Ich bin schon länger hier. War nur gerade auf dem Klo, als du reingekommen bist.«

»Wie geht es dir?« In letzter Zeit fühlte er sich unbehaglich in Lilys Gegenwart. Wie sie ihn ansah. Als ob sie etwas in seinem Gesicht suchte, als ob sie etwas von ihm erwartete, aber er wusste nicht was.

»Geht so.« Ihre Finger wanderten hoch zu ihrer Stirn, sie tastete nach ihrer Beule, als wollte sie sich versichern, dass sie noch da war. »Ich kann es immer noch nicht fassen.«

»Ich auch nicht. Das ist der Hammer«, murmelte Jo und merkte im gleichen Moment, wie bescheuert sich das anhörte. *Der Hammer.* Als ob Mim im Lotto gewonnen hätte oder es doch noch auf die Schauspielschule geschafft hätte. Lily dachte wohl dasselbe, jedenfalls verzog sie das Gesicht.

»Ich finde …«, begann sie und unterbrach sich, als Sally ein Glas auf den Tisch knallte. »Ein Latte mit Laktose und Fett. Darf ich sonst noch was bringen?«

Er schüttelte den Kopf.

»Für dich noch was?« Ihre Stimme wurde sofort freundlicher, als sie mit Lily sprach.

»Danke. Im Moment nicht.«

»Sie weiß Bescheid«, raunte Lily, als Sally weg war. »Die Polizei war gestern bei ihr.«

»Und? Hat sie was gesehen?«

»Nichts. Niemand hat was gesehen. Die Typen sind spurlos verschwunden. Ich versteh einfach nicht, wie die das geschafft haben. Mim hat sich doch bestimmt gewehrt. Die ist doch nicht einfach so mitgegangen.«

»Vielleicht haben sie sie auch bewusstlos geschlagen wie dich. Oder mit einer Waffe bedroht.«

»Das ist wie ein schlechter Film.« Lily stützte den Kopf auf die Hände. »Findest du nicht auch?«

»Warum hast du den Bullen erzählt, dass Mim Angst vor mir hat?«, fragte Jo.

Ihr Kopf fuhr nach oben. Die Beule war wie ein drittes Auge, das ihn fragend anstarrte. »Was?«

»Komm. Red dich nicht raus. Die haben mich heute Morgen aus der Wohnung geholt und aufs Präsidium gezerrt, nur weil du ihnen diesen Bären aufgebunden hast.«

»Ich hab nichts erzählt«, flüsterte Lily. »Ich schwör's. Ich hab ohnehin kaum mit denen geredet. Ich war doch im Krankenhaus.«

»Ich weiß.«

»Wir haben nur über den Überfall gesprochen.«

»Wie kommen die dann auf den Schwachsinn?«, fragte Jo. »Dass Mim Angst vor mir hat? Wer erzählt denn einen solchen Mist? Das kapier ich nicht.«

Er hob das Glas mit dem Kaffee und verbrannte sich prompt die Finger, weil es so heiß war.

»Es stimmt«, wisperte Lily.

»Was?« Nun wollte er das Glas wieder absetzen und stieß es dabei um. Die heiße Brühe schoss über den Tisch, schwappte in Lilys Schoß, tropfte auf seine Hose.

»Verdammt.« Sie sprangen beide gleichzeitig auf, aber es war zu spät. Seine Jeans waren nass. Und mitten auf ihrem weißen Kleid prangte ein dunkler Fleck. Braunes Blut. »Scheiße, das ist so heiß!«

»Tut mir leid! Tut mir echt leid, Lily.«

Und es stimmte, es tat ihm furchtbar leid. Lily sah so fertig aus, wie sie dastand in ihrem weißen Kleid, mit dem Fleck, der sich immer weiter in den Stoff hineinfraß und größer und größer wurde. Am liebsten hätte er sie umarmt, um sie zu trösten. Aber das war natürlich undenkbar. Also stand er hilflos da und sah ihr dabei zu, wie sie mit einer Serviette über den Kaffeefleck wischte und wie die Serviette sich in Fusseln auflöste. Und sah, wie Sally mit einem Lappen und einem Eimer kam und die Sauerei auf dem Tisch wegwischte und wie Lily zu weinen begann und Sally den Eimer wegstellte und Lily in die Arme nahm. »Alles nicht so schlimm«, flüsterte sie. »Das wird schon wieder.«

Lily schluchzte laut, ihr Gesicht lag auf Sallys Schulter. Das Pärchen am Fenster blickte verstohlen zu ihnen herüber. Der Mann wirkte amüsiert, die Frau erschrocken. Jo zog einen Fünfeuroschein aus der Tasche und legte ihn auf den Tisch, der immer noch nass war. Dann verließ er das Café.

Chamaeleon Productions. Das Büro der Filmproduktion lag weit außerhalb vom Stadtzentrum in einem Industriegebiet. Es war kein richtiges Haus, sondern ein rot lackierter Container, eingequetscht zwischen einem Baumarkt und einem Fliesengroßhandel.

»Wenigstens findet man hier sofort einen Parkplatz«, sagte Dürr und stellte seinen alten Ford Mondeo gleich neben die Stahltreppe, die zum Eingang hochführte.

»Filme werden hier aber nicht gedreht«, murmelte Amelie, als sie den winzigen Empfangsraum betraten. Vor ihnen die Empfangstheke, links führte ein Flur zu einem Bürotrakt, aber mehr als ein oder zwei Räume konnten sich dort nicht verstecken.

»Guten Tag.« Die Blondine am Empfang hatte ein Telefon zwischen Schulter und Ohr geklemmt, die Finger auf der Computertastatur. »Wie kann ich Ihnen helfen?«

»Guten Tag.« Amelie war sich nicht ganz sicher, ob die Dame mit ihr sprach oder mit einem Gesprächspartner am anderen Ende der Leitung. »Kriminalpolizei. Wir haben einen Termin mit Herrn Holm.«

»Es geht um Myriam.« Die Frau legte auf, ohne ein Wort der Erklärung oder des Abschieds. Vielleicht hatte sie das Telefon ja nur vorsorglich am Ohr gehalten, um gewappnet zu sein, falls es klingelte. Jetzt erhob sie sich und kam auf sie zu. Sie war nicht mehr ganz jung, sorgfältig geschminkt, die Haut gebräunt, die Haare gesträhnt und getönt und geföhnt, die Fingernägel schimmerten perlmuttfarben. Ein Piercing in einer perfekt gezupften Augenbraue. Es sah aus, als hätte sie es sich angeklebt.

»Kathrin Binder.« Sie streckte ihnen ihre Hand hin. »Ich bin die Assistentin von Erik Holm.«

Und seine Freundin, dachte Amelie, ohne zu wissen, wie sie auf die Idee kam. Vielleicht war es die Art, wie sich die Frau bewegte, wie sie sie empfing. Nicht wie eine Sekretärin, sondern wie die Chefin.

»Ist sie immer noch nicht aufgetaucht?«, fragte Frau Binder.

»Woher wissen Sie, dass sie verschwunden ist?«, fragte Amelie zurück.

»Lily. Sie hat heute Morgen angerufen. Schrecklich. Das ist absolut schrecklich. Und unvorstellbar. Wer macht denn so was?« Sie starrte Amelie an, als erwartete sie eine Antwort.

Amelie räusperte sich. »Ist Herr Holm zu sprechen?«

»Natürlich. Wir haben Sie schon erwartet.«

Sie führte sie durch einen schmalen Flur, in dem sich Kisten und Schachteln stapelten. Zwei Türen gingen von dem Gang ab, sie klopfte an die erste. »Erik? Die Polizei ist jetzt da.«

Sie lauschte, nickte, dann trat sie zur Seite, um Amelie und Dürr einzulassen.

Erik Holm war ein großer, sportlicher Mann. Mitte vierzig, vielleicht fünfzig, genau wie seine Sekretärin, schätzte Amelie. Raspelkurzes graues Haar, ein gepflegter Vollbart, markantes Kinn, ein kräftiger Händedruck – wenn Amelie sich einen Filmproduzenten hätte ausdenken müssen, wäre Erik Holm das Ergebnis gewesen. Nur sein Büro passte nicht zu seinem souveränen Auftritt. Ein düsterer kleiner Raum, vollgestopft mit Schränken, Aktenordnern, Papier. Auch hier Kisten, die sich an der Wand bis unter die Decke stapelten.

»Wir gehen nach drüben«, sagte er. »Da ist ein bisschen mehr Platz.«

Auch im Besprechungsraum verschwanden die Wände hinter Kistentürmen. »Entschuldigen Sie das Chaos«, sagte Holm. »Wir stehen kurz vor dem Umzug, aber das neue Gebäude wird und wird nicht fertig.«

»Wo ziehen Sie denn hin?«, fragte Dürr.

»Nur um die Ecke«, sagte Holm vage. »Möchten Sie was trinken? Einen Kaffee? Oder Tee?«

»Ein Glas Wasser, bitte«, sagte Amelie. Sie hatte plötzlich wieder ein flaues Gefühl im Magen. Dabei hatte sie außer den beiden trockenen Brötchen noch nichts zu sich genommen. Eine Magen-Darm-Grippe? Bitte nicht, dachte sie.

Holm drückte die Gegensprechanlage. »Bringst du uns eine Flasche Wasser, Kathrin?« Sekunden später stöckelte sie auch schon in den Raum, als habe sie draußen vor der Tür gewartet. Sie stellte Gläser und eine Wasserflasche auf den Tisch, schenkte ein und zögerte, vielleicht hoffte sie, dass man sie zum Bleiben aufforderte, aber das geschah nicht, also verzog sie sich wieder.

»Wie lang kennen Sie Myriam Bellinger schon?«, fragte Amelie.

Holm lehnte sich in seinem Stuhl zurück und verschränkte die Hände im Nacken. »Ein gutes Jahr. Letzes Jahr im Mai gab es ein Casting für die Serie. Myriam und Lily haben vorgesprochen und die Hauptrollen bekommen.«

»Beide zugleich«, sagte Amelie. »Das ist aber ein Zufall.«

Er zuckte mit den Schultern. »Kein Zufall. Sie waren beide gut. Und sie harmonieren perfekt miteinander, weil sie auch im richtigen Leben Freundinnen sind. Es ist gar nicht einfach, gute Schauspielerinnen zu finden. Bei einem Casting kreuzt immer die halbe Stadt auf, aber fünfundneunzig Prozent der Leute können Sie direkt abhaken. Laien, die mal bei einer Schüleraufführung mitgemacht haben und sich jetzt für Keira Knightly halten.«

»Myriam und Lily waren auch Laien«, sagte Dürr.

»Klar. Unsere Ressourcen sind auch nicht so üppig. Die Knightly können wir uns nicht leisten. Aber die beiden haben mich überzeugt – und der Erfolg gibt uns ja jetzt recht.«

»Aber die Serie ist nur im Internet zu sehen.«

»Was heißt hier *nur*? Das Internet ist die Zukunft. Die Kids setzen sich doch schon lange nicht mehr vor die Glotze. In ein paar Jahren ist TV Vergangenheit.«

»Und was produzieren Sie sonst so – mal abgesehen von dieser Serie?«, erkundigte sich Amelie. Sie nahm einen Schluck Wasser, aber dadurch verstärkte sich das Gefühl der Übelkeit noch, also schob sie das Glas von sich.

»Machen Sie Witze? Wir sind ja nun kein großer Laden, das haben Sie ja wohl bemerkt. Mit einer Produktion wie Missing sind wir vollständig ausgelastet.«

»Und vorher? Was haben Sie da gemacht?«

»Unsere Firma gibt es erst seit vier Jahren. Ich war früher in der

Werbung und hab mich dann mit der Produktion selbstständig gemacht.«

»Und wo drehen Sie die Folgen?«

»Wir mieten uns ein Studio.«

»Und Sie verdienen genug, um davon zu leben?«, fragte Dürr. »Wie viel kostet denn der Download?«

»Die einzelnen Folgen werden nicht downgeloaded, sondern gestreamt. Man zahlt eine Gebühr von neunundneunzig Cent, um sich den Film anzusehen, aber er wird nicht auf der Festplatte gespeichert.« »Neunundneunzig Cent? Das ist ja nichts. Damit können Sie sich doch nicht finanzieren.«

»Wir haben inzwischen sehr viele Streamings. Das summiert sich. Man darf auch nicht vergessen, dass wir noch ganz am Anfang stehen. Als Produzent einer solchen Serie braucht man schon einen gewissen Atem.«

»Und die entsprechenden Mittel«, sagte Amelie.

Holm rieb sich die Nase. »Hat das jetzt noch irgendwas mit der Entführung zu tun? Ich dachte, Sie wollten Myriam finden. Stattdessen reden wir die ganze Zeit nur über meine Firma.«

»Wir möchten uns ein Bild machen.« Dürr lächelte breit. »Also. Wie finanzieren Sie eine solche Serie?«

»Muss ich Ihnen da Auskunft geben?«, fragte Holm und sah dabei Amelie an.

»Sie müssen gar nichts. Aber warum wollen Sie uns nicht antworten? Sie möchten doch auch, dass wir Myriam finden.«

Er schenkte sich Wasser ein, obwohl sein Glas noch halb voll war. »Meinetwegen. Ich hab ja nichts zu verbergen. Und wenn Sie hier Ihre Zeit verschwenden wollen.« Ein Schluck Wasser. »Wir finanzieren die Produktion durch Crowdfunding.«

»Aha«, sagte Dürr. »Und wie geht das?«

»Ich denke, Sie haben sich meine Website angeschaut? Da ist alles ganz genau beschrieben.« Holm war langsam genervt.

»Vielleicht erklären Sie es uns Laien noch mal in einfachen Worten.« Amelie hatte am Morgen nur einen Blick auf die Fanseite geworfen, auf die Wiebke Huber sie aufmerksam gemacht hatte. Die Website von Chamaeleon Productions hatte sie dagegen noch nicht einmal aufgerufen. Keine Zeit. Nachdem sie Jo Steiner vernommen hatten, waren sie von Befragung zu Besprechung zu Befragung geeilt. Inzwischen war es kurz vor fünf und sie hatten nichts erreicht und nichts herausgefunden.

Crowdfunding. Wollte sie wirklich wissen, was das bedeutete? Brachte sie das der verschwundenen Myriam auch nur einen Schritt näher? Amelie bezweifelte es. Aber es war ein Stein auf dem Kiesweg und der musste umgedreht werden, genau wie die Millionen anderer Steinchen auch. Unter einem von ihnen verbarg sich der entscheidende Hinweis, der sie ans Ziel brachte. Oder auch nicht. Kein Wunder, dass ihr schlecht war.

»Also.« Holm ließ seine Fingerknöchel knacken, verschränkte die Hände wieder im Nacken, lehnte sich noch weiter zurück. Ich bin so entspannt, verkündete seine Haltung. Ihr könnt mir gar nichts. Wenn er nicht aufpasste, würde er das Gleichgewicht verlieren und nach hinten kippen. »Crowdfunding ist eine moderne Art der Projektfinanzierung. Wird gerade im Kulturbereich immer beliebter. Die öffentlichen Mittel schrumpfen ja ständig, die Förderungen gehen zurück. Und das wenige, was da ist, schöpfen dann die internationalen Produktionen ab. Hollywoodfirmen, die zwei Szenen ihres neuen Blockbusters in der Lüneburger Heide drehen, dann die EU-Gelder kassieren und in den Staaten den dicken Reibach mit dem Film machen. Aber ich schweife ab. Sorry.« Er trank. Amelie zupfte an ihren Haaren. Zeitverschwendung, Holm hatte recht, das war nichts als Zeitverschwendung. Und es lagen noch so viele Steinchen auf dem Weg.

»Mit Crowdfunding haben Sie als Verbraucher die Möglichkeit, die Projekte zu fördern, die Sie gerne verwirklicht sehen würden.«

Holm klang jetzt so enthusiastisch wie ein Immobilienmakler, der einem Kunden eine überteuerte Luxuswohnung verscherbeln wollte. »Die Beiträge variieren je nach Lust und Geldbeutel. Sie können ein Projekt mit einem Euro fördern. Oder mit fünfzehntausend. Die Grenzen«, er lächelte Amelie und Dürr verführerisch an, »sind nach oben offen.«

Dürr lächelte zurück. Amelie zupfte an ihren Haaren.

»Was hab ich davon, wenn ich Ihnen mein Geld gebe?«, fragte Dürr.

»Wie schon gesagt. Sie tragen dazu bei, dass etwas realisiert wird, was es ohne Ihren Beitrag nicht gäbe. Darüber hinaus haben Sie aber auch handfeste Vorteile, wenn Sie uns unterstützen.«

»Zum Beispiel? Was krieg ich konkret für fünf Euro?«

»Die ersten fünf Folgen und Autogrammkarten von allen Hauptdarstellern«, erklärte Holm stolz.

»Und für tausend Euro?«, fragte Amelie.

»Für tausend Euro bekommen Sie ... ich hab das jetzt nicht genau im Kopf, aber ich sag mal: die DVD der ersten Staffel, signiert von allen Darstellern, eine Einladung zur Premierenfeier und Ihr Name erscheint als offizieller Förderer im Abspann der Serie und auf unserer Website. Und noch einiges mehr. Für tausendfünfhundert Euro legen wir sogar noch eine Nebenrolle obendrauf.« Jetzt strahlte er, als hätte er Amelie soeben einen Porsche geschenkt.

Der Name auf der Website. Für tausend Euro. »Und Sie finden tatsächlich genügend Leute, die sich darauf einlassen?«, fragte sie.

»Na ja. Die meisten Leute zahlen natürlich eher kleinere Beiträge. Ein bis fünf Euro. Aber was soll's, Kleinvieh macht auch Mist. Es summiert sich. Wir haben die erste Staffel auf diese Weise finanziert. Und bei der zweiten läuft es genauso. Noch besser. Die Leute wissen ja jetzt, was sie erwarten können. Wir haben schon zehntausend Anhänger auf Facebook. Und die Nebenrollen sind für die nächsten zwei Jahre ausgebucht.«

»Was passiert denn, wenn die zweite Staffel nicht fertiggestellt wird? Es kann doch immer mal was passieren.«

»Dann bekommen unsere Unterstützer ihr Geld zurück«, sagte Holm. »Jeden Cent. Das ist alles ganz genau geregelt und legal.«

»Interessant«, sagte Dürr.

»So viel zum Crowdfunding«, sagte Holm. »Und was ist jetzt mit Myriam? Haben Sie eine Ahnung, wer sie entführt haben könnte?«

»Wir dürfen Ihnen keine Auskunft über unsere Ermittlungen geben«, sagte Amelie. »Wann haben Sie Myriam zuletzt gesehen?«

Holm legte die Stirn in Falten. »Montag«, sagte er dann. »Dienstag hatten wir drehfrei.«

»Und am Mittwoch wurde sie entführt.«

Er rieb sich den Vollbart. »Morgen wollten wir weitermachen. Das hört sich jetzt natürlich herzlos an, aber für uns ist die Entführung die Megakatastrophe. Jeder Tag Aufschub kostet uns Zigtausende. Das Studio, das Team, die Ausstattung, alles ist ja gebucht und bestellt.«

»Sind Sie nicht versichert?«

Er lachte freudlos. »Wissen Sie, was so eine Versicherung kostet? Das können wir uns nicht leisten. Wenn Myriam nicht bald wieder auftaucht …« Er unterbrach sich und schüttelte den Kopf.

»In der Serie geht es um eine Entführung. Und nun wird die Hauptdarstellerin gekidnappt. Die Frage ist natürlich, ob das ein Zufall ist. Was meinen Sie?«, fragte Amelie.

»Woher soll ich das wissen? Sie sind doch die Polizei.«

»Vielleicht war es ein Fan. Gab es in letzter Zeit irgendwelche besonderen Vorfälle? Zuschauerbriefe oder Übergriffe, die auf einen psychopathischen Anhänger hindeuten?«, erkundigte sich Dürr.

»Haben Sie sich unser Fanforum mal angesehen? Ich finde, die haben fast alle einen an der Waffel. Ganz im Vertrauen gesagt.«

»Wer betreut die Seite?«, fragte Amelie. »Das machen Sie doch nicht selbst, oder?«

»Dazu fehlt mir die Zeit. Frau Binder kümmert sich darum. Sie moderiert die Beiträge. Und wenn's gar zu schlimm und ausfällig wird, löscht sie sie auch.«

»Schreibt sie auch die Texte für Noemis Videoblog?«

»Warum fragen Sie sie das nicht einfach selbst?«

Amelie stand auf. »Gut. Dann reden wir mal mit Frau Binder.« Sie reichte Holm ihre Visitenkarte. »Melden Sie sich, wenn Ihnen noch was einfällt.«

Er sprang auf und wühlte in seiner Jackentasche und zog dann ebenfalls eine Karte hervor. »Natürlich. Hoffentlich finden Sie Myriam bald.«

4

Die Übelkeit war weg, dafür schwitzte Amelie jetzt. In Dürrs Mondeo gab es keine Klimaanlage und das rechte Fenster klemmte und ließ sich nicht öffnen. Auf der Fahrerseite knatterte der Wind, der Unterdruck machte ihr Kopfschmerzen. Aber wenn sie es geschlossen hätten, wären sie beide erstickt.

Sie war auch viel zu warm angezogen. Als sie das Haus verlassen hatte, war der Himmel bedeckt gewesen, jetzt war er wolkenlos und die Sonne brannte auf die Stadt wie eine Warmhaltelampe auf einen Topf Gulasch.

Amelie fächtelte sich Luft zu. »Schon fast sechs. Und immer noch so eine Hitze.«

Dürr hielt vor einer roten Ampel und starrte missmutig auf die leere Straße. »Keiner unterwegs. Die sind alle im Freibad.«

»Besser menschenleer als Stau.«

»Was machen wir jetzt?«, fragte er. »Feierabend?«

»Das wäre schön.«

»Ich kann heut echt nicht so lang. Ich bin noch eingeladen.«

Sie warf ihm einen neugierigen Blick zu. »Was Romantisches?«

Sein Gesicht verfärbte sich, was jeden seiner Pickel zum Leuchten brachte. Ein interessanter Effekt. »Weiß ich doch nicht. Aber ich würde es gerne rausfinden.«

»Und wann geht's los?«

»Um acht. Aber ich muss vorher noch nach Hause.«

»Das wird eng.« Sie seufzte. »Es ist grün.«

Er fuhr los. »Scheißjob«, hörte sie ihn murmeln.

»Komm, Dürr. Es ist nicht immer so. Und die arme Myriam Bellinger hockt irgendwo und wartet darauf, dass wir sie rausholen. Sie braucht dich.«

»Du hast gut reden. Du hast deinen Daniel. Aber ich hab niemanden. Und wenn das so weitergeht, dann find ich auch niemanden. Wie soll man denn eine Frau kennenlernen, wenn man rund um die Uhr arbeitet?«

Du hast deinen Daniel. Hatte sie ja gar nicht. Während sie sich auf der Suche nach Myriam Bellinger die Nächte um die Ohren schlug, lag ihr Freund am Strand in Thailand. Seine Eltern hatten ihm die Reise zu Ostern geschenkt. Eigentlich hätte Amelie mitfliegen sollen, aber im Juli hatten so viele Urlaub und die Kollegen mit schulpflichtigen Kindern gingen vor. Daniel hatte zuerst nicht ohne sie fahren wollen – *zwei Wochen mit meinen Eltern in Thailand, das halt ich nicht durch.* Aber die Reise ließ sich nicht stornieren, also war er geflogen. Vielleicht war es ein Glück, das er gerade jetzt weg war. Daniel war Lehrer und machte niemals Überstunden und reagierte immer genervter darauf, wenn Amelie ihre Wochenenden und Nächte im Präsidium verbrachte.

Sie wischte sich den Schweiß von der Stirn. Viel heißer als hier konnte es in Thailand auch nicht sein. Aber dort würde sie in keinem überhitzten Ford Mondeo sitzen, sondern würde unter einer Palme liegen, einen Cocktail in der Hand und den türkisblauen Ozean vor sich. Sie verdrängte den Gedanken.

Myriam Bellinger. Darauf musste sie sich konzentrieren.

»Was hältst du von diesem Fanforum?«, fragte sie Dürr.

»Krass«, sagte er. »Holm hat recht. Diese Fans haben echt einen an der Waffel. Die meisten von denen scheinen nicht zu realisieren, dass Noemi gar nicht existiert.«

Amelie zog ihr Handy aus der Tasche und rief die Seite auf.

Noemis fiktives Videoblog war nicht gerade hohe Filmkunst. Die Beiträge wirkten dilettantisch, die Texte waren auch ziemlich holprig formuliert. Aber gerade das ließ sie ungeheuer packend und authentisch wirken. Das ging offenbar nicht nur Amelie so, sondern auch den Fans, die sich in zahllosen Kommentaren verewigt hatten. Rechtschreibregeln spielten im Forum keine Rolle, dafür hatten die meisten Forumsmitglieder eine glasklare Vorstellung von Recht und Ordnung.

»Wer so was tut wie menschen entführen und Einsperren den sollte man gleich aufhängen«, lautete eins der Postings.

»Ich hab auch kein mitleid mit so ein verbrecher. Lebenslänglich ist noch viel zu gnädig«, fand ein anderer.

»Noemi du tust mir echt leid. Ich hoffe das dieser dreckskerl ganz schnell geschnappt wird«, schrieb eine Teilnehmerin mit dem Nickname *Mausi.*

Anke 281 wollte wissen, wo es den gelben Hoodie zu kaufen gab, den Noemi in einer der Rückblenden trug. Aber damit kam sie beim Rest der Community schlecht an. »Eyy das Forum ist keine Klamottenauskunft«, erwiderte *Missingfan,* und *Serienmaus* fand Ankes Kommentar voll gefühllos.

»Die sind total drin in der Serie«, murmelte Amelie. »Man hat wirklich den Eindruck, dass sie das alles für real halten.«

Das Forum war mit dem Start der Serie online gegangen, aber Noemis Videos aus der Gefangenschaft waren erst nach und nach auf die Seite gestellt worden. »Das Ganze wird sehr gut angenommen«, hatte Frau Binder ihnen erklärt. »Wir haben manchmal an die hundert Kommentare am Tag.« Einige davon unter der Gürtellinie. Die wurden dann so schnell wie möglich gelöscht.

»Die Entgleisungen halten sich in Grenzen«, sagte Kathrin Binder, als Dürr wissen wollte, ob sie oft einschreiten musste.

»Sind es immer wieder die gleichen Teilnehmer, die ausfällig werden?«, fragte Amelie.

»Die regelmäßigen Teilnehmer sind eigentlich alle okay. Und bisher musste ich auch noch niemanden aus dem Forum ausschließen.

Alles so weit im grünen Bereich. Auch wenn man manchen Leuten gerne mal eine Einführung in die deutsche Sprache geben würde.« Frau Binder zog die Brauen nach oben. »Ich kann Ihnen die Realnamen und E-Mail-Adressen ausdrucken. Aber ob die Leute bei der Anmeldung den richtigen Namen angegeben haben, kann ich natürlich nicht sagen.«

»Um wie viele Teilnehmer handelt es sich denn?«, fragte Dürr.

Frau Binder tippte auf ihrer Computertastatur herum und warf einen Blick auf den Bildschirm. »Siebenhundertachtundneunzig Nutzer sind angemeldet. Sind allerdings nicht alle aktiv.«

Dürr stöhnte. Siebenhundertachtundneunzig Verdächtige, die überprüft werden mussten.

Ein Teilnehmer war Frau Binder ganz besonders aufgefallen. *Poet* nannte er sich und hatte insgesamt vierundzwanzig Beiträge gepostet.

»Und alles Gedichte«, sagte Frau Binder. »Ich finde sie auch gar nicht so schlecht, ehrlich gesagt.«

»Er hat Gedichte ins Forum gestellt? Meinen Sie, der hat die selbst verfasst?«

»Ich denke schon. Er scheint sie speziell für Myriam geschrieben zu haben.«

»Für Myriam oder für Noemi?«, fragte Dürr.

Frau Binder sah ihn überrascht an. »Gute Frage. Sie sind für Myriam. Ein paarmal erwähnt er sogar ihren Namen. Am besten, Sie sehen sich das selbst mal an. Ich druck Ihnen die Gedichte aus.«

»Poet ist der Nickname«, sagte Dürr, nachdem sie ihm die Blätter gegeben hatte. »Und der richtige Name?«

»Jan Regenscheidt. Wohnhaft in Köln. Wenn er nicht geschummelt hat. Wir überprüfen nicht, ob die Angaben stimmen. Solange die E-Mail-Adresse funktioniert.«

»Sonst noch ein Beitrag, der Ihnen besonders ins Auge gesprungen ist?«, erkundigte sich Amelie.

»Nicht im Forum. Aber vor ein paar Wochen hat ein Typ Myriam ein Flugticket nach Hawaii geschickt.«

»Bitte was? Einfach so?«

»Unglaublich, oder?«, fragte Frau Binder. »Ich frage mich, ob er wirklich erwartet hat, dass sie sich darauf einlässt. Oder ob es eher ein Scherz war.«

»Ein teurer Scherz«, fand Dürr.

»Vielleicht weiß er ja nicht wohin mit seinem Geld.«

»Haben Sie ihm geantwortet?«

»Ich hab das Ticket wieder zurückgeschickt. Daraufhin war Ruhe. Aber seinen Brief und die Adresse hab ich noch.«

»Her damit«, sagte Dürr.

»Was hat Myriam Bellinger eigentlich zu dem ganzen Hype gesagt?«, fragte Amelie. »Liebesgedichte, Flugtickets, Fans, die Realität und Fiktion nicht unterscheiden können …«

»Ich hatte den Eindruck, dass ihr das alles sehr unangenehm war.«

»Unangenehm?«, fragte Amelie. »Aber das waren doch ihre Fans. Oder etwa nicht?«

»Natürlich. Die meisten Kommentare im Forum und auch die Briefe, die sie bekommen hat, sind total positiv. Die Leute lieben Myriam. Sie wollte trotzdem nichts damit zu tun haben. Sie hat mich gebeten, das zu bearbeiten. Bei Briefen hab ich immer ein paar Zeilen geschrieben und eine Autogrammkarte beigelegt.«

»Wie geht das Ganze eigentlich aus?«, erkundigte sich Dürr.

»Wie geht was aus?«, fragte Kathrin Binder zurück.

»Die Serie. Ich hab noch nicht alle Folgen gesehen. Kommt Noemi am Ende frei?«

»Natürlich«, sagte Frau Binder.

»Und wer war's?«

»Ihr Onkel steckt dahinter.« Frau Binder zog eine Grimasse. »Noemis Mutter hat ihn damals um sein Erbe betrogen, das wollte er sich nun wieder besorgen.«

»Und in Staffel zwei?«, fragte Amelie. »Geht da alles wieder von vorne los?«

»Sozusagen.« Die Sekretärin nickte. »Diesmal wird eine Freundin von Noemi und Lara entführt und die beiden machen sich gemeinsam auf die Suche nach ihr.«

»Super«, sagte Amelie. »Wir brauchen dann auch die Adressen von allen, die am Dreh beteiligt sind. Schauspieler, Regisseur, Ausstatter, Beleuchter. Und was es sonst noch gibt.«

»Die wollen Sie alle befragen?« Frau Binder hob ihre Augenbrauen. »Da haben Sie sich aber was vorgenommen.«

Amelie seufzte.

»Wir sollten diese Gedichte Schulz vorlegen«, sagte Dürr jetzt. »Und den Brief von diesem Verehrer auch. Der kann doch am besten beurteilen, ob die Absender eine Macke haben oder nicht.«

Peter Schulz war der Polizeipsychologe. Amelie fand ihn beunruhigend, weil er ihr immer so tief in die Augen blickte, wenn er mit ihr redete. Dieses unangenehme Gefühl, dass er Dinge in ihr sah und erkannte, von denen sie selbst keine Ahnung hatte.

»Was hältst du von diesem Holm?«, fragte sie.

»Das Büro in dem Container ist ja wohl das Letzte. Was für ein Loch. Im Vergleich dazu ist das Polizeipräsidium ja ein Palast.«

»Er hat doch gesagt, dass sie nur darauf warten umzuziehen.«

»Die werden auch noch eine Weile weiter warten.«

»Wie bitte?«

»Ich hab die Binder nach dem Umzug gefragt. Und die hat mir gesagt, dass sie seit einem halben Jahr wie die Verrückten nach geeigneten Räumen suchen, aber nichts finden.«

»Und Holm erzählt uns, dass das Büro noch nicht fertig ist.«

»Ich würde mal sagen, denen fehlt die Kohle für was Größeres. So eine Scheiße.« Die letzte Bemerkung bezog sich auf den Verkehr. Vor der Zoobrücke hatte sich ein Stau gebildet.

»Das ist diese verdammte Baustelle auf dem Deutzer Ring«, fluchte Dürr.

»Was hat denn der Deutzer Ring mit der Zoobrücke zu tun?«

»Die fahren alle hier lang, um die Baustelle zu umgehen. Wahrscheinlich wird seit drei Stunden davor gewarnt. Hätten wir mal Verkehrsfunk gehört.« Er schaltete das Radio an.

»Reg dich nicht auf. Das macht alles nur noch schlimmer«, sagte Amelie und rüttelte vergeblich an der verklemmten Fensterkurbel. Wenn sich der Stau nicht auflöste, würden sie bei lebendigem Leib gekocht.

»... die Vierundzwanzigjährige. Myriam Bellinger ist der Star der Internetserie Missing, in der es ebenfalls um Entführung geht. Wir haben mit Produzent Erik Holm gesprochen, der überzeugt davon ist, dass es einen Zusammenhang zwischen dem Überfall auf die Schauspielerin und der Serie gibt. ›Das ist ja wohl überhaupt keine Frage‹«, drang jetzt Holms sonore Stimme aus dem Autoradio. »›Da spielt einer die Serie nach. Ich bete jedenfalls zu Gott, dass meiner Hauptdarstellerin nichts passiert.‹«

»Dieser Idiot«, ächzte Dürr.

»Er ist direkt an die Presse gegangen.« Amelie schlug sich mit der flachen Hand gegen die Stirn. »Natürlich. Das ist doch für ihn die absolute Chance. Die beste Publicity, die er sich wünschen kann.«

»*Ich bete zu Gott.* Er hat gleich richtig ausgepackt.«

»Und Missing ist auf einen Schlag berühmt.«

»Was meinst du, wie viele Leute die Serie heute noch downloaden!«

»Streamen«, korrigierte Dürr sie. »Download ist von gestern, das wissen wir doch jetzt.«

»Vielleicht zieht *Chamaeleon Productions* ja doch bald um«, murmelte Amelie.

»Vielleicht zieht Holm auch bald in den Knast«, sagte Dürr. »Ich fress einen Besen, wenn der Typ keinen Dreck am Stecken hat.«

Lily schrie laut auf, als Jo aus dem Hauseingang trat und sich ihr in den Weg stellte. »Hast du sie noch alle? Du hast mich zu Tode erschreckt. Was willst du?«

»Mit dir reden«, sagte Jo.

»Ich will aber nicht mehr reden. Ich will nach Hause, ich muss mich umziehen.« Sie starrte vorwurfsvoll auf die braunen Kaffeeflecken auf ihrem Kleid. »Und danach geh ich schlafen.«

»Was hast du damit gemeint?«

Sie sah ihn irritiert an. »Womit?«

»Du hast gesagt, dass Mim Angst vor mir hatte.«

»Das ist doch nicht schwer zu verstehen.«

»Warum hätte Mim Angst vor mir haben sollen?«

»Das fragst du noch?« Lily fuhr sich ungeduldig durch die Haare, wollte sie zurückstreichen, kam dabei an die Beule und verzog das Gesicht. Einen Moment lang wirkte sie, als ob sie gleich wieder losweinen wollte.

»Erklär's mir«, sagte Jo.

»Du bist seit Wochen nur noch drauf. Oder besoffen. Und hängst ständig mit irgendwelchen Kriminellen rum. Du bist entweder total überdreht oder fertig. Da würde ich mir auch Sorgen machen.«

»Sorgen, genau. Aber deshalb hättest du doch noch lange keine Angst vor mir.«

»Mim hat mir gesagt, dass du dich total verändert hast. Dass du von einem Moment zum anderen ausgerastet bist. Nur weil sie was Falsches gesagt hatte oder so. Und dass es immer schlimmer wurde, das hat sie auch gesagt.«

»War alles ein bisschen heftig in letzter Zeit.« Der Alkohol und die vielen Pillen, die er geschluckt hatte und die er verticken sollte und Mahler und die ständigen Kopfschmerzen und Mims besorgte Kommentare und ihre wachsende Genervtheit. All das hatte dafür gesorgt, dass er hin und wieder die Nerven verloren hatte. Er konnte sich allerdings nicht daran erinnern, dass er sie angeschrien hätte. Oder gar bedroht.

Wenn er jedoch ehrlich war, konnte er sich an viele Dinge nicht erinnern. Zwei-, dreimal die Woche fiel er besinnungslos ins Bett, und wenn er wieder aufwachte, war alles weg, was davor geschehen war. Es kam auch nicht wieder. Vielleicht waren das die Nächte gewesen, in denen er Mim angebrüllt und bedroht hatte. Weshalb sie nun Angst vor ihm hatte.

»Du bist der totale Alkie«, hatte sie ihm vor einigen Tagen vorgeworfen, daran erinnerte er sich noch.

Sie hat recht, dachte er jetzt. Ich muss endlich mit dem Scheiß aufhören.

Der Vorsatz war nicht neu. Er fasste ihn jeden Morgen, wenn er verkatert aufwachte, und bis zum Mittag war er sich auch ganz sicher, dass er an diesem Tag keinen Tropfen anrühren würde und auch keine Pille, aber im Laufe des Nachmittags wurde er langsam nüchtern und abends fand er seine Morgenvorsätze vollkommen übertrieben. Und trank ein Bier und noch eines und dann kam der Wodka und dann nahmen die Dinge ihren Lauf.

Er hatte immer schon viel getrunken, zu viel, um genau zu sein. Aber seit die Pillen dazugekommen waren, kannte er keine Grenze mehr. Aber damit wäre jetzt Schluss.

Nicht morgen oder übermorgen. Jetzt. Er nahm sich vor, nach Hause zu gehen und die angebrochene Flasche Wodka ins Klo zu kippen und die Pillen hinterherzuwerfen.

Spinnst du? Die Pillen gehören dir doch gar nicht, schrie Simon in seinem Kopf.

Sei still, dachte Jo. Oder noch besser: Verpiss dich aus meinem Leben. Du bist nicht gut für mich.

»Was?«, fragte Lily entgeistert.

Er starrte sie ratlos an. *Du bist nicht gut für mich.* Die Worte hingen noch in der Luft. Er hatte sie nicht nur gedacht, sondern laut ausgesprochen. Er verlor die Kontrolle, er drehte langsam durch.

»Nichts«, murmelte er. »Sorry. Ich glaub, ich muss mich auch noch mal hinlegen. Mich macht dieser Scheiß total fertig.«

Sie nickte und ging wortlos weg. Er blickte ihr nach, wie sie in die Blücherstraße abbog, ohne sich noch mal zu ihm umzudrehen. Wie schnell sie ging. Als ob auch sie Angst vor ihm hätte.

Erst der Wodka, dann das Bier. Dann die Klospülung. Weg mit dem Gift, fort mit der Versuchung, das war der erste Schritt. »War doch gar nicht so schwer«, sagte Jo.

Er klappte den Klodeckel zu und setzte sich und schloss die Augen. Hinter ihm gurgelte die Spülung, unter ihm rülpste das Klo. Der Wodka und das Bier wurden in die Kanalisation geschwemmt. Wenn jetzt die berühmte Fee zum Badezimmerfenster hereingeschwebt wäre, mit ihren berühmten drei Wünschen im Gepäck, dann hätte Jo nicht lang überlegen müssen. Verwandle mich in eine Kanalratte. Das wäre sein erster und zweiter und dritter Wunsch gewesen.

Ein Leben in der Kanalisation. Ohne Druck, ohne Erwartungen, ohne Schulden. Vielleicht sollte er die Pillen, die in seinem Schrank lagen, gleich hinterherschütten. Weg damit, ein Fressen für die Kanalratten. Tausendfünfhundert Euro ins Klo. Tausend für Mahler, fünfhundert für Jo. Das Ganze ein paarmal und im Nu wären seine Finanzprobleme Vergangenheit.

Tausend Euro.

Für Mahler.

Die Frist lief aus. Samstagabend um sieben. Bis dahin hatte Jo Zeit.

Noch zwei Tage, dachte er. Im gleichen Moment hörte die Klospülung auf zu gurgeln. Und es klingelte.

Er stand nicht auf, um zu öffnen. Es war ja auch nicht nötig. Die Tür war kaputt und ließ sich einfach aufdrücken. Er musste unbedingt bei den Bullen anrufen und nachfragen, wer für die Reparaturkosten aufkam.

Er blieb noch eine Weile auf dem Klo sitzen und döste vor sich hin. Dann ging er ins Wohn-Ess-Schlafzimmer und machte sich einen Espresso. Und warf einen Blick in den Kühlschrank. Eine Flasche Ketchup, Senf, drei Würstchen im Glas; es sah immer noch nicht besser aus als gestern. Er würde zum Supermarkt gehen. Milch und Eier und ein Stück Fleisch und Joghurt und vielleicht sogar Obst. Gesundes Essen statt Wodka und Bier. Sein neues Leben hatte begonnen.

Als er die Wohnungstür aufmachte, fiel ihm Simon entgegen. Er hatte auf der Schwelle gesessen, den Kopf gegen die Zarge gelehnt, und gepennt. Jetzt war er wach. »Du bist ja doch zu Hause.« Er rieb sich die sommersprossige Nase und sah so frisch und ausgeruht aus, als wäre es Sonntagmorgen und er käme nach zehn Stunden Schlaf aus dem Bett. »Warum machst du denn nicht auf?«

»Ist doch auf.« Zum Beweis zog Jo die Tür ins Schloss und stieß sie wieder auf.

»Boah! Ist hier jemand eingestiegen?«

»Die Bullen. Haben die Tür aufgebrochen, weil ich nicht sofort aufgemacht habe.«

»Und? Haben sie was gefunden?« Simon trat in die Wohnung und zog die kaputte Tür hinter sich zu.

»Mich. Sonst nichts.«

Simon gähnte erleichtert. Seine Zähne waren blütenweiß und er hatte keine einzige Füllung. Dabei hatte er sie bestimmt seit sechs Jahren nicht mehr geputzt. »Willst du weg?«, fragte er dann.

»Nur mal eben zum Supermarkt. Kannst du mir vielleicht 'nen Zehner leihen? Oder vielleicht sogar zwanzig?«

»Spinnst du? Du hast doch wohl erst mal genug Kohle.«

Jo wühlte sich in den Haaren. »Die fünfzig von Dienstag sind längst weg. Komm schon, Simon. Du kriegst dein Geld wieder, du weißt doch, dass ich im Moment ein bisschen …«

»Du hast gestern Kohle gemacht ohne Ende«, sagte Simon. »Meinst du, das habe ich nicht mitgekriegt? Alle haben das mitgekriegt. Deswegen bin ich auch hier. Deine Freundin ist immer noch entführt, falls dir das entfallen sein sollte, Jo. Und die Bullen haben dich auf dem Kieker.« Er deutete mit dem Kopf zur Tür. »Die brechen nicht umsonst in eine Wohnung ein. Mann, wahrscheinlich bist du der Hauptverdächtige.«

»Ich war's aber nicht.«

»Wirklich nicht?« Simons Augen wurden schmal. Das gab seinem offenen Gesicht einen seltsam verschlagenen Ausdruck.

»Bist du verrückt?«

»Nur 'n Scherz. Aber jetzt mal im Ernst. Das war total bescheuert, wie du gestern im Elektrolyte zur Sache gegangen bist. Die haben doch überall ihre Leute in der Szene, da musst du schon ein bisschen vorsichtiger rangehen.«

Jo ließ sich auf sein Sofa fallen. Eine Erinnerung wehte durch seinen Kopf, wie ein Einkaufsbon, den der Wind wegtrieb. Er rannte hinterher und versuchte sie zu fassen, aber immer, wenn er sie fast erreicht hatte, wehte der Wind sie weiter.

Simon lachte. Es klang aber nicht sehr belustigt.

»Echt jetzt. Ich weiß noch, dass ich ins Madonna wollte. Und ich erinnere mich auch noch, dass ich da angekommen bin. Aber mehr ist da nicht. Filmriss.«

Simon setzte sich neben ihn. »Du musst mindestens ein halbes Kilo Pillen verkauft haben. Grob geschätzt. Bist abwechselnd vom Männerklo zum Frauenklo gerannt. Ich hab die ganze Zeit versucht, dich runterzubringen, aber du warst nicht zu stoppen.«

Jo fuhr wieder nach oben. Ein halbes Kilo Pillen. Wenn das stimmte, dann hatte er eine Menge Geld verdient. Tausend Euro. Vielleicht hatte er die Knete schon zusammen und könnte Mahler auszahlen. Eine Sorge weniger.

»Und wo ist die Kohle?«, fragte er Simon.

»Woher soll ich das wissen? Ich hab sie nicht. Vielleicht schaust du mal in deine Taschen?«

Jo drehte die Taschen seiner Jeans nach außen, dann untersuchte er sein Jackett. Die rechte Tasche hatte ein Loch. Im Futter fand er fünfzig Cent und eine Blisterpackung mit zwanzig Pillen. Das war alles.

»Vielleicht hast du das Geld rausgenommen, als du nach Hause gekommen bist«, schlug Simon vor. Jo ging zum Schrank und wühlte in der Sockenschachtel. Und fand zehn Euro in einer roten Stricksocke. Der Rest des Fünfzigers, den er sich am Dienstag von Simon geliehen hatte. Und suchte weiter, nach dem Beutel mit den Pillen. Aber er war nicht mehr da. Nicht im Schrank und nirgends sonst in der Wohnung.

»Vielleicht hast du alles umgesetzt«, sagte Simon.

»Aber wo ist dann die Kohle?«

»Das frag ich dich.«

»Vielleicht war ich so blau, dass ich die Pillen nicht verkauft habe, sondern verschenkt.«

»Quatsch. Ich hab mich doch noch mit dir unterhalten. Du warst ganz klar. Also jedenfalls im Madonna. Und im Elektrolyte auch. Jedenfalls, soviel ich mitbekommen habe.«

Jo massierte sich die Schläfen. Der Einkaufszettel der Erinnerung wehte wieder vorbei. Er hechtete ihm nach. Zu spät.

»Wenn ich gewusst hätte, wie du drauf bist, hätte ich dich mit nach Hause genommen«, sagte Simon. Er räusperte sich. »Das mit Mahler weißt du aber noch? Der will übermorgen seine Kohle. Und den interessiert es einen Scheiß, ob deine Myriam entführt worden ist oder ob du dein Gedächtnis verloren hast oder was auch immer.«

»Ja, ja.«

»Nix ja, ja. Wo sind die Pillen? Wo ist das Geld?«

»Keine Ahnung«, sagte Jo und schaltete die Espressomaschine an, aber eigentlich war ihm nicht nach Espresso. Eigentlich war ihm nach Wodka.

»Gib mir mal was zu trinken«, ächzte Simon.

»Nichts mehr da.« Er erzählte Simon nicht, dass er den Schnaps und das Bier ins Klo gekippt hatte, um ein besseres Leben anzufangen. Es kam ihm ja jetzt selbst total absurd vor. Die Zuversicht, die er vorhin noch gespürt hatte, war weg.

Tausend Euro. In zwei Tagen.

»Du bist tot, Mann«, sagte Simon düster und ließ sich nach hinten fallen und schloss die Augen.

5

Dürr war schon lange weg und Amelie wollte auch nach Hause. Aber diese verdammte Serie ließ sie nicht. Sie hatte sich fest vorgenommen, sich sämtliche Folgen der ersten Staffel anzusehen. Jede dauerte vierzig Minuten. Machte bei zehn Folgen vierhundert Minuten oder sechs Stunden und vierzig Minuten. Vorausgesetzt, man schlief nicht mittendrin ein und musste wieder zurück zum Anfang.

Am Ende von Folge zwei lernte Lara einen breitschultrigen Schönling kennen, der nichts Gutes im Sinn hatte, das war dem Zuschauer sonnenklar, aber Lara ahnte nichts, sondern akzeptierte beglückt den Cocktail, den ihr der Böse reichte. Während sie von K.O.-Tropfen betäubt zu Boden ging, überflog Amelie die Kommentare im Forum.

Lara alias Lily Pahl war nicht halb so beliebt wie Myriam, das war recht eindeutig. »Die blöde kuh schnalt auch gar nix«, schrieb *Thrillerlady*.

»Wie doof kann man sein«, fragte sich *Serial-Bob*.

Spatzi und *BieneMaja* waren der Meinung, dass das jedem mal passieren konnte. Aber auch bei ihnen hielt sich das Mitleid in Grenzen.

Im Film kletterte Lara jetzt durch ein Abflussrohr. Wie um alles in der Welt war sie da hineingeraten? Anstatt der Frage auf den Grund zu gehen, schaltete Amelie den Computer aus und gähnte. Genug für heute.

Sie hatte die Bürotür bereits hinter sich geschlossen, als drinnen das Telefon ging. Einen Moment lang kämpfte sie mit der Versuchung, das Klingeln zu ignorieren. Aber dann riss sie die Tür wieder auf, eilte zu ihrem Schreibtisch und nahm den Hörer ab.

»Holm hier. Gut, dass ich Sie noch erwische.«

Holm. Auf der To-do-Liste für den nächsten Tag stand sein Name an erster Stelle. Nach ihrem Besuch bei ihm hatte Stahl ein bisschen recherchiert. Chamaeleon Productions waren in den letzten vier Jahren fünfmal umgezogen. Mit jedem Umzug hatten sie sich verkleinert und waren immer weiter vom Zentrum weggezogen. Dem letzten Vermieter schuldeten sie die letzten vier Monatsmieten. Der Mann erzählte Stahl auch noch, dass Holm eine teure Scheidung hinter sich hatte. »Ein Rosenkrieg vom Feinsten«, sagte der Exvermieter, bevor er einen Tobsuchtsanfall bekam, weil ihm klar wurde, dass Stahl nicht daran dachte, die Mietschulden für ihn einzutreiben, sondern in einer ganz anderen Sache ermittelte.

Chamaeleon Productions ging es nicht gut. Und Myriam Bellingers Entführung war für Holm keine Katastrophe, sondern seine letzte Chance. Die Entführung brachte ihn in die Medien, brachte ihm Publicity, brachte ihm Geld.

»Was gibt es denn?« Amelie warf einen Blick auf die Uhr. Viertel vor neun. Gut, dass Daniel noch in Thailand war.

»Eine Lösegeldforderung«, sagte Holm. »An mich.«

»An Sie?«

»Also – an meine Firma. Die Entführer fordern zwei Millionen.« Er lachte fassungslos. »Zwei Millionen Euro. So viel könnte ich nie und nimmer zahlen. Selbst wenn ich …« Er unterbrach sich.

Selbst wenn ich wollte, ergänzte Amelie in Gedanken. Kein Entführer, der seine fünf Sinne beisammenhatte, wäre auf die Idee gekommen, Holm zu erpressen. Die Recherche, die Stahl angestellt hatte, hätte auch jeder andere bewerkstelligen können. Und im Nu herausgefunden, dass da nichts zu holen war. »Wie sind Sie denn kontaktiert worden?«

»Eine E-Mail. Nicht mal an mich privat, sondern an die offizielle Firmenadresse.«

Amelie zögerte.

»Wahrscheinlich ein Trittbrettfahrer«, sagte Holm.

»Klingt schwer danach.«

»Wenn ich nicht zahle, stirbt Myriam. Steht in der E-Mail. Sie wollen sie aufhängen.« Er räusperte sich. »In der vierten Folge der Serie wird auch einer aufgehängt.«

Amelies Augen brannten vom Fernsehen. Sie hätte sie gerne für eine Weile geschlossen.

»Wen hängen sie in der Serie auf?«

»Mark. Ein junger Mann, der in Noemi verliebt ist und auf eigene Faust ermittelt. Er kommt dem Entführer in die Quere und wird aus dem Weg geräumt.«

»Leiten Sie mir die Mail mal weiter«, sagte Amelie. »Sind Sie zu Hause?«

»Na klar.«

»Bleiben Sie dort. Wir kommen vorbei.«

Sie hätte Dürr den Einsatz gerne erspart und irgendeinen der anderen mitgenommen. Stahl oder Wiebke Huber oder den Frischling oder sogar Dolder. Aber sie erreichte keinen außer Dürr, der nach dem ersten Klingeln ans Telefon ging.

»Ist nicht schlimm«, sagte er, als sie im Präsidium in sein Auto stieg. »Ich war, ehrlich gesagt, ganz froh, als das Handy ging und ich wegkonnte.«

»War sie doch nicht dein Typ?«

»Äußerlich schon. Aber es gibt ja auch so was wie innere Werte.«

»Ich dachte, auf so was achten nur Frauen.«

Er zuckte mit den Schultern. »Ich such was Ernstes. Keine Geschichte für eine Nacht.« Er war bedrückt, sie hätte ihn gerne getröstet. Aber sie war nicht gut im Trösten. Also blickte sie schweigend aus dem Fenster und stellte sich vor, dass sie nicht durch Köln, sondern durch Phuket fuhren. Ins Hotel, wo Daniel auf sie wartete.

Erik Holm wohnte in einem hässlichen Mehrfamilienhaus. Vor jeder Wohnung eine Balkonschachtel, aus der eine Satellitenschüssel herausragte. »Ob er uns gleich wieder erzählt, dass er umziehen will und der Neubau nicht fertig wird?«, fragte Dürr und schloss den Wagen ab.

Binder/Holm stand auf dem Klingelschild neben der Haustür. »Also doch«, sagte Amelie. »Wenn Männern nichts mehr einfällt, fangen sie was mit ihren Sekretärinnen an.«

»Schade, dass ich keine habe«, sagte Dürr wehmütig.

Die Wohnung lag im vierten Stock. Weil der Aufzug kaputt war, mussten sie die Treppe nehmen und waren beide außer Atem, als sie oben ankamen. Kathrin Binder erwartete sie an der Tür.

»Guten Abend«, keuchte Dürr. »So sieht man sich wieder.«

Sie lächelte und wirkte ein bisschen verlegen. »Herr Holm ist im Wohnzimmer.«

Er saß auf dem Sofa, einen Laptop auf dem Schoß. Die Designercouch hatte einmal in einer schickeren Wohnung gestanden. Genau wie der Flachbildschirm an der Wand. Der Rest des Mobiliars war billige Massenware von Ikea und Co.

»Sie haben uns vorhin gar nicht erzählt, dass Sie ein Paar sind«, sagte Amelie, nachdem er aufgestanden war, um sie zu begrüßen.

»Das ist ja auch unsere Privatangelegenheit.«

»Für uns sind solche Informationen wichtig.«

»Na, hören Sie mal. Meine Beziehung zu Kathrin hat ja wohl nichts mit der Entführung zu tun.«

»Wie lange sind Sie schon zusammen?«

Kathrin Binder war jetzt ebenfalls ins Wohnzimmer getreten. Sie stand neben der Tür, die Arme vor der Brust verschränkt. Vielleicht wartete sie darauf, dass man sie hinausschickte wie vorhin im Büro.

»Noch nicht sehr lange«, sagte Holm. »Ich hab mich vor Kurzem scheiden lassen. Das war ziemlich scheußlich. Und danach bin ich mit Kathrin … sind Kathrin und ich … Na ja, Sie wissen schon.«

»Und seit wann wohnen Sie zusammen?«, fragte Dürr.

»Es ist meine Wohnung«, sagte Frau Binder. »Erik ist letzten Herbst hier eingezogen.«

Und hat seitdem keinen Pfennig Miete gezahlt, dachte Amelie.

»Bitte.« Holm zeigte mit der offenen Hand auf das Sofa. Sie setzten sich alle drei, Amelie, Dürr und Frau Binder, aber das war ein Fehler, das merkte Amelie im selben Moment, in dem sie Platz nahm. Eine bleierne Müdigkeit sprang sie an wie ein großer Hund und legte sich auf sie und drückte sie zu Boden. Am liebsten hätte sie die Augen geschlossen und wäre eingeschlafen. Zum Glück war das Sofa so niedrig, dass sie gar nicht erst in die Versuchung kam, sich anzulehnen.

»Hier ist die Mail.« Holm reichte Dürr einen Ausdruck. »Vielleicht kriegen Sie ja raus, woher sie kommt. Obwohl ich es bezweifle. Inzwischen weiß ja bald jeder Grundschüler, wie man so was verschleiert.«

»Zwei Millionen Euro, sonst wird Myriam Bellinger aufgehängt«, las Dürr vor. »Die Botschaft ist unmissverständlich.«

»Was fehlt, ist der Beweis, dass sie Myriam Bellinger in ihrer Gewalt haben«, sagte Amelie.

»Vorhin fehlte der Beweis noch. Aber jetzt ist er da«, sagte Holm.

»Was?«

Holm klappte seinen Laptop auf und gab ihn Amelie. Sie warf einen Blick auf den Bildschirm und war sofort hellwach.

Die Rekonstruktion der Vergangenheit. Schwierig, besonders wenn es sich um die eigene Vergangenheit handelte.

Jo musste herausfinden, was in der letzten Nacht geschehen war.

Was aus den Pillen geworden war und aus der Kohle, die er angeblich eingenommen hatte. Die Leute hatten mit Scheinen und Münzen bezahlt, sagte Simon, er musste das Geld ja irgendwohin gesteckt haben. In seine Jeans, in sein Hemd, in die Jacke. Taschen voller Geld. Und dann?

Hatte er sich volllaufen lassen. Hatten sie ihm aufgelauert und ihn überfallen und ihm die Drogen und die leicht verdiente Knete wieder abgenommen. Aber wer?

»Vielleicht hast du dich vertan«, sagte Jo. »Vielleicht hab ich das Zeug gar nicht verkauft, sondern selbst geschluckt. Das würde auch den Filmriss erklären.«

»Quatsch«, sagte Simon. »Dann wärst du jetzt tot.«

Jo zog eine Grimasse. Seine Kopf schmerzte. Vom Nachdenken. Vom Saufen. Nach einem Glas Wodka wäre es besser. Aber den tranken jetzt die Kanalratten.

»Mit wem hast du mich gesehen?«

»Mit Kaster. Und Ole. Und mit dieser Annika, mit der er jetzt zusammen ist.«

»Annike«, sagte Jo.

»Oder so. Bilstein und Moritz hab ich im Elektrolyte gesehen. Emil war auch da. Und Max Handweiser.« Simon holte sein Handy aus der Tasche. »Ruf sie an. Los.«

»Was soll ich denen denn sagen?«

»Sag ihnen, dass du gestern dein Handy verloren hast und ob sie's vielleicht gefunden haben.«

»Dann sagen sie Nein und das war's dann.«

»Dann sag irgendwas anderes. Du musst so viel wie möglich über letzte Nacht rauskriegen. Aber erzähl bloß nicht, dass die Drogenkohle futsch ist, sonst steht in einer halben Stunde Mahler hier auf der Matte.« Simon rief sein Telefonbuch auf und wählte einen Namen und gab Jo das Handy.

»Hier. Kaster.«

»Das ist doch hirnrissig«, sagte Jo, aber im selben Moment ging Kaster dran.

»Dein Handy ist weg?«, fragte er, nachdem Jo sein Märchen hervorgestammelt hatte. »Ich hab's nicht. Hast du schon im Club angerufen? Kannst du dir wahrscheinlich auch schenken. So was gibt doch niemand ab.«

»Nee«, sagte Jo. »Aber ich versuch's trotzdem mal.«

»Na, dann viel Glück. Das Zeug, das du mir gestern verkauft hast, war übrigens krass. War die ganze Nacht auf den Beinen.«

»Wie viel hast du denn noch mal genommen?«

»Für fünfzig Euro. Woher hast 'n das?«

»Das wüsstest du gerne«, sagte Jo und legte auf und rief Ole an, der ihm auch nicht weiterhelfen konnte. Annike, Bilstein und Max hatten ebenfalls Pillen gekauft, Bilstein hatte außerdem gesehen, wie ein Typ Jo zwei Hunderter zugesteckt hatte. »Du hast verkauft wie ein Weltmeister. Wundert mich ja, dass du die Bullen noch nicht am Hals hast. Die haben doch überall ihre verdeckten Ermittler.«

Jo unterdrückte ein Winseln. Vielleicht hatte er die letzte Nacht aus lauter Scham verdrängt. Wie bescheuert konnte man sich eigentlich anstellen?

»Das Zeug ist klasse«, sagte Max. »Ich würde gerne noch was kaufen.«

»Nix mehr da. Aber ich sag Bescheid, wenn ich wieder was hab«, sagte Jo und wollte auflegen.

»Ach, übrigens«, sagte Max. »Hat dich diese Frau noch gefunden? Die hat mich gestern dreimal nach dir gefragt.«

»Welche Frau?«

»Ich hab den Namen vergessen. Aber du hast sie mir letzte Woche vorgestellt, Freitag oder so. Und gestern war sie im Elektrolyte und hat nach dir gefragt, aber du warst schon weg.«

»Wie sieht sie denn aus?«

»Gut. Groß, lange braune Haare. Minirock. Echt sexy. Apropos sexy: Ich hab da heute was in der Zeitung gelesen. Diese Schauspielerin, die sie da entführt haben, war das nicht deine Freundin …?«

Jo legte auf. »Eine große braunhaarige Frau. Minirock. Echt sexy. Na super.«

»Wer soll das sein?«, fragte Simon.

»Keine Ahnung.« Wieder eine Erinnerung, die ihm fehlte.

»Vielleicht hat sie dich ja gefunden. Die sexy Frau. Hat gesehen, wie voll du warst. Und dann hat sie dich beklaut.«

»Ich lass mich doch nicht von einem Mädchen beklauen.«

»Du warst breit, Mann. Und deine Mim war weg, aber diese Tussi war da und zu allem bereit. So was nennt man Übersprungsverhalten.«

»Blödsinn.« Übersprungsverhalten. Woher kannte Simon so ein schwieriges Wort, er hatte die Schule doch nach der Neunten verlassen, fragte sich Jo. Aber das war nun wirklich nebensächlich.

6

Die junge Frau in dem Videoclip war Myriam Bellinger. Amelie, die ihr Gesicht nur aus der Serie kannte, hätte sie allerdings nie im Leben wiedererkannt. Ihr linkes Auge war zugeschwollen, die Wange leuchtete rot. Ein tiefer Kratzer quer über die Stirn. Ihre Augenlider flatterten, der Blick leer und panisch zugleich. Sie öffnete die Lippen, sie schien etwas sagen zu wollen, aber bevor sie dazu kam, brach der Film ab.

»Sie haben sie geschlagen«, sagte Holm. »Diese Schweine.«

»Wann haben Sie den Film bekommen?«

»Gerade eben. Bevor Sie geklingelt haben. Jetzt wissen wir, dass es keine Trittbrettfahrer sind. Die haben Myriam wirklich.«

»Sind Sie sich sicher, dass es kein Bild aus der Serie ist?«

»Sie meinen, eine Aufnahme vom Set?« Holm schüttelte den Kopf. »Nein, auf keinen Fall. Man sieht nicht viel von der Umgebung, aber unser Studiokerker sieht anders aus. Gemauerte Wände, kein Beton. Die Klamotten stimmen auch nicht. Und dieses Gesicht. So würden wir Myriam nie fotografieren. Wir drehen doch keinen Horrorfilm.«

»Sicher?«

»Absolut.«

»Wir können davon ausgehen, dass sich die Entführer in Kürze wieder melden werden«, sagte Amelie. »Sie müssen Ihnen ja mitteilen, wann und wo das Lösegeld übergeben werden soll.«

»Das ist absurd«, sagte Holm. »So viel Geld hab ich nicht. Das müsste denen doch klar sein.«

»Wir werden Ihr Telefon überwachen«, sagte Amelie. »Sowohl hier als auch im Büro.«

»Meinen Sie, die Typen rufen an?«, fragte Holm. »Per Mail ist es doch für die viel sicherer.«

»Wir müssen mit allem rechnen.« Amelie erhob sich.

Dürr stand ebenfalls auf. »Na dann. Erholen Sie sich gut. War ja ein anstrengender Tag für Sie.«

»Das kann man wohl sagen.« Holm gähnte.

»All die Interviews und Gespräche mit den Journalisten. Immer dieselben Fragen. Immer dieselben Antworten. Das kann einen schon ermüden.«

»Was wollen Sie denn damit sagen?«

»Hoffentlich hat es sich ausgezahlt«, sagte Dürr.

»Bitte?« Holm wirkte zutiefst gekränkt.

»Die Streamingzahlen sind doch bestimmt in die Höhe geschossen. So viel Publicity hatten Sie ja noch nie. Hoffentlich bleibt Myriam noch ein paar Tage verschwunden.«

»Jetzt gehen Sie aber zu weit. Was unterstellen Sie mir da eigentlich?«

»Wir unterstellen gar nichts. Wir ermitteln«, sagte Amelie. »Und wir wären Ihnen sehr dankbar, wenn Sie die Lösegeldforderung vorerst für sich behalten. Falls Sie es nicht bereits an Ihre Freunde von den Medien weitergegeben haben. Es erschwert die Suche ungemein, wenn die Medien uns immer einen Schritt voraus sind.«

»Welche Suche?«, fragte Holm. »Was unternehmen Sie denn schon? Sie haben doch bisher noch nichts herausgefunden. Myriams Freund, was ist mit dem? Schauen Sie sich den doch mal an, anstatt sich nur in mich zu verbeißen.«

»Meinen Sie, dass er Frau Bellinger entführt hat? Wie kommen Sie darauf?«

»Ich arbeite seit über einem Jahr intensiv mit Myriam zusammen. Da erfährt man so einiges.«

»Und was haben Sie erfahren?«

»Dieser Steiner ist ein Schnorrer. Sie hat ihn ausgehalten und durchgefüttert. Vielleicht ist ihr am Ende aufgefallen, wie sehr er sie ausnutzt. Da hat sie ihn rausgeworfen und er hat sich gerächt.«

Sie hat ihn ausgehalten und durchgefüttert. Amelie sah Kathrin Binder an, als Holm das sagte. Sah, wie sie den Kopf senkte und auf ihre Hände starrte, um ihr Gesicht zu verbergen. Weil Holm nicht nur von Myriam Bellinger sprach, sondern auch von ihr selbst. Vielleicht war sie aber auch einfach nur müde. Genau wie ich, dachte Amelie.

Daniel hatte Fotos aus Phuket geschickt. Ein glasklares Meer. Buddhistische Tempel. Eine Tempeltänzerin. Kinder vor Wellblechhütten, zerlumpt, aber fröhlich. Weiße Strände mit und ohne Palmen. Vielleicht war es auch immer derselbe Strand.

Du fehlst mir, schrieb Daniel. Warum bist du nicht mitgefahren? Meine Eltern gehen mir schrecklich auf die Nerven. Lass uns mal skypen, schlug er vor. Morgen um neunzehn Uhr. In Thailand wäre es dann Mitternacht. Aber das macht nichts, ich hab ja Urlaub. Schrieb Daniel.

Amelie zupfte an ihren roten Haaren und nippte an dem Pfefferminztee, den sie sich aufgebrüht hatte, bevor sie in den Besprechungsraum gegangen war. Diese verdammte Magen-Darm-Grippe. Nach dem Aufstehen hatte sie sich wieder übergeben. Auch jetzt war ihr übel. Eigentlich sollte sie nach Hause, ins Bett. Schlafen bis um sieben und dann in aller Ruhe mit Daniel skypen. Obwohl den der Schlag treffen würde, wenn er ihre neue Frisur sah. Vielleicht würde er gleich für immer in Thailand bleiben.

Die Tür vom Besprechungsraum ging auf. Die Staatsanwältin rauschte herein, gefolgt von Dolder. Er blieb mitten im Zimmer stehen und starrte Amelie mit gespieltem Entsetzen an. »Du liebe

Zeit. Haben Sie noch mal nachgelegt? Das ist noch knalliger als vorgestern.«

Ihre Hände fuhren zu ihren Haaren. Ihr Gesicht wurde heiß, das machte sie wütend und davon wurde sie noch röter. Rote Haare, rotes Gesicht, na super.

»Lassen Sie doch Ihre Machosprüche, Dolder«, sagte Frau Bartels-Schmidt. »Ich find's mutig. Die Welt besteht nicht nur aus blonden Barbies. Auch wenn Sie es gerne so hätten.«

Dolder grinste anzüglich, ließ sich neben der Staatsanwältin auf einen Stuhl fallen und streckte die Beine von sich. »War doch nur 'n Scherz. Versteht hier keiner mehr einen Witz?«

»Schön, dass du wieder da bist, Klaus«, sagte Bonn, der nichts von dem Wortwechsel mitbekommen hatte, weil er sich gerade mit Dürr unterhielt. »Da können wir ja anfangen.«

Amelie stellte sich neben das Flipchart und fasste zusammen, was sie am Vortag herausgefunden hatten. Und versuchte dabei nicht an ihre Übelkeit zu denken und auch nicht in Dolders Richtung zu schauen, der auf seinem Stuhl fläzte, als wäre es ein Barhocker. »Myriam Bellinger ist seit anderthalb Tagen verschwunden. Es gibt eine Lösegeldforderung an den Produzenten der Serie, der allerdings selbst fast insolvent ist. Außerdem hat er ein Video zugespielt bekommen, das Myriam Bellinger zeigt.« Sie hatte den Clip auf ihren Laptop gezogen und warf ihn jetzt über den Beamer an die Wand. »Holm ist mit der Sache ja leider sofort in die Medien gegangen, die Öffentlichkeit weiß jetzt, dass Frau Bellinger entführt wurde. Das hat uns allerdings auch eine Menge Resonanz gebracht. Wir prüfen alles, aber bis jetzt scheint keiner der Hinweise aus der Bevölkerung relevant. Myriam Bellinger ist seit ihrer Entführung wie vom Erdboden verschluckt.«

»Verdächtige?«, fragte Dolder.

»Erik Holm und Jo Steiner sind im Moment unsere Hauptverdächtigen. Holm hat massive finanzielle Probleme und profitiert am meisten von der Entführung. Die Streamings haben sich in den letzten vierundzwanzig Stunden verfünffacht. Das ist ganz enorm. Jo Steiner hat für die Tatzeit kein Alibi und laut Aussage von Myriams Eltern scheint er ein Drogenproblem zu haben …«

»Wer hat das nicht«, fragte Dolder und klang dabei zugleich gereizt und gelangweilt.

Amelie ignorierte den Einwurf. »Außerdem war seine Beziehung mit Frau Bellinger weniger harmonisch, als er uns weismachen will.«

»Und deshalb entführt er seine Freundin und erpresst den Produzenten, der kurz vor dem Bankrott steht?«, meinte Wiebke Huber skeptisch.

»Vielleicht gibt es da Zusammenhänge, die wir bisher noch nicht kennen«, sagte Amelie und merkte selbst, wie schwammig das klang. Dolder verunsicherte sie, sie spürte seine abschätzigen Blicke, auch wenn sie nicht in seine Richtung sah. »Wir müssen mehr über Steiner herausfinden. Angeblich ist er Drehbuchautor, aber verdient er damit wirklich Geld? Holm hat gestern angedeutet, dass Frau Bellinger ihren Freund aushält und dass sie genervt davon war.«

»Das heißt konkret?«, fragte Dolder. »Was schlagen Sie vor?«

»Dazu kommen wir gleich«, sagte Amelie. »Zuerst möchte ich auf die Lösegeldforderung eingehen. Ich nehme mal an, dass es nicht gelungen ist, den Absender zu ermitteln?« Die Frage war an Kriminalkommissar Kellermann gerichtet, der sich in den letzten Jahren auf Computerfragen spezialisiert hatte. Amelie hatte ihn nach dem Besuch bei Holm angerufen und ihm die Mail weitergeleitet. *2yxz2@avtodom.ru* lautete der Absender.

»Die Überprüfung läuft noch«, sagte Kellermann und blätterte in seinen Unterlagen. In Besprechungen war er entsetzlich umständlich und langsam, aber wenn er an seinem Computer saß, verwandelte er sich in ein wahres Genie. »Aber ich kann Ihnen … kaum

Hoffnungen machen. Vermutlich wurden die Mails übers Handy verschickt, die IP-Adresse wurde über mehrere Proxys verschleiert. Und ich wette mit Ihnen, dass die Server im Ausland stehen.«

»Wär ja auch zu schön gewesen, wenn uns der Erpresser die Adresse gleich mitgeliefert hätte.«

»Was ist mit dem Video?«, fragte Dürr. »Erkennt ihr da irgendwas, was wir noch nicht gesehen haben?«

»Was sollte das sein?«, fragte Kellermann. »Ein Straßenschild im Hintergrund? Leider nicht. Die Aufnahme wirkt echt, da wurde meines Erachtens nichts manipuliert. Ich könnte mir vorstellen, dass das Ganze mit dem Handy aufgenommen wurde. Mehr lässt sich dazu nicht sagen.«

»Lily Pahl hat ausgesagt, dass Myriam bei der Entführung andere Klamotten trug«, erklärte Wiebke. »Jeans und ein rotes Sweatshirt.«

»Und hier trägt sie einen Jogginganzug«, sagte Bonn.

»Den Lily Pahl nicht kennt.«

»Sie haben sie umgezogen«, murmelte Dürr. »Komisch, oder?«

»Was ist mit Frau Bellingers Computer? Seid ihr da auf irgendeine Spur gestoßen?«, erkundigte sich Amelie.

»Wir sind noch dabei. Aber das kann dauern. Im Mailordner sind Tausende von Mails und dann der ganze Facebookkram. Na ja, wir tun, was wir können.«

»Sonst noch was?«, fragte Amelie.

»Im Verlauf ihres Browsers haben wir gesehen, dass sie in der letzten Zeit auffällig oft auf Immobilien-Scout war.«

»Ach«, sagte Amelie. »Wollte sie ausziehen?«

»Sie hat sich Objekte in Köln und Hamburg angesehen.«

»Was für Objekte?« Dass man diesem Mann immer alle Informationen wie Würmer aus der Nase ziehen musste!

»Kleine Wohnungen. Eher was für eine Person. Offensichtlich waren ihr Freund oder ihre Kollegin nicht eingeplant. Einmal hat sie sogar einen Makler kontaktiert. Wir haben natürlich schon nachgehakt – es war nur eine unverbindliche Anfrage. Ist nichts draus geworden. Aber immerhin.«

»Interessant.«

»Den Rest der Mails und Dokumente sichten wir noch.« Kellermann seufzte.

»Was ist mit diesem Internetforum zur Serie? Hast du da schon mal reingeguckt, Peter?« Amelie zwang sich, dem Polizeipsychologen in die Augen zu sehen. Und hatte wie immer das Gefühl, dass er ihre verborgensten Gefühle und geheimsten Gedanken las. Sie wusste so gut wie nichts über Peter Schulz, er wusste alles über sie. Jedenfalls kam es ihr so vor.

»Sicher«, sagte er. »Ich finde es immer wieder erstaunlich, wie sich die Leute in solche Serien reinsteigern. Aber abgesehen davon finde ich vor allem die Gedichte bemerkenswert.«

»Inwiefern?«, fragte Amelie.

»Liebesgedichte auf einer solchen Seite, das ist wohl eher selten.« Schulz zog einen Stapel Kopien aus der Tasche und las vor:

»Ich
Gefangen in einem dunklen Tunnel
Wände, die mich bedrängen
Und dann
Hebe ich meinen Blick
Sehe Licht
Sehe den Morgen am Ende der Nacht
Sehe dich im Licht
Aber du siehst mich nicht.«

»Was für ein Kitsch«, ächzte Stahl.

»Könnte Kitsch sein«, gab Schulz zu. »Könnte aber auch auf eine ernsthafte affektive Störung hindeuten.«

»Eine affektive was?«, fragte Dolder.

»Eine Ich-Störung, die mit Halluzinationen und Wahnvorstellungen einhergeht. Der Betroffene ist überzeugt, dass es zwischen ihm und Myriam Bellinger eine unsichtbare Verbindung gibt. Eine Beziehung, die Myriam Bellinger vielleicht noch nicht bewusst ist, aber das macht sie nicht weniger real. Indem er seine Gedichte in das Forum stellt, das ja allgemein zugänglich und einsehbar ist, macht er diese intime Verbindung offiziell und gültig. Alle können es sehen und nachvollziehen, was er für Frau Bellinger empfindet. Und da sie ihm nicht widerspricht, akzeptiert sie seine Liebe, nimmt sie sozusagen an.«

»Aha«, sagte Dürr. »Und weil er nicht länger im Dunkeln allein sein will, entführt er Myriam und fordert zwei Millionen Lösegeld von Holm.«

»Ihm geht es aber nicht um das Geld. Ihm geht es darum, Myriam kennenzulernen, mit ihr zusammen zu sein.«

»Und was ist, wenn sie nicht mitspielt? Wenn sie ihm klarmacht, dass sie ihn weder retten kann noch will?«

»Dann könnte die Situation sehr gefährlich für sie werden«, sagte Schulz. »Aber wie gesagt – das ist nur ein erster Eindruck, reine Spekulation. Um eine wirkliche Diagnose zu erstellen, müsste ich viel mehr über den Verfasser der Gedichte wissen.«

»Wer ist der Verfasser?«, fragte Amelie Kellermann. »Wissen wir das schon?«

»Mit einiger Wahrscheinlichkeit«, sagte Kellermann. »Der Name und die E-Mail-Adresse, mit denen sich dieser Poet im Forum angemeldet hat, scheinen zu stimmen. Ein Jan Regenscheidt ist in Köln gemeldet. Im Buschfelde 19a ist die Adresse. Der Mann ist selbstständig, Finanzberater. Die Privatadresse ist auch die Firmenanschrift.«

»Finanzberater«, sagte Amelie. »Na, so was. Den schauen wir uns doch mal an. Und was ist mit dem Flugticket? Konnte der edle Spender ebenfalls ermittelt werden?«

»Die tüchtige Sekretärin hat ja glücklicherweise nicht nur den Begleitbrief, sondern auch den Umschlag aufbewahrt, in dem das Ticket verschickt wurde. Und da stand die Adresse drauf. Frank Schneck, Helmholtzstraße 20. Ebenfalls in Köln.«

»Ist dir an dem Schreiben irgendwas aufgefallen, Peter?«, fragte Amelie.

Der Psychologe kramte in seinen Unterlagen und las dann vor. »Hallo, Myriam Bellinger. Ich habe alle Ihre Filme mehrmals gesehen und bin ein großer Fan von Ihnen und der Serie Missing. Ich bin 48 Jahre alt, sportlich und gut aussehend, Nichtraucher und von Beruf LKW-Fahrer. In meiner Freizeit spiele ich Fußball und sehe fern – am liebsten Ihre Filme! Ich würde Sie gerne mal zum Kaffeetrinken einladen. Sie mögen ja keinen Tee, das hab ich rausgefunden. Aber nicht hier in Köln, sondern in Hawaii! Damit Sie sehen, dass es kein Witz ist, lege ich Ihnen das Flugticket schon mal bei. Es ist schon bezahlt. Der Flug geht am 3. September, es lässt sich aber noch verschieben, wenn Sie lieber wann anders fliegen möchten. Die Reise beinhaltet keinerlei Verpflichtung Ihrerseits, ich buche Ihnen auch ein Einzelzimmer und lasse Sie in Ruhe. Es geht mir nur ums Kennenlernen. Bitte geben Sie mir Bescheid, wann Sie können, dann erfolgt auch die Zimmerbuchung.«

Schallendes Gelächter im Besprechungsraum. Selbst Dolder verzog das Gesicht zu einem breiten Grinsen. Nur Peter Schulz schien fast gekränkt, als er den Brief zurück auf den Stapel der übrigen Mails legte. »Na, ob das so lustig ist, weiß ich nicht.«

»Was meinen Sie? Hat dieser Kerl auch eine affektierte Dingsda?«, fragte Dolder.

»Man kann das nicht anhand eines Briefes feststellen. Natürlich könnte auch hier eine Persönlichkeitsstörung vorliegen. Celebrity-Worship-Syndrom nennen es die Amerikaner.«

»Zu Deutsch Starkult«, sagte Frau Bartels-Schmidt.

»Nein, ein Celebrity-Worship-Syndrom ist mehr als nur Begeisterung für einen Star. Der Patient ist überzeugt, dass nicht nur er etwas für den Star empfindet, sondern dass seine Gefühle auch erwidert werden. Wenn ich ernstlich bedroht werde, wird Brad Pitt mir helfen. Auch dieses Syndrom kann Borderline-pathologische Züge annehmen.«

»Du liebe Güte, man fühlt sich ja selbst schon ganz krank, wenn man Ihnen zuhört«, sagte die Staatsanwältin.

»Diesen Schneck sehen wir uns ebenfalls mal an«, entschied Amelie. »Ich schlage vor, Dürr und ich fahren zu diesem Dichter, Wiebke und Stahl, ihr nehmt euch den LKW-Fahrer vor. Vielleicht war der Brief ja nur ein blöder Scherz und das Ticket ein Fake.«

»Was ist mit dem drogensüchtigen Freund?«, fragte Dolder. »Haben Sie den jetzt schon wieder vergessen?«

»Habe ich nicht«, sagte Amelie ruhig. »Ich werde einen Antrag auf Offenlegung seiner Konten stellen. Mal sehen, von was Herr Steiner so lebt.«

»Ich kümmere mich darum«, sagte Frau Bartels-Schmidt. »Das sollte kein Problem sein.«

»Gegebenenfalls werden wir ihn observieren«, sagte Amelie.

»Lassen Sie sich nur Zeit«, sagte Dolder.

»Was soll denn diese Bemerkung jetzt?«, fragte Amelie und klang auf einmal nicht mehr ruhig, ihre Stimme zitterte vor Wut. Obwohl sie wusste, dass Dolder genau das beabsichtigte. Dass sie die Beherrschung verlor und Nerven zeigte.

Dolder erhob sich. »Dieses Mädchen ist jetzt seit zwei Tagen verschwunden. Zwei Männer dringen in die Wohnung ein, packen sie, schleppen sie durchs Treppenhaus nach draußen und bringen sie weg, ohne das irgendjemand was davon mitbekommt. Der Freund benimmt sich außergewöhnlich verdächtig, und Sie wollen sich mal sein Konto ansehen. Vorher rennen Sie aber noch irgendwelchen Hirngespinsten nach, verrückten Fans, die bescheuerte E-Mails schreiben.«

»Warum sagen Sie nicht klar und deutlich, was Sie vorschlagen?«, fragte Amelie.

»Observieren Sie diesen Kerl, na klar, nehmen Sie ihn auseinander. Da stimmt doch was nicht mit dem, das stinkt doch zum Himmel. Und diese andere Schauspielerin, hat die schon einer durchleuchtet?«

»Da bin ich dran«, sagte Wiebke Huber. »Lily Pahl hat eine aufregende Vergangenheit.«

»Was heißt das?«, fragte Dolder.

»Sie war als Jugendliche Mitglied in einer Mädchengang. Wurde mehrmals festgenommen, wegen Randale, Drogenmissbrauch, Prügeleien. Sie ist mit sechzehn von der Realschule geflogen und hat nie einen Abschluss gemacht.«

»Aha!« Dolder sah Amelie triumphierend an.

»Was heißt denn hier *aha*?«, fragte sie gereizt. »Das ist alles Vergangenheit.«

»Pfarrerstöchterchen Myriam und Lily, die Gangsterbraut. Das ist ja wohl ein bizarres Duo. Vielleicht hat diese Lily ihrer kriminellen Vergangenheit doch nicht ganz abgeschworen. Was ist mit den anderen Kollegen der beiden? Wurden die schon befragt? Wir müssen wissen, wie das Verhältnis der Mädchen zueinander war.«

Das Verhältnis der Mädchen. Myriam Bellinger war vierundzwanzig, Lily Pahl dreiundzwanzig. Aber für Dolder waren alle Frauen unter fünfzig Mädels.

»Wir sind dran. Aber es liegen bisher kaum Protokolle vor«, gab Amelie zu. »Das ist auch so ein Punkt. Wir haben viel zu wenig Leute. Wir brauchen Verstärkung.«

»Die Brinkhaus soll euch noch helfen. Und der Nolding vom KK 12. Mal sehen, was sich sonst noch machen lässt«, sagte Dolder. »Ich hab für morgen Mittag eine Pressekonferenz angesetzt. Vielleicht haben wir ja da schon ein paar konkretere Ergebnisse.«

Amelie verließ als Letzte den Raum. Es war noch nicht mal halb zehn, aber ihr Kopf dröhnte, als ob sie die ganze Nacht durchgemacht hätte. Im Flur lehnte Dolder an der Wand. Ganz offensichtlich wartete er auf sie.

»Kommen Sie zurecht?«, fragte er.

»Danke. Alles bestens.« Eine Lüge. Ihr war schlecht. Und jetzt, da sie Dolder gegenüberstand, wurde die Übelkeit noch schlimmer.

»Wenn alles bestens wäre, wäre das Mädel ja schon wieder aufgetaucht«, blaffte er.

»*Frau* Bellinger ist vierundzwanzig. Und wir tun, was wir können.«

»Frau Bellinger ist vierundzwanzig«, wiederholte Dolder mit affektierter Stimme. Ich weiß, dass sie vierundzwanzig ist.«

»Dann reden Sie doch nicht von ihr, als ob sie ein Schulmädchen wäre.«

»Ist doch scheißegal, wie ich von ihr rede«, sagte Dolder. »Ich will, dass sie gefunden wird. Und zwar schnell. Aber so wie Sie das angehen, wird das nichts.«

»Was hab ich denn falsch gemacht, Ihrer Meinung nach?« Verdammt, warum klang sie so defensiv? Wie schaffte es Dolder nur jedes Mal, ihr den Boden unter den Füßen wegzuziehen?

»Sie sind nicht objektiv. Sie folgen Ihrem Gefühl. Sie schalten Ihr Hirn aus. Wenn Sie diesen Typen kriegen wollen, müssen Sie unvoreingenommen sein. Und analytisch denken.«

»Das ist schlecht«, sagte Amelie spöttisch. »Objektiv sein. Analytisch denken. Ich bin doch eine Frau.«

»Das haben Sie gesagt«, sagte Dolder und deutete dabei mit dem Zeigefinger auf ihre Brust, als wollte er sie erstechen. »Dieser Frauen-Männer-Scheiß interessiert mich nicht. Mich interessieren Ergebnisse.«

»Klar«, murmelte Amelie und wollte weg, wollte auf die Toilette, um sich zu übergeben, aber Dolder ließ sie nicht weg.

»Es war ein Missverständnis, nur dass Sie das wissen.«

»Was?«

»Dass Sie den Fall übernehmen. Ich wollte, dass Dürr es macht. Ist irgendwie falsch angekommen.«

Amelie sah ihn entgeistert an. »Warum sagen Sie mir das?«

»Damit Sie wissen, was Sache ist. Verstehen Sie mich richtig, Frau Fröhlich. Ich hab persönlich überhaupt nichts gegen Sie, ich find Sie sogar wirklich nett. Aber ich glaube, dieses Ding ist eine Nummer zu groß für Sie und Ihre Intuition.«

»Dann nehmen Sie mir den Fall doch wieder ab«, sagte Amelie. »Sie sind doch schließlich der Kommissariatsleiter.«

»Vielleicht mach ich das auch«, sagte Dolder. »Vielleicht mach ich das.«

Dann ging er weg, ohne sich von ihr zu verabschieden, er ließ sie einfach stehen.

7

»Dolder hat vielleicht Krebs«, sagte Dürr.

Sie kurvten nun schon eine halbe Stunde durch die Kölner Vorstadt. Einfamilienhäuser aus den Fünfzigerjahren, vor jedem ein Vorgarten mit Thuja-Stauden und Buchsbaumkugeln und daneben eine Garage. Auf den Briefkästen standen die Hausnummern, auf der einen Straßenseite gingen sie von 1 bis 19, auf der anderen Seite von 2 bis 20. Dann kam eine Kreuzung und danach ging es mit der Nummer 21 weiter.

»Wie bitte?« Der Fahrtwind knatterte und sauste in Amelies linkem Ohr. Das rechte Fenster klemmte nach wie vor. Zumindest war ihr nicht mehr schlecht, nachdem sie ihren gesamten Mageninhalt in der Toilette im Präsidium gelassen hatte. »Woher weißt du das?«

»Von Bonn. Er wird in den nächsten Tagen operiert. Also Dolder. Und wenn er Pech hat, kommt danach das ganze Programm. Chemo, Bestrahlung. Der arme Kerl.«

Amelie nickte und schämte sich, weil sie nichts empfand außer einer großen Erleichterung. Dolder wäre in den nächsten Wochen im Krankenhaus und könnte ihr nicht auf die Nerven gehen mit seinem Misstrauen, seinen Machosprüchen, seiner verdammten Besserwisserei. Ein Problem weniger.

»Er wollte eigentlich dir den Fall geben«, sagte sie. »Hat dir das Bonn auch erzählt?«

Dürr zögerte einen kurzen Moment lang. Dann nickte er. »Aber jetzt hast du ihn. Und dabei bleibt's auch.«

Amelie wartete darauf, dass er noch etwas hinzufügte. Bei dir ist die Sache ja auch in besten Händen. Oder: Er wird schon sehen, dass er sich in dir getäuscht hat. Der Idiot. Der arme Kerl.

Aber Dürr sagte nichts mehr, sondern bremste am Straßenrand und steckte den Kopf aus dem Fenster. »Hallo? Können Sie mir sagen, wo ich die Hausnummer 19a finde?«

»19a?« Die Frau mit dem Setter an der Leine zog bekümmert die Mundwinkel nach unten. »Mit den Hausnummern ist das hier ein bisschen schwierig.« Als ob sie das nicht schon selbst gemerkt hätten. »Zu wem möchten Sie denn?«

»Regenscheidt.«

»Warum sagen Sie das nicht gleich? Das ist die Stichstraße hinter dem gelben Haus. Bestellen Sie mal schöne Grüße von Ulla.«

Dürr hob dankend die Hand, gab wieder Gas, wendete und fuhr in die Stichstraße, an deren Ende die Nummer 19a lag. »Hoffentlich ist der Typ da«, sagte er.

»Ist es Dolders Magen?«, fragte Amelie.

»Was? Ja, glaub schon. So richtig wusste Bonn auch nicht Bescheid. Du kennst doch Dolder, der redet nicht über so was. Ein Indianer kennt keinen Schmerz.«

Du kennst doch Dolder. Sie kannte ihn ja gar nicht. Obwohl er nun schon seit über drei Jahren ihr Vorgesetzter war. Vorher hatte sie im KK 14 gearbeitet und war mit ihrem Vorgesetzten hervorragend zurechtgekommen, sie waren manchmal nach der Arbeit sogar noch was trinken gegangen. Beißwenger hatte ja auch kein Problem mit Frauen. Im Gegensatz zu Dolder. Dieser Frauen-Männer-Scheiß interessiert mich nicht, hörte sie ihn wieder sagen. Mich interessieren Ergebnisse.

Es war nicht so, dass Dolder grundsätzlich keine Frauen mochte. Mit einigen Kolleginnen im Kommissariat arbeitete er hervorragend zusammen. Er mochte den weichen, weiblichen Typ. Frauen, die über seine Witze lachten und auch mal in Tränen ausbrachen, wenn sie überlastet waren. Die er trösten und wiederaufbauen konnte. Amelie brach niemals in Tränen aus, jedenfalls nicht bei der Arbeit. Wenn sie überlastet war, verlor sie höchstens die Geduld. Wurde laut und spitz und spöttisch, das fand Dolder unerträglich. Kommen Sie mal wieder runter, sagte er dann und grinste herablassend. Oben war nämlich nur einer und das war er selbst.

Magenkrebs. Wenn er Glück hatte, war das Ganze noch im Frühstadium. Dann waren die Heilungschancen gut. Bei Amelies achtzigjährigem Nachbar hatte man ebenfalls einen Tumor im Magen entdeckt, man hatte ihn operiert und bestrahlt und jetzt war alles wieder in Ordnung. Und Dolder war erst Mitte fünfzig und durchtrainiert und fit.

»Was ist? Kommst du? Oder willst du im Auto bleiben?«

Dürr musterte sie mit einem halb spöttischen, halb mitleidigen Blick. Sie schüttelte den Kopf. »Natürlich komm ich mit.«

Die junge Frau, die die Tür öffnete, hatte kurz geschnittenes, mausgraues Haar und eine Brille. Ein blasses Gesicht und ein Baby auf dem Arm. Ein kleiner Junge drängte sich an ihr Bein und musterte Amelie und Dürr aus neugierigen Augen.

»Kriminalpolizei«, sagte Amelie. »Keine Angst, es ist nichts passiert. Wir haben nur ein paar Fragen an Herrn Jan Regenscheidt.«

»Das ist mein Mann«, sagte die Frau und verlagerte ihr Gewicht und das Baby von links nach rechts. »Der ist gerade oben. Worum geht es denn?«

»Würden Sie ihn holen?«, fragte Amelie zurück.

Sie schob den Jungen zur Treppe. »Sag Papa, dass Besuch für ihn da ist. Er soll runterkommen.«

Das Wohnzimmer war düster und hässlich. Eine Schrankwand aus Nussbaum, ein Marmortisch, ein beiges Sofa, verschossene Vorhänge. An den Wänden Zierteller und riesige Puzzles, die auf Pappe aufgezogen waren. Der Trevi-Brunnen in Rom, die Niagara-Fälle.

Die Einrichtung passte nicht zu der jungen Frau und den Kindern, es sah aus wie das Zimmer eines alten Menschen.

»Guten Tag.« Jan Regenscheidt war um die dreißig. Ein schlanker Mann mit hoher Stirn, dünnem Schnurrbart und dunklen Augen. Lange Wimpern wie von einem Mädchen. Sein Sohn war ihm wie aus dem Gesicht geschnitten, nur dass der Kleine natürlich keinen Schnurrbart trug.

»Herr Regenscheidt?«

Er nickte stumm. Verschränkte die Arme vor der Brust und blieb in der Tür stehen.

»Bitte, setzen Sie sich doch«, sagte seine Frau, die sich jetzt an ihm vorbei in den Raum schob. »Möchten Sie was trinken?«

Amelie und Dürr schüttelten synchron den Kopf, obwohl sie nach der langen Fahrt beide durstig waren. Sie nahmen auf dem Sofa Platz, die Frau setzte sich in einen schäbigen gelben Sessel, das Baby immer noch auf dem Schoß. Der kleine Junge drängte sich neben sie. Der Mann blieb stehen.

»Was gibt's denn eigentlich?«, erkundigte er sich.

»Können wir mit Ihnen alleine sprechen?«, fragte Amelie.

»Meine Frau kann ruhig dabei sein. Wir haben keine Geheimnisse voreinander. Jonas, gehst du ins Kinderzimmer?« Sein Sohn drehte nicht einmal den Kopf in seine Richtung. Er hielt die Augen fest auf die Besucher gerichtet.

»Allein geht er nicht«, sagte Frau Regenscheidt. Auch sie sah ihren Mann dabei nicht an. »Er kann doch auch hierbleiben. Oder?«

»Meinetwegen.« Amelie zog die Ausdrucke der Gedichte aus der Tasche. »Wir ermitteln in einem Entführungsfall. Die Schauspielerin Myriam Bellinger wurde vorgestern überfallen und ist seitdem verschwunden.«

»Ja und?«, fragte der Mann.

»Sie sind ziemlich aktiv auf der Forumseite der Serie«, sagte Amelie. »Diese Gedichte sind doch von Ihnen, oder?«

Die Frau nahm ihr die Blätter ab, warf einen Blick darauf und gab sie dann an ihren Mann weiter, der sie allerdings nicht entgegennahm. »Ja, das ist von mir«, sagte er. »Ich dichte ganz gerne. Ist mein Hobby. Ein Ausgleich zu meinem trockenen Beruf.«

»Mein Mann ist Finanzberater«, erklärte Frau Regenscheidt.

Ihr Mann räusperte sich. »Ich lad mir die Serie immer runter. Ich find die gut. Meine Frau auch.« Wieder ein Nicken. »Die Filme haben mich zu den Gedichten inspiriert.«

»Vierundzwanzig Gedichte«, sagte Amelie. »In sieben Wochen.«

»Liebesgedichte«, ergänzte Dürr. »Und zwar ziemlich leidenschaftlich.«

Frau Regenscheidts Hände klammerten sich um das Baby. Ihr blasses Gesicht war vollkommen ausdruckslos. Der kleine Junge sah zuerst seine Mutter an, dann blickte er zum Vater und dann wieder zurück zu Amelie und Dürr auf dem Sofa. Amelie ärgerte sich, dass sie nicht darauf bestanden hatte, dass die Frau mit den Kindern den Raum verließ. Was war das für eine seltsame Art der Befragung? Unprofessionell, hörte sie Dolder sagen.

»Ich kenne die Gedichte«, sagte Frau Regenscheidt. »Mein Mann hat mir alles erzählt. Wir haben keine Geheimnisse voreinander.«

»Wann hat Ihr Mann von den Gedichten erzählt? Als er sie geschrieben hat? Oder nachdem er in der Zeitung gelesen hat, dass Frau Bellinger verschwunden ist?«, fragte Dürr.

»Ich hab es im Radio gehört«, sagte Regenscheidt.

»Und daraufhin haben Sie eins und eins zusammengezählt und damit gerechnet, dass wir früher oder später bei Ihnen auftauchen. Und lieber reinen Tisch gemacht bei Ihrer Frau.«

»Mein Mann hat mit dieser Entführung nichts zu tun«, sagte Frau Regenscheidt. »Das kann ich beschwören.«

»Ich bin Myriam Bellinger noch nie begegnet.« Regenscheidts Stimme klang belegt. »Ich weiß auch gar nicht, wo sie wohnt. Ich hab nur ein paar Gedichte geschrieben.«

»Warum? Sind Sie verliebt in sie?«

»Ich kenn sie ja gar nicht.«

»Aber die Gedichte sprechen eine eindeutige Sprache«, sagte Dürr. »Dein Anblick, o du Schönste, ist Glück«, zitierte er. »Oder hier: Du bist für mich das Ein und Alles.«

Frau Regenscheidt verzog keine Miene. Herr Regenscheidt senkte den Blick und starrte auf seine Füße.

»Was wollten Sie von Frau Bellinger?«, fragte Amelie. »Dass sie Kontakt mit Ihnen aufnimmt, dass sie Ihnen schreibt? Sie hat nie auf die Gedichte reagiert. Wie war das für Sie?«

»Sie haben herausgefunden, wo sie wohnt«, sagte Dürr. »Zuerst haben Sie sie nur beobachtet. Aber irgendwann reichte Ihnen das nicht mehr. Sie haben sie angesprochen. Aber Myriam Bellinger hat nicht so reagiert, wie Sie sich das gewünscht haben. Sie ist wütend geworden. Vielleicht hat sie sich auch über Sie lustig gemacht. Das hat Sie gekränkt. Und Sie haben beschlossen, sie zu entführen.«

»War es so, Herr Regenscheidt?«, fragte Amelie. »Haben Sie Frau Bellinger überfallen, halten Sie sie gefangen? Wenn Sie jetzt gestehen, dann kommen Sie noch einigermaßen heil raus aus der Sache. Aber wenn Myriam Bellinger etwas passiert …«

»Halten Sie doch den Mund!«, schrie Regenscheidt so laut, dass sein Sohn erschrocken zusammenfuhr und sich noch enger an seine Mutter drängte. »Ich hab ihr nichts getan, ich hab keine Ahnung, wo sie steckt! Das können Sie mir doch nicht anhängen, nur weil ich ein paar Gedichte …«

Frau Regenscheidt erhob sich. »So dürfen Sie nicht mit uns reden«, sagte sie mit zitternder Stimme. »Das geht nicht. Ich möchte, dass Sie jetzt gehen.« Wie auf ein Stichwort begann das Baby auf ihrem Arm zu weinen. Es quäkte erst leise, aber innerhalb von Sekunden brüllte es aus Leibeskräften.

»Was haben Sie vorgestern Abend von fünf bis acht Uhr gemacht, Herr Regenscheidt?«, fragte Amelie, aber über dem Geschrei des

Kindes konnte sie ihre eigene Stimme kaum hören. Nun begann auch noch der kleine Junge zu weinen. Und Frau Regenscheidt dachte gar nicht daran, das Zimmer zu verlassen. Sie wippte das Baby in ihren Armen auf und ab und sah Amelie und Dürr dabei vorwurfsvoll an.

»Also gut! Dann fahren wir eben aufs Präsidium«, schrie Amelie.

Das wirkte. Regenscheidt winkte sie aus dem Raum und führte sie in die Küche, die genauso düster und altmodisch war wie das Wohnzimmer. Dunkelbraunes Holzimitat in Kombination mit beigem PVC. »Heim und Herd sind Goldes wert«, versprach die Kreuzstichstickerei auf dem vergilbten Küchenhandtuch.

Regenscheidt schloss die Tür zwischen ihnen und dem Kindergebrüll. Und wischte sich mit dem Handrücken den Schweiß von der Stirn. »Also«, sagte er dann. »Mittwochabend. Es geht doch um Mittwochabend, oder?«

Dürr nickte.

»Wir waren bei meinen Eltern. Wir sind zum Mittagessen hin und so gegen halb acht nach Hause.«

»Sie sind alle zusammen nach Hause?«, fragte Dürr. »Ihre Frau, die Kinder und Sie?«

»Alle zusammen«, sagte Regenscheidt erleichtert. »Sie sehen, ich kann es gar nicht gewesen sein.«

Ich sehe gar nichts, dachte Amelie. Du kannst jemand dafür bezahlt haben, dass er Myriam für dich entführt. Jemand, der sie jetzt auch versteckt hält.

»Warum haben Sie die Gedichte geschrieben, Herr Regenscheidt?«, fragte Dürr und klang jetzt nicht mehr streng, sondern sanft und liebevoll.

Regenscheidt ging zu einem der Küchenstühle und ließ sich darauf sinken und stützte den Kopf in die Hände. Der Wasserhahn an der Spüle tropfte. Plopp. Plopp. Plopp. »Sie müssen mich für verrückt halten«, flüsterte er. »Ich weiß ja selbst nicht, was da in mich gefahren ist.« Nun hob er den Kopf wieder und sah sie an. »Ich hab mich da in etwas hineingesteigert. Mein Leben ist momentan … nicht ganz einfach. Ellis Eltern sind vor einem Jahr gestorben, kurz nacheinander, alle beide. Elli, das ist meine Frau. An dem Tag, an dem ihre Mutter beerdigt wurde, bekam sie Wehen, dann kam Leonie zur Welt. Sie konnte nicht mit zum Friedhof, obwohl sie so an ihrer Mutter hing. Kurz danach sind wir hier eingezogen …« Sein Kopf beschrieb einen Halbkreis. Dann ließ er ihn wieder sinken. »Elli ist hier aufgewachsen. Es tut ihr gut, wieder hier zu sein. Ich würde gerne renovieren, aber sie will nicht, dass man irgendetwas verändert. Warum erzähle ich Ihnen das alles?«

»Damit wir uns ein Bild von Ihnen machen können«, sagte Dürr freundlich.

Regenscheidt nickte, obwohl Amelie den Eindruck hatte, dass er gar nicht richtig zuhörte. »Es war alles so kompliziert und schrecklich in den letzten Monaten. Und dann bin ich auf diese Serie gestoßen und habe Myriam Bellinger … also, sie hat mich … wie soll ich es sagen … sie hat mein Herz berührt. Ja, so war es wohl. Ich hatte das Gefühl, dass sie mir guttut. Ich hab monatelang keine Gedichte mehr geschrieben, aber auf einmal flossen sie nur so aus mir raus. Ich hätte sie für mich behalten sollen, aber irgendwie war ich sehr stolz darauf. Da habe ich sie auf diese Internetseite gestellt.« Er schüttelte den Kopf und lachte leise. »Natürlich hatte ich auch die Hoffnung, dass Frau Bellinger sie liest. Aber ich habe nichts von ihr erwartet, wirklich nicht.«

Der Betroffene ist überzeugt, dass es zwischen ihm und Myriam Bellinger eine unsichtbare Verbindung gibt, hörte Amelie Peter Schulz sagen. Indem er seine Gedichte in das Forum stellt, das allgemein zugänglich ist, macht er diese intime Verbindung offiziell.

Regenscheidt starrte sie an. »Ich hab sie nicht entführt. Es war nur eine Fantasie und die ist auch vorbei, ich hab ja auch schon ewig keine Gedichte mehr gepostet.«

»Der letzte Brief ist vom 11. Juni«, sagte Amelie »Das sind grade mal sechs Wochen. Eine Ewigkeit kann man das nicht nennen.«

»Aber ich hab ein Alibi«, sagte Regenscheidt.

Leider, dachte Amelie. Du hast ein Alibi und wir haben nichts gegen dich in der Hand, außer den Briefen, die uns jeder Haftrichter um die Ohren haut.

Dürr schien das Gleiche zu denken. Er sah Amelie an und nickte. »Danke für Ihre Auskünfte«, sagte er dann. »Sie haben doch nicht vor, in nächster Zeit zu verreisen oder so?«

Regenscheidt riss die Augen auf. »Was soll denn diese Frage?«

»Könnte ja sein, dass wir noch Fragen haben«, sagte Amelie.

»Nein«, sagte Regenscheidt. »Wir verreisen bestimmt nicht. Wir haben gar kein Geld für so was.« Plopp, machte der Wasserhahn an der Spüle, als wollte er die Worte bestätigen.

Die geheimnisvolle Frau. Groß, schlank, lange braune Haare. Hatte sich dreimal nach Jo erkundigt, aber nun fehlte jede Spur von ihr.

»Hat Max sie gesehen, bevor oder nachdem er die Pillen genommen hat?«, fragte Simon.

»Keine Ahnung. Aber ich hab langsam den Eindruck, dass er sie sich nur eingebildet hat.«

Sie saßen auf Simons Balkon, der kein Balkon war, sondern nur ein schmaler Vorsprung mit einem Eisengitter. Die hinteren Stuhlbeine standen in der Küche, die vorderen draußen und zwischen ihnen stand ein großer Blumentopf mit Sand, aus dem keine Blumen wuchsen, sondern Zigarettenkippen. Simon trank Bier und rauchte, Jo trank Cola, obwohl ihm eigentlich eher nach Wodka war. In seinem Kopf ratterte eine Uhr. Sechsundzwanzig Stunden und zweiunddreißig Minuten, zeigte sie an. In sechsundzwanzig Stunden und zweiunddreißig Minuten wollte Mahler sein Geld. Tausend Euro.

Er schloss die Augen und versuchte, sich die mysteriöse Braunhaarige vorzustellen. Und hatte plötzlich ein Bild vor sich, eine schöne, dunkelhaarige Frau, die ihn traurig ansah. Ein Muttermal über ihrer rechten Augenbraue. Das nahm er noch zur Kenntnis, dann war die Erinnerung weg. Er riss die Augen wieder auf.

»Ich hab sie gesehen.«

»Bitte was?« Simon wirkte besorgt.

»Diese Frau. Die gestern nach mir gefragt hat. Ich hab mich gerade eben an sie erinnert.« Es war keine gute Erinnerung, auch das war ihm klar. Diese Frau und er. Da war etwas gewesen, was ihm nicht gefiel, deshalb hatte er es auch verdrängt.

»Und? Wie heißt sie?«

»Weiß ich nicht. Aber ich weiß jetzt, wie sie aussieht. Sie hatte da was.« Er zeigte auf Simons rechte Stirnhälfte.

»Was hatte sie da? Einen Pickel? Eine Beule?«

»Ein Muttermal. Ich glaub, es war ein Muttermal.«

»Das ist doch schon mal was. Eine Dunkelhaarige mit einem Muttermal auf der Stirn. Die vorgestern dreimal nach dir gefragt hat. Oder vielleicht auch nur einmal. Je nachdem, wann Bilstein die Pillen geschluckt hat, die du ihm vertickt hast.«

»Vielleicht hat die Muttermalfrau meine Kohle.«

»Tausend Euro. Du musst sie unbedingt finden.«

»Tausend hab ich nicht eingenommen«, sagte Jo. »Wenn's hochkommt, waren es fünfhundert.«

»Woher willst du das denn wissen? Du kannst dich doch an nichts mehr erinnern. Und außerdem: Fünfhundert wär ja schon mal ein Anfang. Die Hälfte. Vielleicht würde Mahler dann die Frist verlängern.«

»Vielleicht. Wenn ich die Kohle hätte. Hab ich aber nicht.«

»Was ist mit den Tickets?«, sagte Simon.

»Die Flugtickets? Was soll mit ihnen sein?«

»Du musst sie zurückgeben. Dann erstatten sie dir den Preis.«

Jo nahm einen Schluck Cola. Abscheulich, das süße Zeug. Mit einem Schuss Wodka hätte die Plörre gleich viel besser geschmeckt.

»Hörst du mich? Hallo? Mahler macht keinen Spaß!«

»Ich weiß.« Aber die Tickets wieder zurückgeben, das ging nicht. Das war unvorstellbar. Er hatte sie für Mim gekauft. Weil er mit ihr in die Karibik fliegen wollte. Und nun war sie entführt worden und keiner wusste, wo sie steckte. Und wenn er sich die Tickets wiedererstatten ließ, dann bedeutete das, dass er sie aufgab. Es war ohnehin unfassbar, dass er hier saß und sich über Mahler und seine Schulden den Kopf zerbrach, während Mim, seine Mim, in der Gewalt eines perversen Verbrechers war.

»Ich weiß, dass Mahler es ernst meint«, sagte er unwirsch. »Aber davon, dass er mich zusammenschlägt, kriegt er sein Geld auch nicht wieder.«

»Natürlich nicht«, sagte Simon. »Die Kohle schreibt er ab. Aber er macht dich trotzdem fertig. Als Warnung an alle anderen.«

»Jetzt mach nicht so eine Panik. Ich hab ja noch Zeit bis morgen.« Sechsundzwanzig Stunden und siebzehn Minuten, um genau zu sein. Ihm würde schon noch etwas einfallen.

Auf dem Treppenabsatz vor seiner Wohnung saß Lily und wartete auf ihn. Die Beule an ihrer Stirn war jetzt nicht mehr rot, sondern lila, der Rand schimmerte blaugrün wie verschimmelter Käse. Sie hatte ihre dunklen Locken nach hinten gekämmt und im Nacken zusammengesteckt, als wollte sie die Beule optisch betonen.

»Gibt's was Neues von Mim?«, fragte er und eilte die Treppe hoch. Kurz bevor er sie erreichte, stand sie auf. Weil noch sechs Stufen zwischen ihnen lagen, schwebten ihre Brüste genau vor seinem Gesicht.

»Die Entführer haben sich bei Holm gemeldet. Sie wollen zwei Millionen.«

»Was? Sind die bescheuert? Holm hat doch selbst nichts. Der ist doch fast pleite. Und warum sollte er auch zwei Millionen für Myriam löhnen? Selbst wenn er das Geld hätte.«

Lily zuckte mit den Schultern. »Können wir nicht erst mal reingehen?«

Er stand jetzt neben ihr, die Brüste waren aus seinem Gesichtsfeld verschwunden, dafür kitzelten ihre Haare seine Nase und rochen verlockend nach Kokos und Vanille. Er hatte sich immer gefragt, was sie sich in die Haare machte, dass sie so dufteten.

»Klar.« Er schloss die Tür auf, die am Morgen repariert worden war. Rechnung geht direkt an die Polizei, hatte der Handwerker erklärt, nachdem Jo ein Formular unterschrieben hatte. Wenn doch nur alles so einfach wäre.

In der Wohnung war das Bett nicht gemacht und auf der Geschirrablage lag ein leerer Pizzakarton. Neben der Tür eine Batterie von leeren Flaschen. Du bist der totale Alkie, sagte Myriam in seinem Kopf.

»Hast du was zu trinken für mich?«, fragte Lily.

»Ein Bier?«

»Mir ist eigentlich nach was Härterem.«

»Hab ich nicht.«

Er holte zwei Bier aus dem Kühlschrank und gab ihr eine Flasche. Sie ging damit ans Fenster, trank und schaute in den dunklen Hof, genau wie früher. Er hatte auf einmal das fast unwiderstehliche Bedürfnis, hinter sie zu treten und sein Gesicht in ihrem Vanille- und Kokoshaar zu vergraben. Und dann würde sie sich umdrehen und er würde sie küssen und er würde ihr ihr Kleid von den Schultern streifen, erst den linken Spaghettiträger und dann den rechten.

»Sie wollen, dass er das Geld über Crowdfunding reinholt.«

»Bitte?« Er riss seine Gedanken mit einiger Mühe von Lilys Brüsten los. »Crowd… was?«

»Crowdfunding. Ein Aufruf an die Öffentlichkeit. Die Fans der

Serie sollen spenden, damit Myriam freikommt. Sonst bringt er sie um.«

»Das ist ein Witz, oder?«

»Meinst du, mir ist nach Witzen zumute?« Sie drehte sich so plötzlich zu ihm um, dass ihre Gesichter sich fast berührten.

»Woher weißt du das von dem Crowdfunding?«

»Erik hat mich angerufen. Er will es machen. Für ihn ist es wie ein Hauptgewinn im Lotto. Kannst dir ja vorstellen, wie sich die Medien auf die Sache stürzen werden.«

»Das wird der totale Hype.«

»Die Streamingzahlen sind ohnehin schon explodiert. Wenn jetzt dieser Spendenaufruf kommt ...«

»Meinst du, es funktioniert?«

»Die Entführer haben eine Frist von fünf Tagen gesetzt. Das ist verdammt knapp.«

»Das ist absurd.« Jo trat jetzt selbst ans Fenster und starrte hinaus. »Dieser Holm kotzt mich an.«

Lily lachte. »Das ist ja nun nichts Neues.«

Nein, das war wirklich nichts Neues. Jo war von Anfang an eifersüchtig auf Erik Holm gewesen. Der Produzent war scharf auf Myriam, davon war Jo überzeugt, auch wenn Mim es immer abgestritten hatte. Er ist mein Chef, nichts weiter, sagte sie. Und das glaubte ihr Jo auch. Mim war keine Frau, die zweigleisig fuhr, sie hätte nie und nimmer was mit Holm angefangen. Aber das bedeutete noch lange nicht, dass Holm nicht liebend gerne etwas mit ihr angefangen hätte. Und wenn er hundertmal mit seiner Sekretärin zusammen war. Eine feste Beziehung war doch kein Hinderungsgrund für einen Mann wie Holm.

Oder für einen Mann wie Jo. Dass er mit Mim zusammen war, hatte ihn jedenfalls nicht davon abgehalten, Lilys Spaghettiträger von ihren Schultern zu streifen und ihre Brüste zu küssen und mit ihr zu schlafen. Nicht nur in Gedanken. Sondern in Wirklichkeit.

Und nicht nur einmal. Aber das war vorbei, vorbei, vorbei.

Sie hatten Glück gehabt, sie hatten die Sache beendet, bevor sie aufgeflogen waren.

Mim war die Frau seines Lebens. Er war glücklich mit ihr gewesen, er würde wieder glücklich mit ihr sein, wenn sie nur endlich wieder da wäre.

»Das stinkt doch zum Himmel«, sagte er. »Holm ist am Ende. Er braucht Geld. Die Serie läuft lang nicht so gut, wie er es sich wünscht. Also muss er was machen, um sie groß rauszubringen. Werbung kann man knicken, dafür fehlen ihm die Mittel.«

»Also lässt er Mim entführen und fordert zwei Millionen Lösegeld von sich selbst. Die dann das Publikum aufbringt.«

»Die Streamingzahlen schießen hoch. Am Ende streicht er das Lösegeld ein, die Serie wird der Renner und seine Produktion ist gerettet. Eine Win-win-Situation.«

»Zumindest für Holm«, sagte Lily. »Für Mim ist es nicht so toll. Vielleicht ist sie für den Rest ihres Lebens traumatisiert, aber das sind Kollateralschäden.« Sie nickte. »So weit war ich auch schon.«

»Und? Hast du es auch schon der Polizei erzählt?«

»Meinst du, die kommen da nicht selbst drauf? Es ist doch total offensichtlich, dass Erik am meisten profitiert.«

Jo nahm einen Schluck Bier.

»Zu offensichtlich.« Lily trank ebenfalls und wischte sich mit dem Handrücken den Mund ab. »Er will ein Video mit mir drehen. Um die Leute zu motivieren, Geld zu spenden und Mim zu retten. Mit dir auch.«

»Was?«

»Dich will er ebenfalls filmen. Der Freund der Entführten bittet um Ihre Unterstützung. Oder so.«

»Der hat sie ja wohl nicht mehr alle.«

»Und wenn es doch stimmt, dass irgendein Idiot Mim entführt hat? Und sie kommt nur frei, wenn das Lösegeld gezahlt wird?«

Zwei Millionen, dachte Jo. Wir reden hier von zwei Millionen, als wäre es nichts. Und ich brauche gerade mal lächerliche tausend und kriege sie nicht zusammen. Dachte er und im gleichen Moment schämte er sich für seine Gedanken. Myriam war in Lebensgefahr. Lily hatte recht. Es war ihre verdammte Pflicht, alles daranzusetzen, dass das Lösegeld so schnell wie möglich zusammenkam und Mim freigelassen wurde. »Wann soll das Video gedreht werden?«

»So schnell wie möglich. Ich soll dich gleich mitbringen. Wenn ich es schaffe, dich zu überreden.«

Er schnaubte verächtlich.

Sie trat einen Schritt näher. Kokos und Vanille in ihrem Haar, Bier in ihrem Atem. Eine betörende Mischung. Er wich zurück, stieß dabei mit dem Rücken gegen die Scheibe. Die Taube flatterte weg.

»Was ist?« Lily sah ihn an. Myriams Augen waren blaue Badeseen, Lilys Augen waren Moorlöcher. Wenn man einmal in sie eingetaucht war, kam man nicht mehr raus.

»Klar bin ich dabei«, sagte Jo.

8

Als sie vor Regenscheidts Haus wieder ins Auto stiegen, klingelte Amelies Handy. »Bartels-Schmidt hier«, sagte die Staatsanwältin. »Ich hab den richterlichen Beschluss. Sie können diesen Drehbuchschreiber observieren lassen. Und die Bank muss die Konten offenlegen.«

»Das ging ja schnell.« Dürr las seine SMS. »Dolder hat es geschafft, Verstärkung für die Soko zu organisieren. Brinkhaus, Nolding, Wallrath und Schönkamp sind ab sofort dabei.«

»Nolding und Wallrath kenn ich vom KK12. Die sollen direkt mal mit der Überwachung von Jo Steiner anfangen«, sagte Amelie und ärgerte sich gleichzeitig darüber, dass Dolder an Dürr schrieb und nicht an sie. Und ärgerte sich über sich selbst. Weil sie so kleinlich war. Vielleicht hatte Dolder Krebs. Vielleicht war er bald tot. Und sie regte sich über solche Nebensächlichkeiten auf.

»Was hältst du von diesem Regenscheidt?« Dürr ließ den Wagen an. »Sagt der die Wahrheit?«

»Ich befürchte schon. Er hat ein Alibi. Und er ist echt nicht der Typ, der zwei Verbrecher anheuert, um Myriam Bellinger zu entführen. Ihm war ja auch ganz offensichtlich bewusst, dass uns die Gedichte zu ihm führen würden.«

»Seine Frau. Was ist mit der?«

»Die ist noch fertiger als er«, sagte Amelie. »Dieses schreckliche Haus, und nichts darf man verändern, weil es doch ihren Eltern gehörte.«

»Die würde alles tun, um ihre unheile Welt zusammenzuhalten.

Vielleicht wusste sie von den Gedichten und hat die Bellinger entführt.«

»Sein Alibi ist auch ihres. Wir müssen es noch überprüfen, aber ich vermute mal, es stimmt.«

»Heim und Herd sind Goldes wert«, murmelte Dürr.

Amelie dachte an Daniel, der sich Kinder wünschte. Einen Jungen und ein Mädchen. Oder auch zwei Mädchen. Oder auch nur einen Jungen. Egal, ganz egal. Du kannst doch weiterarbeiten, sagte er. Ich mach den Hausmann und kümmere mich um die Familie.

Jetzt noch nicht, sagte Amelie immer.

Wann dann?, fragte Daniel. Wenn wir noch lange warten, ist es vielleicht zu spät. Denk doch nur an Christina. Christina, seine ältere Schwester, die sich erst mit neununddreißig dazu entschlossen hatte, eine Familie zu gründen. Und dann hatte sie es jahrelang probiert und war nicht schwanger geworden. Jetzt hatte sie einen Segelschein und ein Haus auf Mallorca, und wenn sie nicht gerade dort war, flog sie um die halbe Welt. Ist doch auch nicht schlecht, dachte Amelie.

Haha, sagte Daniel. Du hast ja nicht mal Zeit für zwei Wochen Thailand.

»Zurück ins Präsidium?«, fragte Dürr.

»Ja«, sagte Amelie. »Vielleicht waren Wiebke und Stahl bei dem LKW-Fahrer erfolgreicher als wir mit unserem Dichter. Außerdem will ich noch mal mit Lily Pahl sprechen.«

»Mit der Kampfschwester.«

»Der was?«

»Na, sie war doch in der Mädchengang und ist von der Schule geflogen und so. Was willst du sie denn fragen?«

»Wie ihr Verhältnis zu Myriam war. Und wie sie sich kennengelernt haben. Vielleicht erinnert sie sich inzwischen auch an weitere Details der Entführung. Bei der ersten Befragung stand sie doch total unter Schock.«

»Schon ein bizarres Duo. Die brave Myriam und Gangster-Lily.«

Ein bizarres Duo. So hatte Dolder die beiden heute Morgen in der Besprechung genannt. Es ärgerte Amelie, dass Dürr die gleichen Worte verwendete.

Jetzt schaltete er das Radio an. Musikgedudel. »Mach das wieder aus.« Amelie erschrak selbst über ihren Kommandoton. »Bitte«, setzte sie hastig hinzu.

Das Gedudel verstummte. »Ich ertrag die Berichterstattung nicht«, sagte Amelie. »Diese Reporter sind wie Aasgeier. Und Holm füttert sie fleißig, damit sie nicht das Interesse verlieren. Aber auf allen Kanälen gibt's immer nur die gleichen Meldungen, weil einer vom anderen kopiert.« Sie drehte ungeduldig an der Fensterkurbel.

»Das Ding ist kaputt, falls du das noch nicht gemerkt hast.«

»Hab ich«, sagte sie ärgerlich. »Vielleicht lässt du beim nächsten Mal ja mich ans Steuer. Ist nämlich angenehmer auf deiner Seite.«

»Klar«, sagte Dürr. »Kein Problem.« Und das ärgerte sie noch mehr.

Jan Regenscheidts Eltern bestätigten sein Alibi.

»Außer Spesen nichts gewesen«, sagte Dürr. »Den können wir abhaken. Was ist mit dem Brummi-Mann, der mit Myriam wegfliegen wollte?«

»Der geht nicht ans Telefon und ist auch nicht zu Hause«, sagte Stahl. »Ich hab mit der Spedition telefoniert, für die er arbeitet. Er hat seit zwei Wochen Urlaub. Montag müsste er wieder anfangen. Aber die konnten mir nicht sagen, ob er weggefahren ist. Der einzige Kollege, mit dem er befreundet ist, ist gerade mit seiner Familie in der Türkei.«

»Und? Kann man ihn da nicht anrufen?«

»Könnte man. Aber das Telefon ist aus. Sollen wir diesen Schneck zur Fahndung ausschreiben?«

»Wir warten noch«, entschied Amelie. »Versucht doch mal rauszukriegen, in welchem Hotel der Kollege abgestiegen ist. Fragt die Nachbarn, vielleicht wissen die was.«

Sie arbeitete sich durch einen Stapel an Befragungsprotokollen, als ihr Handy klingelte. »Hier ist Holm noch mal. Ich wollte Ihnen nur mitteilen, dass sich die Entführer wieder gemeldet haben.«

»Jetzt gerade?«

»Ganz genau. Die Mail kam vor etwa zwei Stunden.«

»Vor zwei Stunden? Und Sie melden sich erst jetzt?«

»Ich hab Sie direkt angerufen.« Holm klang beleidigt. »Aber ich hab nur Ihre Mailbox erreicht.«

»Warum haben Sie keine Nachricht hinterlassen? Ich hätte doch sofort zurückgerufen!«

»Ach so«, sagte Holm. »Tut mir leid.«

»Und? Was schreiben sie?«

»Wir sollen die zwei Millionen per Crowdfunding herbeischaffen.«

»Per Crowdfunding? Wie soll das denn gehen?«

»Ich hab Ihnen doch kürzlich erklärt, wie das funktioniert. Es läuft über eine Internetseite. Myriams Fans sollen für sie bezahlen.«

»Aber zwei Millionen? Das ist ja Wahnsinn!«

»In fünf Tagen«, sagte Holm. »Wir werden uns mächtig ins Zeug legen müssen, um das zu schaffen.«

»Sie werden … was? Moment mal, Moment! Sie haben doch nicht etwa vor, dieses Spiel mitzuspielen?«

»Glauben Sie mir. Ich werde alles, wirklich alles tun, damit Myriam Bellinger wieder freikommt«, erklärte Holm mit bebender Stimme. Er klang dabei, als stünde er vor einer Kamera. Vielleicht ließ er sich ja wirklich filmen. Die Life-Doku zur Schauspieler-Entführung. Diese Erpressung war das Beste, was ihm passieren konnte. Eine gigantische Werbeaktion und vollkommen kostenlos.

»Bitte warten Sie«, sagte Amelie kraftlos. »Wir kommen vorbei.«

Und legte auf, bevor Holm widersprechen konnte. Dabei wusste sie, dass es sinnlos war. Er würde diese PR-Aktion durchziehen und nichts auf der Welt würde ihn daran hindern.

Auf dem Weg zu Chamaeleon-Productions fuhren sie an einem grünen Passat vorbei, der am Straßenrand parkte.

»Halt mal kurz an.« Amelie stieg aus und näherte sich dem Fahrzeug von hinten. Auf dem Fahrersitz saß Polizeimeister Franz Wallrath und aß Schokoladenkekse. Er fuhr erschrocken zusammen, als Amelie ans Wagenfenster klopfte.

»Was macht du denn hier?«, fragte er vorwurfsvoll, nachdem er die Scheibe heruntergefahren hatte.

»Wir wollen zu diesem Filmproduzenten. Und du?«

»Ich warte. Nolding ist da drüben und observiert Steiner.«

»Steiner? Ist der hier?«

»In dieser Filmproduktion. Wir sind ihm aus Nippes hierher gefolgt. Das Auto, in dem er hergekommen ist, gehört einer Lily Pahl, haben wir gecheckt. Die ist jetzt auch drin.«

»Na super. Da haben wir sie ja alle zusammen.« Amelie klopfte auf das Autodach. »Immer schön verdeckt bleiben. Bis später.«

Erik Holm glühte wie eine Lavalampe. Seine Augen strahlten, seine Wangen leuchteten rot. Er eilte durch den schmalen Flur des Containers auf sie zu und ergriff Amelies Hände, als wären sie seit Jahren beste Freunde. Klopfte Dürr dann auf die Schulter. »Ich bin gleich für Sie da«, sagte er. »Muss nur noch schnell eine Sache auf den Weg bringen. Meine Sekretärin … Frau Binder … kümmert sich um Sie.« Bevor sie irgendwelche Einwände erheben konnten, war er wieder weg. Sie hörten seine federnden Schritte im Flur, dann knallte eine Tür.

Die leuchtenden Wangen, die glänzenden Augen. Das ist die Hoffnung, dachte Amelie. Die Hoffnung, dass doch noch alles gut geht. Dass er das Steuer kurz vor der Insolvenz noch mal herumreißen kann, dass die Serie ihm endlich, endlich das große Geld bringt. Das Unglück von Myriam Bellinger ist Holms Glück, sein großes Glück.

Jetzt kamen wieder Schritte auf sie zu, diesmal bog Kathrin Binder um die Ecke.

»Hallo!« Auch sie war bester Laune. »Der Chef kommt gleich.«

Der Chef. Vielleicht hatte sie verdrängt, dass sie gestern bei ihr zu Hause gewesen waren und Holm auf ihrem Sofa gesehen hatten.

»Was zu trinken?«, fragte Frau Binder.

»Champagner!«, rief Dürr.

Ihr Lächeln begann nervös zu flackern. »Bitte?«

»Na, hier gibt's doch offensichtlich was zu feiern«, sagte Dürr.

»Ich verstehe nicht.« Kathrin Binders Finger tasteten nach dem Piercing in ihrer Augenbraue. Es war noch da. »Ich weiß wirklich nicht, worauf Sie hinauswollen.«

»Schon gut«, sagte Amelie. »Wir möchten zuerst mit Herrn Holm reden und dann auch mit Herrn Steiner und Frau Pahl.«

»Herr Holm soll sich beeilen«, sagte Dürr und sah auf die Uhr. »Wir haben nämlich in einer halben Stunde Feierabend. Und Sie wissen ja, wie Beamte sind.«

»Soll das witzig sein?«, fragte Frau Binder, während Amelie ebenfalls auf die Uhr blickte. Halb fünf. Der Tag war fast vorbei und sie hatte ein Steinchen nach dem anderen aufgehoben und nicht die kleinste Spur gefunden. Vielleicht hatte Dolder recht, vielleicht war sie wirklich die Falsche für diesen Fall.

9

»Ich weiß, was Sie denken«, sagte Erik Holm, als sie ihm kurz darauf in seinem Besprechungszimmer gegenübersaßen. »Sie denken, ich war's. Weil die Streamings durch die Decke gehen.«

»Sie profitieren in jeder Hinsicht«, sagte Amelie. »Das ist ja wohl nicht zu übersehen.« Auf der Fahrt zum Studio hatten sie Holms Spendenaufruf in drei verschiedenen Radiosendern gehört. *Bitte helft mit, dass Myriam Bellinger gerettet wird. Jeder Euro bringt uns weiter. Es ist eure Investition in ihr Leben.*

»Warum sind Steiner und Frau Pahl hier?«

»Jo ist Myriams Freund, Lily ihre beste Freundin. Wir drehen Videos. Wir müssen alles tun, um die Öffentlichkeit zu aktivieren.«

»Und?«, fragte Dürr. »Wie läuft die Kampagne?«

»Ich glaube, ganz gut. Das Ganze wird nämlich gerade viral.«

»Bitte?«, fragte Amelie.

»Virales Marketing«, erklärte Dürr. »Die Botschaft verbreitet sich wie von selbst im Internet. Über Facebook und Twitter und so.«

»Ja und?«

»Sie müssen sich das wie eine Epidemie vorstellen«, sagte Holm. »Die Verbreitung einer Message an Freunde und Freunde von Freunden und Freunden von Freunden von Freunden. Es potenziert sich. Das geht rasend schnell.«

Das geht rasend schnell. Amelie stellte sich Myriam Bellingers gequältes, zerschlagenes Gesicht vor, das in dieser Minute über sämtliche Bildschirme der Nation flimmerte.

»Wie viel haben Sie bis jetzt eingenommen?«, fragte Amelie.

»Das Geld geht ja nicht auf unser Konto, das läuft alles über die Crowdfunding-Seite.«

»Na und? Sie sind der Initiator. Sie haben doch Einblick in den aktuellen Stand der Dinge.«

Holm kratzte sich am Vollbart. »Ein paar Tausend.«

»In zwei Stunden?« Dürr zog die Mundwinkel nach unten. »Nicht übel.«

»Aber bis zu zwei Millionen ist es noch ein weiter Weg«, sagte Holm. »Trotzdem. Das ist schon der Hammer.« Wie seine Augen glänzten. Es war ekelhaft.

Er erhob sich. »Sie müssen mich jetzt entschuldigen. Gleich kommt noch ein Team vom Fernsehen ...«

»Na dann, viel Spaß«, knurrte Dürr.

»Viel Spaß?«, zischte Holm. »Mit Spaß hat das nichts zu tun. Ich tu das alles nur für Myriam. Wenn ich die Sache euch Polizisten überlassen würde, dann säh's nämlich düster für sie aus.«

Wo er recht hat, hat er recht, dachte Amelie und unterdrückte ein Seufzen.

»Schicken Sie uns mal Herrn Steiner rein«, sagte Dürr.

Im Vergleich zu Jo Steiner war Erik Holm Krösus. Laut der Bankauskunft war Steiners Kreditkarte gesperrt und sein Dispokredit seit drei Jahren konstant ausgereizt. Hin und wieder gingen Minibeträge von Privatpersonen ein. Arnold Steiner – das war Jos Vater – überwies jeden Monat achthundert Euro für die Miete. Auch Myriam hatte Jo immer wieder Geld überwiesen.

»Möchte nicht wissen, wie viel sie ihm in bar zugesteckt hat«, hatte Anja Brinkhaus gesagt, die die Bankauskunft eingeholt hatte.

»Sieht nicht so aus, als wären Sie besonders erfolgreich in Ihrem Beruf«, sagte Dürr, nachdem Jo Steiner Holms Platz eingenommen hatte. »Sie verdienen ja gar nichts.«

»Es ist ein hartes Business«, sagte Jo. »Und es läuft gerade nicht so gut. Aber was hat das jetzt mit Myriams Entführung zu tun?«

»Das liegt doch auf der Hand«, sagte Amelie. »Sie brauchten Geld.«

»Ach so.« Jo lachte. »Sie denken, ich hab sie entführt. Na, also, was soll ich dazu sagen.«

»Sie müssen nichts sagen, was Sie belasten könnte«, sagte Dürr.

»Wie war Ihr Verhältnis zu Frau Bellinger?«, fragte Amelie.

»Das hab ich Ihnen doch schon zweimal gesagt. Wir lieben uns. Es läuft alles super. Wir wollen zusammen in Urlaub fliegen.«

»Frau Bellinger hat darüber nachgedacht, aus ihrer WG mit Frau Pahl auszuziehen«, sagte Amelie. »Sie hat sowohl in Köln als auch in Hamburg nach Wohnungen gesucht.«

Das war ihm neu, das war offensichtlich. Seine Augen wurden für den Bruchteil einer Sekunde groß vor Erstaunen. »Woher wollen Sie das wissen?«

»Wir haben unsere Informationen.«

»Sie hat in letzter Zeit manchmal davon gesprochen, dass sie sich gerne verändern würde«, sagte er langsam.

Hat sie nicht, dachte Amelie. Du hattest keine Ahnung, dass sie sich Wohnungen angesehen hat.

»Warum, meinen Sie, will Frau Bellinger ausziehen? Stimmt was nicht zwischen ihr und Lily?«

»Lily ist ziemlich chaotisch. Das ist Myriam schon auf den Zeiger gegangen. Sie kann Unordnung nicht ausstehen.«

»Aber wenn Sie und Frau Bellinger sich lieben, wäre es doch naheliegend, dass sie keine eigene Wohnung sucht, sondern mit Ihnen zusammenzieht?«

Vielleicht fand Jo Steiner das ebenfalls naheliegend, vielleicht ärgerte ihn die Frage aber auch. Auf jeden Fall bildete sich jetzt eine steile Falte über seiner Nasenwurzel. »Unsere Beziehung ist eben nicht so«, sagte er schließlich.

»Wie ist Ihre Beziehung nicht?«

»Wir klammern uns nicht aneinander. Wir lassen uns Freiräume. Das ist uns wichtig.«

Amelie sah Dürr an, der kaum merklich mit den Schultern zuckte. Keine weiteren Fragen, hieß das. Aber Amelie hatte noch eine.

»Wie haben Sie sich eigentlich kennengelernt, Frau Bellinger und Sie?«

»In einer Kneipe. Ich war mit einem Freund da, und Myriam kam mit Lily. Lily und mein Freund Andi kannten sich vom Kellnern. Na ja. Am Ende sind Andi und Lily zusammen in einen Club und ich hab Mim nach Hause gebracht. Wir sind dann noch in den Park, ein Mondscheinspaziergang.« Er lachte, als wollte er sich dafür entschuldigen.

»Wie romantisch«, sagte Dürr.

»Ja. Das war es wirklich.«

»Liebe auf den ersten Blick?«

Jo zögerte einen Moment, dann nickte er. »Bei mir schon. Ich wusste sofort, dass Myriam was ganz Besonderes ist. Ich hätte nur nicht gedacht, dass sie sich für mich interessiert. Ich meine, Mim ist so perfekt. Und ich bin so ein Chaot. Ich kann's heute noch nicht fassen, dass sie sich auf mich eingelassen hat.«

»Ihre Eltern können es auch nicht fassen«, sagte Dürr.

Jo verzog das Gesicht. »Das kann ich mir vorstellen. Die mochten mich noch nie.«

»Und Lily Pahl? Wie ist Ihr Verhältnis zu Lily Pahl?«

»Gut«, sagte Jo und warf einen verstohlenen Blick auf seine Uhr.

»Na dann, schicken Sie sie uns doch mal rein, wenn wir gerade von ihr sprechen.«

Aber nachdem Jo Steiner weg war, kam nicht Lily, sondern Erik Holm ins Zimmer. »Lily ist schon weg.«

»Was?« Amelie stand auf. »Aber ich hatte doch ausdrücklich gesagt, dass wir noch mit ihr reden wollen.«

»Sie hatte noch einen Termin.«

»Wo?«

»Keine Ahnung. Sie musste eben weg.«

»Wir holen sie morgen früh ins Präsidium«, sagte Dürr, als sie wieder am Auto waren.

»Nee.« Amelie schüttelte finster mit dem Kopf. »Die wusste ganz genau, dass wir sie sprechen wollten. Und ist vorher abgehauen. Aber so nicht. Wir fahren jetzt zu ihr und warten vor der Tür, bis sie aufkreuzt. Wenn's sein muss, die ganze Nacht.«

Auf dem Weg nach Nippes rief Amelie Kellermann an. »Wie weit seid ihr mit Myriam Bellingers Computer? Irgendwas Interessantes entdeckt?«

»Schwer zu sagen.« Kellermann seufzte. »Ihre Mailordner sind ein Heuhaufen und wir wissen ja nicht mal, ob wir nach einer Stecknadel suchen oder nach einem Streichholz.«

»Mir geht's um ihr Verhältnis zu ihrer Mitbewohnerin. Lily Pahl. Habt ihr darüber irgendwas rausgefunden? Wie haben sie sich verstanden?«

»Tja.« Wieder ein tiefer Seufzer. »Da fragen Sie mich was.«

»Kellermann«, sagte Amelie gereizt. »Ich weiß, Sie haben längst Feierabend. Ich übrigens auch. Dann lassen Sie uns die Sache nicht noch unnötig in die Länge ziehen. Kommen Sie zum Punkt, wenn es denn einen gibt.«

»Also.« Kellermann klang gekränkt. »Das Verhältnis von Myriam zu Lily.« Schweigen. Amelie wartete. Vielleicht zündete sich Kellermann eine Zigarette an. Vielleicht schenkte er sich Kaffee ein. Vielleicht hatte er den Hörer auf den Schreibtisch gelegt und war nach Hause gegangen.

»Sind Sie noch da?«

»Natürlich. Also, es gab wohl Probleme zwischen den beiden.«

»Und was für Probleme?«

»Frau Bellinger schreibt … warten Sie … lassen Sie mich nicht lügen … sie schreibt an ihre Schwester Rebecca … wo haben wir's denn gleich …«

Die Temperatur im Wageninnern hatte die Dreißig-Grad-Grenze längst überschritten. Amelie hatte Dürr wieder das Steuer überlassen, weil sie die Fahrt zum Telefonieren nutzen wollte. Offensichtlich hatte er aus Solidarität darauf verzichtet, sein Fenster zu öffnen, Amelies ging ja auch nicht auf. Sie kurbelte mit der Linken in der Luft herum, *mach das Fenster auf,* sollte das heißen. Sein Blick war aber auf die Straße gerichtet, er bemerkte es nicht.

»Ach, da ist es ja«, sagte Kellermann im Telefon. »Ihre Schwester fragt sie, ob sich ihre ›WG-Probleme‹ gelöst haben, und Frau Bellinger schreibt zurück … ich zitiere: ›Das mit der WG ist und bleibt großer Mist. Zusammen wohnen und zusammen arbeiten ist einfach zu viel. Aber ich find nichts anderes, das halbwegs bezahlbar ist. Hab auch ein bisschen Angst, wie Lily reagiert, wenn sie erfährt, dass ich ausziehen will. Hoffentlich flippt sie nicht wieder total aus.‹«

»Das war's?«, fragte Amelie.

»Sie hat auch in anderen Mails erwähnt, dass sie ausziehen will und dass sie befürchtet, dass Lily dann richtig sauer wird. Außerdem scheint sie sich nicht nur nach einer neuen Wohnung, sondern auch nach einem neuen Job umgesehen zu haben. Sie stand mit mehreren Schauspielagenturen im Kontakt. Und sie hat im Düsseldorfer Schauspielhaus für eine Rolle vorgesprochen.«

»Ach ja? Wann war das denn?«

»Ist keine zwei Wochen her.«

»Bei wem hat sie vorgesprochen? Und für welche Rolle?«

»Keine Ahnung. Den Termin hat sie mit einer Sekretärin oder Assistentin oder so vereinbart. Heike Hoffmann. Gab aber eine Absage.«

»Da haken wir mal nach.«

»War's das?«, fragte Kellermann.

»Das frage ich dich.«

»Was fragst du? Ach so, ja. Ich meine, nö. Mehr hab ich nicht.«

»Dann schönen Feierabend. Und bis morgen.«

Kellermann seufzte zum Abschied, als wäre der Feierabend nur noch eine weitere Last auf seinen Schultern.

»Heike Hoffmann vom Schauspielhaus. Die müssen wir unbedingt befragen. Wenn Myriam Bellinger aus der Serie aussteigen wollte, dann ist Holms Motiv umso stärker. Myriam ist der Strohhalm, an dem sein ganzes Unternehmen hängt.«

»Muss ja nichts bedeuten, dass sie sich am Theater vorstellt. Es gibt schließlich viele Schauspieler, die Bühne und Film miteinander kombinieren.« Dürr parkte am Straßenrand und rieb sich die Schläfen. »Und jetzt?«

»Ruf ich Wiebke an. Die war doch heute in der Schule, von der Lily Pahl geflogen ist. Mal sehen, was sie rausgefunden hat.«

Wiebke war schon zu Hause, sie klang genervt, als sie Amelies Stimme hörte. »Mein Bericht liegt auf deinem Schreibtisch. Ich muss mich jetzt um meine Kinder kümmern.«

»Ich bin nicht im Büro. Kannst du mir das Ganze nicht eben zusammenfassen?«

Ein Schnauben am anderen Ende der Leitung. »Wozu schreib ich es auf, wenn ich es jetzt doch erzählen muss? Also: Ich hab mit der Direktorin gesprochen. Lily war eine gute Schülerin, talentiert, aufgeweckt, vielversprechend etc. etc. Aber das Sozialverhalten.«

»Was war damit?«

»Leider vollkommen ungenügend. Sie ist ständig mit ihren Klassenkameraden aneinandergeraten. Und nicht nur mit Worten. Nach einer Messerattacke auf eine Mitschülerin ist sie von der Schule geflogen.«

Das häusliche Umfeld sei schuld gewesen, das war die Meinung der Direktorin. Die Mutter alleinerziehend. Suchtprobleme, ständig neue Freunde. Finanzielle Sorgen. Dabei hatte die Mutter einen guten Job, sie war Projektleiterin in einer Versicherung, bevor man sie entlassen hat. Entlassen musste. Weil sie nicht mehr tragbar war.

»Das mit der Mutter stimmt, ich hab das überprüft«, hatte Wiebke gesagt. »Und die Direktorin hat sich sehr für Lily ... für Frau Pahl ... eingesetzt. Ich hatte den Eindruck, dass sie sie gerne an der Schule gehalten hätte. Aber nach dem Messerangriff war nichts mehr zu machen. Lily hat trotz allem Glück gehabt. Weil es keine Zeugen für ihren Angrifff gab und das andere Mädchen keine schweren Verletzungen davongetragen hatte, ist sie mit einer Bewährungsstrafe davongekommen.«

»Interessant.«

»In der Tat. Aber ich muss jetzt wirklich. Die Kinder haben Hunger. Und ich auch.«

»Lily Pahl wird immer verdächtiger«, sagte Amelie, nachdem sie Wiebkes Bericht für Dürr zusammengefasst hatte. »Ich finde es auch ungeheuerlich, dass sie vorhin einfach abgehauen ist. Sie wusste genau, dass wir sie sprechen wollten.«

Dürr gähnte. »Ungeheuerlich. Kann man wohl sagen. Genau wie mein Hunger. Willst du jetzt wirklich so lange hier warten, bis Lily irgendwann mal aufkreuzt?«

Amelie kreuzte die Arme vor der Brust und nickte finster.

»Ich würde auch gerne mal nach Hause ...«, sagte Dürr.

»Wieder ein Date?«, fragte Amelie spöttisch und im selben Moment fiel ihr Daniel ein. Daniel, der um sieben mit ihr skypen wollte. Hätte skypen wollen, denn inzwischen war es kurz vor acht. »Verdammt. Verdammt, verdammt, verdammt!« Sie schlug mit der Faust gegen den Fenstergriff, der einen Ruck nach vorn machte. Die Scheibe bewegte sich fünf Zentimeter nach unten.

»Wow«, sagte Dürr. »Was ist denn jetzt los?«

»Daniel. Er wollte um sieben anrufen. Ich hab's total verpennt.«

»Ist doch noch nicht mal acht.« Dürr machte seine Tür auf. »Ich schau mal, ob diese Lily vielleicht doch schon da ist. Und du rufst ihn an und entschuldigst dich.«

Du rufst ihn an und entschuldigst dich. Wenn das so einfach wäre. Daniel wäre so enttäuscht. Wahrscheinlich hatte er sich den ganzen Tag darauf gefreut, mit Amelie zu sprechen. Und sie hatte es einfach vergessen. Kurz bevor sie zu Chamaeleon gefahren waren, hatte sie sich vorgenommen, ihm eine SMS zu schicken. *Das wird heute nichts mit uns beiden, ich melde mich morgen.* Aber nicht einmal das hatte sie geschafft.

Sie wählte die Nummer und stellte sich vor, dass er in einer Strandbar Vanilleeis mit tropischen Früchten aß und dabei aufs Meer blickte. Die Wellen schwappten gemächlich auf und ab, genau wie die Übelkeit in Amelies Magen. Daniel aß sein Eis und dachte an Amelie, die ihn versetzt hatte. Vielleicht dachte er auch gar nicht an sie. Vielleicht saß eine hübsche Thailänderin neben ihm und lächelte ihn an. Eine Thailänderin mit langem, glänzendem seidenschwarzem Haar.

Auf jeden Fall ging er nicht ans Telefon.

Dürr stand an der Haustür. Als er sah, dass Amelie nicht mehr telefonierte, winkte er ihr zu und drückte die Tür auf.

»Ich bin im Moment so was von durch den Wind«, sagte Lily. »Ich hab das wirklich nicht mitbekommen, dass Sie mit mir sprechen wollten.«

Sie hatte Tee gemacht und legte nun eine Packung Butterkekse auf den Tisch. Dürr nahm gleich drei auf einmal. Amelie lehnte dankend ab. Diese verdammte Übelkeit. Dabei hatte sie den ganzen Tag so gut wie nichts gegessen.

»Das glauben Sie doch wohl selbst nicht«, sagte Dürr mit vollem Mund.

»Ist ja jetzt egal«, sagte Amelie. »Frau Pahl, wir haben von verschiedenen Quellen gehört, dass es in letzter Zeit nicht so gut lief zwischen Ihnen und Frau Bellinger. Was war los?«

»Wer hat Ihnen denn so was erzählt?« Lily wirkte ehrlich erstaunt. »Wir haben uns manchmal gezofft. Immer schon. Aber es war jedes Mal auch schnell wieder vorbei.«

»Warum haben Sie sich gezofft?«, fragte Dürr und griff nach einem neuen Keks.

»Kleinigkeiten. Lächerliche Dinge. Ich bin kein sehr geduldiger Mensch.«

»Das ist uns bekannt.«

»Was soll das denn jetzt?«, fragte Lily. »Es geht doch nicht wieder um die alte Geschichte? Oh Mann, das war vor sieben Jahren! Ich war sechzehn damals.«

»Es ist *erst* sieben Jahre her«, korrigierte Amelie. »Und auch wenn Sie heute hoffentlich nicht mehr mit dem Messer auf Ihre Mitmenschen losgehen, verlieren Sie immer noch schnell die Geduld und sind leicht reizbar.«

»So bin ich eben. Verdächtigen Sie mich jetzt etwa? Und was ist damit?« Lily zeigte auf die Beule auf ihrer Stirn. »Meinen Sie, ich hab mich selbst niedergeschlagen?«

»Wir meinen gar nichts. Wir ermitteln.« Dürr nahm den letzten Keks. Dann klingelte das Telefon.

»Hallo?« Lily lauschte ein paar Sekunden in den Hörer. »Kein Kommentar«, sagte sie dann. »Kein Interesse.« Und legte einfach auf. »Presse«, sagte sie angewidert. »Möchte bloß mal wissen, wie die meine Telefonnummer rausgekriegt haben.«

»Frau Bellinger wollte aus der Serie aussteigen«, sagte Amelie. »Das wäre das Aus für die Produktion gewesen. Und Ihnen kann das auch nicht gefallen haben.«

»Sie war genervt, weil es *nur* eine Internetserie war.« Zur Bekräftigung malte Lily zwei Anführungszeichen in die Luft. »Die Presse hat uns natürlich total ignoriert und für so was bekommt man auch keine Preise und Auszeichnungen. Die Leute schauen sich das gerne an, aber keiner nimmt es ernst. Man darf das auch als Schauspieler nicht zu ernst nehmen. Sonst ist man gefrustet.«

»Wie Myriam Bellinger«, sagte Dürr. »Die war so gefrustet, dass sie nach was Neuem gesucht hat.«

»Ich such auch nach was Neuem«, sagte Lily. »Als Schauspieler ist man ständig auf der Suche. Das Leben ist teuer, und wer weiß, wie's mit Chamaeleon weitergeht, man muss seine Augen immer offen halten. Und mehrere Bälle in der Luft haben. Sonst ist man geliefert, wenn einer runterfällt.«

»Aber Frau Bellinger hat nicht nur die Augen offen gehalten. Sie hat schon vorgesprochen«, sagte Amelie.

»Hat sie das? Da wissen Sie mehr als ich.«

Amelies Handy klingelte. Daniel, dachte sie. Dachte auch Dürr, der ihr zunickte. »Worauf wartest du? Geh doch dran!«

Sie entschuldigte sich, ging mit dem klingelnden Telefon in den Flur und nahm das Gespräch an, ohne vorher aufs Display zu schauen. »Daniel?«

»Hier ist Karin.« Die Stimme seiner Mutter. »Amelie?«

»Ist was passiert?«

»Das kann man wohl sagen. Wir sind im Krankenhaus.«

»Was?«

»Irgendwas stimmt nicht mit Daniels Augen. Die sind total entzündet und zugeschwollen. Er sieht furchtbar aus. Es hat gestern schon angefangen und wurde immer schlimmer. Heute Nachmittag war uns das nicht mehr geheuer, da sind wir hierhergefahren.«

»Wie viel Uhr ist es jetzt bei euch?«

»Nach Mitternacht.«

»Und wo bist du?«

»Im Krankenhaus natürlich. Hab ich doch schon gesagt.« Karin senkte ihre Stimme. »Es ist schrecklich hier, ganz furchtbar. Wir mussten fast zwei Stunden warten, bis wir endlich dran waren. Und dann sprechen die alle nur Englisch.«

»Und können sie Daniel helfen? Kann ich mal mit ihm reden?«

»Er soll hierbleiben. Aber wir können ihn doch nicht einfach bei diesen fremden Leuten lassen«, sagte Karin, als ob Daniel vier Jahre alt wäre und nicht zweiunddreißig.

»Gib ihn mir doch mal.«

»Ich wollte dich fragen …« Karins Stimme war jetzt nur noch ein Wispern. »Kannst du nicht herkommen? Wir sind ihm doch keine Hilfe. Wolfgang und ich sprechen kein Wort Englisch …«

»Wie stellst du dir das vor, Karin? Ich stecke mitten in einer Ermittlung. Ich kann hier nicht so einfach weg. Was ist denn nun? Kann ich mit Daniel reden, ja oder nein?«

»Das geht jetzt nicht«, sagte Karin und klang plötzlich nicht mehr weinerlich, sondern sachlich und kühl. »Ich wollte auch nur, dass du Bescheid weißt. Daniel meldet sich dann bei dir, Amelie. Ich wünsch dir viel Erfolg bei deiner … Ermittlung.«

Daniel. Jetzt saß er nicht mehr in der Strandbar, jetzt lag er in einem großen, lauten, übelriechenden Krankensaal, in dem sich ein Bett an das andere reihte. Durch den schmalen Gang zwischen den Betten eilten winzige thailändische Krankenschwestern mit Spritzen und Tüchern und Medikamenten. Fliegen in der Luft, Schweiß auf den Gesichtern. Daniels Kopf war zur Seite gefallen, er stöhnte. Seine Mutter weinte. Sein Vater hielt seine Hand. *Die sprechen alle nur Englisch.* Im Gegensatz zu Daniels Eltern. Aber Daniels Englisch war hervorragend.

Vielleicht kann er nicht sprechen, dachte Amelie. Vielleicht ist alles viel schlimmer, als Karin gesagt hat. *Kannst du nicht herkommen?* Vielleicht hieß das in Wirklichkeit: Komm, wenn du ihn noch einmal sehen willst.

Unsinn. Eine Bindehautentzündung. Es war typisch für Karin, dass sie die Dinge dramatisierte.

Sie wählte Daniels Nummer. Und erreichte wieder nur die Mailbox. »Ruf mich zurück, Daniel, sobald es geht, ja? Ich mach mir wahnsinnige Sorgen.« Wenn du dir solche Sorgen machst, warum kommst du dann nicht her?, fragte Daniels Mutter spöttisch.

»Amelie?« Das war Dürr. Er stand neben ihr, sie hatte ihn gar nicht kommen gehört. »Alles klar bei dir?«

»Daniel ist im Krankenhaus.« Wie kühl und sachlich ihre Stimme klang. Jede andere Frau wäre in Tränen ausgebrochen. Du bist so kalt, Amelie. Du hast nur deinen Beruf und deine Karriere im Kopf. Und die verdammte Übelkeit im Bauch.

»Was? In Thailand? Was ist denn passiert?«

»Nichts Schlimmes. Hoffe ich.«

»Sollen wir abbrechen? Ich glaub, es reicht für heute.«

Sie zuckte mit den Schultern. »Hat sie noch was gesagt?«, fragte sie mit einer Kopfbewegung in Richtung Küche.

»Sie wusste, dass Myriam unzufrieden war. Weil ihr die Serie zu schäbig war, sie wollte ans Theater oder zum Film. Mehr Qualität. Lily hat versucht, sie zu halten. Wenn Myriam ausgestiegen wäre, hätte sie auch wieder auf der Straße gestanden. Und sie war ganz froh, dass sie endlich …« Dürr unterbrach sich. Lily Pahl trat in den Flur, ihre Teetasse in den Händen.

»Was ist denn jetzt los? Haltet ihr hier draußen eine Konferenz ab?«

»Entschuldigung«, sagte Amelie. »Wir sind schon fertig.«

»Ich müsste gleich noch weg. Dauert das noch lange?«

»Nein«, sagte Dürr. »Ich denke, wir sind dann …«

»Ich habe noch eine Frage«, sagte Amelie. »Eine Zeugin hat ausgesagt, dass Myriam Bellinger Angst vor Jo Steiner habe.«

»Wer war das denn?«, fragte Lily und schüttelte gleich darauf den Kopf. »Ach so, richtig. Dürfen Sie ja wieder nicht sagen.«

Amelie schwieg. Dürr auch.

In der Küche begann wieder das Telefon zu klingeln.

»Gehen Sie ruhig ran«, sagte Dürr.

Lily winkte ab. »Ist eh nur die Presse.«

»Jo Steiner«, erinnerte sie Amelie.

»Ja«, sagte Lily. »Mir gegenüber hat sie das auch mal erwähnt. Dass Jo so unberechenbar ist und dass seine Stimmung plötzlich umschlägt. Gerade war er noch fröhlich, dann bekommt er einen Tobsuchtsanfall. Aber mir ist das nie aufgefallen. Und er war ja öfter hier in der WG.«

»Hat er nur rumgebrüllt oder hat er Frau Bellinger auch angegriffen?«, fragte Dürr.

»Sie meinen, ob er sie geschlagen hat?« Lily lachte. »Bestimmt nicht. Das passt nicht zu Jo, der ist nicht gewalttätig. Und außerdem, wenn er Mim auch nur einmal geschüttelt hätte, wär sie weg gewesen. Auf und davon.«

»Wie war die Beziehung der beiden? Hatten Sie den Eindruck, dass das zu Ende ging?«, fragte Amelie.

»Nee. Glaub ich nicht.« Lily schaute auf die Uhr. »Ich muss jetzt wirklich los.«

»Was haben Sie denn noch vor?«

»Das verrate ich Ihnen nicht. Sie sagen mir ja auch nichts.«

Dürr lachte. Dann sah er Amelie an. »Was ist? Hast du noch was?«

Ihre Magen rumorte. Daniel lag im Krankenhaus und ihr war schlecht.

»Keine weiteren Fragen«, sagte Amelie.

10

Vor zehn ging man nicht ins Elektrolyte, vor zehn war hier absolut tote Hose. Vor zehn ging man in eine Kneipe oder ins Kino. Simon traf sich mit ein paar Leuten in der Adebar, aber Jo hatte keine Lust auf die Fragen nach Myriam. Er wollte auch nicht darüber nachdenken, warum sie sich mit Immobilienmaklern unterhalten und Wohnungen angesehen hatte. Ohne ihm etwas davon zu sagen.

Laute Musik und Wodka, das ging. Alles andere war unerträglich.

Aber er hatte dem Wodka ja abgeschworen und laute Musik gab es im Elektrolyte noch nicht. Der DJ kam erst später, aus den Boxen dudelten Popmusikkonserven. Rotes und gelbes Licht zuckte in Wellen und Kreisen über die leere Tanzfläche.

An der Bar standen Ole und Annike und knutschten.

Jo holte sich ein Bier und stellte sich neben sie. Es dauerte eine ganze Weile, bis sie ihn bemerkten. »Was willst du denn hier?«, fragte Ole vorwurfsvoll, als wäre Jo in sein privates Wohnzimmer eingedrungen.

»Hey, gut, dass ich dich sehe!«, sagte Annike. »Hast du noch was von den Pillen? Die waren …«

»Nee«, sagte Jo. »Ich bin auf der Suche nach einer Frau. Groß, lange braune Haare, super Figur. Muttermal auf der Stirn. Kennt ihr die?«

»Das hast du mich doch gestern schon am Telefon gefragt«, sagte Annike. »Nee, kenn ich nicht. Hat die Frau was mit deiner Freundin zu tun? Gibt's da was Neues?«

»Noch nicht. Was ist mit dir, Ole?«

»Meinst du Pia? Pia Kramp? Die hat so einen Leberfleck auf der Stirn.«

Pia Kramp. Der Name hätte Jo doch etwas sagen müssen. Wenn er sie gekannt hätte. »Ist sie groß, schlank, dunkelhaarig?«

»Und gut aussehend. Natürlich nicht so gut wie meine Freundin.« Ole küsste Annike. Annike kicherte.

»Hast du ihre Nummer?«, fragte Jo.

»Nee, tut mir leid. Aber ich weiß, dass die im Narziss kellnert.«

Jo leerte sein Bier in einem mächtigen Zug. Und stellte die Flasche auf die Theke, hinter der der Barmann gerade Wodka-Lemon mixte. Er kämpfte einen Moment mit sich und gewann. Kein Schnaps. Auf zum Narziss. Hoffentlich hatte Pia nicht gerade heute ihren freien Tag.

Pia Kramp. Wahrscheinlich hatte sie nichts mit der Sache zu tun, wahrscheinlich kannte sie Jo nicht mal. Und nun fuhr er quer durch die Stadt, um sie zu finden. Hirnrissig, dachte Jo.

In zweiundzwanzig Stunden und zehn Minuten musste er das Mahler erklären. Und dann? Mahler macht keinen Spaß, hörte er Simon sagen. Nicht dran denken, das brachte doch nichts, dass er sich wegen Mahler verrückt machte. Vielleicht lief alles viel harmloser ab, vielleicht würde Mahler ihm noch einen Aufschub geben. Es war nicht wichtig. Mim, seine Mim, war entführt und die Polizei tappte immer noch im Dunkeln. *Sie hatte Angst vor dir.* Da war es wieder. Der Kern des Problems, der Grund für seine wachsende Panik. Myriams Angst. Lily hatte mitbekommen, dass Myriam sich vor ihm fürchtete. Aber er selbst hatte nichts davon bemerkt.

Täuschte Lily sich oder hatte er Mims Angst verdrängt und vergessen, genau wie er die Nacht nach ihrer Entführung vergessen hatte? Und wenn er ihre Angst verdrängt hatte, welche anderen Erinnerungen unterdrückte er dann noch?

Vielleicht hatte er am Ende doch etwas mit der Entführung zu tun und wollte es nun nicht mehr wahrhaben.

Unsinn, Bullshit, totaler Quatsch. Er liebte Mim. Er könnte ihr niemals etwas antun.

Als er aus der U-Bahn stieg, rempelte ihn ein Besoffener an. Von einem Augenblick zum anderen war er so sauer, dass er am liebsten um sich geschlagen hätte. Und er erschrak über sich selbst.

»Ich kenne dich gar nicht mehr.« Das hatte Mim vor ein paar Wochen zu ihm gesagt. Halb im Spaß, halb im Ernst.

»Ist doch gut, wenn ich dich immer noch überraschen kann«, hatte er geantwortet.

Und es stimmte, es war wirklich gut, dass Mim ihn nicht richtig kannte, dass sie nicht alles über ihn wusste. Denn sonst wäre es auf der Stelle aus und vorbei gewesen.

Seine Affäre mit Lily hatte an Weihnachten begonnen. Myriam fuhr von Heiligabend bis Silvester immer zu ihren Eltern. Alle ihre Geschwister waren da, man aß Weihnachtsstollen und Berge von Geflügel, machte Hausmusik, spielte Brettspiele und rannte ständig in die Kirche, in der Herr Bellinger predigte. Christian. Jo nannte ihn ja inzwischen beim Vornamen, bei ihrem letzten Treffen hatte Herr Bellinger ihm das Du angeboten. Christian hatte ihm das Du angeboten.

Weihnachtsstollen, Hausmusik, Brettspiele und Kirche, das war eine Mischung, die Jo nicht ertrug. Vor zwei Jahren hatte er es probiert, Myriam zuliebe, und war gescheitert. An seinem dritten Tag bei den Bellingers hatte sich ihm im wahrsten Sinne des Wortes der Magen umgedreht. Brechdurchfall. Er verbrachte sechs Stunden auf der Gästetoilette, dann fuhr er zurück nach Köln. Als er die Wohnungstür aufschloss, ging es ihm wieder gut. Du hast doch nur simuliert, hatte Myriam gesagt und gelacht. Damals hatte sie über so was noch gelacht. Dabei hatte er nicht einmal simuliert. Eine Magen-Darm-Grippe kann man nicht simulieren.

Ein Jahr später war es wieder so weit. Mim war am dreiundzwanzigsten zu ihren Eltern gefahren, voller Vorfreude und voll schlechtem Gewissen. »Ist es wirklich okay, wenn ich dich allein lasse? Willst du nicht doch lieber mitkommen?«

Alles bloß das nicht. Da wäre er lieber noch zu seinen eigenen Eltern gefahren, die verbrachten den ganzen Winter auf einem Campingplatz in Südspanien.

Myriam jammerte noch eine Weile herum und dann kam sie selbst auf die fatale Idee.

»Lily ist doch auch allein«, sagte sie. »Warum feiert ihr nicht zusammen?«

Die beste Freundin der Freundin. An Weihnachten. Das war wirklich das Allerletzte.

Er brachte Lily eine Flasche Single Malt Whisky mit, ihre Lieblingssorte. Sie schenkte ihm eine Flasche Wodka. Sie hatte auch für ihn gekocht, einen Gänsebraten, der so zäh war, dass sie beide nach einer halben Keule kapitulierten. Und sich stattdessen an den Rotwein hielten.

Um elf war die Flasche leer und sie machten den Whisky auf, aber eigentlich waren sie beide nicht mehr am Alkohol interessiert. Sie gingen auf den kleinen Balkon vor Lilys Schlafzimmer. Lily zündete ein Windlicht an. Jo hätte gerne eine Zigarette geraucht, obwohl er Nichtraucher war.

»Das war der erste gute Heiligabend in meinem ganzen Leben«, sagte Lily.

Er dachte zuerst, dass es ein Witz wäre, aber sie war ganz ernst. »Meine Mutter hat früher immer kurz vor Weihnachten Schluss mit ihren Freunden gemacht oder die mit ihr. Und dann hat sie die ganzen Feiertage durchgeheult. Ich hab mich ans Fenster gestellt und die Lichter in der Stadt gesehen, die gelben Fenster und die Weihnachtsbeleuchtung und die geschmückten Tannenbäume, und hab mir gewünscht, dass ich in irgendeinem anderen Haus sein könnte. Bei irgendeiner anderen Familie.«

»Da warst du nicht die Einzige«, sagte Jo. »Bei uns gab's an Heiligabend immer Zoff. Meine Eltern streiten sich so gut wie nie – aber Heiligabend immer – als wäre es eine liebe alte Familientradition. Sie haben meistens schon am Morgen angefangen. Ich glaube, sie sind froh und erleichtert, dass sie jetzt alleine streiten können und wir Kinder nicht mehr dabei sind.« Seine Schwester war sieben Jahre älter als er und wohnte mit ihrer Familie in Hamburg. Sie hatten kaum Kontakt zueinander. Auch mit seinen Eltern telefonierte er nur alle paar Wochen.

»Was macht deine Mutter heute?«, fragte er.

Lily zuckte mit den Schultern. »Keine Ahnung. Vermutlich hat sie sich gerade getrennt und sitzt zu Hause und heult.« Sie hob ihr Whiskyglas. »Prost, Mama.«

»Prost, Lily«, sagte Jo. »Frohe Weihnachten.« Und hätte sie gerne geküsst, aber er hielt sich zurück. Noch hielt er sich zurück. Aber als er drei Stunden später gehen wollte und sich schon verabschiedet hatte und die Tür auch schon geöffnet hatte, stellte sie sich auf die Zehenspitzen und küsste ihn auf die Wangen. Der Duft von Kokos, Vanille und Whisky, das war zu viel, das stieß ihn über den Rand der Klippe. Im freien Fall griff er nach ihren Schultern und zog sie an sich und küsste sie. Küsste sie richtig.

Und sie wehrte sich nicht.

Im Gegenteil.

Er ging nicht nach Hause. Er blieb. Und blieb auch am ersten und zweiten Weihnachtstag und noch zwei weitere Tage, bis Myriam wieder von ihren Eltern zurückkam. Er blieb und schlief in Lilys Zimmer und schlief mit ihr. Immer wieder. Sex mit Lily.

Es war guter Sex, viel besser als mit Mim. Obwohl er Myriam liebte und Lily nicht. Lily hatte seit über einem Jahr keine Beziehung mehr gehabt, sie war ausgehungert und leidenschaftlich und hemmungslos.

»Das ist aber lieb von dir, dass du mich hier erwartest«, sagte Mim, als sie einen Tag vor Silvester wieder zurück nach Köln kam. »Ich hab dich so vermisst«, sagte sie und küsste ihn. Und hatte keine Ahnung, was geschehen war.

Wir müssen damit aufhören, dachte Jo. Aber zwei Tage später kam Lily zu ihm nach Hause. Da dachte er nicht mehr ans Aufhören, da zog er sie aus und auf sein Bett.

Sie trafen sich sechs Wochen lang hinter Myriams Rücken. Bei jeder Gelegenheit, die sich ihnen bot, schliefen sie miteinander. Betrogen sie sie. Ihr Freund, ihre beste Freundin.

Es ist nur Sex, versuchte Jo sich einzureden, dabei wusste er genau, dass das nicht stimmte. Es war nicht nur Sex, sie verstanden sich einfach gut. Sie verstanden sich besser als Myriam und Jo. Weil sie sich so ähnlich waren.

In Myriam hatte Jo sich verliebt, weil sie so rätselhaft und fremd und perfekt war. In Lily verliebte er sich wegen ihrer vielen Macken. Und weil er so entspannt war, wenn er mit ihr zusammen war. Sie las den Express anstatt der Zeit, sie guckte lieber Action-Blockbuster als chinesische Experimentalfilme mit Untertiteln, sie lebte von Pizza und Cheeseburgern und Schokoladeneis, sie trank Whisky und Wodka und sie hätte sich prächtig mit Simon verstanden, den Mim abartig fand.

Aber sie lernte Simon nicht kennen. Die Affäre zwischen Jo und Lily blieb geheim, niemand erfuhr davon.

Und sie war genauso plötzlich zu Ende, wie sie begonnen hatte. Im Februar hatte Myriam einen Fahrradunfall und kam mit einer leichten Gehirnerschütterung ins Krankenhaus. Nachdem Jo sie besucht hatte, traf er Lily in der Krankenhauslobby.

»So geht es nicht mehr weiter«, sagte Lily. »Ich kann nicht mehr schlafen. Ich fühl mich einfach nur noch beschissen.«

Und Jo ging es ganz genauso. Das Doppelleben machte ihn fertig, die ständigen Lügen zermürbten ihn.

»Du musst dich entscheiden«, sagte Lily.

Da entschied er sich. Für Myriam.

Es war wie ein kalter Entzug, es war fürchterlich und er durfte nicht einmal laut heulen und schreien. Er durfte sich nichts anmerken lassen. Und Lily ging es genauso. Ging es vermutlich noch schlimmer, sie war ja allein, und Jo hatte Myriam.

Sie sahen sich nur noch, wenn Mim dabei war und auch dann redeten sie nur das Nötigste.

Die Zeit heilt alle Wunden und über jede Sache wächst irgendwann mal Gras. Das wusste Jo, aber er wusste auch, dass es noch nicht so weit war. Allerdings war aus dem stechenden Schmerz inzwischen ein leises Pochen und Ziehen geworden.

Im Narziss war nichts los. Zwei Pärchen an einem Vierertisch. Und hinter der Theke ein dicker Mann mit Halbglatze, vermutlich der Wirt.

»Ist Pia da?«, fragte Jo und blickte sich nach einer dunkelhaarigen Bedienung um.

»Heute nicht.«

»Hast du ihre Handynummer?«

Jetzt sah ihn der Typ zum ersten Mal an. »Ich kenn dich nicht, oder?«

»Pia kennt mich«, behauptete Jo.

»Das kann jeder sagen.«

»Bei mir stimmt's aber.«

»Wenn du sie kennst, dann geh bei ihr vorbei«, sagte der Wirt und blickte über Jos Schulter hinweg aus dem Fenster. »Sie ist bestimmt zu Hause.«

Dieser Blick aus dem Fenster.

»Sie wohnt hier ganz in der Nähe, oder?«, fragte Jo. Wahrscheinlich auf der anderen Straßenseite. Aber er konnte unmöglich alle Häuser abgehen und die Klingelschilder nach ihrem Namen absuchen.

»Wenn du sie so gut kennst, müsstest du das ja wissen.«

»Ich hab eine Idee«, sagte Jo. »Du rufst sie an und sagst ihr, dass ich hier bin.«

Der Mann zögerte.

»Ich sag dir eins: Wenn ich jetzt wieder abhaue und hinterher erfährt sie, dass ich hier war und du hast ihr nicht Bescheid gesagt, dann wird sie supersauer.«

»Okay.« Der Wirt holte sein Handy raus. »Meinetwegen.«

»Hier ist so ein Typ, der dich sprechen will«, sagte er, nachdem er die Nummer gewählt hatte.

»Jo Steiner«, sagte Jo. Er ballte seine Hände zu Fäusten und drückte sich selbst die Daumen. Hoffentlich sagte ihr der Name was.

»Sagt ihr nichts«, sagte der Wirt.

»Ich bin … sag ihr, es geht um Mittwochnacht. Elektrolyte.«

»Es geht um Mittwochnacht. Elektrolyte«, sagte der Wirt, dann lauschte er in den Hörer und nickte und legte auf. »Sie hat keinen blassen Schimmer. Aber sie kommt mal runter.«

Pia Kramp wohnte im Haus gegenüber. Glücklicherweise, sonst wäre sie noch wütender geworden, als ihr klar wurde, dass sie vollkommen umsonst ins Café gekommen war. Sie war nicht die Richtige, das wurde Jo in dem Moment klar, in dem sie durch die Tür kam. Ihr Gesicht war runder als das der Frau, die er suchte. Und der Leberfleck auf ihrer Stirn stimmte auch nicht. Er war zu klein.

»Ich habe keine Ahnung, was du von mir willst«, sagte sie, nachdem Jo etwas von Max Bilstein erzählt hatte, den sie nicht kannte. »Um was geht's denn eigentlich? Eine Frau hat nach dir gefragt, und aus irgendwelchen Gründen glaubst du, dass ich das war. Und deshalb kreuzt du mitten in der Nacht hier auf und holst mich aus der Badewanne?«

Mitten in der Nacht war übertrieben. Es war gerade mal halb zehn. Und dass Pia in der Badewanne gelegen hatte, hatte er ja nicht ahnen können.

»Sorry«, murmelte Jo. »Es ist nur … meine Freundin …«

Pia starrte ihn an. Man konnte förmlich sehen, wie es in ihrem Kopf arbeitete, wie es klickte und ratterte. Wie sie eins und eins zusammenzählte und noch mal eins dazu und dann … »Ach ja richtig. Du bist mit dieser Schauspielerin zusammen, die sie entführt haben. Scheiße.« Sie sah jetzt nicht mehr sauer aus, sondern betroffen.

Jo senkte den Blick. Weil er sich so schämte. Es ging ja nicht um Mim, es ging um die Kohle, die er Mahler schuldete, es ging um seinen eigenen Arsch, den er retten wollte. Und nun benutzte er Myriam als Entschuldigung.

»Hat diese Unbekannte was mit der Entführung zu tun?«, fragte Pia neugierig.

»Ich weiß nicht.« Er fuhr sich durch die Haare und verzog das Gesicht, als ob er Kopfschmerzen hätte. Er hatte ja auch Kopfschmerzen, stellte er im gleichen Moment fest. »Ich weiß überhaupt nichts mehr.« Das zumindest war keine Lüge.

Vor seinem Haus parkte ein grüner Passat. Genau derselbe, der heute Mittag schon hier gestanden hatte, als er mit Lily aus dem Haus gekommen war. Der Wagen war ihnen bis zu Chamaeleon Productions gefolgt. Und jetzt war er wieder da. Das war kein Zufall. Das waren Mahlers Leute, die ihn daran erinnern wollten, dass morgen seine Frist ablief. Die Schraube zudrehen, Druck aufbauen. Und es wirkte. Jo schwitzte.

Er überquerte die Straße nicht, sondern bog in die Neusser Straße ab. Vielleicht hatten sie ihn schon gesehen und folgten ihm. Aber das war ihm egal, er entkam ihnen ja doch nicht. Er würde zur Tankstelle gehen und eine Flasche Wodka kaufen und dann nach oben und zwei, drei, vier Gläser kippen. Und dann wären ihm Mahlers Männer vor der Tür scheißegal.

Als er vor dem Getränkeregal stand, klingelte sein Handy.

»Hier ist Lily«, sagte Lily. »Alles klar bei dir?«

»Sicher.« Nichts war klar, aber Lily war die Letzte, die ihm helfen konnte. »Was gibt's denn?« Er hatte plötzlich den Geruch von Vanille und Kokos in der Nase. Durchs Telefon. Er verlor wohl langsam den Verstand.

»Pass auf«, sagte Lily. »Es gibt Neuigkeiten von Mim. Das ist jetzt echt der Hammer.«

11

»Der Typ spielt mit uns«, sagte Dolder und kniff die Augen zusammen. Vielleicht hatte er Schmerzen. Vielleicht konnte er es einfach nicht fassen, wie dilettantisch Amelie sich anstellte. Dass sie Myriam Bellinger immer noch nicht gefunden hatte. »Das Mädel ist weg und wir tappen nach wie vor im Dunkeln und diese Schweine machen sich über uns lustig.«

Am Morgen hatte Frau Binder im Polizeipräsidium angerufen und hatte die Sonderkommission darüber informiert, dass im Fanforum ein Video gepostet worden war, ein Film, der Myriam zeigte.

Die ganze Sequenz dauerte nur einunddreißig Sekunden. Ein kahler, leerer Raum. Man sah eine Frau von oben. Sie saß auf einer Pritsche, das Gesicht in die Hände gestützt. Ihr langes blondes Haar wirr und glanzlos. Am Ende des Films hob sie den Kopf und starrte in die Kamera. Die Augen erschienen riesig in dem blassen Gesicht. »Hört auf, mich anzuglotzen!«, schrie sie in die Kamera. Dann brach die Aufnahme ab.

»Die filmen sie«, schnaubte Dolder. »Die ganze Zeit. Und nun stellen die das Zeug sogar ins Internet. Das ist doch der Beweis, dass die sich für oberschlau halten. Oder, Schulz?« Er sah den Polizeipsychologen an, der mit den Schultern zuckte und dann antworten wollte, aber Dolder ließ ihn gar nicht zu Wort kommen. »Das macht mich wirklich sauer.«

»Da geht es Ihnen genau wie dem Rest der Republik«, sagte die Staatsanwältin.

Vierhunderachtundzwanzig Kommentare waren über Nacht bereits zusammengekommen. *Arme Myriam. Diese schweine solte mann erschießen. Wir sind in gedanken bei dir. Myriam ich drück dich. Du bist so tapfer! Ich denk an Dich Myriam.* Und so weiter, und so fort.

»Myriam wurde in dem Film eindeutig identifiziert«, sagte Amelie. »Frau Binder, Holm, die Eltern, alle haben sie erkannt.« Frau Bellinger hatte am Telefon so zu weinen begonnen, dass sie den Hörer an ihren Mann abgeben musste, dessen Stimme ebenfalls gefährlich zitterte.

»Tun Sie etwas«, hatte er zu Amelie gesagt. »Das ist alles unerträglich für uns.« Und dann hatte er sich bitter über die Reporter beklagt, die ihr Haus belagerten, seit Holm an die Öffentlichkeit gegangen war.

Sie spielten das Video noch einmal ab. Myriam saß auf einer Matratze, die mit einem weißen Leintuch bedeckt war. In der Zimmerecke ein weißer Eimer mit einem Deckel. Der Teppichboden war braun.

»Wo ist sie?«, fragte Bonn. »Die Kamera ist irgendwie unter der Decke angebracht, das kann man erkennen. Und sonst? Irgendwelche Hinweise auf die Umgebung?«

»Die sind doch nicht blöd«, sagte Wiebke. »Die verraten sich doch nicht selbst. Der Raum kann überall und nirgends sein.«

»Das Auge«, sagte Dürr. »Auf dem Video, das sie Holm zugeschickt haben, war Myriams Auge geschwollen und sie hatte diesen Kratzer auf der Stirn. Aber in diesem Film ist sie noch unverletzt.«

»Sie hat auch andere Klamotten an. Das sind die Kleider, in denen sie sie entführt haben«, sagte Wiebke.

»Das heißt, sie haben das vorher gedreht«, meinte die Staatsanwältin.

Bonn zuckte mit den Schultern. »In den sozialen Medien ist das Video *das* Thema«, erklärte er dann. »Seit gestern Abend haben sich die Spenden für Frau Bellinger noch verdoppelt. Es sind fast fünfhunderttausend Euro eingegangen.«

»Das ist Wahnsinn«, sagte Werner Müller. »Eine halbe Million. Die Lösegeldforderung ist am Donnerstag eingegangen und heute haben wir Samstag.«

»Aber am Dienstag läuft die Frist aus«, erinnerte ihn Dürr. »Und bis jetzt ist noch nicht einmal ein Drittel der Summe aufgebracht worden.«

»Holm tut jedenfalls alles dafür, dass das Geld zusammenkommt«, meinte Wiebke Huber. »Die Spendenaufrufe von Jo Steiner und Lily Pahl waren sehr erfolgreich. Und nun dieser Videoclip – das ist natürlich Gold wert. Man sieht die Entführte selbst und wie verzweifelt sie ist. Wer da nichts gibt, hat kein Herz.«

»Noch mal zurück zu dieser Mitbewohnerin«, sagte Dolder. »Haben Sie noch mehr über die herausgefunden? Und was ist mit dem Freund von Myriam? Die Mutter hat doch ausgesagt, dass Myriam Angst vor ihm hatte. Ist da inzwischen irgendwas passiert?«

»Wir observieren ihn und sein Telefon wird auch überwacht. Bis jetzt haben wir nichts.«

»Wir haben uns mal in der Szene umgehört.« Hauptkommissar Wallrath warf einen Blick in sein Notizbuch. »Steiner ist mit einem gewissen Simon Lübke befreundet. Der ist vorbestraft. Drogenbesitz und -handel. Vor drei Jahren verurteilt, die Strafe wurde zur Bewährung ausgesetzt.«

»Daran ist ja nun nichts Verwerfliches«, sagte Frau Bartels-Schmidt. »Ich meine, dass Herr Steiner mit jemandem Umgang hat, der vorbestraft ist.«

»Natürlich nicht«, sagte Wallrath.

»Gut«, sagte Dolder. »Was gibt's sonst noch?«

»Ich hab mit Heike Hoffmann vom Düsseldorfer Schauspielhaus gesprochen«, sagte Stahl. »Die Bellinger hat sich da ja beworben und auch vorgesprochen.«

»Und?«

»War wohl nicht so gut«, sagte Stahl. »Nicht unser Niveau, meinte Frau Hoffmann. Völlig indiskutabel.«

»Ist die Regisseurin?«, fragte Bonn. »Diese Hoffmann?«

»Regieassistenz. Eher ein kleines Licht. Aber sie war dabei, als Frau Bellinger vorgespielt hat.«

»Was ist mit diesem LKW-Fritzen?«, fragte Dolder. »Ist der inzwischen wieder aufgetaucht?«

»Es fehlt immer noch jede Spur von ihm«, sagte Stahl. »Wir haben seinen Kollegen erreicht, der gerade in der Türkei Urlaub macht. Der hat uns erzählt, dass dieser Schneck ebenfalls wegfahren wollte. Ist aber eher so der spontane Typ, sagt der Freund. Der setzt sich in sein Auto und fährt einfach los.«

»Was ist denn mit dem Hawaii-Ticket, das die Sekretärin zurückgeschickt hat?«, fragte Müller. »Wurde das storniert?«

»Bis jetzt nicht«, sagte Dürr. »Beide Tickets sind noch gültig.«

»Vielleicht hat er die Bellinger ja entführt und will sie nun dazu zwingen, ihn zu begleiten.«

»Das macht doch keinen Sinn«, sagte Amelie. »Wenn er so etwas plant, dann hinterlässt er doch keine so offensichtlichen Spuren. Und wenn er Myriam Bellingers Adresse gekannt hätte, hätte er seinen Brief bestimmt zu ihr nach Hause geschickt und nicht an Chamaeleon.«

»Vielleicht hat er es nicht geplant«, meinte Dolder. »Er hat sie spontan entführt und jetzt weiß er nicht mehr, wie er aus der Nummer wieder rauskommt.«

»Die Vorgehensweise ist aber kein bisschen spontan«, sagte Peter Schulz. »Die Tat ist minutiös geplant worden.«

»Wir lassen ihn suchen«, beschloss Amelie. »Als Zeugen, nicht als Tatverdächtigen. Wir geben eine entsprechende Meldung an die Medien raus.« Während sie sich eine Notiz machte, musste sie plötzlich an die Internetserie denken, die sie sich gestern bis tief in die Nacht hinein angesehen hatte. An den unfähigen Kommissar, der Noemis Spuren eher verwischte, als dass er irgendetwas aufklärte. Der Kommissar in der Serie war männlich, dick und glatzköpfig, und dennoch erkannte sie sich in ihm wieder.

»Apropos Medien«, sagte Frau Bartels-Schmidt. »Für Montag ist die Pressekonferenz angesetzt. Wer wird denn von uns alles dabei sein?« Sie sah Dolder an, der ihren Blick aber nicht erwiderte, sondern auf sein Handy starrte. Erst als alle erwartungsvoll schwiegen, hob er den Kopf und zuckte mit den Schultern. »Ach so. Die Pressekonferenz. Ich bin Montagvormittag noch da, ich werde das übernehmen. Und Sie sind auch dabei, Frau Staatsanwältin.«

»Na, danke für die Info. Da werde ich mir Montagmorgen was Ordentliches anziehen. Die Journalisten werden aufgewühlt sein, die ganze Sache schlägt ja mächtige Wellen.«

»Vielleicht kommt auch der Polizeipräsident«, sagte Dolder. »Ist noch nicht ganz raus.«

Dolder. Frau Bartels-Schmidt. Vielleicht der Polizeipräsident. Amelie war nicht eingeplant. Sie starrte auf das Flipchart, auf dem immer noch die Worte standen, die sie vor zwei Tagen aufgeschrieben hatte. *Tatzeit: Mi, 18.30 Uhr. Tatort: Wohnung des Opfers. Flur.*

Im Grunde waren sie heute nicht viel weiter als damals. Die Einzigen, die in diesem Fall vorankamen, waren die Entführer. Die Sonderkommission reagierte nur auf ihre Vorgaben. Tanzte nach ihrer Pfeife.

Dolder war unzufrieden. Er hatte Amelie die Sache von Anfang an nicht zugetraut, er hatte Dürr gewollt. Und jetzt wollte er sie von der Pressekonferenz ausschließen, obwohl sie die Sonderkommission leitete. Das war nicht nur unüblich, das war skandalös. Sie durfte das nicht einfach so hinnehmen. Sie musste sich wehren. Aber wenn sie Dolder jetzt zur Rede stellte, wenn sie ihn vor den anderen angriff, dann würde er nur noch mehr mauern. Sie würde nichts erreichen, sie würde sich nur lächerlich machen.

Mach doch, was du willst, dachte Amelie. Am Ende ziehst du den Kürzeren. Auf Dauer kannst du mich nicht verdrängen, genauso wenig wie du den Krebs verdrängen kannst. Das war ein hämischer, abscheulicher Gedanke, aber Dolder behandelte sie ja auch hämisch und abscheulich.

Die Vorstellung von Dolder im Krankenhaus erinnerte sie wieder an Daniel. Sie hatte bis jetzt nicht mit ihm gesprochen. Gestern Abend war es wegen der Zeitverschiebung zu spät gewesen, ihn noch anzurufen. Heute Morgen hatte sie nur seine Mailbox erreicht. *Ich rufe schnellstmöglich zurück.* Hoffentlich tat er das auch. Sonst musste sie es noch mal bei Karin versuchen.

Erst jetzt wurde ihr bewusst, wie still es im Besprechungszimmer war. Dass die anderen sie ansahen. Mitleidig, ratlos, neugierig sahen sie sie an und fragten sich, wie sie reagieren würde. Ob sie reagieren würde. Amelie zupfte an ihren Haaren, wollte dann nach ihrem Kaffee greifen und stieß dabei Dürrs Tasse um.

»Verdammt! So ein Mist!«

Dürr, Wiebke Huber und die Staatsanwältin warfen Papiertaschentücher in die braune Pfütze. Amelie holte den Papierkorb, beförderte den durchnässten Klumpen hinein, wischte nach. Dolder grinste, sie musste ihn gar nicht ansehen, um das zu wissen.

»Da kommt doch bestimmt noch mehr«, sagte sie, als der Tisch wieder sauber war.

»Was?«, fragte Stahl.

»Ich meine, da kommt bestimmt bald noch ein Video von Myriam.«

»Davon gehe ich auch aus«, meinte Peter Schulz. »Das ist wie bei Big Brother. Die Kamera läuft die ganze Zeit. Sie filmen alles.«

»Genau wie in der Serie«, sagte Amelie. »Da gibt es doch auch eine Webcam. Und über die Kamera kommuniziert Noemi mit ihren Entführern.«

»Wenn sie klug ist, versucht Myriam ebenfalls, mit diesen Typen ins Gespräch zu kommen«, sagte der Psychologe. »Je mehr sie über sie wissen, je mehr sie über ihre Gefühle erfahren, desto schwieriger wird es für sie, sie zu töten.«

»Wenn sie klug ist, hält sie das Maul«, sagte Dolder. »Die stellen doch alles ins Internet, was sie von sich gibt.«

»Warum?«, fragte Dürr. »Warum veröffentlichen sie den Film?«

»Das liegt ja wohl auf der Hand«, sagte Bonn. »Die wollen die Spenden in die Höhe treiben. Je mehr Geld eingeht, desto schneller können die abkassieren.«

»Ich glaube nicht, dass es den Tätern nur um das Geld geht«, sagte Schulz. »Da steckt mehr dahinter.«

»Aber was?«, fragte Amelie.

»Das kann ich dir auch nicht sagen. Aber vielleicht sollten wir uns Myriam Bellingers Umfeld noch mal genauer anschauen. Ihre Freunde. Ihre Familie. Vielleicht liegt die Antwort auf unsere Fragen in ihrer Vergangenheit.«

»Ach was, Vergangenheit! Wem nützt das Ganze, das ist doch die Frage«, dröhnte Dolder. »Und das ist meiner Meinung nach eindeutig dieser Produzent. Dieser Holm und der Liebhaber, das sind unsere Hauptverdächtigen.«

Amelie nickte langsam. »Würdest du mich nach Düsseldorf begleiten, Peter? Du hast ihre Eltern noch nicht getroffen. Ich wüsste gerne, was du von ihnen hältst.«

Frau Bartels-Schmidt stand auf. »Das ist bestimmt nicht verkehrt. Aber ich muss jetzt los. Hab in einer Stunde einen Gerichtstermin.« Sie klopfte auf den Tisch. »Frohes Schaffen. Und Dolder – ich verstehe ja, dass Sie gerne mit mir allein sein wollen …«, sie zwinkerte ihm verführerisch zu, »… aber ich hätte bei der Pressekonferenz gerne auch Frau Fröhlich dabei.«

Dolder stand ebenfalls auf. »Ich weiß«, sagte er beiläufig, fast gelangweilt. »Aber ich leite diese Dienststelle. Und Sie haben ja gehört, dass Frau Fröhlich ganz tief in die Kindheitsgeschichte unseres Opfers einsteigen will. Da bleibt keine Zeit für Pressearbeit. Wir beide werden den Termin am Montagmorgen wahrnehmen. Vielleicht kommt der Polizeipräsident noch dazu. Je nachdem, ob wir bis dahin mit ein paar Ergebnissen aufwarten können.«

Frau Bartels-Schmidt zog die Brauen hoch und seufzte. Amelie zupfte an ihren Haaren. Verdammt, jetzt war ihr wieder übel.

»Arschloch«, murmelte Dürr. Aber nur ganz leise.

12

Ein Glas. Und noch ein Glas. Auf nüchternen Magen, am helllichten Tag. Jo schloss die Augen und spürte, wie der Alkohol ihn ausfüllte. Ihn ruhig machte.

Seit letzter Nacht stand die Flasche im Kühlschrank und sprach mit ihm, obwohl die Kühlschranktür fest geschlossen war, obwohl er sich die Ohren zugehalten hatte, obwohl er doch ganz genau wusste, dass eine verdammte Wodkaflasche nicht sprechen konnte. Nur ein Schluck, sagte die Flasche. Nur ein halbes Glas. Danach fühlst du dich so viel besser.

Die ganze Nacht und fast den ganzen Tag hatte er den Verlockungen widerstanden. Myriam hatte ihm die Kraft gegeben. Als er von der Tankstelle nach Hause gekommen war, hatte er den Computer angeschaltet, die Forumseite geöffnet und das Video angesehen, von dem Lily ihm erzählt hatte. Als er Mims zerschlagenes, gequältes Gesicht sah, kamen ihm die Tränen.

Darauf ein Glas Wodka, rief die Flasche aus dem Kühlschrank.

Du bist der totale Alkie, hielt Mim dagegen.

Nein, sagte Jo.

Und blieb dabei und blieb hart. Die ganze Nacht und fast den ganzen Tag lang. Auch wenn seine Kraft diesmal nicht dazu ausreichte, die Flasche zu nehmen, ihr den Hals umzudrehen und den Inhalt ins Waschbecken zu kippen.

Und nun das. Ein Glas. Noch ein Glas. Auf ex.

Nur weil er aus dem Fenster gesehen hatte. Nicht aus dem Wohnzimmerfenster, das zum Innenhof hinausführte. Er war ins Treppenhaus gegangen und hatte einen Blick durch das Fenster zur Straße geworfen.

Der grüne Passat war wieder da.

Als er von der Tankstelle zurückgekommen war, war er verschwunden gewesen. Jetzt parkte er vor der Änderungsschneiderei, ein glatzköpfiger, fetter Mann saß hinter dem Steuer, der Typ neben ihm trug ein rotes Hemd.

Mahlers Leute.

Die Frist.

Um sieben lief sie ab.

Er würde ihnen die Tür nicht öffnen. Und sie würden es nicht wagen, sie einzutreten. Dachte Jo. Versuchte er sich einzureden. Und glaubte sich doch selbst nicht. Mahler macht keinen Spaß, hatte Simon zu ihm gesagt. Er kriegt dich, wenn er dich kriegen will. Aber Jo hatte ihn nicht ernst genommen und die Warnung in den Wind geschlagen und die Gefahr verdrängt, und jetzt saß er in der Scheiße. Rettungslos.

Simon. Vielleicht fiel ihm ja doch noch ein Ausweg ein.

Er wählte seine Handynummer, lauschte auf das Tuten im Hörer, wollte schon wieder auflegen, als Simon doch noch dranging.

»Bist du sicher, dass es Mahler ist?«, fragte er, nachdem Jo ihm von dem Wagen erzählt hatte.

»Wer soll es denn sonst sein? Da sitzen zwei Typen drin, die warten bis sieben und dann kommen sie hoch …« Jo schwitzte. Sein Kopf dröhnte. Der Wodka, er hätte den Wodka nicht trinken sollen.

Unsinn! Trink noch ein Glas und es geht dir besser, rief die Flasche aus dem Kühlschrank.

»Du musst weg«, sagte Simon. »Aber nicht durch die Haustür.«

»Wie denn sonst? Durchs Fenster? Ich wohn im dritten Stock.«

»Habt ihr keinen Hinterausgang?«

Der Hinterausgang führte in den Hof. Vielleicht konnte er über die Mauer in den nächsten Hinterhof klettern und von dort nach draußen. »Der Eingang vom Nachbarhaus liegt auf der Nelkenstraße. Den können die nicht sehen.«

»Gut«, sagte Simon. »Nichts wie weg.«

»Aber wohin? Soll ich zu dir kommen?«

»Quatsch. Mahler kennt mich, der weiß doch, wo ich wohne. Was ist mit deinen Eltern? Kannst du da nicht unterkommen?«

»Die sind wieder mal unterwegs.«

»Umso besser. Dann hast du deine Ruhe. Auf nach Pulheim.«

Pulheim. Jo hasste die Stadt. Die spießige Siedlung, in der das Reihenhaus seiner Eltern lag. Aber jetzt war nicht der richtige Zeitpunkt, um wählerisch zu sein. »Na ja, warum nicht.«

»Beeil dich«, sagte Simon. »Es ist fast halb sieben. Und ich würde mich nicht drauf verlassen, dass Mahler noch eine halbe Stunde durchhält.«

Jo legte auf und fuhr zusammen, als sein Telefon direkt wieder zu klingeln begann. »Hallo? Simon?«

»Herr Steiner, sind Sie das? Hier spricht die Redaktion von Köln Tonight. Wir planen heute Abend eine Sondersendung zum …«

Er legte auf. Verfluchte Holm, der den Journalisten seine Nummer gegeben hatte. Und wollte jetzt wirklich weg und war schon an der Tür, als sein Computer plingte. Eine Mail. Normalerweise interessierten ihn Mails nicht. Fünfundneunzig Prozent davon war Spam, die restlichen fünf kamen von Freunden und Bekannten, die sich nach dem Geld erkundigten, das er ihnen schuldete. Aber jetzt ging er noch einmal zurück und öffnete den Mailordner. Er hatte sich auf der Forumseite angemeldet und wurde per Mail über neue Postings und Kommentare informiert. Eine blöde Idee. Sein Postfach quoll über vor Benachrichtigungen. Seit er das Video gesehen hatte, waren Hunderte von neuen Kommentaren eingegangen. Er markierte sie allesamt und löschte sie, ohne sie zu lesen.

Bis auf die letzte Mail.

Die war von Lily. Das war ungewöhnlich, Lily schickte eigentlich keine Mails, sie machte alles per SMS und WhatsApp. »Fotos anbei. Lily.« Das war die Botschaft. Er öffnete den Anhang und starrte eine ganze Weile auf die Fotos, die sich nun öffneten. Bis er begriff, was er da sah.

»Aus eigenem Anbau«, sagte Frau Bellinger und schenkte Minztee in hohe Gläser, die mit arabischen Mustern verziert waren. Durch das hohe Fenster blickte man in den Garten. Obstbäume. Darunter vertrockneter Rasen, es hatte seit Wochen nicht mehr geregnet.

»Ein schönes Haus«, sagte Peter Schulz und rührte Kandiszucker in seinen Tee.

Amelie blickte sich um und nickte. Das Pfarrhaus, in dem die Bellingers wohnten, war sehr alt. Ein hohes, großes Wohnzimmer, über zwei Wände zogen sich Regale mit Büchern, die anderen beiden waren mit Holzpaneelen verkleidet. Genau wie die Decke. Das dunkle Holz gab dem Raum etwas Schweres und Bedrückendes.

Die Platte des Tisches, an dem sie saßen, war zerkratzt, das Parkett zu ihren Füßen wirkte verlebt und stumpf. Vier Kinder waren hier groß geworden und hatten ihre Spuren hinterlassen.

»Haben Sie irgendetwas Neues herausgefunden? Gibt es eine Spur?«, fragte Herr Bellinger. »Wir machen uns solche Sorgen um unsere Tochter.«

»Ich weiß«, sagte Amelie. Wir tun, was wir können. Diesen Satz sprach sie nicht aus. Weil es kein Trost für die Bellingers war. Sie taten, was sie konnten, aber das nützte nichts, sie kamen nicht weiter. Heute Morgen bei der Dienstbesprechung hatte sie es für eine gute Idee gehalten, nach Düsseldorf zu fahren, um Myriams Eltern zu befragen. Jetzt hatte sie das Gefühl, dass es reine Zeitverschwendung war.

»Diese Reporter«, sagte Herr Bellinger zusammenhanglos. »Das ist eine Zumutung, kann man dagegen nichts machen? Wir haben das Telefon abgestellt, weil sie die ganze Zeit anrufen. Nun stehen sie vor dem Haus. Es ist widerlich.«

»Gegen die Medien können wir leider nicht vorgehen«, sagte Amelie.

»Warum sind Sie hier?«, fragte Frau Bellinger angsterfüllt.

»Wir würden gerne noch mehr über Ihre Tochter erfahren. Über ihre Kindheit und Jugend«, sagte Schulz. »Was für ein Mensch ist sie?«

Kurz bevor sie losgefahren waren, war ein neues Video erschienen. Ein bisschen länger als das erste. Zuerst lief Myriam im Zimmer auf und ab, rannte von einer Wand zur anderen, wie ein Tiger im Käfig. Dann blieb sie stehen und starrte nach oben in die Kamera. Diesmal wirkte ihr Gesicht nicht verzweifelt, diesmal sah sie wütend aus.

»Was wollt ihr von mir?«, zischte sie. »Ihr seht mich doch nicht nur, ihr hört mich auch, oder? Was soll das? Ich hab keine Kohle, ich kann euch nichts bieten. Und meine Eltern haben auch nichts. Ihr habt euch vertan, ich bin nicht die Richtige.« Sie schluckte hörbar, ihre Augen begannen verdächtig zu glitzern. »Ich hab nichts, wirklich nicht«, flüsterte sie. »Bitte, lasst mich frei.« Dann brach die Aufnahme ab.

»Sie ist sehr behütet aufgewachsen«, sagte Herr Bellinger. »Das war uns wichtig. Dass unsere Kinder sich sicher und geborgen fühlen.«

»Mimi war ein fröhliches Kind, immer lustig«, ergänzte Frau Bellinger. »Sie hat so gerne gesungen.« Ihre Stimme brach. Ihr Mann legte seine Hand auf ihre.

»Viele Leute halten uns vielleicht für konservativ. Weil wir in mancher Beziehung so streng waren mit unseren Kindern.«

»Was meinen Sie mit streng?«, fragte Schulz.

»Konsequent«, sagte Frau Bellinger.

»Wir halten nichts davon, dass man Kinder einfach so laufen lässt. Wir haben ihnen Grenzen gesetzt, von Anfang an«, erklärte ihr Mann.

»Es ist wichtig für ein Kind, dass es Grenzen hat«, sagte Frau Bellinger. »Und dass es weiß, wo es hingehört.«

Dass es weiß, wo es hingehört. Amelie hatte plötzlich ebenfalls Tränen in den Augen. Aber nicht aus Mitleid mit Myriam oder ihren Eltern. Sondern aus Neid. Die Bellingers waren ihr zutiefst unsympathisch, aber sie hatte immer von einer Kindheit geträumt, wie Myriam sie gehabt hatte. Ihre eigenen Eltern hatten sich getrennt, als sie zwölf war, danach hatte sie eine Zeitlang bei ihrem Vater und bei ihrer Mutter gewohnt und war mit siebzehn ausgezogen, weil sie sich mit keinem von beiden verstand. Inzwischen war ihr Vater tot und zu ihrer Mutter hatte sie kaum noch Kontakt.

»Was ist mit ehemaligen Schulkameraden, Freunden, die uns etwas über Myriam erzählen könnten?«, fragte Schulz. »Oder gibt es jemanden, der Myriam hassen könnte?«

»Da kommt eigentlich nur einer infrage«, sagte Herr Bellinger. »Nikolas Spundt.«

»*Hass* ist vielleicht übertrieben«, sagte seine Frau.

»Ich sage es, wie es ist«, erwiderte Herr Bellinger so scharf, dass sich Amelie unwillkürlich aufrechter hinsetzte. »Myriam ist verschwunden, da dürfen wir doch nichts beschönigen.«

»Warum meinen Sie, dass Nikolas Spundt Myriam hasst?«, fragte Peter Schulz.

»Die beiden waren befreundet«, sagte Bellinger. »Als Myriam noch zur Schule ging. Nikolas war ein bisschen älter. Es war eine Jugendliebe, nichts fürs Leben. Aber dann hatte Nikolas diesen schrecklichen Unfall.«

»Es war entsetzlich«, flüsterte Frau Bellinger. »Der arme Junge. Und Myriam hat so gelitten.«

Schulz wollte etwas fragen, aber in diesem Moment ging die Wohnzimmertür auf. Ein schlaksiger junger Mann streckte den Kopf ins Zimmer. »Ach, ihr habt Besuch. Na, dann ...« Er wollte wieder weg, aber Herr Bellinger hielt ihn auf.

»Komm doch rein, Johannes. Die beiden sind von der Kriminalpolizei. Es ist wegen Myriam.«

»Ist sie ... haben Sie sie ...?« Ein unsicherer Blick von Amelie zu Schulz zu Herrn Bellinger.

»Es gibt noch nichts Neues«, sagte Amelie. »Leider.«

»Wir möchten uns nur ein genaueres Bild von Myriam machen«, sagte Schulz. »Deshalb sind wir hier.«

»Ach so«, sagte Johannes und kam näher. Er setzte sich auf einen Stuhl, aber nur auf die vorderste Kante.

»Wie ist das Verhältnis zwischen Ihnen und Ihrer Schwester? Verstehen Sie sich gut?«

»Es ist okay. Ich meine, gut.«

»Myriam hat uns nicht so oft besucht, sie war doch so beschäftigt«, erklärte Frau Bellinger. »Und Johannes hat Abitur gemacht. Sie wissen ja, wie das ist.«

Amelie nickte, obwohl sie keine Ahnung hatte, wie das war. Sie hatte weder Kinder noch Geschwister, Familienbeziehungen waren ihr ein Rätsel.

»Haben Sie die beiden Videos auf der Forumseite gesehen, Herr Bellinger?«, fragte Schulz. Genau wie Amelie brauchte Johannes einen Moment, bis er begriff, dass die Frage an ihn gerichtet war und nicht an seinen Vater.

»Ja, klar hab ich das gesehen.«

»Was halten Sie davon?«

»Schrecklich. Ich meine, das ist echt furchtbar, oder?«

»Wir sprachen gerade von Nikolas Spundt. Kennen Sie den auch?«

Ein Nicken.

»Was war das für eine Beziehung zwischen den beiden?« Nun wandte Schulz sich an Herrn Bellinger.

»Myriam hat ihn kennengelernt, als sie sechzehn war. Nikolas war damals schon neunzehn, er war eine kleine Berühmtheit hier in Benrath.« Herr Bellinger lachte nervös. »Er spielte Gitarre in einer Band. Troubles hießen die. Na ja.«

»Mimi war natürlich total geschmeichelt, dass Nikolas sich für sie interessierte«, fuhr jetzt seine Frau fort. »Wir dachten ja am Anfang, dass es Nikolas nur um das eine geht.« Sie räusperte sich. Johannes Bellinger rutschte unbehaglich auf seiner Stuhlkante hin und her. »Aber so war es nicht. Die beiden waren drei Jahre zusammen. Und zwar pausenlos. Sie sahen sich jeden Tag und machten alles gemeinsam. Ich glaube, Myriam war sich vollkommen sicher, dass sie Nikolas auch heiraten würde. Aber dann …« Frau Bellinger verstummte und griff nach ihrem Teeglas.

»Aber dann?«, fragte Schulz.

»Passierte der Unfall.« Nun übernahm Herr Bellinger wieder. »Nikolas war nachts mit dem Fahrrad unterwegs, ohne Licht. Der Autofahrer, der ihn erwischt hat, hatte keine Chance. Seine Eltern haben Myriam am nächsten Morgen angerufen. Als sie ihn im Krankenhaus besucht hat, hatte er schon keine Beine mehr.«

»Sie mussten sie beide amputieren, unterhalb der Knie.« Frau Bellinger flüsterte, als wäre es ein Geheimnis. »Es war eine Tragödie. Nikolas war natürlich … am Boden zerstört. Man kann sich das ja vorstellen, ein junger Mann, in der Blüte seines Lebens. Und dann so was.«

»Das Leben hat ihm einen Strich durch die Rechnung gemacht«, sagte Herr Belllinger feierlich.

»Und Myriam? Wie hat sie sich verhalten?«, fragte Amelie.

»Vorbildlich«, sagte Frau Bellinger. »Sie hat Nikolas täglich besucht und hat versucht, ihm Mut zu machen. Das Mädchen war so stark und tapfer. Wir waren unglaublich stolz auf sie.«

»Aber es war zu viel«, ergänzte ihr Mann. »Nikolas' Heilungsprozess verlief nur sehr schleppend. Er konnte die Prothesen nicht tragen, die Stümpfe entzündeten sich ständig. Vielleicht war es auch psychologisch bedingt, weil er sich gegen seine Krankheit sträubte, weil er sein Schicksal einfach nicht annehmen konnte. Er brauchte alle Energie dafür, gegen seinen Zustand anzukämpfen. Meine Frau und ich haben ihn ja auch besucht, wir wissen, wovon wir reden.« Er wechselte einen Blick mit Frau Bellinger, die pflichtbewusst nickte.

»Er weinte die ganze Zeit. Und Myriam hat versucht, ihm Mut zu machen. Aber meine Güte, was will man erwarten, sie war ja selbst noch ein Kind damals.«

»Sie war neunzehn«, sagte Amelie. »Oder?«

»Ein Kind«, sagte Herr Bellinger in scharfem Ton. »Sie war vollkommen überfordert.« Er trank einen Schluck Tee, schloss kurz die Augen und fuhr dann fort. »Nachdem Nikolas aus der Reha entlassen wurde, zog er wieder bei seinen Eltern ein. Eine schwierige Situation, das kann man sich ja denken. Myriam hat ihn weiterhin jeden Tag besucht. Aber wir haben beide gemerkt, dass ihr die Sache über den Kopf wuchs. Nikolas war so deprimiert, er wurde immer schwieriger.«

»Er war überzeugt, dass Myriam ihn verlassen wollte. Dass sie nur noch aus Pflichtgefühl mit ihm zusammen war. Er glaubte sogar, dass sie ihn mit seinem besten Freund betrog«, sagte Frau Bellinger.

»Und?«, fragte Peter Schulz. »War da was dran?«

»Natürlich nicht!«, rief Frau Bellinger. »So was hätte Mimi doch nie getan!«

»Aber sie hat ihn dann doch verlassen«, sagte Amelie.

»Weil es nicht mehr ging«, sagte Herr Bellinger. »Nikolas hat sie geschlagen.«

»Das ist doch Quatsch«, sagte Johannes. Und senkte sofort die Augen, als er den Blick seines Vaters sah.

»Warum glauben Sie, dass es Quatsch ist?«, fragte Peter Schulz.

»Ich weiß nicht. Es passt halt nicht zu Nikolas. Aber ich kenn ihn auch kaum. Vielleicht täusche ich mich.« Er knetete seine Hände.

»Dann lass doch auch diese Andeutungen, wenn du dir nicht sicher bist«, sagte Bellinger scharf. »Das hilft Myriam nicht. Das hilft niemandem.« Er schüttelte unwillig den Kopf und sah dann Peter Schulz an. »Myriam kam damals mit einem blauen Auge nach Hause. Blutend. Nikolas hatte ihr wieder einmal vorgeworfen, dass sie ihn nicht richtig liebte, und als sie widersprach, versetzte er ihr eine Ohrfeige. Er trug einen Ring – ihren Freundschaftsring – und Myriams Haut ist aufgeplatzt, es sah fürchtlich aus. Ihr Auge wurde danach ganz blau.«

»Haben Sie Anzeige erstattet?«, fragte Amelie.

»Nein, das kam für Myriam nicht infrage. Und wir haben sie auch nicht dazu ermutigt. Ich meine, der arme Junge war doch genug gestraft. Aber wir haben Mimi danach doch sehr darin bestärkt, dass sie die Sache beendet«, erklärte Frau Bellinger.

»Sie hat sehr darunter gelitten. Sehr«, sagte Herr Bellinger.

»Sie fühlte sich schuldig. Obwohl man ihr nichts vorwerfen konnte, überhaupt nichts«, sagte seine Frau.

»Aber Sie finden, dass die Ohrfeige nicht zu Nikolas Spundt passt?«, wandte Peter Schulz sich nun wieder an Johannes. »Glauben Sie, Ihre Schwester hat gelogen?«

»Nein«, sagte Johannes. »Bestimmt nicht.« Ein nervöser Blick zu seinem Vater. »Ich hab echt nur so dahergeredet.«

»Soll ich dir auch eine Tasse holen, Johannes? Möchtest du einen Pfefferminztee?«, fragte Frau Bellinger.

»Nein danke. Ich muss auch wieder los …« Johannes erhob sich. »Sorry.«

Sein Vater hob beide Hände, als wollte er ihn segnen.

»Gibt es sonst noch jemanden, mit dem wir reden sollten? Eine Freundin Myriams, die etwas wissen könnte? Andere Verwandte oder Bezugspersonen?«, fragte Amelie, nachdem Johannes sich verabschiedet hatte.

Die Bellingers wechselten einen ratlosen Blick. »Ihre ehemalige beste Freundin Maike studiert in Frankreich, ich glaube, sie haben kaum noch Kontakt. Myriam war ja auch ganz und gar auf diese Lily fixiert.«

»Was ist mit Ihren anderen Kindern?«, erkundigte sich Schulz.

»Rebecca studiert Theologie in Wuppertal«, sagte Herr Bellinger. »Sie ist ein Jahr jünger als Myriam. Die beiden verstehen sich gut, aber ob Rebecca Ihnen weiterhelfen kann …« Er zog die Mundwinkel nach unten.

»Sie haben vier Kinder«, erinnerte ihn Amelie.

»Esther ist schon lange ausgezogen«, sagte Frau Bellinger.

»Sie lebt in Amerika. Wir haben wenig Kontakt«, ergänzte ihr Mann.

»Leider«, sagte Frau Bellinger und stand auf. »Ich suche Ihnen mal die Adresse von Nikolas raus.«

»Sprechen Sie mit ihm«, sagte Herr Bellinger. »Ich glaube zwar nicht, dass er etwas mit der Entführung zu tun hat. Ich meine, wie sollte er auch, in seinem Zustand. Aber sicher ist sicher.«

»Er ist eigentlich ein guter Junge«, sagte Frau Bellinger. »Aber das mit dem Unfall war zu schlimm.«

Nikolas Spundt wohnte ganz in der Nähe. Eine ältere Frau öffnete die Tür in der Doppelhaushälfte, in der er mit seinen Eltern lebte, und sah sie misstrauisch an.

»Kriminalpolizei.« Sie reichte der Frau ihren Ausweis, die ihn lange und sorgfältig studierte, bevor sie ihn wieder zurückgab. »Ist Herr Spundt zu sprechen?«

»Vater oder Sohn?«

»Der Sohn.«

»Im Urlaub. Südfrankreich. Noch bis Mittwoch.«

»Und der Vater?«

»Auch. Die ganze Familie ist weg. Seit einer Woche schon. Ich füttere die Katze und gieße die Blumen.«

»Haben Sie eine Nummer, wo wir sie erreichen können?« Die Frau schlug ihnen die Tür vor der Nase zu, während sie nach der Telefonnummer suchte. Nach ein paar Minuten kam sie mit einem Zettel zurück. »Das ist das Handy von Herrn Spundt. Also, dem Vater.«

»Wie geht es Herrn Spundt?«, fragte Schulz. »Dem Sohn.«

»Gut.« Die Frau musterte ihn mit zusammengekniffenen Brauen. »Warum sollte es ihm nicht gut gehen?«

»Na ja. Er hatte ja nun diesen schweren Unfall.«

»Ach so. Aber das ist doch Jahre her. Worum geht es eigentlich?«

»Dürfen wir Ihnen nicht sagen.«

»Na dann.« Nun schloss sich die Tür zum letzten Mal.

Amelie und Peter Schulz sahen sich an. Schulz zuckte mit den Schultern.

»Feierabend«, sagte Amelie.

»Was hältst du von den Bellingers?«, fragte Amelie, als sie zurück nach Köln fuhren. Diesmal saß sie am Steuer. Im Dienstwagen funktionierten sowohl die Fenster als auch die Klimaanlage.

»Eine perfekte Familie.«

»Gibt es das? Die perfekte Familie?«

Der Psychologe lachte. »Herr Bellinger dominiert, das ist offensichtlich. Und die anderen ordnen sich unter.«

»Sehe ich auch so. Der arme Junge. Wie er ihn zurechtgewiesen hat. Er war ganz verunsichert.«

»Sie wirken alle sehr verunsichert«, sagte Schulz. »Frau Bellinger. Auch Bellinger selbst.«

»Ist das nicht verständlich? In so einer Situation? Ihre Tochter ist entführt worden.«

»Sie gehen so vorsichtig miteinander um. Das ist mir aufgefallen. Aber du hast recht, vielleicht liegt es an den speziellen Umständen.«

»Den Ausflug hätten wir uns sparen können, oder?«

»Würd ich nicht sagen. Ich bin gespannt auf diesen Jung-Spundt.«

»Er war die ganze Woche in Frankreich. Er kann es nicht gewesen sein.«

»Trotzdem. Ich habe das Gefühl, dass er wichtig für uns ist.«

Amelie seufzte. »Keine Ahnung. Mir ist kotzübel.«

»Hast du dir den Magen verdorben?«

»Weiß nicht. Mir ist seit Tagen schlecht. Aber vom Essen kann's nicht kommen. Ich hab so gut wie nichts zu mir genommen.«

»War bei meiner Frau damals auch so, als sie schwanger war«, sagte Schulz.

Amelie lachte. »Na, das ist es bei mir bestimmt nicht.« Und überlegte dann, wann sie das letzte Mal ihre Periode gehabt hatte. Und konnte sich nicht erinnern. Ihre Blutungen kamen regelmäßig und waren nie besonders stark. Aber natürlich war sie nicht schwanger. Sie nahm doch die Pille. Wenn sie sie nicht gerade vergaß.

»Geh mal lieber zum Arzt und lass dich durchchecken«, sagte Schulz. »Wahrscheinlich ist es einfach der Stress, der dir auf den Magen schlägt. Aber sicher ist sicher …«

»Na klar«, sagte Amelie und wischte erst die linke und dann die rechte Hand verstohlen an ihrer Jeans ab, weil beide schweißnass waren. Auf einmal war ihr schwindlig vor Angst. Eine Schwangerschaft. Das war doch nicht möglich.

Daniel wäre außer sich vor Freude. Die Vorstellung, dass sie ihn vom Flughafen abholte mit dieser Nachricht. Stell dir vor, wir kriegen ein Kind.

Und dann? Drei Monate Übelkeit, danach legte sich das bekanntlich. Umstandskleider, Schwangerschaftsgymnastik, Geburtsvorbereitungskurs, Wehen, Entbindung und schlaflose Nächte. Dieses Glücksgefühl. Das kann man gar nicht beschreiben, wie das ist, wenn man sein Kind zum ersten Mal im Arm hält, hörte sie ihre Freundin Nicole sagen. Nicole, die zusammen mit Amelie auf der Polizeischule gewesen war, aber nach dem ersten Kind hatte sie aufgehört zu arbeiten und nun hatte sie schon das dritte und dachte gar nicht daran, wieder in ihren Beruf einzusteigen. Gibt doch echt Erfüllenderes, als Verbrecher zu jagen, sagte Nicole, wenn Amelie sie besuchte, und küsste ihr erstes oder zweites oder drittes Kind.

»Worüber denkst du nach?«, fragte Schulz. »Alles okay, Amelie?«

»Alles bestens«, sagte Amelie, aber Schulz glaubte ihr nicht. Er war Psychologe, er merkte es sofort, wenn man ihn anlog.

13

Jo erkannte Lily an ihren Brüsten. An ihren schönen weißen Brüsten, bei denen er immer an Eiscreme denken musste. Zwei Becher Vanilleeis mit einem Klecks Karamell und einer Kaffeebohne als Verzierung. Dachte Jo, als er die Fotos sah. Und auf einem der beiden Vanille-Karamellhügel lag eine Hand, eine Hand, die dort nicht hingehörte, weil sie Erik Holm gehörte.

Holm im Bett mit Lily.

Holm war nackt und bleich und groß, sein Körper sah genau so aus, wie Jo ihn sich vorgestellt hätte, wenn er ihn sich hätte vorstellen wollen. Sein Gesicht war auf keinem der Bilder zu erkennen, man sah ihn nur von hinten oder mit weggedrehtem Kopf. Aber Jo war sich trotzdem ganz sicher, dass es Holm war. Seine große, grobe Hand auf Lilys weichen Vanillebrüsten.

Jo schaltete den Computer aus, ohne ihn vorher herunterzufahren. Und schloss die Augen. Die Fotos waren verwackelt und unterbelichtet, aber die Bilder in seinem Kopf waren ganz scharf. Scharf wie Holm auf Lily. Holm auf Lily.

Dass Lily mit Holm schlief, dass sie ihn küsste, so wie sie Jo geküsst hatte. Wenn jemand das Jo erzählt hätte, hätte er es nicht geglaubt. Aber nun hatte er es gesehen. Die Bilder waren in seinem Kopf und ließen sich nicht mehr löschen.

Vielleicht ist er es doch nicht, dachte Jo. Nur ein Typ, der ihm ähnlich sieht. Vielleicht ist es eine uralte Geschichte. Etwas, das lange vor mir und Lily geschehen ist.

Das versuchte er sich einzureden, aber er glaubte es selbst nicht.

Holm auf Lily, Lily unter Holm. Warum war Lily mit dem alten Sack ins Bett gegangen? Um sich darüber hinwegzutrösten, dass Jo mit Mim schlief? Vielleicht war es auch die Bedingung dafür, dass Holm ihr überhaupt eine Rolle in der Serie gegeben hatte. Vielleicht hatte er auch mit Myriam geschlafen. Und Mim war williger gewesen als Lily, hemmungsloser, leidenschaftlicher, deshalb hatte sie die Hauptrolle bekommen.

Unsinn. Myriam hätte sich niemals auf so was eingelassen. Mim war viel zu stolz, um sich zu prostituieren. Und Lily? Sex war ein Spiel für sie. Und da Jo keine Lust mehr hatte, mit ihr zu spielen, hatte sie sich eben einen anderen Partner gesucht.

Ausgerechnet Holm. Diesen schmierigen alten Dreckskerl, dieses Abziehbild von einem Filmproduzenten, diesen Versager. Dachte Jo, und erst jetzt fragte er sich, warum Lily ihm die Fotos geschickt hatte. War die Mail wirklich von Lily gekommen? Er schaltete den Computer wieder an und überprüfte den Absender. Lily.Phal@sofort-mail.de. Phal statt Pahl. Wenn er sich nicht so erbärmlich gefühlt hätte, hätte er gelacht.

Ein anonymer Absender. Hatte die Bilder gemacht und ihm geschickt. Ein anonymer Absender, der genau Bescheid wusste, der wusste, dass Lily mit Holm schlief, nachdem sie und Jo eine Affäre gehabt hatten.

Er hörte ein leises Lachen. Lilys Lachen. Du bist ja eifersüchtig, sagte Lily.

»Bullshit«, murmelte er.

Er war nicht eifersüchtig, er war angeekelt. Und wollte zum Kühlschrank, um sich noch einen Wodka einzuschenken, um den fiesen, fauligen Geschmack loszuwerden, den er im Mund hatte, seit er die Bilder gesehen hatte. Und hatte die Kühlschranktür schon in der Hand, als sein Blick auf die Uhr neben der Tür fiel.

Zehn vor sieben.

Der grüne Passat.

Mahler.

Sie konnten jeden Moment oben sein.

Er musste weg.

Als Amelie und Peter Schulz aus dem Präsidiumsparkhaus kamen, trafen sie Dürr, der gerade nach Hause wollte.

»Lasst uns noch was trinken gehen«, schlug er vor. »Ist schließlich Samstag. Irgendwas muss man doch vom Wochenende haben.«

»Ohne mich«, sagte Schulz. »Meine Familie wartet. Und morgen ist ja wohl wieder Arbeit angesagt.«

Amelie hatte auch keine richtige Lust, aber nach Hause wollte sie auch nicht. Sobald sie die Wohnungstür aufschlösse, würden ihre Sorgen über sie herfallen wie hungrige Raubkatzen. Die Angst um Daniel, die Angst, dass sie den Fall nicht lösen würde, und diese neue Angst, die Schulz in sie hineingelegt hatte. *Ein Kind. Ich erwarte ein Kind.*

»Meinetwegen. Aber nur ein Bier.«

Dürr nahm sie mit zu Uschi, das war sein Stammlokal und eng und laut und stickig. Eine Handvoll Männer mit Bierbäuchen starrte in einen Fernseher über der Theke, in dem Fußball lief. Sie aßen und tranken, ohne die Blicke vom Bildschirm zu wenden.

»Hast du was von Daniel gehört?«, fragte Dürr.

»Nichts. Ich hab ihn nicht erreicht. Und er meldet sich nicht. Seine Mutter geht auch nicht ans Telefon. Es ist zum Verrücktwerden.«

»Was hat er denn nun genau?«

»Das weiß ich doch nicht. Seine Mutter sagt, dass seine Augen entzündet und geschwollen sind.«

»Eine Bindehautentzündung.« Dürr nickte so beruhigend, als hätte er Daniel soeben persönlich untersucht. »Das kriegen die locker in den Griff.«

»Warum meldet er sich dann nicht? Das verstehe ich nicht.«

»Morgen meldet er sich«, sagte Dürr und nahm einen großen Zug aus seiner Flasche.

»Vielleicht hätte ich doch mitfliegen sollen.« Amelie trank ebenfalls. Das Bier schmeckte schal, dabei war es ganz frisch. Der Kellner stellte einen Teller mit Kartoffelsalat und Frikadellen vor sie hin. Warum hatte sie das bestellt? Vom Essen würde ihr nur wieder schlecht werden.

»Dann würdest du jetzt auch im Krankenhaus rumhängen und könntest ihm doch nicht helfen.«

»Stattdessen häng ich im Präsidium rum. Und komm keinen Schritt weiter.« Ihr Blick fiel auf den Fernseher über der Theke. Myriam Bellingers zerschlagenes Gesicht erschien auf dem Bildschirm und starrte Amelie anklagend an. Sie schob ihren Teller zur Seite. »Hast du heute was erreicht?«

Dürr schüttelte den Kopf. »Wir sprechen jetzt nicht von der Arbeit. Morgen wieder.«

»Meinetwegen. Reden wir von dir. Was ist mit deinem Date von Donnerstag? Seht ihr euch wieder?«

»Tamara.« Er fuhr mit dem Zeigefinger über die Öffnung der Flasche. »Eher nicht.«

»Warum nicht?«

»Kein Interesse.«

»Du? Oder sie?«

»Beide.«

»Und warum nicht?«

Er trank lange, wischte sich mit dem Handrücken den Mund ab und betrachtete seine Bierflasche.

»Sie ist nicht mein Typ.«

Amelie lachte. »Und wie sieht dein Typ aus?«

Er grinste. »Keine Ahnung. Vielleicht rothaarig und kratzbürstig.«

Der Passat stand immer noch vor der Änderungsschneiderei, aber die beiden Typen saßen nicht mehr drin.

Vielleicht waren sie schon im Haus. Jo lehnte sich über das Treppengeländer und spähte nach unten. Nichts zu sehen. Nichts zu hören. Aber das musste nichts bedeuten. Vielleicht lehnten sie an der Wand und warteten auf ihn. Und er rannte ihnen direkt in die Arme. Anstatt in seiner Wohnung zu bleiben und die Tür abzuschließen.

Er bewegte sich so lautlos wie möglich nach unten. Einen Treppenabsatz, noch einen Treppenabsatz. Als er im zweiten Stock ankam, ging bei der dicken Frau Maron die Tür auf. Die Nachbarin trat ins Treppenhaus, Besen und Putzeimer in der Hand.

»Ach, gut dass ich Sie treffe, Herr Steiner.« Ihre Stimme gellte durch sämtliche Stockwerke. Wenn die Typen im Haus waren, dann wussten sie jetzt auf jeden Fall Bescheid. »Sie sind nächste Woche mit dem Treppenhaus dran. Nicht dass das wieder in Vergessenheit gerät.« Alle zwei Monate traf jeden Mieter im Haus das Los der Treppenhausreinigung. Auf diese Weise sparte sich die Hausgemeinschaft eine Putzfrau. Wenn Jo an der Reihe war, beschränkte er sich allerdings darauf, die Stufen zu kehren, anstatt feucht durchzuwischen, wie es im Mietvertrag stand. Und manchmal vergaß er auch das, aber Frau Maron entging es nicht, niemals.

»Nett, dass Sie mich daran erinnern. Wollen Sie auch nach unten? Geben Sie mir doch den schweren Eimer, ich helfe Ihnen gerne.« Er riss der Nachbarin den Putzeimer aus den Händen und schleppte ihn nach unten. Sie folgte ihm, verblüfft, weil er bisher nicht mehr als fünf Worte mit ihr gewechselt hatte. Und beschützte ihn auf diese Weise. Jedenfalls hoffte Jo, dass Frau Marons Gegenwart Mahlers Männer davon abhalten würde, ihn zu bedrohen. Oder gar zusammenzuschlagen.

Die ritterliche Geste hätte er sich sparen können. Niemand wartete auf ihn, das Treppenhaus war leer. Er stellte den Eimer im Erdgeschoss ab und warf dabei einen verstohlenen Blick durch das Fenster in der Tür. Aber von hier aus war der Passat nicht zu sehen.

»Alles in Ordnung?«, fragte Frau Maron misstrauisch.

»Alles bestens.« Er machte sich auf den Weg in den Keller, ohne sich von Frau Maron zu verabschieden. Die Tür zum Hinterhof war abgeschlossen, der Schlüssel hing an einem Nagel an der Wand. Die Tür ächzte und quietschte, als er sie aufzog, sie war vermutlich seit Monaten nicht benutzt worden. Wozu auch? Der Hof war dunkel, feucht und winzig und stank nach Katzenpisse. Jo betrachtete die Mauer, die das Haus vom Nachbargrundstück trennte. Sie war nicht sehr hoch, mit etwas Glück müsste er es schaffen.

Er rannte los, sprang hoch, eine Hand rutschte ab, aber die andere erreichte die Kante und klammerte sich daran fest. Seine Fußspitzen suchten eine Vertiefung in der Mauer, fanden eine Fuge, nun hielt er sich mit beiden Händen fest und zog sich langsam nach oben.

Stemmte den Oberkörper in die Höhe, wie früher am Reck, es fehlte nur Herr Vaßen, der Sportlehrer, der feixend danebenstand. Oder der ihn anfeuerte, wenn Jo einen guten Tag hatte. Und heute hatte er einen hervorragenden Tag. Von seiner Position aus konnte er den ganzen Nachbarhof überblicken. Er war ein bisschen größer als der erste Hof, aber genauso leer. Perfekt. Das Gefühl der Erleichterung hielt aber nur ganz kurz an.

»Was machen Sie denn da, Herr Steiner?«

Er warf einen entsetzten Blick in den Hof. Frau Maron stand in der Kellertür, die Hände in die Hüften gestemmt, die Augenbrauen zusammengezogen, ein Bild der Empörung. Jo ließ sich mit dem Oberkörper auf die Mauer fallen, hob mühsam ein Bein und hievte es ächzend nach oben. Ganz schlechte Haltung, sagte Herr Vaßen, als er endlich oben auf der Mauer saß.

»Sport, Frau Maron«, keuchte er. »Ich kann mir das Fitnessstudio nicht mehr leisten. Deshalb trainiere ich jetzt hier.«

»Das ist aber gefährlich«, sagte sie missbilligend. »Wenn Sie abstürzen und sich wehtun …«

»Da passiert schon nichts«, sagte er und hob auch das andere Bein über die Brüstung und beendete das Gespräch, indem er sich von der Mauer abstieß. Der Fall war tiefer als erwartet. Er knickte mit dem Knöchel um und fiel nach vorn auf seine Hände. Um ein Haar wäre er auch noch mit der Stirn auf den Boden geknallt. Das üben wir noch mal, sagte Herr Vaßen.

Aber nicht heute. Jo rappelte sich hoch. Seine Hände bluteten, sein Knöchel brannte und stach, wenn er das Bein belastete. Er hinkte zum Tor, das auf die Straße hinausführte. Abgeschlossen, natürlich war es abgeschlossen. Drüberklettern ging auch nicht, das schmiedeiserne Tor war oben mit spitzen Stacheln versehen, um Tauben und Einbrecher abzuhalten. Und Ausbrecher, so wie ihn.

Die Hintertür zum Haus war ebenfalls abgeschlossen. Jo rüttelte ein paar Sekunden vergeblich an der Türklinke, dann ließ er sich in die Hocke sinken. Jemand stocherte mit einem Messer in seinem Knöchel herum. Er schob das Hosenbein hoch und den Strumpf nach unten und betrachtete sein Fußgelenk. Es war angeschwollen, er hatte das Gefühl, dass es immer dicker wurde, während er es ansah. Was für eine blödsinnige Idee, über die Mauer zu klettern.

Er legte den Kopf in den Nacken und blickte an der Hauswand hoch. Im Erdgeschoss stand ein Fenster offen. Vielleicht konnte er den Bewohner dazu bringen, ihm die Tür zu öffnen.

Jo rappelte sich hoch und biss die Zähne zusammen, als sich das Messer tiefer in seinen Knöchel wühlte.

»Hallo?«

Jetzt stand er vor dem offenen Fenster und blickte in einen leeren Raum. Ein Schlafzimmer. Ein Doppelbett, daneben zwei Nachttische, Einbauschrank. »Ist jemand zu Hause?«

Keine Reaktion. »Hallo!«

Niemand da, der ihm helfen konnte. Also musste er sich selbst helfen. Jo hielt die Luft an und stemmte seine blutenden Hände aufs Fensterbrett. Und jetzt hoch das Bein. Auch wenn es nun deutlich schwerer fiel als vorhin. Herr Vaßen gab auch keine Kommentare mehr ab. Offensichtlich konnte er das Elend nicht mehr mitansehen. Ächzend wälzte Jo seinen Oberkörper aufs Fensterbrett und kletterte ins Zimmer. Mit einem dumpfen Aufprall landete er auf dem Boden. Der Knöchel brüllte vor Schmerz.

Ein, zwei, drei Herzschläge lang verharrte er reglos. Dann schlich er zur Tür, zog sie behutsam auf und spähte in einen dunklen Flur. An seinem Ende lag die Wohnungstür. Wenn der Wohnungseigentümer weg war, war sie abgeschlossen. Wenn er zu Hause war, konnte er jeden Moment auftauchen.

Jo schob sich in den Flur und hinkte zur Tür, und als er die Hand nach der Klinke ausstreckte, klingelte sein Handy. Er riss es sofort aus der Tasche und nahm das Gespräch an, um das Klingeln zu stoppen. »Hier ist die Aktuelle Stunde, Köln …«, begann eine Frauenstimme.

Er legte auf. Und dann hörte er hinter sich einen Schrei.

14

Eine alte Frau. Sie stand am Ende des Flurs, wackelte mit dem Kopf und starrte ihn mit offenem Mund an.

»Hallo«, sagte Jo und versuchte, vertrauenerweckend zu lächeln. Keine leichte Übung, immerhin hatte die Alte ihn dabei erwischt, wie er sich gerade aus ihrer Wohnung schleichen wollte. »Ich bin … äh … im Hof eingeschlossen worden und Ihr Fenster stand offen. Da dachte ich mir …«

Das Kopfwackeln wurde stärker. Vielleicht Parkinson. Oder ein nahender Herzinfarkt. Er streckte die Hand nach der Türklinke aus. Nichts wie weg hier.

Die Frau bewegte sich ein paar unsichere Schritte in seine Richtung. Blieb dann wieder stehen. Und zitterte jetzt am ganzen Körper.

Jo drückte die Klinke nach unten, die Tür war nicht abgeschlossen. Erleichtert riss er sie auf, stieß einen Schreckensschrei aus und sprang zurück in die Wohnung. Vor ihm stand ein alter Mann, der Rücken gebeugt, der kahle Kopf von Sommersprossen und Altersflecken gesprenkelt wie ein Fliegenpilz. In der einen Hand hielt er eine Tüte mit Einkäufen, in der anderen eine Hundeleine, an der ein Hund hing, der genauso alt und grau war. Hund und Herr musterten Jo aus rotgeränderten, erschrockenen Augen.

»Was machen Sie in unserer Wohnung?«, fragte der Alte mit zitternder Stimme. »Ist alles in Ordnung, Anna?«

»Ein Einbrecher!«, krächzte seine Frau. »Ein Dieb.«

Der Hund knurrte.

»Das ist ein Missverständnis«, keuchte Jo und machte einen Schritt auf den Mann zu, der allerdings keinen Zentimeter zur Seite wich. Der Hund knurrte lauter. Vielleicht war er doch nicht so alt.

Der Alte öffnete den Mund, klappte ihn wieder zu, riss ihn wieder auf. Er schwitzte. Jo schwitzte auch. »Lassen Sie mich durch«, sagte er. »Bitte.« Und schob den Mann zur Seite, ganz behutsam, er war so klein und gebrechlich und alt, Jo hatte Angst, ihn umzuwerfen, wenn er ihn grob anpackte.

»Beppo«, sagte der Mann. »Fass!«

Da fletschte der Hund die Zähne und biss in Jos Hose und biss durch den Stoff in sein Bein. Mit einem Aufschrei riss er sich los und floh. »Hilfe! Polizei!«, hörte er den Alten hinter sich schreien, seine Stimme war jetzt nicht mehr brüchig und schwach, sondern furchtbar laut. »Ruf die Polizei!«

Der linke Knöchel stach von seinem Sturz, die rechte Wade brannte von dem Hundebiss. Jos Hände hatten wieder angefangen zu bluten und sein Kopf dröhnte. Er zog die Haustür auf, stolperte auf die Straße, nach links ging es zur Neusser Straße, zur U-Bahn-Station. Er warf einen Blick über die Schulter. Keine Spur von dem grünen Passat. Und auch die beiden Typen, die im Wagen gesessen hatten, waren nirgends zu sehen.

Vor dem Eingang zur U-Bahn-Station standen zwei junge Männer. Jo verlangsamte seine Schritte, versuchte zu schlendern, was schwerfiel, weil er so hinkte. Jetzt nur nicht auffallen. Er musste ruhig und gelassen wirken. Nicht wie jemand, der vor der Kölner Unterwelt und der Polizei auf der Flucht war. Wenn nur sein Knöchel nicht so gestochen und die Wade nicht so gebrannt hätte. Dieser verdammte Köter. Jos letzte Tetanus-Impfung lag schon Lichtjahre zurück. Hundezähne waren voller Bakterien, wenn er Pech hatte, bekam er eine Blutvergiftung.

»Haste mal Feuer?« Einer der Typen vor dem U-Bahn-Eingang trat ihm in den Weg.

»Sorry, nee.« Jo wollte weiter, aber der Kerl blieb einfach stehen. Grinste ihn so komisch an. Und jetzt stieß sich auch der andere von der Mauer ab und kam auf ihn zu.

»Kein Feuer. Aber vielleicht Kohle?«, fragte der Erste.

»Bitte? Ich hab jetzt keine Zeit.«

»Schöne Grüße von Mahler«, sagte sein Kumpel, der nun neben Jo stand.

Jo duckte sich blitzschnell und versuchte, unter den Männern wegzutauchen, aber damit hatten sie gerechnet. Vier Arme griffen nach ihm. Der Typ, der ihn nach dem Feuer gefragt hatte, bekam ihn als Erstes zu fassen. Riss ihn an der Schulter herum und zog ihn an sich heran, bis ihre Gesichter nur noch wenige Zentimeter voneinander entfernt waren.

»Hiergeblieben.« Sein Atem roch nach Döner und Kaffee. »Wo ist das Geld?«

»Ich … wollte es gerade holen.« Jo schloss die Augen, weil er ahnte, was ihn jetzt erwartete.

Schmerzen. Große Schmerzen.

Der Dönermann legte den Kopf in den Nacken, ließ ihn nach vorne schnellen und knallte mit der Stirn gegen Jos Stirn. Und rammte seine Faust in seinen Magen. Jos Körper sackte zu Boden und sein Kopf flog in die Luft und explodierte. Er versuchte zu atmen, aber das ging nicht, weil sein Bauch gerade aufriss und die Eingeweide herausquollen. Als er die Augen öffnete, sah er die Schuhe, sah, wie die Männer ausholten, um zuzutreten. Gegen seinen Brustkorb wollten sie treten, die einzige Stelle in seinem Körper, die noch nicht schmerzte. Jo wollte sich zusammenrollen, wollte wegkriechen, wollte sich retten, wollte um Gnade flehen. Atmen, wenigstens atmen, aber nicht einmal das schaffte er.

»Polizei. Runter von dem Mann!«

Hatte er das wirklich gehört oder war es ein Traum? Bildete er sich nur ein, dass sich der glatzköpfige Dicke aus dem Passat auf den Dönermann stürzte und ihn an der Schulter wegriss? Sein Kumpel versuchte zu entkommen, aber der Mann mit dem roten Hemd stellte sich ihm in den Weg und drehte ihm den Arm auf den Rücken. Mahlers Männer aus dem grünen Passat. Verhafteten Mahlers Schläger, die Jo überfallen hatten.

Das machte keinen Sinn, erkannte Jo, aber sein Gehirn war ja auch in tausend Stücke zerfallen, wie sollte sich ihm da ein Zusammenhang erschließen. Dachte Jo und dann hörte er auf zu denken und wurde ohnmächtig.

»Ich mach mir wahnsinnige Sorgen. Bitte melde dich.«

Das war Amelies siebte SMS an Daniel. Die anderen hatten ungefähr den gleichen Inhalt, aber eine Antwort hatte sie auf keine Nachricht erhalten. Um Mitternacht wäre es in Thailand sieben Uhr morgens. So lange würde sie wach bleiben und dann würde sie noch einmal versuchen, ihn anzurufen. Und wenn sie immer noch keinen erreichte … was dann? Würde sie nach Phuket fliegen? Sie konnte nicht weg, sie konnte jetzt nicht weg. Myriam Bellinger brauchte sie.

Ein Blick auf die Uhr. Es war gerade mal zehn. Noch zwei Stunden, wie sollte sie das durchhalten? Sie hatte in der letzten Nacht kaum geschlafen und war todmüde. Nicht einschlafen, bloß nicht einschlafen. Kein Wecker der Welt würde sie aus dem Schlaf reißen, wenn sie jetzt einschlief. Sie starrte auf ihr Handy-Display. Keine neue Nachricht.

Ihre Augen fielen zu. Ihr Kopf sank nach vorn. Mit einem Ruck riss sie ihn wieder hoch. Nicht einschlafen. Sie stand auf und drückte auf die Eingabetaste ihres Laptops und weckte den Bildschirm aus der Ruhephase. Und weckte sich selbst auf. Die Entführer hatten zwei neue Videos hochgeladen.Der erste Clip war nur achtundzwanzig Sekunden lang. Myriam hockte auf ihrer Matratze. Sie hielt den Kopf gesenkt, ihre Hände waren auf dem Schoß gefaltet. Sie schien zu beten, aber nun hob sie den Kopf und blickte in die Kamera.

»Ich kann es nicht mehr«, sagte sie leise. »Du hast mir alles genommen. Sogar meinen Gott hast du mir genommen.« Dann war der Film zu Ende.

Du, dachte Amelie. Im letzten Video hatte Myriam *ihr* gesagt. *Warum tut ihr das?* Jetzt wandte sie sich dagegen nur an einen Einzelnen. Ein Zufall? Sie klickte den nächsten Film an.

Die gleiche Situation. Myriam auf der Matratze. »Ich habe dich gesehen«, sagte sie. »Als du hier reingekommen bist, letzte Nacht. Du hast den Eimer ausgetauscht und hast mir Wasser hingestellt und Essen gebracht. Du hast gedacht, ich schlafe, aber ich war wach. Ich hab dich gesehen.« Sie verschränkte die Arme vor der Brust. »Du hast so lange da gestanden und hast mich angesehen. Du dachtest, ich schlafe, aber ich hab nicht geschlafen. Ich hab deine Blicke gespürt. Du hast mich angesehen, das weiß ich, obwohl meine Augen zu waren. Ich habe gehört, wie du atmest. Das war … das war so schön«, flüsterte Myriam. »Dein Atem war so schön.« Sie senkte den Kopf, und Amelie wartete darauf, dass der Bildschirm dunkel wurde, aber der Film war noch nicht zu Ende. Myriam hob den Kopf wieder. »Was habt ihr mit mir vor?«, fragte sie. »Ich habe kein Geld, aber ich tu alles, was ihr wollt. Wenn ihr mich nur frei…«

Der Film schnitt ihr das Wort ab.

Das letzte Wort hat der Entführer, dachte Amelie.

Einer von ihnen war nachts in den Raum gekommen und hatte Myriam angesehen. Hatte sie lange angesehen. Was hatte das zu bedeuten? Das war Amelie genauso unklar wie Myriam.

Die Videos waren vor einer halben Stunde hochgeladen worden und seitdem über sechshundertmal kommentiert worden. Sie überflog die Postings nur. Die eine Hälfte der Leser sprach Myriam Mut zu, die andere erklärten wortreich, was sie mit dem Entführer machen würden, wenn sie ihn in die Finger bekämen. Amelie schaltete den Computer wieder aus und holte das kleine Buch aus der Tasche, in das sie ihre Notizen zu dem Gespräch mit Myriams Eltern geschrieben hatte.

Nikolas Spundt. Er und Myriam hatten sich geliebt, bis Nikolas nach einem Unfall beide Beine verloren hatte. Danach war die Beziehung in die Brüche gegangen.

Was will man erwarten, Myriam war ja selbst noch ein Kind damals. (Herr Bellinger)

Sie fühlte sich schuldig. Obwohl man ihr nichts vorwerfen konnte. (Frau Bellinger)

Amelie kannte das Gefühl. Als sie neunzehn war, war ihr Vater an Darmkrebs gestorben. Sie war damals längst ausgezogen und hatte kaum noch Kontakt zu ihm gehabt. Niemand hatte Kontakt zu ihrem Vater, er hatte sie alle vertrieben, seine Geschwister, seine Freunde, Amelies Mutter.

Auch für Amelie hatte er sich zeit ihres Lebens nicht interessiert, aber nach der Diagnose war sie plötzlich die wichtigste Person in seinem Leben geworden. Sein Ein und Alles. Die Lieblingstochter. Sie war ja auch die einzige. Nun rief er sie mitten in der Nacht an und flehte sie an, ihn zu besuchen. Ihm zu helfen. Lass mich nicht im Stich, verlass mich nicht. So wie Nikolas Myriam angefleht hatte.

Aber Amelie hatte versagt. Sie hatte ihren Vater ein paarmal im Krankenhaus besucht, aber in der Nacht, in der er gestorben war, war er allein gewesen. Die letzte Aussprache, die große Versöhnung zwischen ihnen hatte nie stattgefunden.

Sie fragte sich, ob sich Myriam und Nikolas jemals ausgesprochen, ob sie sich wieder versöhnt hatten. Vermutlich nicht. Nikolas hasst Myriam, hatte Myriams Vater gesagt.

Aber Nikolas war in Frankreich. Sofern man der Nachbarin glauben konnte, die die Blumen goss und die Katze fütterte. Nachdem sie den Tagebucheintrag gelesen hatte, hatte Amelie die Handynummer von Nikolas' Vater angerufen und eine Nachricht auf der Mailbox hinterlassen. Bis jetzt hatte Herr Spundt nicht zurückgerufen. Genauso wenig wie Daniel.

Amelie ging in die Küche, um Tee zu kochen. Kaffee wäre ihr lieber gewesen. Aber das wollte sie ihrem Magen nicht zumuten. Das wäre auch nicht gut für das Kind, dachte sie und erschrak über die Selbstverständlichkeit, mit der sie das dachte. Sie war nicht schwanger, sie konnte nicht schwanger sein.

Ich hab es immer sofort gemerkt, hatte Nicole einmal zu ihr gesagt. Aber woran hatte sie gemerkt, dass sie schwanger war? Vermutlich hatte sie das auch erzählt, aber Amelie hatte es wieder vergessen. Es hatte sie nicht interessiert. Damals.

Im Gegensatz zu jetzt. Sie schloss die Augen und horchte in sich hinein. War da etwas, Zellen, die sich teilten und zu Herz, Nieren, Lungen, Armen, Beinen und Zehennägeln wurden? Sie spürte nichts. Außer einer großen Müdigkeit und dem Verlangen nach einer Tasse Kaffee.

Als sie das Wasser in die Teekanne goss, klingelte ihr Handy. Im Wohnzimmer, sie hatte es im Wohnzimmer gelassen. Sie hechtete in den anderen Raum, rutschte fast aus und nahm das Gespräch an. »Daniel? Endlich!«

»Hier ist der Franz«, sagte eine Männerstimme.

»Wer?«

»Wallrath. Kollege.«

»Franz!« Amelie ließ sich aufs Sofa fallen. »Was gibt's?«

»Wir haben vor einer Stunde ein paar Verhaftungen vorgenommen. Eine Schlägerei in Nippes. Dachte mir, dass es dich interessieren könnte.«

»Eine Schlägerei? Hat das was mit der Entführung zu tun?«

»Denke schon.«

»Wen habt ihr festgenommen?«

»Zwei junge Männer, auf frischer Tat bei einer Prügelei ertappt. Alle beide vorbestraft wegen Drogenhandels, Hehlerei, Gewaltverbrechen. Ich erspar dir die Liste.«

»Danke.«

»Und Jo Steiner.«

»Ihr habt Steiner verhaftet? Hat er auch bei der Prügelei mitgemacht?«

»Mitgemacht ist nicht das richtige Wort. Er war das Opfer. Wir haben ein Telefongespräch abgehört, das Steiner kurz vorher geführt hat. Demnach können wir davon ausgehen, dass der Auftraggeber der Schläger ein gewisser Mahler ist.«

»Ein Maler?«, fragte Amelie.

»Kein Anstreicher. Richie Mahler. Ein Dealer. Und zwar im großen Stil. Also, ganz sicher sind wir natürlich nicht. Aber deutet alles darauf hin. Die Drogenfahndung hat Mahler schon lange im Visier. Aber bisher war ihm nichts nachzuweisen.«

Drogenhandel, dachte Amelie. Das wird ja immer komplizierter.

»Wo ist Steiner jetzt? Im Präsidium?«

»Im Krankenhaus. Die wollten ihn über Nacht dabehalten.«

»Ist er vernehmungsfähig?«, fragte Amelie und hoffte inbrünstig, dass Wallrath Nein sagte. Keine Chance, nicht vor morgen früh.

»Deshalb ruf ich ja an. Ich glaub, es wär gut, wenn du ihn dir heute Nacht noch zur Brust nimmst. Steiner ist ziemlich fertig. Weichgeklopft, sozusagen. Könnte sein, dass er auspackt, nur weil er seine Ruhe will.«

Amelie unterdrückte ein Stöhnen. Wallrath ahnte ja nicht, wie gut sie das nachvollziehen konnte. »Ich komme.«

»Ach ja, noch was. Wir haben da was in Steiners Jacke gefunden. War im Futter versteckt.«

»Und was?«

»Ein Päckchen mit zwanzig Pillen. Mit größter Wahrscheinlichkeit Ecstasy, sagen die Kollegen vom Rauschgift. Muss natürlich noch analysiert werden.«

Vom Taxi aus rief Amelie die Staatsanwältin an und informierte sie über die Festnahme. »Sie haben Pillen bei ihm gefunden.«

»Schon analysiert?«, fragte Frau Bartels-Schmidt.

»Natürlich nicht. Aber die vom Rauschgift gehen davon aus, dass es Ecstasy ist. Wir müssen seine Wohnung durchsuchen, vielleicht ist da noch mehr von dem Zeug. Kümmern Sie sich um einen Beschluss? Am besten noch heute Nacht.«

»Ich wollte gerade ins Bett.« Frau Bartels-Schmidt gähnte vorwurfsvoll.

»Ich auch«, sagte Amelie pikiert.

»Schon gut. Ich melde mich bei Ihnen, sobald ich den Richter erreicht habe.«

Amelie legte den Kopf gegen das Fenster des Taxis. Draußen glitten Laternen, Fußgänger, beleuchtete Schaufensterscheiben vorbei. Was würde sie Jo Steiner fragen, wenn sie ihm gleich gegenüberstand? Sie musste seine Erschöpfung ausnutzen und ihn in die Enge drängen. Wenn sie nur nicht selbst so müde …

Das Klingeln ihres Handys riss sie aus dem Dämmerschlaf.

»Spundt hier«, sagte eine Männerstimme.

»Wer?« Amelies Stimme klang, als ob sie Watte im Mund hätte.

»Sie hatten mich angerufen. Wegen Myriam Bellinger.«

»Sie sind Nikolas' Vater! Gut, dass Sie sich melden. Haben Sie mitbekommen, was geschehen ist?«

»Myriam ist entführt worden. Das haben wir im Fernsehen gesehen«, sagte Herr Spundt. »Aber ich weiß nicht, inwiefern wir Ihnen helfen können …«

»Ist Ihr Sohn bei Ihnen? Kann ich ihn sprechen?«

»Moment. Ich gebe ihn Ihnen.«

»Nikolas Spundt.« Die zweite Stimme klang ganz genau wie die erste.

»Sie sind jetzt der Sohn? Frau Bellingers Exfreund?«, fragte Amelie.

»Ganz genau. Das ist schrecklich mit der Entführung. Aber ich habe keinen Kontakt mehr zu Myriam. Und wir sind seit einer Woche hier in der Camargue, ich glaube nicht, dass wir Ihnen da …«

»Sie sind mit Ihren Eltern verreist?«

»Und mit meiner Freundin.«

»Mit Ihrer … Ich wusste nicht, dass Sie … ich meine …«

»Sie haben von meinem Unfall gehört und können sich nicht vorstellen, wie ich eine Frau kriegen konnte?« Nikolas lachte. »Konnte ich damals auch nicht. Aber sie wissen ja, die Zeit heilt alle Wunden. Na ja, zumindest mehr oder weniger. Mir sind keine neuen Beine gewachsen. Aber ich hab gute Prothesen.«

»Wir müssen uns unbedingt unterhalten, Herr Spundt. Wann kommen Sie wieder nach Deutschland?«

»Am Mittwochmorgen. Ich melde mich bei Ihnen, sobald wir da sind, okay?«

»Sie müssten mir auch Ihre aktuelle Adresse geben. Die Kollegen aus Frankreich werden Sie morgen aufsuchen, um Ihre Identität zu dokumentieren. Wir müssen sichergehen, dass Sie wirklich in Frankreich sind.«

»Meinetwegen. Ich habe nichts zu verbergen.«

Amelie notierte die Anschrift und wollte ihr Handy zurück in die Tasche stecken, als es erneut klingelte. Im gleichen Moment kam das Taxi vor der Ambulanz der Uniklinik zum Stehen. »Dreiundzwanzig achtundsiebzig«, sagte der Taxifahrer.

»Fröhlich.« Amelie klemmte das Handy zwischen Schulter und Ohr und suchte in ihrer Tasche nach dem Geldbeutel.

»Ich bin's«, sagte Daniel.

Sie erschrak so, dass das Handy in ihre geöffnete Tasche fiel, genau auf das Portemonnaie. Mit zitternden Fingern fischte sie es aus der Tasche. »Hallo? Bist du noch dran?«

»Natürlich bin ich noch dran.«

»Wie geht's dir? Alles okay?« Seine Stimme klang genau wie immer. Als ob er zu Hause vor dem Fernseher säße.

»Na ja«, sagte er gedehnt. »Was ist mit dir? Kannst du nicht reden? Du klingst so komisch.«

»Nee, schon okay.« Sie reichte dem Fahrer dreißig Euro, winkte ab, als er ihr Wechselgeld geben wollte, und stieg aus. »Erzähl schon. Geht es dir wieder gut?«

Er seufzte. »Schön wär's. Ich sehe aus wie ein kranker Frosch. Am Anfang dachten wir, es ist eine Bindehautentzündung. Aber die Medikamente schlagen nicht an. Die haben schon alles Mögliche ausprobiert. Nichts hilft.«

»Kannst du nicht nach Hause fliegen und dich hier untersuchen lassen?«

»Die lassen mich nicht in den Flieger. Könnte ja ansteckend sein.«

»Oh weh. Und jetzt?«

»Meine Eltern sind total durch den Wind. Am Dienstag ist der Urlaub ja zu Ende, aber sie wollen mich hier nicht allein lassen. Und wenn sie hierbleiben, verfallen ihre Flüge.«

Dienstag, dachte Amelie. Am Dienstag läuft die Frist aus, die uns die Entführer gesetzt haben. Und konnte es selbst nicht fassen, wie sie in dieser Situation an ihren Fall denken konnte.

»Bis Dienstag ist es doch noch ewig hin«, sagte sie. »Bis dahin bist du doch wieder fit.«

Er lachte. »Hoffen wir's. Wie geht es dir denn?«

Wie ging es ihr? Ihr war schon wieder schlecht. Vor Stress, vor Aufregung oder weil sie schwanger war. Aber das würde sie ihm jetzt bestimmt nicht auf die Nase binden.

»Mir geht's super. Gibt es irgendwas, was ich für dich tun kann?«

Er zögerte einen Moment lang. Komm her, hieß das. Komm und hilf mir. Würde ich doch gerne, dachte Amelie. Aber es geht nicht.

»Du kannst mir die Daumen drücken«, sagte er schließlich.

»Das tu ich.«

»Kopf hoch, Amelie«, sagte Daniel, als ob sie in Phuket im Krankenhaus wäre und nicht er. »Das wird schon. In ein paar Tagen bin ich wieder zu Hause. Ich freu mich schon auf dich.«

»Ich freu mich auch«, sagte Amelie. »Du musst mich morgen wieder anrufen, versprichst du mir das?«

»Ich versuch's. Aber das Netz ist katastrophal schlecht. Mach dir keine Sorgen, Amelie. Schlaf schön. Schlaf für mich mit. Hier im Krankenhaus ist ein solches Chaos, ich hab die ganze Nacht kein Auge zugetan. Du kannst dir nicht vorstellen, wie kaputt ich bin.«

Amelie hörte, wie er in den Hörer küsste, dann war das Gespräch zu Ende.

Jo seufzte vor Behagen.

Ruhe. Und Frieden.

Der dicke Glatzkopf und sein Kollege mit dem roten Hemd hatten endlich, endlich das Zimmer verlassen, die Krankenschwester hatte das Licht gelöscht.

»Gute Nacht, Herr Steiner. Rufen Sie mich, wenn Sie etwas brauchen.«

»Gute Nacht, Schwester.«

Dann ging die Tür zu.

Neben seinem Bett stand ein Ständer mit einer Flasche mit Schmerzmittel. Durch einen Schlauch tropfte es in seinen Arm und schwemmte die Schmerzen aus seinen Beinen, aus seinem Bauch, aus seinem Kopf.

Jo schloss die Augen und fühlte, wie sein Leib schwer und immer schwerer wurde. Spürte die weiche Matratze, auf der er lag. Die zwei Typen, die ihn zusammengeschlagen hatten, saßen nun in einer Arrestzelle. Und er war hier. In Sicherheit.

Morgen würden die Polizisten wiederkommen, mit ihren strengen Gesichtern, mit ihren Fragen. Aber morgen war weit, weit weg.

Jo glitt in den Schlaf wie in lauwarmes Wasser, aber dann schreckte er mit einem Ruck zusammen.

Weil jetzt die Tür aufgerissen wurde und die grellen weißen Kunststoffröhren über seinem Kopf zu flackern begannen und dann war alles hell. Schuhsohlen quietschten auf dem Kunststoffboden.

»Ist er hier, ja?«

Die Kommissarin mit den roten Haaren eilte auf sein Bett zu. Sie war sehr blass, sie hatte die Arme vor der Brust verschränkt und machte ein Gesicht, als ob Jo sie geärgert hätte. In der offenen Tür tauchte eine Krankenschwester auf. Zögernd blieb sie auf der Schwelle stehen und reckte den Kopf. Schick sie wieder weg, dachte Jo. Bitte sag ihr, dass ich Ruhe brauche.

»Alles in Ordnung«, sagte die Kommissarin, ohne sich zu der Schwester umzudrehen. »Ich komme zurecht, danke.«

Die Schwester schloss behutsam die Tür. Ließ ihn allein, ließ Jo im Stich. Die Kommissarin zog einen Stuhl ans Bett und setzte sich.

»Guten Abend, Herr Steiner. So sieht man sich wieder.«

Er schloss nur ganz langsam die Augen. Wenn sie glaubte, dass er ohnmächtig war, würde sie vielleicht einfach wieder gehen.

»Was ist heute Nacht geschehen?«, fragte die Frau. »Können Sie mir das erklären?« Er linste durch die Lider. Ihre Finger wanderten zu ihren Haaren. Zupf, zupf, zupf. Nun fing das wieder an.

»Ich bleibe so lange hier, bis sie mir alles erzählt haben. Glauben Sie mir, ich würde auch lieber ins Bett. Aber wenn's sein muss, halte ich durch bis morgen früh.«

»Ich werde aber keine Aussage machen.« Seine Stimme klang schwach und fremd.

»Das ist Ihr gutes Recht. Und mein Recht ist es, hier sitzen zu bleiben.«

»Können Sie nicht das Licht ausmachen?«

Die Kommissarin lachte spöttisch.

Egal, dachte Jo. Und spürte das Schmerzmittel, das aus dem Schlauch in seinen Arm lief, und spürte die schwere Müdigkeit und schloss die Augen. Sollte die Polizistin doch sitzen bleiben und ihn anstarren, solange sie wollte. Vielleicht war es ja sogar gut, dass sie an seinem Bett saß. Sobald Mahler erfuhr, dass seine Männer verhaftet worden waren, würde er andere Typen losschicken. Aber solange die Rothaarige ihn bewachte, konnten sie ihm nichts tun. Solange war er sicher.

In der Ferne hörte er jemanden singen. Ein Kirchenlied. Mim. Mim sang unter der Dusche immer Kirchenlieder. *Ein feste Burg ist unser Gott. Ach wie flüchtig, ach wie nichtig.* Ob er sie jemals wieder singen hören würde? Jo lauschte auf die Stimme, versuchte zu verstehen, was sie sang, aber es gelang ihm nicht. Er hörte nur die Stimme und eine Melodie, die ihm vertraut war, weil er sie immer von Mim gehört hatte.

Schön, dachte Jo und schlief ein. Aber dann wachte er plötzlich wieder auf. Ein Grunzen hatte ihn geweckt, ein Röcheln und Schnorcheln. Jo riss die Augen auf.

Die Polizistin saß zusammengesunken auf ihrem Stuhl, das Kinn zur Brust gesenkt, die sich langsam hob und senkte. Chrrrrrrffffffchrrrrrffff. Über ihr flackerte das Neonlicht.

Jo griff nach dem Kissen unter seinem Kopf, zog es hervor und legte es sich aufs Gesicht. Dunkelheit. Neben ihm das Schnarchen der Kommissarin. In der Ferne Mims Gesang. Jetzt verstand er den Text.

Es singt der ganze Erdenkreis dem Gottessohne Lob und Preis, der uns erkauft das Paradeis, sang Myriam. Halleluja!

15

Durchs Fenster des Besprechungsraums drangen Kirchenglocken.

»Sonntagsarbeit«, sagte Dürr und starrte trübsinnig in seine Kaffeetasse. »Sollte verboten werden.«

Polizeimeister Stahl nickte wehmütig. »Sind wir komplett oder kommt noch jemand?«

Amelie ließ ihren Blick durch den vollen Raum schweifen. »Es sind alle da. Frau Bartels-Schmidt lässt sich entschuldigen. Und Dolder kommt später.«

Die Nachricht hatte sie gerade eben von seiner Sekretärin bekommen. Offensichtlich war es unter Dolders Würde, Amelie persönlich anzurufen.

»Ich schlage vor, wir fangen an.« Amelie erhob sich. Jede Minute ohne Dolder war kostbar. Vielleicht schaffte sie es ja sogar, die Besprechung zu Ende zu bringen, bevor er eintraf.

»Die Kollegen Wallrath und Nolting haben gestern Nacht eine Hausdurchsuchung bei Herrn Steiner durchgeführt. Irgendwelche Auffälligkeiten?«

»Kann man so sagen.« Hauptkommissar Wallrath nickte. »Im Computer haben wir interessante Bilder gefunden. Nicht ganz jugendfrei.« Er stand ebenfalls auf, startete den Computer und schaltete den Beamer an. Sekunden später sahen sie alle Lily Pahl, die nackte Lily, im Bett mit einem Mann.

»Wer ist der Kerl denn?« Amelie kniff die Augen zusammen. Holm, war das Holm? Aber das war undenkbar. Lily und dieser schmierige Produzent.

»Könnte Holm sein«, sagte Dürr. »Blöd, dass man sein Gesicht nicht sieht.«

»Die Besetzungscouch«, sagte Anja Brinkhaus.

»Das wär ja das Letzte.« Dürr schüttelte sich. »Der Typ wohnt bei seiner Sekretärin und betrügt sie mit einer Schauspielerin!«

»Vielleicht ist er es ja gar nicht«, sagte Amelie.

»Vielleicht ist es dieser Steiner?«, fragte Bonn. »Immerhin waren die Bilder ja auf seinem Computer.«

»Nee, Steiner ist viel dünner. Und jünger«, sagte Dürr.

Während er sprach, ging die Tür auf und Dolder betrat den Raum. Er brauchte keine fünf Sekunden, bis er die Bilder an der Wand erfasst hatte. »Mein lieber Herr Gesangsverein!«, dröhnte er. »Da lässt man euch Kinder mal ein paar Minuten allein und schon holt ihr die heißen Bilder raus.«

Allgemeines Gelächter. Nur Amelie lachte nicht und wusste, dass Dolder das mitbekam, auch wenn er sie gar nicht ansah.

Er ging nach vorn, sein Schatten fiel auf Lilys nackte Brust. »Das ist doch diese Kleine, die mit der Entführten zusammenwohnt. Alle Achtung! Die ist aber gut gebaut. Das sind ja zwei richtig dicke …«

Wallrath schaltete den Computer aus. »Ich denke, das reicht für einen ersten Eindruck.« Amelie atmete hörbar aus.

»Och, schade. Ich hätte mir das gerne noch länger angesehen«, sagte Dolder und dann drehte er sich um und zwinkerte Amelie zu. Und ihr Körper reagierte genau so, wie er es wollte, ihr Herz begann zu rasen, ihre Hände fingen an zu schwitzen, sie wurde rot vor Wut. Schlecht war ihr auch, aber das war ja normal.

»Wir werden die Fotos Frau Pahl zeigen«, sagte sie mit erstaunlich ruhiger Stimme. »Sie wird uns ja wohl sagen können, wer der Mann ist. Und vielleicht hat sie auch eine Idee, wer sie aufgenommen hat.«

»Das liegt doch nahe, wer das fotografiert hat«, sagte Dürr. »Jo Steiner, oder? Das Zeug war doch auf seinem Computer.«

»Die Fotos sind ihm gestern per Mail zugeschickt worden«, sagte Wallrath. »Die E-Mail-Adresse ist natürlich nicht zuzuordnen, ist ja klar.«

»Sonst noch was Interessantes auf dem Computer?«, fragte Amelie.

»Geduld«, sagte Kellermann. »Ich muss mir das Ganze erst mal in Ruhe anschauen. Auf jeden Fall sind alle Daten frei zugänglich, Steiner hat nichts mit Passwörtern gesichert oder so. Das ist schon mal gut.«

»Wann sind Sie denn so weit, was meinen Sie?«, fragte Amelie, obwohl sie die Antwort schon vorher kannte. Kellermann hob seine Arme in die Luft und lächelte traurig. »Hab nur zwei davon. Ich tu, was ich kann. Wenn ich durch bin, melde ich mich.«

»Gib mir unbedingt Bescheid, wenn du noch mehr scharfe Fotos findest«, sagte Dolder, aber diesmal lachte keiner.

»Ich habe heute Morgen mit dem Krankenhaus gesprochen«, wechselte Amelie das Thema. »Jo Steiner wird aller Voraussicht nach morgen früh entlassen. Er hat Glück gehabt, dass Wallrath und Nolting gestern Abend in der Nähe waren und so schnell eingegriffen haben. Sonst hätten die zwei Burschen ihn richtig fertiggemacht.«

»Was passiert mit ihm?«, fragte Dürr.

»Das hängt davon ab, was wir auf seinem Computer finden. Im Moment haben wir nichts. Der Hinweis auf diesen Mahler ist zu dünn, wir können Steiner nicht nachweisen, dass er was mit ihm zu tun hat. Die Pillen, die wir bei ihm gefunden haben, reichen nie und nimmer für einen Haftbefehl. Und die beiden Alten, in deren Wohnung er eingestiegen ist, haben zwar Anzeige erstattet, aber deswegen können wir ihn ja nicht einsperren.«

»Und die zwei Schläger?«

»Bleiben vorerst in Haft, das ist ja wohl klar.«

»So klar ist das leider gar nicht«, sagte Wallrath. »Die zwei haben nämlich einen Superanwalt. Wenn wir Pech haben, überzeugt der heute Nachmittag den Haftrichter, dass er die Typen wieder laufen lässt.«

»Liegt ja wohl auf der Hand, wer den bezahlt«, sagte Dolder. »Mahler natürlich.«

»Vermutlich«, sagte Wallrath.

Amelie seufzte. »Ich nehme mal an, die zwei verweigern die Aussage?«

Wallrath nickte. »Genau wie Steiner.«

»Er wird auf jeden Fall weiter observiert.« Amelie rieb sich die Schläfen und dachte daran, wie sie an Steiners Bett eingeschlafen war. Ein Glück, dass Dolder nichts davon wusste. Oder einer der anderen. Um ein Uhr morgens war sie im Krankenzimmer aufgewacht, weil sie vom Stuhl gekippt war. Jo Steiner hatte tief und fest geschlafen, man konnte nur hoffen, dass er auch vorher nichts mitbekommen hatte.

»Weiß eigentlich einer, wie viel Lösegeld inzwischen eingegangen ist?«, erkundigte sich Bonn.

»Gestern Nachmittag war es bereits über eine Million«, sagte Dürr. »Und wir haben noch zwei Tage, bis die Frist abläuft. Die Chancen stehen gut, dass das Geld zusammenkommt.«

»Allerdings«, dröhnte Dolder. »Die Geschichte ist ja überall in den Medien. Man kann die Glotze gar nicht mehr anmachen, ohne dass einem der Fall entgegenspringt.«

»Heute Morgen gab's zum Frühstück auf RTL ein Interview mit Natascha Kampusch«, sagte Anja Brinkhaus. »Nach dem Motto: Frag das Opfer.«

»Und heute Nacht ist das Ganze Thema bei Günther Jauch«, sagte Bonn.

»Was?«, fragte Amelie.

»Wirklich?«, fragte Dolder.

»Sofern mich die Bartels-Schmidt nicht angelogen hat. Die wollten sie sogar in der Sendung haben. Hat sie sich natürlich nicht drauf eingelassen, ist ja klar.«

»Haben Sie sich schon eine Strategie für die Geldübergabe zurechtgelegt, Frau Fröhlich?«, fragte Dolder. »Ist ja nun bald.«

»Wie denn? Bisher haben die Entführer sich nicht wieder gemeldet. Wir kennen weder den Ort noch den genauen Zeitpunkt und haben keine Ahnung, was für Bedingungen sie stellen werden.«

Dolder nickte und lächelte dabei so herablassend wie die Sprechstundenhilfe in der Zahnarztpraxis, wenn Amelie nach einem kurzfristigen Termin fragte.

»Wir warten da erst einmal ab«, erklärte sie und dann berichtete sie von ihrem Besuch bei den Bellingers und dem Telefonat mit Nikolas Spundt.

»Ich fasse zusammen: Wir tappen im Dunkeln«, sagte Dolder, als sie fertig war.

Amelie nickte. Dem war nichts mehr hinzuzufügen.

»Ich geh jetzt erst mal was essen«, erklärte Dürr, als sie das Besprechungszimmer verließen. »Hab nämlich noch nicht gefrühstückt. Kommst du mit?«

Amelies Magen schwappte auf und ab wie eine Boje auf stürmischer See. Vielleicht sollte sie wirklich mal wieder was zu sich nehmen. Von ihren Frikadellen hatte sie gestern Abend keinen Bissen herunterbekommen, am Ende hatte Dürr sie verdrückt.

»Ich weiß nicht. Ich hab keinen rechten Appetit.«

»Sag mal, was ist eigentlich los mit dir?«, fragte Dürr. »Bist du jetzt magersüchtig, oder was? Seit einer Woche lebst du nur noch von Pfefferminztee.«

»Ich hab irgendwas am Magen.«

Dürr starrte sie an, vermutlich dachte er an Dolder und seinen Krebs.

»Hast du Schmerzen?«

»Nee. Mir ist nur immer schlecht.«

»Geh zum Arzt, Amelie. Vielleicht ist es was Ernstes.« Krebs. Oder eine Schwangerschaft. Fragte sich nur, was schlimmer war.

»Morgen«, sagte Amelie. »Ich geh gleich morgen früh.«

»Und jetzt kommst du mit zu Uschi. Heute Mittag gibt es da Linsensuppe. Hab ich vorhin auf der Tafel gesehen«, sagte Dürr und sah sie so besorgt an, dass ihr noch unwohler wurde, als ihr ohnehin schon war. Diese Bemerkung, die er gestern gemacht hatte, kam ihr wieder in den Sinn. Rothaarig und kratzbürstig. Auf die Frage, wie sein Frauentyp aussah. War das ein Versuch gewesen, sie anzumachen? Oder hatte er sich nur über sie lustig gemacht?

»Los geht's«, sagte Dürr. »Wir gehen zu Uschi. Um halb zwei geht es hier weiter. Wiebke hat Lily Pahls Mutter aufgetrieben, vielleicht kann die uns ja Wissenswertes über ihre Tochter verraten.«

»Also gut«, sagte Amelie.

Sie kamen aber nicht weit.

»Einen Moment mal! Sie sind doch Frau Fröhlich, oder?«, rief ihr der Beamte hinter dem Empfangstresen zu. »Ich habe gerade eben bei Ihnen angerufen! Hier ist Besuch für Sie.«

Ein breitschultriger, braun gebrannter Mann mit dichtem dunklen Haar, ein Stück größer als Amelie, die auch nicht gerade klein war.

»Schneck«, stellte er sich vor und streckte ihr gleichzeitig die Hand hin. »Hab gehört, dass Sie mich sprechen wollen.«

Sie brauchte eine Weile, bis sie begriff, dass er der LKW-Fahrer war, der Myriam Bellinger das Flugticket geschickt hatte.

Achtundvierzig Jahre alt, sportlich und gut aussehend, hatte er in seinem Brief an Myriam geschrieben. Trotzdem – oder gerade deshalb hatte sie ihn sich viel hässlicher vorgestellt. Man kannte das ja. In solchen Briefen wurde gelogen, was das Zeug hielt.

Sein Händedruck war fest und selbstbewusst. Er blickte ihr auch ohne Angst in die Augen.

»Das ist schön, dass Sie sich melden«, sagte Amelie. »Wir haben seit mehreren Tagen versucht, Sie zu erreichen.«

»Meine Mutter hat mich angerufen und mir erzählt, dass es eine Suchmeldung im Radio gab. Sie haben ihr einen gewaltigen Schrecken eingejagt.«

»Das tut mir leid. Wir haben doch ausdrücklich gesagt, dass Sie nur als Zeuge gesucht werden.«

»Sie wissen doch, wie die alten Leute sind. Sie hat nur die Hälfte mitbekommen. Was ist denn jetzt? Warum wollten Sie mich sprechen?«

»Wir unterhalten uns lieber oben«, sagte Amelie und sah Dürr an, der schicksalsergeben mit den Achseln zuckte.

»Es ist wegen dieser Schauspielerin, oder?«, fragte Schneck, als sie wieder in ihrem Büro saßen. »Hab in der Zeitung gelesen, dass man sie entführt hat. Und im Fernsehen hab ich's auch gehört. Meine Güte, was für eine Aufregung.«

»Myriam Bellinger. Ganz genau. Sie haben ihr ein Flugticket geschenkt.«

»Stimmt.« Er grinste. Keine Spur von Verlegenheit.

»Was haben Sie sich davon versprochen?«, fragte Amelie.

»Dass sie mitkommt natürlich. Ich finde sie interessant. Als Mensch, meine ich. Tolle Schauspielerin.«

»Das war alles?«

»Na, wenn sich auf der Reise was entwickelt hätte, hätte ich sie nicht abgewiesen.« Jetzt betrat Dürr den Raum, den Blick auf einen Becher Automatenkaffee gerichtet, den er Schneck reichte.

»Danke.« Schneck nippte an dem Plastikbecher. »Ah, das tut gut. Ich hab noch nicht gefrühstückt.«

Dürr verzog das Gesicht.

»Frau Bellinger wollte nicht mit Ihnen nach Hawaii. Sie hat Ihnen das Ticket wieder zurückgeschickt«, sagte Amelie. »Da waren Sie gekränkt.«

»Ach wo. Warum denn? Wer nicht will, hat schon gehabt. Ich fliege jetzt mit einer anderen Dame.«

»Mit wem?«

»Lisa Härtel. Sachbearbeiterin in der Spedition. Können sie gerne fragen. Wär Ihnen aber dankbar, wenn Sie Myriam Bellinger aus dem Spiel lassen. Frau Härtel muss ja nicht alles wissen.« Schneck lächelte sonnig. Amelie lächelte unwillkürlich zurück, obwohl es keinen Grund dazu gab.

»Wir werden das überprüfen«, sagte sie. »Was hätten Sie gemacht, wenn Frau Bellinger das Ticket nicht zurückgeschickt hätte?«

»Ich hätte noch mal nachgefragt und dann storniert. Alles no problem.«

»Alles no problem«, wiederholte Dürr. »Wirklich? Man verschenkt doch nicht einfach so ein Flugticket an eine wildfremde Frau, die einem im Grunde gar nichts bedeutet. Wie finden Sie denn diese Version: Sie haben die Serie mit Myriam Bellinger gesehen und sich Hals über Kopf in die Schauspielerin verliebt. Und allen Ihren Mut zusammengenommen und ihr das Ticket geschickt. Aber dann: keine Reaktion. Überhaupt nichts. Kein Dankeschön, keine Entschuldigung. Das Ticket kommt mit einem nichtssagenden Brief zurück. Da waren Sie enttäuscht. Da wurden Sie sauer. Und haben Frau Bellinger aufgesucht. Vielleicht hat sie Sie ausgelacht oder angeschrien, auf jeden Fall haben Sie danach beschlossen, sie zu entführen. Um ihr mal richtig zu zeigen, wo der Hammer hängt. Die Flugreise haben Sie an Ihre Kollegin verschenkt, Sie brauchen ja schließlich einen Beweis für Ihre Unschuld.«

»Sie waren eine Woche lang im Urlaub«, ergänzte Amelie. »In der Woche, in der Frau Bellinger entführt worden ist. Fünf Wochen vor Ihrem Flug nach Hawaii nehmen Sie frei, das ist doch seltsam, oder?«

»Wo genau waren Sie in der letzten Woche?«, fragte Dürr. »Können Sie das belegen?«

Schneck hob beide Arme. »Ah, Moment mal, Moment. Eins nach dem anderen. Da haben Sie sich ja eine tolle Geschichte zurechtgereimt. Könnte mir gefallen, stimmt aber leider nicht. Ich war in Holland. Camping, mal hier, mal da. Hab mich immer ordentlich registriert, das können Sie überprüfen. Nur Freitagnacht hab ich wild gecampt. Ist zwar verboten, aber Sie sagen es ja nicht weiter.« Ein breites Lächeln. Diesmal erwiderte Amelie es nicht, aber es kostete sie einige Mühe.

»Das ist kein Beweis für Ihre Unschuld«, sagte Dürr.

»Und wo ist Ihr Beweis, dass ich es war? Ich hab die Bellinger nach Hawaii eingeladen, weil ich sie als Typ echt klasse finde. Die kühle Blonde, darauf steh ich. Sie wollte nicht, na gut, das war's. Ist nicht das erste Mal, dass ich mein Glück bei Promis versuche. Und manchmal klappt's. Mit Jessica Durlacher war ich auf den Malediven. Und mit Bianca Beiermann auf Malle.«

»Wer sind Jessica Durlacher und Bianca Beiermann?«, fragte Amelie.

»Die kennen Sie nicht?« Schneck machte ein Gesicht, als hätte sie sich nach Angela Merkel und Madonna erkundigt. »Jessica war im Finale von Germany's next Topmodel, dritte Staffel oder so. Und Bianca Beiermann spielt bei BBzN mit.«

Amelie fragte nicht nach, was BBzN bedeutete. »Das können Sie natürlich belegen.«

»Selbstverständlich.« Er strahlte sie so begeistert an, als ob sie sich gerade bereit erklärt hätte, ihn auf die Malediven zu begleiten. »Mit Jessica, das war rein platonisch. Just good friends, verstehen Sie? Mit Bianca war ich sogar ein paar Wochen zusammen.«

»Na so was.« Dürr klang beeindruckt.

»Könnten Sie uns bitte eine Liste der Campingplätze zusammenstellen, auf denen Sie übernachtet haben?«, fragte Amelie. »Und andere Zeugen, die belegen können, dass Sie in der letzten Woche in Holland waren. Außerdem brauchen wir die Telefonnummern von Ihrer Kollegin und Ihren beiden … Reisebegleiterinnen.«

»Oje, das muss ich mir aufschreiben, sonst vergess ich die Hälfte und dann stecken Sie mich ins Gefängnis.« Schneck lachte sein freundliches Lachen, aber dann wurde er plötzlich ernst. »Ich mach hier Witze. Das mit Myriam Bellinger tut mir leid, ehrlich. Ich weiß nicht, welches Schwein sie entführt hat. Aber ich hab nichts damit zu tun, das kann ich Ihnen versichern.«

Dürr reichte ihm Papier und Bleistift. Während Schneck schrieb, wechselten er und Amelie einen Blick. Amelie zog eine Grimasse. Dürr feixte, dann formten seine Lippen stumm das Wort *Hunger.*

16

Die Polizei, dein Freund und Helfer. Schon als kleiner Junge hatte Jo diesen Spruch nicht geglaubt. Bullen waren keine Freunde. Bullen machten einem die Hölle heiß, wenn man bei Rot über die Ampel rannte oder auf dem Spielplatz Silvesterknaller losließ oder eine Coladose in den Nachbargarten warf. Aber nun war er erwachsen und hatte dazugelernt. Und wusste es besser.

Die Polizei war sein bester Freund und sein größter Helfer.

Die Bullen hatten ihm das Leben gerettet.

Wenn sie nicht eingegriffen hätten, hätte er jetzt nicht nur ein blaues Auge, sondern vielleicht gar keines mehr. Wäre er vielleicht tot. Wegen tausend Euro. Aber so war Mahler.

Mahler macht keinen Spaß.

Und Mahler würde auch nicht so schnell aufgeben, das war Jo genauso klar wie Simon, mit dem er fürs Erste nicht mehr telefonierte, nachdem er nun wusste, dass die Polizei bei jedem seiner Gespräche mithörte.

Aber im Moment konnte Mahler ihm gar nichts, weil Jo nämlich nach wie vor unter Polizeischutz stand. Er konnte in aller Ruhe nach der Frau mit dem Muttermal, seiner verlorenen Erinnerung und dem Geld suchen. Er konnte sich sorglos ein Glas Wodka einschenken. Nur ein Glas. Auf seine glückliche Rettung. Und darauf, dass man Mim schnell fand.

Schnell, aber nicht zu schnell, dachte er mit schlechtem Gewissen, denn sobald Myriam wieder aufgetaucht wäre, würde die Polizei ihre Bewachung einstellen. Und die Reporter und Fotografen, die sich vor dem Haus herumdrückten, seit er aus dem Krankenhaus gekommen war, wären auch nicht mehr da.

Er leerte das Glas in einem Zug und spürte, wie sich der Alkohol in ihm räkelte und streckte wie ein zufriedener Kater vor einem Kaminfeuer. Mehr, schnurrte der Kater. Jo schaltete den Computer an. Er ging direkt ins Internet, auf die Forumseite, ohne vorher seine Mails zu checken. Falls ihm der anonyme Absender neue Pornobilder geschickt hatte, wollte er sie gar nicht erst sehen.

Vier neue Videos.

Seine Finger zitterten, als er den ersten der Filme startete.

Myriams Gesicht, das in die Kamera starrte. Ihr linkes Auge war zugeschwollen, genau wie auf dem Clip, den die Entführer Holm zuerst zugeschickt hatten. Der Film, den ganz Deutschland inzwischen kannte.

»Hast *du* mir wehgetan?«, fragte Myriam und einen fürchterlichen Moment lang hatte Jo das Gefühl, dass sie ihn mit der Frage meinte.

»Oder hast du mich nur gefilmt, während der andere mich ins Gesicht geschlagen hat? Warum hast du es zugelassen, dass er mich schlägt? Du kommst nachts zu mir, du stehst da und siehst mich an und atmest, ich weiß ganz genau, dass ich dir nicht gleichgültig bin. Aber letzte Nacht warst du nicht allein, ihr seid zu zweit gekommen und habt mich hochgerissen und habt mir ins Gesicht geleuchtet. Ich hatte solche Angst.« Myriam sprach jetzt so leise, dass ihre Stimme kaum noch hörbar war. »Ich habe geschrien, ich hatte solche Angst. Ich dachte, ihr wolltet mich töten. Und dann habt ihr mir mit der Lampe ins Gesicht geschlagen. Der Kleine oder du. Ich weiß nicht …« Der Film sprang zurück auf das Startbild.

Jo klickte auf das zweite Video.

»Hast du mich umgezogen?«, flüsterte Myriam und wieder hatte er das Gefühl, dass sie mit ihm persönlich sprach. »Du bist noch mal zurückgekommen, hinterher, und hast gemerkt, dass ich das

Wasser umgestoßen habe, dass ich ganz nass war. Du hast mich abgetrocknet, das hab ich noch gemerkt, aber dann bin ich ohnmächtig geworden. Hast du mir diese Sachen angezogen?«

Der dritte Film dauerte nur wenige Sekunden. Myriam lag auf der Pritsche und schlief. Sie stöhnte leise im Schlaf.

Das vierte Video war genauso kurz. Jetzt kauerte sie wieder auf der Matratze und blickte in die Kamera. »Jo?«, wisperte sie. »Bist du das, Jo?«

Jo starrte ungläubig auf den Bildschirm. *Bist du das, Jo?* Myriam glaubte tatsächlich, dass er einer der Entführer war. Glaubte, dass er dazu fähig wäre, sie ins Gesicht zu schlagen oder tatenlos dabei zusehen könnte, wenn ein anderer sie ins Gesicht schlug. Er schenkte sich noch einen Wodka ein, setzte das Glas an die Lippen, legte den Kopf in den Nacken und leerte das Glas in einem Zug. Und hätte gerne geheult. Er hatte seit Jahren nicht mehr geheult, er wusste gar nicht mehr, wie das ging.

»Scheiße«, murmelte Jo. Und begann dann die Kommentare der anderen Leser zu lesen, obwohl er sie eigentlich gar nicht lesen wollte.

Danach war ihm schlecht. Es war so widerlich. Die Typen mit ihren albernen Nicknamen, die Myriam wieder und wieder versicherten, wie mutig sie sie fanden. So eine starke, tapfere Frau. Dass sie auf ihrer Seite waren, dass sie an sie dachten, an sie glaubten, für sie beteten.

Aber in Wirklichkeit geilten sie sich alle nur auf. An Mims Angst, an ihrer Verzweiflung, an ihrer Abhängigkeit.

Den bösen Entführer, den *zweiten Mann,* wie man ihn inzwischen nannte, hassten alle. »Sojemand sollte man mit bloßen händen den hals umdrehen«, hatte *Püppi* geschrieben. Verbrennen, aufhängen, vergasen, kastrieren oder zumindest für immer wegsperren, forderten auch die anderen. Mildernde Umstände wurden hier genauso wenig in Erwägung gezogen wie die Groß- und Kleinschreibung.

Aber bei dem anderen Entführer, der nachts zu Myriam ins Zimmer kam, den sie atmen hörte, während sie so tat, als ob sie schlief, bei ihm sah die Sache anders aus. *Der Gute* hieß er in den Kommentaren. Nicht nur Myriam sehnte sich nach seiner Nähe. »Ist der Gute vielleicht Jo Steiner, Myriams Freund?«, schrieb *Mama-Amelie12.*

»Erst tut er so alsob er sie retten will,mit spendenaufruf und so und dann war ers vielleicht selber? Das regt mich voll auf«, schrieb *Owlet.*

nadeschka gab zu bedenken, dass Myriam ja ziemlich durcheinander und fertig war. »Ich würd auch alles mögliche glauben in so einer Situation.«

Jo schaltete den Computer aus. Schonen Sie sich in den nächsten Tagen, hatte der Arzt heute Morgen gesagt, als er ihn aus dem Krankenhaus entlassen hatte. Bleiben Sie zu Hause, legen Sie die Beine hoch. Aber er hielt es hier nicht mehr aus, er musste weg, raus, und zwar so schnell wie möglich.

Lily Pahl öffnete die Tür zuerst einen Spaltbreit und spähte aus der Wohnung ins Treppenhaus. Als sie Amelie und Dürr erkannte, machte sie sie ganz auf. »Ich dachte schon, es sind wieder diese Scheißreporter. Die versuchen es echt mit allen Tricks.«

Sie war noch im Schlafanzug. Obwohl es kurz nach halb zwei war. Und wirkte dabei nicht sehr ausgeschlafen. Unter ihren Augen lagen dunkle Schatten und ihre Haare standen in alle Richtungen. Die Beule war inzwischen hellgrün und kaum noch zu sehen.

»Haben Sie sie gefunden?«

»Leider nicht. Wir haben aber noch ein paar Fragen an Sie.«

Ein resigniertes Schulterzucken. »Geht es wieder um meine wilde Jugend?« Lily drehte sich um und führte sie in die Küche.

»Nein«, sagte Dürr. »Diesmal geht es um Ihre wilde Gegenwart.«

Und legte die Bilder auf den Tisch, die Lily im Bett mit dem Unbekannten zeigten. »Dürfen wir fragen, wer der Herr auf den Fotos ist?«

Lilys Augen wurden groß und rund und ihr Mund ging auf. Sie zog einen Stuhl heran und ließ sich darauf fallen. Ein Bild des Erstaunens, dachte Amelie, aber ob das Erstaunen echt war oder nur gespielt, war eine andere Frage.

»Was ist denn das?«, fragte sie ungläubig.

»Das fragen wir Sie«, sagte Amelie. »Wir haben die Bilder im Maileingang von Jo Steiners Computer gefunden.«

»Von Jo Steiners Computer?«, echote Lily tonlos. »Ich verstehe nicht, was das soll.«

»Das sind doch Sie auf dem Bild«, sagte Dürr.

»Nein«, sagte Lily. »Ich meine, ja.« Sie rieb sich mit dem Handrücken über die Augen.

»Was denn jetzt?«, fragte Amelie.

»Was soll das? Ja, natürlich bin ich das, das sehen Sie doch!«

»Und der Mann?«

Lily warf einen angewiderten Blick auf die Fotos, dann schob sie sie zusammen und gab sie Dürr zurück. »Keine Ahnung. Irgendjemand.«

»Erik Holm«, sagte Amelie. »Hab ich recht?«

»Erik Holm? Das ist doch nicht Holm auf den Fotos. Ich würde doch nie und nimmer mit dem …« Lily lachte atemlos.

Lachte dasselbe Lachen wie ihre Mutter. Amelie und Dürr hatten Frau Pahl am Tag zuvor befragt, nachdem sie über eine Stunde zu spät im Präsidium erschienen war. Eine kleine, füllige, unsympathische Frau. Die Haare schwarz gefärbt, zwei Zentimeter breite graue Ansätze. Der Lidschatten zu grell, der Lippenstift zu rot. Die Stimme zu laut, viel zu laut. »Lily und ich, das hat nicht funktioniert«, sagte Frau Pahl und lachte atemlos. »Wir haben uns nur gestritten«, sagte sie und wirkte dabei so gleichgültig, als spräche sie nicht über ihre Tochter, sondern über eine Sandkastenfeindin. Myriam Bellinger kannte sie nicht, die Serie, in der Lily eine der Hauptrollen spielte, hatte sie nie gesehen. »Ich hab keine Zeit für so was«, sagte sie. »Ich hab drei Jobs und komme trotzdem kaum über die Runden.«

Als sie wieder ging, fühlte Amelie sich kraftlos und wütend zugleich. Kein Wunder, dass Lilys Sozialverhalten zu wünschen übrig ließ.

»Wer ist der Mann dann?«, fragte Dürr. »Frau Pahl, das Ganze ist für uns genauso unangenehm wie für Sie. Aber Ihre Freundin ist entführt worden.«

»Was haben die Bilder mit der Entführung zu tun?«, fragte Lily mürrisch.

»Das wissen wir nicht. Aber vielleicht können Sie uns da helfen. Ein anonymer Absender hat die Aufnahmen vorgestern Herrn Steiner zugeschickt. Die Vermutung liegt also nahe, dass sie mit der Entführung in Verbindung stehen. Haben Sie eine Idee, von wem die Bilder kommen?«

»Nein.«

»Wer ist der Mann auf den Fotos?«, fragte Amelie.

»Niemand«, sagte Lily. »Ein Typ, den ich in einem Club kennengelernt habe. Mir ging's nicht gut, da hab ich ihn mit nach Hause genommen.«

»Name?«, fragte Dürr.

»Justus. Nachname weiß ich nicht.«

»Das ist nicht sehr hilfreich.«

Lily zuckte mit den Schultern.

»Wir werden die Bilder Herrn Holm zeigen müssen«, sagte Amelie. »Auch anderen Zeugen.«

Lily schnaubte verächtlich, das war ihre Antwort.

»Ich würde Ihnen empfehlen, sich mit einem Anwalt in Verbindung zu setzen, Frau Pahl«, sagte Amelie.

»Ach!« Lilys Kopf flog nach oben, ihre Augen waren harte

schwarze Schlitze in ihrem blassen Gesicht. Das Erstaunen von vorhin war vielleicht gespielt gewesen, aber die Wut war echt. »Sie verdächtigen mich. Das ist ja wohl das Letzte! Weil ich mich vor hundert Jahren mit einer blöden Tussi geprügelt habe. Und weil ich mit einem Kerl im Bett war, mit dem ich nicht verheiratet bin. Die böse, böse Lily. Wer so was macht, entführt bestimmt auch die beste Freundin. Und schlägt sich selbst nieder. Ich war's aber nicht. Ich. War. Es. Nicht«, sagte sie und machte dabei nach jedem Wort eine Pause. »Machen Sie Ihre verdammte Arbeit! Finden Sie Mim.« Ihre Stimme brach. Sie schlug die Hände vors Gesicht. Sie kämpfte mit den Tränen.

Jetzt spielt sie wieder, dachte Amelie. Das Stück heißt *Die trauernde Freundin* und wir sind das Publikum.

»Sie hatten eine Affäre mit Jo Steiner«, sagte Dürr.

Der Kopf hob sich wieder. Keine Spur von Tränen.

»Das ist ja wohl ...«

»Wir haben E-Mails gefunden, die Herr Steiner an Sie geschrieben hat.«

Lily schlang ihre Arme um ihre Schultern. Und wirkte plötzlich nicht mehr wütend, sie sah aus wie das kleine, unschuldige Schulmädchen, das sie vermutlich nie gewesen war, weil sie ihre Schulzeit damit zugebracht hatte, andere Schulmädchen zu verprügeln.

»Das ist vorbei. Schon lange.«

»Es stimmt also? Sie waren mit ihm zusammen?«

Sie zögerte, dann nickte sie.

»Wie lange ging das?«

»Nicht lange. Ein paar Wochen. Es war bescheuert.«

»Bescheuert?«

»Wir wussten ja beide, dass es nichts bringt. Ich meine, Myriam ist meine beste Freundin. Und Jo liebt sie wirklich.«

»Dann verstehe ich allerdings nicht, wie Sie sie wochenlang betrügen konnten«, sagte Amelie.

»Nein«, sagte Lily. »Das verstehe ich inzwischen auch nicht mehr. Aber manchmal tut man eben Dinge, die nicht zu verstehen sind.«

»Lieben Sie Jo Steiner?«, fragte Dürr.

Sie sah ihn an und lachte ein ungläubiges Lachen. »Natürlich nicht. Es war ein Spiel, wir sind da beide so reingerutscht.« Sie schob eine Haarsträhne in den Mund und begann darauf herumzukauen.

»Das ist zu hoch für mich«, murmelte Dürr.

»Wusste Frau Bellinger von Ihrer Affäre?«, fragte Amelie.

Lily schüttelte den Kopf. »Sie hat es nie erfahren. Zum Glück nicht. Das wäre furchtbar für sie gewesen.« Sie sah Amelie angsterfüllt an. »Werden Sie es ihr sagen, wenn sie wieder da ist?«

Amelie seufzte. »Das ist im Moment wirklich das kleinste Problem.«

»Es ist vorbei«, flüsterte Lily. »Seit Februar schon. Wir waren so blöd. Aber irgendwie kamen wir nicht voneinander los.«

»Wer hat das Ganze beendet?«, fragte Dürr.

»Jo«, sagte Lily leise. »Aber im Grunde wussten wir beide ... ich meine, ich wollte auch, dass es aufhört.«

»Wie haben Sie Myriam Bellinger eigentlich kennengelernt?«, fragte Amelie.

»Was soll das denn jetzt?«, fragte Lily.

»Erzählen Sie uns davon.«

»Wir haben uns das erste Mal im Café getroffen. Ich hab da gekellnert und sie kam rein, um einen Kaffee zu trinken. Sie sah so fertig aus. Total depri. Normalerweise hab ich die Gäste nicht gefragt, wie es ihnen geht. Ich meine, normalerweise war überhaupt keine Zeit für so was da. Aber Mim hab ich gefragt.«

»Und was hat sie Ihnen erzählt?«

»Erst mal nichts. Aber als ich Schluss hatte, haben wir uns getroffen. Ich wollte sie nicht ausquetschen oder so, ich wollte nur, dass sie besser draufkommt. Also bin ich mit ihr um die Häuser gezogen. In ein paar Clubs und so. Wir haben die ganze Nacht durchgemacht und am Morgen sind wir zu Fuß nach Hause. Da hat sie mir ihr Herz ausgeschüttet. Und hat mir von diesem Nikolas erzählt, mit dem sie zusammen war. Er hatte einen Unfall und beide Beine verloren. Myriam hat sich wahnsinnige Vorwürfe gemacht, dass sie ihn verlassen hat.«

»Ihre Eltern haben uns von der Geschichte erzählt«, sagte Amelie. »Haben Sie diesen Nikolas auch einmal kennengelernt?«

»Nein. Mim hatte auch keinen Kontakt mehr zu ihm. Ihre Beziehung ging ziemlich scheußlich zu Ende. Er hat ihr eine reingehauen. Na ja. Auf jeden Fall waren Myriam und ich nach dieser Nacht Freundinnen.«

»Ich verstehe immer noch nicht, warum sie schreibt, dass Sie ihr das Leben gerettet haben«, sagte Amelie.

»Hab ich ja gar nicht. Ich hab sie ja nur wieder aufgebaut. Hab ihr gezeigt, dass ihr Leben noch nicht zu Ende ist, nur weil die Beziehung vorbei ist. Wir hatten eine Menge Spaß miteinander.«

»Hatten?«, fragte Dürr.

»Na, zurzeit ist sie ja wohl nicht da.«

»In letzter Zeit haben Sie sich auch nicht mehr so gut verstanden. Myriam Bellinger wollte aus der Serie aussteigen, sie hat sich nach einer neuen Wohnung umgesehen – und Sie haben sie mit ihrem Freund betrogen.«

»Das mit Jo ist vorbei«, sagte Lily. »Das hab ich doch schon erklärt.«

»Was empfinden Sie für Herrn Steiner?«, fragte Dürr.

Lily massierte sich den Nacken und starrte dabei auf den schmutzigen Tisch, auf das Ringmuster aus sich überlappenden Kaffee-, Tee- und Rotweinspuren. Sie schwieg.

»Frau Pahl?«, fragte Amelie. »Antworten Sie bitte auf die Frage.«

»Nichts«, sagte Lily, ohne den Blick zu heben. »Überhaupt nichts.«

Nach dem Wochenende war es kühler geworden, aber nicht in Dürrs Wagen. Sein Auto war der letzte Rückzugsort für die schwüle Hitze der letzten Tage. Amelie kurbelte das Fenster an der Fahrerseite nach unten, doch die Luft im Wageninnern klammerte sich an die Sitzpolster und rührte sich nicht.

»Was hältst du von ihr?«, fragte Amelie.

»Sie lügt. Diese Affäre mit Jo Steiner. Das war was Ernstes. Also, zumindest für sie.«

»Aber er hat sie verlassen, um bei Myriam Bellinger zu bleiben.«

»Und Pahl hat Myriam Bellinger entführt, um sie ein für alle Mal aus dem Weg zu räumen.« Dürr verzog das Gesicht. »Na ja. Klingt irgendwie bescheuert.«

»Vielleicht haben sie es zusammen getan. Und Steiner hat Pahl niedergeschlagen, damit es glaubwürdiger wirkt.«

»Warum hat er dann die Liebesmails nicht gelöscht? Und die Mail mit den Sexfotos. Wer hat die geschickt?«

»Keine Ahnung.« Amelie ließ den Wagen an.

»Wiebke hat die Angaben von diesem Schneck überprüft«, sagte Dürr. »Er hat ein Alibi für die Tatnacht, er saß in einer Kneipe in Domburg. Und der Rest scheint auch zu stimmen.«

»Wieder ein Verdächtiger weniger.«

Dürr wischte sich den Schweiß von der Stirn.

»Wann lässt du das verdammte Fenster reparieren?«, fragte Amelie.

»Wann soll ich das denn machen, deiner Meinung nach? Ich arbeite Tag und Nacht. Da bleibt keine Zeit, zur Werkstatt zu fahren. Wenn's dir nicht passt, kannst du dir ja selbst ein Auto kaufen.«

»Ist ja schon gut.« Der Beifahrersitz machte aggressiv, selbst Dürr, der nicht so leicht die Beherrschung verlor. Amelie steuerte den Wagen aus der Parklücke und fädelte in den Verkehr ein. Ein kühler Luftzug an ihrem linken Ohr. Hitzestau auf der rechten Seite. Beim nächsten Mal würde sie Dürr wieder ans Steuer lassen.

»Und jetzt?«, fragte er. »Wohin des Wegs? Fährst du zurück ins Präsidium?«

Im Präsidium warteten ein Stapel Protokolle und Akten. Und Dolder, Dolder wartete auch. Aber nicht mehr lange. Heute Morgen nach der Pressekonferenz hatte er angekündigt, dass er am Mittag ins Krankenhaus gehen würde. Morgen wurde operiert.

Die Kollegen bedachten ihn mit Glück und Segenswünschen, Trost und Zuspruch. Kopf hoch, das wird schon wieder, bei meinem Onkel/Vater/Vetter/Bekannten sah's damals übel aus, aber nun ist er wieder kerngesund. Sagten sie. Und erzählten nichts von dem Nachbarn/Verwandten/Freund, dem der Krebs das Leben gekostet hatte.

Dolder wollte das alles nicht hören.

»Ist schon gut«, knurrte er, als ihm Erika Süß aus der Buchhaltung eine Dose mit selbst gebackenen Keksen überreichte, die er weder vor noch nach der Operation zu sich nehmen dürfte. »Macht nicht so ein Theater, in ein paar Tagen bin ich wieder zurück.« Und sah dabei Amelie an, sein Blick eine Drohung.

Das ermutigende Lächeln, um das sie sich gerade noch bemüht hatte, verschwand.

»Wir beide müssen uns noch mal unterhalten«, sagte Dolder.

»Da haben Sie sich ja eine tolle Fürsprecherin geangelt«, begann er, nachdem sich seine Bürotür hinter ihm und Amelie geschlossen hatte. »Ich rede von Frau Bartels-Schmidt. Die hat mir heute Morgen die Hölle heißgemacht, weil ich Sie nicht mit in die Pressekonferenz genommen habe.« Er zog die Brauen nach oben und verstellte seine Stimme. »Das machen Sie doch nur, weil Frau Fröhlich nicht in Ihr Frauchenschema passt.« Er grinste breit. »Wir beide wissen ja, dass es nicht darum geht.« Er zwinkerte Amelie gönnerhaft zu, als gäbe es irgendein Geheimnis, das er und sie teilten.

»Wissen wir das?«, fragte Amelie.

Dolders Grinsen verschwand.

»Frau Bartels-Schmidt hat recht«, sagte Amelie. »Ich hätte dabei sein müssen. Ich leite die Soko. Das ist mein Fall, so lange, bis Sie ihn mir entziehen.« Sie hörte ihre eigene Stimme kaum, so laut rauschte das Blut in ihren Ohren. *So lange, bis Sie ihn mir entziehen.* Das war die Steilvorlage für Dolder. Sie legte ihm den Ball hin, er brauchte nur zuzutreten und sie flog aus dem Rennen. Und Dürr war im Spiel.

Dolder runzelte die Stirn. Amelies Herz hämmerte gegen ihren Brustkorb, als wollte es ausbrechen. Sag es schon, los, sag's schon, dachte sie. Setz mich ab, mach mich fertig. Deine letzte Aktion, bevor sie dich in den OP schieben.

»Wenn ich aus dem Krankenhaus komme, will ich Ergebnisse sehen«, sagte Dolder. »Und ich meine: richtige Ergebnisse. Kein Larifari, kein Rumgelaber. Ich sag's, wie's ist, wenn ich nicht unters Messer müsste, würde ich Dürr die Sache heute noch übergeben. Aber ich weiß nicht, wie das Team einen Leiterwechsel aufnehmen würde …«

»… und außerdem haben Sie Schiss vor Frau Bartels-Schmidt«, fiel Amelie ihm ins Wort. »Seien Sie ehrlich, Dolder, das Team ist Ihnen doch scheißegal. Sie haben Angst, dass die Staatsanwältin Ihnen den Kopf abreißt, wenn Sie mich auswechseln. Das ist alles.«

Dolder starrte ins Leere. Vielleicht beschloss er gerade, dass es nun ein für alle Mal reichte. Dass er Amelie und ihre Frechheiten keine Sekunde länger ertragen konnte. Vielleicht dachte er auch an etwas ganz anderes. An das Krebsgeschwür in seinem Magen, das vor sich hinwucherte, das in seinen Körper hineinwuchs und alles zerstören würde.

»Ach, wissen Sie«, sagte Dolder schließlich müde. »Das alles geht mir vollkommen am Arsch vorbei. Dieses Gezänk um Hierarchien und Macht. Interessiert mich nicht. Wenn das Mädel nicht wäre …« Er unterbrach sich, grinste sein schiefes Grinsen. »… *Frau* Bellinger, meine ich natürlich – dann würde ich Ihnen das Feld liebend gerne überlassen, dann könnten Sie sich ungehemmt austoben. Aber die Kleine braucht uns, sie verlässt sich darauf, dass wir sie da rausholen. Und ich werde nicht zulassen, dass Sie dieses Ding vermasseln, nur weil Sie ein Problem mit männlichen Vorgesetzten haben und gerne Karriere machen möchten.« Er holte tief Luft, rieb sich den Nacken und atmete dann hörbar aus. Ein tiefes Seufzen über Amelies Unfähigkeit.

»Ich vermassle gar nichts«, sagte Amelie. Und wollte noch hinzufügen, dass man sich auf sie verlassen könnte, dass sie alles tun würde, um Myriam Bellinger zu finden und zu befreien, aber dann sagte sie es doch nicht. Dolder hätte es ihr ohnehin nicht geglaubt.

Er nickte gleichgültig, bückte sich dann ächzend, hob einen Aktenordner auf den Tisch und schlug ihn auf. Amelie erhob sich. »Also dann, alles Gute.«

»Danke, gleichfalls.« Er nickte noch einmal, ohne aufzublicken. »Vielleicht sind Sie mich ja bald los«, fügte er noch hinzu, als sie schon an der Tür war.

Sie drehte sich noch einmal zu ihm um, sah ihn an und sah die Todesangst in seinem Gesicht. Nur ganz kurz, dann war sein Blick wieder spöttisch und überlegen.

»War 'n Witz«, sagte er.

Als sie zurück ins Büro kam, saß Dürr an seinem Schreibtisch und starrte wie gebannt in seinen Computer.

»Ein neues Video?«, fragte Amelie und trat hinter ihn.

»Gleich zwei.« Er rutschte mit seinem Drehstuhl ein Stück zur Seite und ließ sie mitgucken, während er den ersten Film anklickte.

Die Schwellung an Myriams Auge war etwas zurückgegangen. Dafür zog sich nun ein dunkelblauer Fleck von der Augenbraue bis zum Jochbein. Es sah aus wie ein bizarres Make-up.

»Du bist so ein gottverdammter Feigling«, sagte sie. »Warum

zeigst du dich nicht? Wovor hast du Angst? Wenn ich nachts heule, dann kommst du, dann tröstest du mich. Du streichelst mein Haar. Aber wenn der Kleine mir eine reinhaut, dann guckst du zu. Was machst du, wenn er mich umbringt? Schaust du dann auch einfach zu? Oder drehst du den Kopf weg?« Nun liefen Tränen über ihr Gesicht. Sie wischte sie mit dem Handrücken weg, zuckte zusammen, als sie dabei die Schwellung berührte. Wollte noch etwas sagen und öffnete schon den Mund, aber vorher brach der Film ab.

Auf dem nächsten Video hockte sie auf ihrer Matratze, den Kopf gesenkt, die Beine angezogen, die Arme um die Knie geschlungen.

»Ich hab immer gedacht, dass mir das nicht passieren kann. Dass ich sicher bin«, murmelte sie. »Ist wahrscheinlich normal. Nur die anderen werden arbeitslos und kriegen Krebs und werden entführt und umgebracht. Ich doch nicht.« Nun hob sie den Kopf und lächelte. Es war das erste Mal, dass Amelie sie lächeln sah. Es war ein schiefes, ein bitteres Lächeln, aber es machte ihr bewusst, wie schön Myriam Bellinger war. »Ihr habt es mir gezeigt. Dass es jeden treffen kann, auch mich, gerade mich. Ihr habt mich rausgeholt, aus meinem Glück, aus der Seifenblase, in der ich gelebt habe. Ihr verdammten Schweine!«, begann sie plötzlich zu schreien. »Ihr Arschlöcher. Warum macht ihr das? Warum machst *du* das? Warum lässt du mich hier langsam verrecken? Wieso bringst du mich nicht endlich um. Erschieß mich oder erwürg mich oder häng mich auf. Ich halt das nicht mehr aus, ich halt das einfach nicht mehr aus.« Sie griff nach dem leeren Blechteller vor der Matratze und schleuderte ihn gegen die Wand. Bevor er aufprallte, brach der Film ab.

»So ein verdammter Dreck«, murmelte Dürr.

»Der Kleine«, sagte Amelie. »Das ist jetzt schon das zweite Mal, dass sie den anderen den Kleinen nennt.«

»Ist mir auch aufgefallen.«

»Ich frag mich, wo sie ist«, sagte Amelie. »Da brennt immer eine Lampe. Vielleicht gibt es kein Tageslicht. Weil sie im Keller ist.«

»Vielleicht sind auch nur die Rollläden unten«, meinte Dürr.

»Das kann doch keine normale Wohnung sein. Die können doch nicht riskieren, dass den Nachbarn was auffällt. Dass sie Myriam schreien hören oder so.«

Dürr schnaubte verächtlich. »Nachbarn fällt doch nie was auf. Das weiß man doch.«

»Aber darauf können die sich nicht verlassen.« Amelie schüttelte den Kopf. »Verdammt. Wir kommen keinen Schritt weiter.«

»Was ist mit Steiner?«, fragte Dürr.

»Nichts. Was soll mit ihm sein? Er verweigert die Aussage.« Dürr schlug mit der flachen Hand auf den Tisch. »Ich kapier einfach nicht, wie sie sich jemals auf den Typen einlassen konnte. Eine Frau wie die Bellinger könnte doch, weiß Gott, was Besseres kriegen.«

Hast du keine Augen im Kopf?, dachte Amelie. Steiner sieht super aus, er ist durchtrainiert, witzig und charmant. Er ist ein Frauentyp und Myriam Bellinger ist ein Männertyp. Die beiden passten perfekt zusammen. Wenn man einmal davon absah, dass Steiner zu viel trank und mit Drogen dealte.

»Na ja, mir kann's ja egal sein«, sagte Dürr. »Ich frag mich, ob Lily das mitbekommen hat.«

»Dass es zwischen den beiden kriselte? Natürlich hat sie das mitbekommen. Sie wohnt doch mit Myriam zusammen.«

»Dass muss ihr doch gefallen haben. Sie stand doch auch auf ihn.« Dürr schüttelte den Kopf. Diesem Loser rannten die Frauen nach und für ihn interessierte sich keine. Die Welt war ungerecht.

Amelie sah sich die Filme gerade zum dritten Mal an, als ihr Telefon klingelte. Eine Düsseldorfer Nummer.

»Fröhlich, hallo!«

Rauschen im Hörer. Dann ein seltsames Geräusch. Ein Röcheln, ein Würgen.

»Hallo?«, rief Amelie lauter. »Wer ist denn da?«

»Ich muss Ihnen …« Nach drei Worten verstummte die Frauenstimme wieder. »Ich …« Es hörte sich an, als ob ihr jemand die Kehle zudrückte. »… kann nicht …«

Amelie presste den Hörer fester ans Ohr. Da schluchzte jemand, jetzt war sie sich ganz sicher.

»Hallo? Frau Fröhlich?«, rief eine Männerstimme. »Belllinger hier. Entschuldigen Sie, meine Frau, sie ist vollkommen durcheinander.« Nun brach auch die Stimme des Pastors. Er rang nach Atem, er kämpfte mit den Tränen.

Myriam ist tot, dachte Amelie. Die Eltern haben es gerade erfahren. Wir waren zu langsam, es ist vorbei.

»Was ist?«, fragte Dürr. »Wer ist denn dran?«

Sie winkte ab und spürte, wie die Panik in ihrem Magen zusammenfloss, wie sie sich sammelte und nach oben stieg, schäumend und sauer.

»Wir haben eben ein Paket bekommen«, sagte Bellinger. »Die Entführer haben uns was zugeschickt …« Und unterbrach sich ebenfalls. Im Hintergrund das hysterische Schluchzen seiner Frau.

»Können Sie herkommen?«, fragte Herr Bellinger mühsam beherrscht. »Ich glaube, das sollten Sie sich ansehen.«

17

Auf dem Wohnzimmertisch der Bellingers lag ein großes Vogelnest. Ein struppiges, strohiges Nest aus blonden Haaren, erkannte Amelie, als sie näher trat.

»Myriams Haare«, flüsterte Frau Bellinger, deren Augen dick geschwollen waren. Ihre Nase und die Haut über der Oberlippe leuchteten rot. Sie wollte etwas hinzufügen, aber sie konnte nicht weiterreden. Sie schluchzte, sie schniefte, sie schnappte nach Luft.

»Das Paket kam um kurz nach drei hier an«, erklärte Herr Bellinger. Er hielt seine Arme vor der Brust verschränkt, die Hände umklammerten die Oberarme. »Ganz normal mit dem Paketdienst. Es war an meine Frau adressiert, ohne Absender. Sie hat es aufgemacht und dann …« Er schluckte hörbar und schüttelte den Kopf.

»Vielleicht sind es gar nicht Myriams Haare«, sagte Dürr. »Vielleicht ist es nur ein böser Scherz. Sie wissen doch, wie die Leute sind.«

»Diese Verbrecher«, schluchzte Frau Bellinger, die ihm gar nicht zugehört hatte. »Myriam war doch so stolz auf ihr schönes langes Haar. Wie kann ein Mensch nur so etwas tun?«

Amelie betrachtete das Paket, das neben dem Tisch auf dem Boden lag. Ein gelber Karton mit rotem DHL-Aufdruck, der mit braunem Klebeband verschlossen gewesen war. Ein Paket, wie es in Deutschland millionenfach produziert und verschickt wurde. Sie würden es mit ins Präsidium nehmen, genau wie die Haare, und beides der Kriminaltechnik übergeben. Aber sie war sich jetzt schon sicher, dass die Entführer keine Spuren hinterlassen hatten.

»War sonst noch was in dem Paket?«, fragte Dürr. »Ein Brief, eine Nachricht?«

Bellinger schüttelte den Kopf. »Kein Brief. Aber das hier.« Und griff nach dem Strick, der neben dem Haarhaufen auf dem Tisch lag.

Die Botschaft war unmissverständlich. Wenn die Lösegeldübergabe scheiterte, würden die Entführer Myriam Bellinger aufhängen.

Amelie hielt sich am Steuer fest. Blickte auf die Autobahn, die auf sie zuflog, und stellte sich vor, wie die Entführer Myriams Kopf nach hinten rissen. Der erste Schnitt, mit der Schere oder mit dem Messer. Noch einer und noch einer. Hatte sie geweint, hatte sie geschrien, hatte sie um Gnade gefleht? Myriams Haare waren kräftig und dick, es hatte eine Weile gedauert, bis sie abgeschnitten waren. *Wie kann ein Mensch nur so etwas tun?* Dieser Fall wurde immer ekelhafter. Kein Wunder, dass ihr ständig schlecht war.

»Meinst du, dass es einen Bezug zur Serie gibt?«, fragte sie Dürr, während sie von der Autobahn abfuhr und in Richtung Stadtmitte abbog.

»Was?«

»Einen Zusammenhang zwischen der Serie und Myriam Bellingers Haaren. Du kennst die Serie doch, ist dir da was aufgefallen?«

»Ich weiß nicht«, sagte Dürr. »Ich bin erst bei Folge vier. Und du?«

»Sieben.« Aber während der letzten Folgen war sie mehrmals eingenickt, und als sie aufgewacht war, hatte sie einfach weitergeguckt, anstatt zurückzuspulen. Vielleicht hatte einer der Darsteller Haare gelassen, während sie geschlafen hatte.

»Noemi werden die Haare jedenfalls nicht abgeschnitten«, sagte Dürr. »Ich hab mir nämlich die Auflösung angeguckt. Und da sind sie immer noch lang.«

»Auch die von Lara?«

»Jupp. Für die Nebenfiguren kann ich nicht garantieren. Ich verwechsle die ohnehin die ganze Zeit.«

»Am besten, wir fragen Holm danach. Der wird es ja wohl wissen.«

»Soll ich ihn anrufen?«

»Wir fahren zu ihm. Wir müssen ihm ja auch noch die Sexfotos zeigen.«

Dürr winselte wie ein getretener Hund. »Ach ja, richtig, Holm und Gangsterlily. Das hatte ich ganz verdrängt.«

»Ist ja gar nicht raus, ob es wirklich Holm ist.«

»Wenn die Entführer morgen abkassieren wollen, müssen sie langsam Bescheid sagen, wo sie das Lösegeld in Empfang nehmen wollen. Und wer es übergeben soll.«

»Wenn sie clever sind, melden sie sich erst heute Nacht«, sagte Amelie. »Oder morgen früh. Um uns so wenig Zeit wie möglich zu geben.«

»Sie sind clever«, sagte Dürr düster. »Sonst hätten wir sie längst erwischt. Was ist denn jetzt los?«

Amelie hatte am Straßenrand gehalten, auf einem Behindertenparklatz genau vor einer Apotheke. »Ich muss mal eben was besorgen. Dauert nur einen Moment.«

»Gegen deine Magengeschichte?«, fragte Dürr. »Du solltest lieber zum Arzt.«

»Mach ich ja auch. Guck doch in der Zwischenzeit mal nach, ob wieder was hochgeladen worden ist.« Sie war ausgestiegen, bevor er noch etwas entgegnen konnte.

Als sie wieder zurückkam, blickte Dürr auf sein Handy-Display.

»News von Myriam«, sagte Amelie. »Was schreibt sie denn?«

»Nichts.« Er starrte auf das Handy und schwieg.

»Hallo, Dürr?«

Nun hob er den Kopf. Sie sah, dass er Tränen in den Augen hatte.

»Was ist denn los?«, fragte sie erschrocken.

Er reichte ihr wortlos das Smartphone.

Ein neues Video.

Amelie tippte auf das Dreieck auf dem Display, das Video wurde abgespielt. Myriam kauerte auf dem Fußboden, die Arme um den Oberkörper geschlungen. Ein Auge geschwollen und blau unterlaufen, das andere rot verheult. Sie blickte nicht in die Kamera, sie weinte lautlos, schluchzte nur hin und wieder auf, dann durchlief ein Beben ihren ganzen Körper.

Ihr blondes Haar war zentimeterkurz abgehackt und stand in alle Richtungen. Auf der einen Seite war es viel länger als auf der anderen, der Pony war schief, und über der Stirn hatten die Entführer eine Strähne übersehen, die nun im kecken Schwung auf Myriams Gesicht fiel.

»Ist das nicht furchtbar?«, flüsterte Dürr mit gepresster Stimme.

Fast so schlimm wie bei mir, dachte Amelie und musste sich zwingen, nicht an ihren Haaren zu zupfen.

»Sie haben den Film vor einer halben Stunde hochgeladen«, sagte Dürr. »Kannst dir ja vorstellen, was in den Kommentaren los ist. Die Fans drehen fast durch.« Dann fuhren sie beide zusammen, weil jemand gegen das Beifahrerfenster klopfte.

Eine Politesse.

»Sie stehen auf dem Behindertenparkplatz«, teilte sie Amelie mit, als diese die Tür aufmachte – das Fenster ließ sich ja nicht öffnen. »Ich muss Ihnen leider ein Bußgeld …«

»Kripo im Einsatz«, fiel Amelie ihr ins Wort und zückte ihren Ausweis. »Wir ermitteln verdeckt.«

»Oh«, sagte die Politesse und runzelte die Stirn. Die Nummer war offensichtlich neu.

»Wir sind aber auch schon fertig«, sagte Dürr. Er gab sein Handy an Amelie weiter und startete den Wagen.

»Halten Sie die Augen offen«, sagte Amelie und nickte der Frau verschwörerisch zu. »Wir bauen auf Sie.«

Die Politesse riss die Augen auf. »Worauf soll ich denn achten?«

»Am besten auf alles«, sagte Amelie und zog die Tür zu.

Holm starrte auf die nackte Lily und verzog keine Miene. Dürr hatte ihm die Fotos vorgelegt, aber falls der Produzent sich selbst darauf wiedererkannte, verriet er sich nicht. Er betrachtete die Bilder interessiert, dann schüttelte er den Kopf.

»Diese Lily.« Er gab die Aufnahmen zurück an Dürr. »Vielleicht denkt sie ja über einen Genrewechsel nach. Hat sie die Fotos selbst gemacht?«

»Nein. Sie sind Jo Steiner zugeschickt worden. Der Absender ist anonym.«

»Na, so was.« Holm hob eine Augenbraue und ließ sie wieder fallen. Und verschränkte die Arme vor der Brust. »Also, ich erkenne nur Lily. Wer der Mann ist, weiß ich nicht. Tut mir leid.«

»Schade«, sagte Amelie und in diesem Moment kam Frau Binder ins Zimmer und brachte eine Flasche Wasser und Gläser. Sie stellte das Tablett auf dem Tisch ab, und dabei fiel ihr Blick auf die Bilder, die Dürr vor sich ausgebreitet hatte, als wollte er sie selbst noch einmal in Ruhe betrachten.

Holm räusperte sich betreten.

»Ach, du liebe Zeit!« Dürr stürzte sich auf die Bilder, schob sie zu einem Stapel zusammen und reichte sie Amelie. »Die sind ja nun nicht für die Öffentlichkeit.«

Kathrin Binder lächelte und schenkte dann Wasser ein. »Gibt es etwas Neues von Myriam?«, erkundigte sie sich beläufig. Ihr Gesicht war ganz ruhig.

»Nichts«, sagte Holm.

Frau Binder seufzte.

»Wo sind denn hier die Toiletten?«, fragte Amelie, nachdem die Sekretärin den Raum verlassen hatte.

»Vor der Rezeption links«, sagte Holm. »Ich bin das nicht auf den Fotos. Das müssen Sie mir schon glauben.«

»Schon klar«, sagte Amelie. Und verließ das Zimmer und ging durch den Gang, an den Waschräumen vorbei zur Rezeption, wo Frau Binder saß und auf ihren Computerbildschirm starrte.

»Frau Binder?«

Die Sekretärin fuhr zusammen. Ganz offensichtlich hatte sie Amelie nicht kommen hören.

»Sie haben die Bilder ja gerade eben schon gesehen«, sagte Amelie und breitete die Fotos vor ihr auf dem Tisch aus. »Haben Sie die Personen darauf erkannt?«

Frau Binder warf einen kurzen Blick auf die Aufnahmen und blickte genauso schnell wieder weg. »Lily Pahl. Die Frau ist Lily, oder?«

»Und der Mann? Haben Sie den auch erkannt?«

»Nein«, sagte Frau Binder. »Der ist ja gar nicht richtig zu sehen.«

»Schauen Sie sich die Bilder doch noch einmal an.«

»Brauche ich nicht«, sagte die Sekretärin und blickte stattdessen Amelie an, mit einem durchdringenden, festen, ruhigen Blick. »Ich kann Ihnen nicht weiterhelfen. Tut mir leid.«

»Wir glauben, dass es Herr Holm sein könnte. Was meinen Sie, hatte er eine Affäre mit Lily Pahl? Wäre das möglich?«

Frau Binder lachte kurz auf. Ein ungläubiges, empörtes Lachen. »Na, hören Sie mal. Sie wissen doch, dass ich und Herr Holm … dass wir … Ich empfinde Ihre Frage wirklich als Zumutung.«

»Ich muss Sie das fragen, Frau Binder«, sagte Amelie. »Hier geht es nicht um gekränkte Eitelkeiten, sondern um eine Entführung. Sind Sie sicher, dass der Mann *nicht* Erik Holm ist?«

»Ganz sicher.« Frau Binders Lippen waren ein dünner Strich, ein Schlussstrich. Bis hierher und nicht weiter, sagten die Lippen.

»Noch was ganz anderes«, sagte Amelie. »Haben Sie das Foto von Myriam Bellinger gesehen, das die Entführer auf Ihrer Internetseite hochgeladen haben?«

»Mit den kurzen Haaren?« Kathrin Binder nickte. »Schrecklich. Was sind das nur für Menschen?«

»Wir fragen uns, ob es da einen Bezug zur Serie gibt. Spielen abgeschnittene Haare irgendeine Rolle in Missing?«

Frau Binder hatte sich bereits wieder ihrem Computer zugewandt, jetzt drehte sie ihren Bürostuhl zurück zu Amelie. »Jetzt da Sie es sagen«, murmelte sie nachdenklich. »Da ist wirklich was.«

Amelies Herz schlug schneller.

»Myriams Freund in der Serie – ich meine natürlich: Noemis Freund«, begann Frau Binder.

»Der Rettungsschwimmer«, sagte Amelie.

»Er ist Notarzt«, korrigierte Frau Binder. »Nick heißt er. Der ist geradezu besessen von Noemis schönem langem Haar. Als sie sich die Haare schneiden lassen will, rastet er vollkommen aus. Dadurch macht er sich sehr verdächtig. Ist aber eine falsche Fährte, am Ende war's ja dann der Onkel.«

»Hm.« Amelies Herz beruhigte sich wieder. Noch eine Verbindung zwischen der Serie und der Realität. Aber der Fall wurde dadurch nicht einfacher, sondern nur noch verwirrender.

Im Elektrolyte war die Hölle los. Montagnacht, halb zwölf und die Leute drängten sich auf der Tanzfläche und vor der Bar, als hätten sie alle keinen Job und könnten morgen ausschlafen. Wahrscheinlich hatte die Hälfte wirklich keinen Job, dachte Jo, während er eine Gruppe übergewichtiger Mädchen in engen Tops musterte, die bunte Cocktails aus hohen Gläsern saugten und dabei kicherten und so taten, als bemerkten sie die Blicke der Typen nicht, die sich ein paar Meter weiter in Stellung brachten. Fertig zur Attacke, Männer. Die Beute war schon vor dem Angriff verteilt worden. Ich nehm die Blonde mit dem Caipirinha, du kriegst die mit den tätowierten Armen.

Vielleicht sollte ich aufs Land ziehen, dachte Jo. Dann fiel ihm die Reihenhaussiedlung seiner Eltern ein, zehn Minuten Fußmarsch bis zum nächsten Supermarkt, eine halbe Stunde Fahrt bis ins Kino. Kein Club weit und breit, dafür Wiesen, Äcker und Waldwege, so viel man wollte. Wenn man wollte.

Nein danke, dachte Jo und nahm einen Schluck Bier.

Die Bässe wummerten in seinem Magen und erinnerten ihn an den Faustschlag des Dönermanns. Er blickte sich nach den beiden Bullen um, die ihn observierten. Ein langer blonder, ziemlich jung noch, und ein älterer mit schütterem Haar. Sie tranken Cola, der Junge blickte sehnsüchtig auf die Tanzfläche. Sein Kollege sah zu Jo herüber, einen Moment lang begegneten sich ihre Blicke. Jo widerstand der Versuchung, dem Mann zuzuprosten. Nur nicht provozieren, er war ja froh, dass die beiden da waren und ihn beschützten. Genau wie die Reporter, die ihm von der Wohnung in den Club gefolgt waren, in der Hoffnung, dass er ihnen ein Interview geben würde, wenn er blau wäre. Und Mahlers Leute waren bestimmt ebenfalls hier und warteten nur auf eine Gelegenheit zuzuschlagen. Und zwar im Wortsinn. Jo schauderte.

»Hi, Jo!« Ein bärtiger Mann, den Jo nicht kannte, haute ihm seine Hand auf die Schulter. Vielleicht war es ein alter Schulfreund, Jos Erinnerungsvermögen für Gesichter war fast so schlecht wie sein Namensgedächtnis. »Wie geht's?«

»Super«, brüllte Jo. »Und selbst?«

»Bestens. Sag mal … hast du noch was von dem Zeug von Mittwoch?«

Jo verdrehte die Augen. Nicht schon wieder. Der Typ war schon der achte oder neunte, der ihn auf die blöden Pillen ansprach. »Alles weg. Weiß auch nicht, wann ich wieder was kriege.« Vielleicht sollte er sich diesen Satz auf die Stirn tätowieren lassen, das würde sein Leben erheblich vereinfachen.

»Ach so. Schade. Na dann.« Der Typ kratzte sich den Vollbart. »Mach's gut, ja?«

Er war weg, bevor Jo etwas entgegnen konnte. Zu dumm, er hätte die Gelegenheit nutzen können, um sich nach der Frau mit dem Muttermal zu erkundigen. Vielleicht war sie ja sogar hier.

Jos Blicke durchsuchten den Raum.

Ob er sie wiederkennen würde, wenn er sie sah? Und dann? Würde er auf sie zugehen und sie fragen, ob sie ihm seine verlorenen Erinnerungen wiedergeben konnte?

Er schloss die Augen und wartete auf eine Eingebung. Es kam aber keine. Da war nur das Gefühl, dass es etwas Unangenehmes war, das ihn mit der Muttermalfrau verband.

»Hast du dein Handy wiedergefunden?«, fragte der Barmann, als Jo sich ein neues Bier holte.

»Mein Handy?«

»Max hat mir erzählt, dass du es verloren hast.«

»Ach so. Ja, ich hab's wieder. Lag im Auto.«

»Na, dann ist ja gut. Prost!« Der Barmann schob ihm die Bierflasche über die Theke. So schwungvoll, dass sie fast neben ihm zu Boden segelte. Im letzten Moment fing er sie auf. Und im gleichen Augenblick hatte er einen Flashback.

Die Muttermalfrau.

Er hatte sie geküsst.

Er erinnerte sich daran, dass sie auf dem Flur vor den Toiletten gestanden hatten, und erinnerte sich auch an ihre Hände in seinem Nacken. An ihren Geruch, sie roch ziemlich unangenehm nach Zitrone, aber vielleicht war es auch das Putzmittel aus den Toilettenräumen gewesen.

Das Muttermal auf ihrer Stirn. Er versuchte, sich darauf zu konzentrieren, versuchte es sich vor Augen zu rufen und festzuhalten, aber dadurch zerstörte er alles. Die Erinnerung zerplatzte, er griff ins Leere.

Er hatte die Muttermalfrau geküsst, obwohl er mit Mim zusammen war. Vielleicht war er auch mit ihr im Bett gewesen. Oder sie hatten es in ihrem Auto oder auf dem Klo getrieben. Widerlich, dachte Jo.

»Hallo, Jo! Das ist ja cool, dass ich dich treffe!« Ein Mädchen mit Pferdeschwanz stand vor ihm, sie reichte ihm gerade bis zur Schulter. Und strahlte ihn an. Sie sah so verdammt jung aus, höchstens sechzehn, ohne Schminke wahrscheinlich wie vierzehn. Seit wann ließen die Kinder in den Club?

»Ich wollt dich fragen …«

»Ich hab nichts mehr. Und krieg auch nichts mehr.« Er sah ihr gekränktes Gesicht, kurz bevor er sich abwandte. Vielleicht hatte sie etwas ganz anderes fragen wollen. Wie man es auf die Drehbuchschule schaffte, ob er Lust hatte, mit ihr zu tanzen. Wie viel Uhr es war.

»Was ist los?«, fragte der Barmann mit Blick auf sein halb volles Bier. »Willst du schon ein neues?«

»Mach mir mal 'n Wodka«, sagte Jo.

Als er den Club verließ, traf er Simon. Er stand draußen auf der Straße, neben ihm ein Mädchen, das er Jo schon einmal vorgestellt hatte, aber Jo hatte den Namen wieder vergessen. »Hier, willste auch mal?« Anstelle einer Begrüßung streckte Simon ihm seinen Joint hin.

»Bist du bescheuert? Hier, mitten auf der Straße?«

»Merkt doch keiner.« Simon nahm selbst einen herzhaften Zug und reichte die Tüte dann an das Mädchen weiter, die darüber herfiel, als wäre sie am Ersticken und der Joint die Sauerstoffflasche.

Jo beugte sich ganz dicht an Simons Ohr. »Die Polizei observiert mich«, raunte er ihm zu. »Und die Reporter sind ebenfalls hinter mir her.«

Allerdings war im Moment weder ein Polizist noch ein Reporter zu sehen. Vielleicht hatten die Journalisten aufgegeben. Und die beiden Bullen drückten sich noch im Eingangsbereich des Clubs rum, damit Jo sie nicht bemerkte. Albern, dieses Versteckspiel. Die mussten doch wissen, dass er wusste, dass sie ihn beobachteten. Warum zeigten sie sich ihm nicht einfach? Vielleicht ließ sich das nicht mit ihrer Bullenehre vereinbaren.

»Echt?«, fragte Simon und dann reagierte er schnell und cool wie immer. Er nahm der Frau den Joint aus der Hand, ließ ihn fallen und trat ihn aus.

»Hee! Bist du bescheuert? Der war doch noch nicht mal zur Hälfte …«

»Halt den Mund.« Simon machte eine vielsagende Geste zum Eingang, aus dem jetzt vier besoffene Frauen torkelten, aber die Bullen waren nicht zu sehen. Sie hatten die Observierung doch hoffentlich nicht aufgegeben?

Das Mädchen schmollte. »Das war mein Stoff, du Blödmann.«

»Hast du's immer noch nicht geschnallt?« zischte er. »Die Bullen sind hier.«

Nun weiteten sich ihre Augen vor Schreck, aber Simon beachtete sie gar nicht mehr.

»Was ist mit Myriam?«, fragte er Jo. »Die haben sie immer noch nicht gefunden, oder?«

»Nix. Aber angeblich hat Holm das Lösegeld zusammen.« Auf dem Weg zum Elektrolyte hatte er ihn angerufen, um zu hören, ob es Neuigkeiten gab. Keine Nachricht von den Entführern, aber dafür massenhaft Spenden.

»Eure Spendenaufrufe haben eingeschlagen wie eine Bombe«, hatte Holm erzählt. »Vielen Dank noch mal dafür.«

»Ich hab's für Mim getan«, erinnerte ihn Jo.

»Schon klar. Na, hoffen wir mal, dass mit der Geldübergabe alles klargeht. Und dass die Typen Myriam schnell wieder freilassen.«

Das hoffte Jo auch, da waren sie sich einig, und beendeten das Gespräch.

»Was? Der hat zwei Millionen zusammengekriegt?«, ächzte Simon.

Die Augen seiner Begleiterin wurden noch größer, ihr ganzes Gesicht bestand nur noch aus Augen, so weit riss sie sie auf. Ihr Blick wanderte zwischen Jo und Simon hin und her. Sie wirkte mächtig verwirrt, aber vielleicht war sie auch einfach nur stoned.

»Mach mal die Fliege, Esme, und lass uns Männer alleine reden«, sagte Simon und wedelte dabei mit seiner Hand vor ihrem Gesicht hin und her.

»Hast du einen Schaden?«, fragte sie empört. »Wie redest du eigentlich mit mir?«

Er zuckte nur mit den Schultern, da zog sie eine Schnute, drehte sich um und verzog sich.

»Sag mal, echt. Was sollte denn diese Machonummer?«, fragte Jo. »Lass uns Männer alleine reden. Du klingst wie mein Vater in seinen schlimmsten Zeiten.«

»Die ist wie eine Klette. Verfolgt mich schon seit Tagen. Das ist nicht auszuhalten.«

»Das hält dich aber nicht davon ab, ihr Gras zu rauchen«, sagte Jo und im selben Moment hatte er plötzlich wieder eine Erinnerung an die Frau mit dem Muttermal. Er spürte, wie sie ihre Hände unter sein T-Shirt schob. Und dann hörte er sie sogar sprechen. Oder vielmehr flüstern. Sie flüsterte: Lass uns hier abhauen, ja?

»Was ist denn jetzt los?«, fragte Simon. »Ist dir schlecht?«

Jo ließ den Kopf hängen und schüttelte ihn hin und her, als hätte er Wasser im Ohr. Lass uns hier abhauen. Und dann? War er mit ihr abgehauen?

»Ist schon wieder okay«, sagte er.

»Zurück zu den Millionen«, meinte Simon. »Kommen die Entführer vorbei, um die Kohle abzuholen, oder wie funktioniert das?«

»Keine Ahnung. Die haben sich noch nicht gemeldet.«

»Irre. Du könntest dich als Bote anbieten. Dann wäre …«

Aber weiter kam Simon nicht mit seinen Vorschlägen, weil jetzt jemand Jo auf die Schulter tippte, und als er sich herumdrehte, stand da Lily.

»Da ist ja unser kleines Einhorn«, sagte Simon.

Lilys Finger fuhren nervös zu ihrer Stirn, sie tastete nach der Beule, die in der Dunkelheit aber nicht zu sehen war.

»Ihr kennt euch?«, fragte Jo überrascht. Davon hatte er nie etwas mitbekommen. Mim und Simon waren sich öfter begegnet, das hatte sich gar nicht vermeiden lassen, obwohl er jedes Mal Blut und Wasser geschwitzt hatte. Dein Pfarrerstöchterchen, nannte Simon Mim. Und Myriam bezeichnete Simon nur als *den Dealer.* Sie mochten einander nicht und würden sich niemals mögen, auch wenn Simon jetzt so tat, als ob ihm Mims Rettung am Herzen lag.

Wenn Jo darüber nachdachte, erschien es ihm nicht verwunderlich, dass Simon und Lily sich kannten. Köln war ein Dorf, wenn man ausging, lief man sich ständig über den Weg. Aber warum hatte Simon Lily dann nie erwähnt?

»Kennen ist übertrieben«, sagte Lily und zog eine Grimasse. »Warum hast du dich nicht bei mir gemeldet?«

»Ich war im Krankenhaus«, sagte Jo. »Hatte einen kleinen Zusammenstoß.«

»Mit einem Bus, oder was?«

»Ist nicht wichtig.«

Lily zog die Brauen hoch, wie immer, wenn ihr eine Antwort nicht gefiel.

»Gibt's was Neues von deiner Freundin?«, fragte Simon.

Lily nickte. »Aber nicht für dich«, sagte sie und ging einfach weg. Jo zögerte einen Moment, dann folgte er ihr.

»Ich hab vorhin mit Erik telefoniert«, sagte sie, als sie außer Hörweite von Simon waren. »Er hat mir erzählt, dass sich die Entführer gemeldet haben. Wegen dem Lösegeld.«

Erik Holm. Jo dachte an seinen nackten Körper auf Lilys nacktem Körper. Und würgte und spuckte aus, direkt vor Lilys Füße spuckte er, aber nur in Gedanken. Ausgerechnet Holm.

»Hast du mich gehört?«, fragte Lily. »Oder interessiert dich die Sache nicht mehr?«

Ihre Stimme klang belegt, als wäre sie kurz vor den Tränen.

»Nee, klar interessiert mich das. Was haben sie gesagt?«

»Das Geld soll morgen um elf übergeben werden. Zwei Millionen in Hunderteuroscheinen.«

»Zwanzigtausend Hunderter«, sagte Jo.

»Ist das so? Ich bin nicht so gut im Rechnen.«

»Glaub schon«, sagte Jo. »Das ist aber ein ordentlicher Sack Geld. Wo soll Holm das denn hinbringen? Oder kommen die Entführer mit dem Laster vorbei und holen die Kohle ab?«

Lily zuckte mit den Schultern. »Das ist noch nicht raus. Sie melden sich morgen mit genauen Instruktionen.«

»Weiß die Polizei schon Bescheid? Oder hat Holm zuerst alle seine Verwandten und Bekannten informiert?«

»Natürlich weiß die Polizei Bescheid«, sagte Lily.

»Alle wissen Bescheid«, sagte Jo. »Holm hat garantiert die Presse angerufen. Darum geht's diesem Schwein doch. Publicity für seine Serie. Mim ist ihm vollkommen egal.«

»Jetzt lass mal gut sein«, sagte Lily. »Erik ist ganz schön fertig. So wie's aussieht, ist er derjenige, der das Geld übergeben soll.«

»Ach, ich bin zuversichtlich, dass er jemanden findet, der das für ihn übernimmt. Seine Sekretärinnenschnecke. Die macht das doch gerne für ihn. Oder hast du dich schon bereit erklärt?«

»Spinnst du? Wie bist du eigentlich drauf? Das ist ja total widerlich«, zischte Lily und dann drehte sie sich um und ließ ihn stehen.

18

Diese verdammte Serie. Amelie hatte sich endlich bis zur letzten Folge durchgekämpft. Noemi, wie sie mit ihrem Freund Nick Tango tanzte. Die verliebten Gesichter des Paares. Und am Rand der Tanzfläche Noemis Todfeindin Emily, die selbst scharf auf Nick war und alles daransetzte, um ihn Noemi auszuspannen. Schnitt zu Lily, die als Lara über die Dächer von Berlin turnte, auf der Suche nach ihrer entführten Freundin. Nicht nur der Vorname der Serienfigur erinnerte an Lara Croft, Lily trug zu allem Überfluss auch noch ein schmutziges Tanktop und Combat-Hosen im Militarystil. Ihre nackten Oberarme waren erstaunlich muskulös, stellte Amelie fest.

Einer der Entführer hatte das Dach mit Seife eingerieben oder mit Öl beschmiert, auf jeden Fall rutschte Lily jetzt ab, schlitterte über die Dachplatten nach unten, dem sicheren Tod entgegen, aber im letzten Moment bekamen ihre Finger die Regentraufe zu fassen. Da hing sie nun an einem Arm über dem Abgrund. Schnitt. Noemi tanzte nicht mehr, Noemi küsste Nick und merkte in ihrer Verliebtheit gar nicht, dass Emily sie hasserfüllt beobachtete.

»Ich liebe dich mehr als mein Leben«, flüsterte Noemi.

»Willst du mich heiraten?«, fragte Nick und fuhr mit den Fingern durch Noemis seidenweiches Haar. Amelie fielen die Augen zu.

Das Klingeln bohrte sich in einen Traum, in dem sie mit Daniel Tango tanzte. Sie befanden sich in einem gleißend hellen Saal, das grelle Licht blendete Amelie, aber Daniel trug eine Sonnenbrille.

Telefon, sagte Amelie. Ich muss drangehen.

Kannst du es nicht einfach klingeln lassen?, fragte Daniel traurig. Musst du mich im Stich lassen? Wenn du mich in Thailand besucht hättest, wäre ich jetzt nicht blind.

Die Sätze hallten in ihrem Ohr, als sie nach ihrem Handy tastete und das Gespräch annahm.

»Hallo?«

»Holm hier«, sagte Erik Holm. »Hab ich Sie geweckt? Sie haben doch nicht schon geschlafen?«

Ein müder Blick auf den Wecker. Es war gerade einmal zehn.

»Nein«, sagte Amelie und fragte sich gleichzeitig, warum sie log. Sie hatte in den letzten Nächten kaum ein Auge zugetan, sie war todmüde. Es war keine Schande zu schlafen, aber dennoch fühlte sie sich, als ob Holm sie bei etwas entsetzlich Verbotenem ertappt hätte. Eine Polizistin schläft nicht. Schon gar nicht in einer laufenden Ermittlung.

»Was gibt's denn?«, fragte sie.

»Es gibt jetzt konkrete Anweisungen für die Übergabe des Lösegeldes«, sagte Holm. »Ich hab sie gerade bekommen.«

»Wie?«, fragte Amelie.

»Wieder per Mail. Ich soll das Geld morgen um elf überbringen. Den Übergabeort erfahre ich noch. Keine Polizei, schreiben die Typen. Ich hab das Geld schon hier, ich wusste ja, dass es morgen fällig ist. Zwei Millionen in Hunderteuroscheinen. Ein schöner Haufen Geld.«

»Wie schwer ist das Ganze denn? Können Sie es überhaupt alleine transportieren?«

»Ich hab's nicht gewogen, aber ich schätz mal so zwanzig Kilo. Das schaff ich gerade noch.«

»Gut. Ich informiere meinen Kollegen und dann kommen wir zu Ihnen. Ich hoffe, Sie haben mit niemandem über die Sache gesprochen.«

Holm zögerte einen Moment lang.

»Natürlich nicht«, sagte er dann.

Amelie seufzte. Vermutlich hatte Holm die halbe Stadt informiert, bevor er ihre Nummer gewählt hatte.

»Du siehst aus wie eine lebende Leiche«, sagte Dürr, als sie eine halbe Stunde später zu ihm ins Auto stieg.

»Danke.« Sie gähnte.

»Die Medikamente haben nicht geholfen?«

Welche Medikamente, wollte sie gerade fragen, als ihr die Apotheke wieder einfiel und der Schwangerschaftstest, den sie dort gekauft hatte. Die Packung lag jetzt im Bad. Ungeöffnet.

»Doch, mir geht's schon viel besser. Bin nur müde.«

»Ich auch.« Er gähnte ebenfalls. »Ich frag mich, warum wir da jetzt rausfahren. Die Mail kann Holm uns doch auch weiterleiten. Oder am Telefon vorlesen. Der Absender lässt sich ohnehin nicht zurückverfolgen.«

»Wir müssen mit Holm das weitere Vorgehen besprechen.« Amelie blickte auf die Uhr. »Viertel vor elf. Mit etwas Glück sind wir um halb eins wieder zu Hause.«

»Ich hab grade vor der Glotze gesessen, als du angerufen hast«, sagte Dürr. »Bei Jauch waren sich alle einig, dass die Polizei im Fall Bellinger bisher total versagt hat. Der Innenminister von NRW sagt …«

»Sei still, ich will das nicht hören.« Amelie legte ihre Hände auf die Ohren. »Das bringt doch alles nichts. Wir tun, was wir können. Mehr geht nicht.«

»Bei Holm stehen die Reporter bestimmt schon Schlange, wenn wir ankommen. Die wissen doch alle, dass morgen das Lösegeld fällig ist.«

Die Reporter standen aber nicht Schlange, sondern drängten sich in einem Schwarm vor dem Haus, sie standen sogar auf den Stufen, die zum Eingang emporführten. Und wichen keinen Zentimeter zur Seite, als Amelie und Dürr ankamen, im Gegenteil, sie kamen immer näher, sie erdrückten sie fast. »Gibt es Neuigkeiten, Herr Kommissar?« Ein großer Mann drückte Dürr ein Mikro ins Gesicht.

»Noch nicht. Aber gleich. Wenn ich dir eine reinhaue.«

»Lass das doch, Dürr.« Amelie drückte auf die Klingel und wartete quälende Minuten, bis die Tür aufging.

»Pass auf, dass keiner von denen ins Haus kommt«, sagte sie, während sie die Tür aufdrückte.

»Schwirrt ab, Schmeißfliegen«, rief Dürr und wedelte mit den Händen, bevor er die Tür hinter sich zuzog.

Oben wartete Kathrin Binder auf sie. Im Gegensatz zu Amelie wirkte sie hellwach, ihr Gesicht war perfekt geschminkt, die Haare geföhnt. Selbst ihr Augenbrauenpiercing glänzte, als wäre es frisch poliert. »Herr Holm ist im Wohnzimmer.«

Er saß auf dem Sofa und las Zeitung oder jedenfalls tat er so.

»Guten Abend. Ist ja nett, dass Sie sich noch auf den Weg gemacht haben. Obwohl ich Ihnen nicht mehr sagen kann als vorhin am Telefon.«

»Möchten Sie was trinken?«, fragte Frau Binder. Sie und Holm tranken Cognac, hatten Cognac getrunken. Die beiden Schwenker auf dem Tisch waren leer. Dennoch hatte Amelie das Gefühl, dass sie den Alkohol noch riechen konnte.

»Danke, nein.«

Sie nahmen auf den Sesseln Platz, Kathrin Binder setzte sich neben Holm aufs Sofa. »Der Entführer möchte also, dass Sie das Lösegeld übergeben«, begann Amelie. »Wie fühlen Sie sich dabei?«

Holm hob die Augenbrauen. »Wie soll ich mich dabei fühlen? Was für eine Frage! Es ist nichts, worauf ich mich freue.«

»Sie müssen es nicht tun.«

»Doch. Ich bin es Myriam schuldig.«

»Gut«, sagte Amelie. Der Cognacgeruch, der von Holms leerem Glas aufstieg, war überwältigend. Sie spürte, wie sich ihr Magen zusammenzog, wie ihr schlecht wurde. Nicht jetzt, bitte nicht jetzt. »Wir werden Sie natürlich begleiten.«

»Das geht nicht«, sagte Holm. »Keine Polizei, haben die Entführer geschrieben. Wenn die Sie bemerken, sind die sofort weg. Und dann hängen sie Myriam auf. Inzwischen müsste Ihnen doch klar sein, dass die nicht bluffen.«

»Sie werden uns nicht bemerken«, sagte Amelie. »Vertrauen Sie uns.«

Holm verzog das Gesicht und schwieg.

»Wir werden Sie mit einem Funkgerät ausstatten, sodass Sie jederzeit mit uns in Kontakt treten können«, sagte Amelie. »Die Geldscheine werden heute Nacht noch präpariert. Und den Koffer werden wir mit einem Peilsender versehen.«

»Das ist doch Wahnsinn«, sagte Holm. »Das kriegen die Typen doch mit. Die beobachten bestimmt das Haus. Wenn Ihre Leute morgen hier aufkreuzen, um mich zu verkabeln, dann schöpfen die sofort Verdacht.«

»Deshalb schlage ich vor, dass Sie das Haus heute schon verlassen. Wir nehmen Sie mit, das Geld auch, und bringen Sie zuerst aufs Präsidium und dann in ein Hotel, wo Sie die Nacht verbringen. Auf diese Weise sind wir auch die Reporter los.«

»Die schütteln sie nicht so leicht ab«, sagte Holm. »Die folgen uns.«

»Das kriegen wir schon hin. Ist nicht das erste Mal, dass wir so was machen«, sagte Dürr. Das war eine Lüge, für Amelie und Dürr war es sehr wohl das erste Mal, dass sie eine Lösegeldübergabe begleiteten. Aber Amelie sah keinen Grund, das richtigzustellen.

»Wenn Sie einverstanden sind, packen Sie ein paar Sachen für die Nacht zusammen. Wir verstauen das Lösegeld in kleineren Taschen, jeder von uns nimmt einen Teil davon«, sagte Amelie. »Die Presse muss ja nicht mitbekommen, dass wir das Geld aus dem Haus schleppen. Wenn wir die Scheine dritteln, ist es auch nicht so schwer.«

»Vierteln«, sagte Kathrin Binder.

»Bitte?«

»Ich komme mit.« Sie sah dabei nicht Amelie oder Dürr an, sondern Holm.

»Natürlich«, murmelte er.

Frau Binder erhob sich. »Dann pack ich mir auch mal ein paar Sachen ein.« Und griff nach den beiden leeren Gläsern und nahm sie mit, trug sie an Amelie vorbei, der der scharfe Cognacgeruch in die Nase stieg und von dort in ihren Mund drang und sich ausbreitete. Ihr Magen zog sich zusammen, begann zu schäumen und zu spucken, sie presste sich eine Hand vor den Mund und sprang auf.

»Entschuldigung«, sagte sie, wollte sie sagen, aber natürlich verstand sie keiner, sie hielt sich ja selbst den Mund zu. Dürr sah entsetzt aus, Holm wirkte verwirrt, nur Frau Binder begriff den Ernst der Lage.

»Kommen Sie!«, rief sie und eilte auf den Flur, riss die Tür zum Badezimmer auf, in das Amelie sich flüchtete. Sie schaffte es gerade noch, den Toilettendeckel aufzuklappen, als ihr Magen sich aufbäumte und seinen Inhalt nach oben katapultierte.

Als es vorbei war, klappte sie den Deckel wieder zu, setzte sich und wäre gerne gestorben. Mädchen, Mädchen, hörte sie Dolder sagen. Siehst du's langsam mal ein, dass dir der Fall über den Kopf wächst?

»Nenn mich nicht Mädchen«, flüsterte Amelie. Dann stand sie auf und wusch sich das Gesicht und die Hände und spülte ihren Mund aus und vermied dabei jeden Blick in den Spiegel. Nicht dass ihr noch einmal schlecht wurde.

Wenn sie in den Spiegel geschaut hätte, hätte sie die Medikamentenpackung vielleicht übersehen. Aber so fiel ihr Blick darauf, als sie sich die Hände abtrocknete. Eine weiße Packung mit blauen Streifen, die ihr sehr vertraut vorkam. Die ihr sehr vertraut war, stellte sie fest, als sie den Namen des Medikaments las. Ihre Mutter hatte diese Tabletten lange eingenommen, obwohl sie Kopfschmerzen und Durchfall davon bekam und ihre Hände zitterten und ihr Mund trocken wurde. Warum nimmst du Medizin, die dich krank macht?, hatte Amelie sie einmal gefragt, als sie neun oder zehn gewesen war. Und hatte ein Seufzen zur Antwort bekommen und ein Schulterzucken. Das verstehst du nicht, Kind.

Ob Kathrin Binder oder Erik Holm das Medikament einnahmen? Sie würde sie fragen, beschloss Amelie. Aber nicht jetzt, jetzt mussten sie die beiden erst einmal durch die Journalistenmeute zum Auto lotsen. Ins Präsidium und dann ins Hotel. Mit etwas Glück sind wir um halb eins wieder zu Hause, hatte sie vorhin zu Dürr gesagt. Sie hatten aber kein Glück. In diesem verdammten Fall hatten sie nicht die Spur von Glück.

19

Jo trank jetzt wieder. Zumindest nahm er das an, denn die Wodkaflasche stand leer auf dem Kühlschrank und sein Kopf war schwer und seine Erinnerung war weg.

Er wusste noch, dass er den Club verlassen hatte, dass er Simon und Lily getroffen hatte und dann nichts mehr. Filmriss. Vielleicht hatte Simon ihn in den nächsten Club geschleppt, er hatte die Muttermalfrau getroffen und war mit ihr nach Hause gegangen. Vielleicht war er auch direkt nach Hause und hatte sich allein besoffen. Die Bullen, die ihn beschatteten, müssten es eigentlich wissen. Aber die konnte er schlecht fragen.

Er stand im Bad und putzte sich die Zähne, als er sich wieder erinnerte. Nicht an das, was er in der Nacht gemacht hatte. Aber an den Traum, den er geträumt hatte, bevor er aufgewacht war. Er hatte von Lily geträumt. Er hatte sie geliebt in seinem Traum, stundenlang, die ganze Nacht hatte er sie geküsst und hatte sie festgehalten und sein Gesicht in ihr Vanille-Kokos-Haar vergraben. Ich liebe dich. Hatte er ihr zugeflüstert in seinem Traum. Nicht nur einmal. Hundertmal. Ich weiß, hörte er Lily erwidern und schloss die Augen und spürte, wie sie ihn küsste, auf den Mund, auf sein Ohr, er spürte sie überall.

Du Schwein, dachte er und spuckte Zahnpasta ins Waschbecken. Deine Freundin wurde von irgendwelchen Perversen entführt, die sie ins Gesicht schlagen und quälen. Und du träumst vom Sex mit einer anderen.

Schäm dich, dachte Jo, und dann fiel ihm wieder ein, dass heute die Lösegeldübergabe stattfinden würde. Um elf, hatte Lily gesagt. Er wischte sich den Mund ab, ging zurück ins Zimmer und blickte auf die Uhr. Halb elf. In dreißig Minuten war es so weit, würde Holm das Geld abliefern, wäre alles gelaufen.

Wenn nicht noch irgendwas dazwischenkam.

Die Bullen zum Beispiel. Vielleicht hätte Holm sie doch aus dem Spiel lassen sollen. Aber die Entführer hatten es ja von Anfang an darauf angelegt, die ganze Sache in die Öffentlichkeit zu bringen. Auf Facebook gab es eine »Free Myriam Bellinger«-Seite mit mehr als neunhunderttausend Anhängern. Und sobald man die Glotze anschaltete, stieß man auf eine Sondersendung zum Thema Entführung oder Promi-Stalking oder Erpressung. Die Internetseite der Serie wurde täglich millionenfach aufgerufen und kommentiert und verlinkt und geteilt.

Als Jo den Computer anschaltete, klingelte sein Handy. Ein Blick auf das Display. Diesmal waren es keine Journalisten, sondern Lily. Er nahm das Gespräch an und öffnete gleichzeitig die Forumseite. Ein neues Video. Die Abstände wurden immer kürzer. Die Entführer bereiteten sich offensichtlich auf den Endspurt vor.

»Jo? Ich bin's.«

Als er ihre Stimme hörte, erschienen Bilder aus seinem Traum in seinem Kopf, die er gar nicht sehen wollte. Sein Gesicht in Lilys Haaren. Ich liebe dich, ich liebe dich, ich liebe dich.

»Was gibt's?« Seine Stimme klang schroff und abweisend, weil ihn die Bilder beunruhigten, weil er nichts mehr mit Lily zu tun haben wollte, aber sein Körper wollte das einfach nicht begreifen.

»Ich bin total fertig«, sagte Lily. »Du glaubst gar nicht, was ich gerade entdeckt habe. Das ist der totale Horror. Jo, die wollen mich fertigmachen …«

»Was?«, fragte Jo, fragten sich vermutlich im selben Moment auch die Bullen, die sein Telefon abhörten. »Hör mal, Lily, am Telefon ist das ganz schlecht.«

»Was soll das denn jetzt?« Lilys Stimme zitterte. »Du kannst mich doch nicht hängen lassen. Ich muss mit jemand reden, Jo, sonst dreh ich durch.«

»Am Telefon ist es ganz schlecht«, wiederholte Jo und betonte dabei jedes Wort. Und nun begriff Lily. »Ach so«, sagte sie erschrocken.

Stille im Hörer. Lily dachte nach. Jo starrte auf den Computerbildschirm, auf das Standbild des Videos, auf dem Myriams zerschlagenes Gesicht zu sehen war. Die Haare wie abgenagt.

»Ich geh jetzt schwimmen«, sagte Lily.

Mim ist entführt und Lily geht schwimmen, dachte Jo. Was für ein Unsinn. Und wollte Lily fragen, ob sie den Verstand verloren hatte, aber da hatte sie schon aufgelegt.

Ich geh jetzt schwimmen. Nachdem er eine Weile darüber nachgedacht hatte, verstand er, was sie meinte. Im letzten Sommer waren sie immer an den Fühlinger See gefahren, Jo, Myriam und Lily. Nach ein paar Wochen war Myriam ausgestiegen, weil sie sich nach dem Schwimmen immer erkältete. Und Jo und Lily waren zwei Monate lang allein zum Schwimmen gegangen, immer montagabends, immer an denselben Platz. Zweimal über den See, duschen, abtrocknen, anziehen und wieder nach Hause. Damals war noch nichts zwischen ihnen gelaufen, ihre Affäre hatte ja erst an Weihnachten begonnen. Ihm hatte es Spaß gemacht, mit Lily an den See zu fahren, und Lily war es wohl genauso gegangen, sonst hätte sie einen anderen Treffpunkt vorgeschlagen.

Sie wollte ihn dort treffen, aber er würde nicht kommen.

»Ganz bestimmt nicht«, murmelte Jo und startete den Film.

Seine schöne Myriam. Wie fertig sie aussah mit dem blauen Auge und dieser schrecklichen Frisur. Wie armselig, wie erbärmlich.

»Wo bist du?«, fragte sie. »Warum hat du mich verlassen? Siehst du, was er mit mir gemacht hat? Sieh es dir an, sieh nur!« Sie fuhr sich mit den Fingern durch die struppigen Haare. »Der Kleine ist nachts reingekommen, ich hab geschlafen und bin aufgewacht, weil plötzlich alles hell war. Er hat mich gepackt und hochgezerrt und gefesselt. Und dann hat er mir die Haare abgeschnitten. Es ging so schnell. Ich dachte, er wollte mich umbringen. Aber diesmal hab ich nicht geschrien. Du warst nicht dabei und du bist auch nachher nicht gekommen. Wo bist du? Hast du mich im Stich gelassen? Habt ihr euch gestritten, hat er dich fortgejagt, hat er dich umgebracht? Wenn du nicht mehr kommst, wenn du nicht mehr zu mir kommst … ich sterbe, wenn du nicht mehr kommst … Ich vermisse dich so.« Ihre Stimme brach. Sie vergrub ihre Finger in ihrem struppigen, kurzen Stoppelhaar und verstummte. Jo sah sich das Video viermal hintereinander an. Und mit jedem Mal wuchsen seine Eifersucht und seine Wut.

Dieser Verbrecher, diese Sau entführte seine Freundin, schlug, quälte, folterte sie, und anstatt ihn dafür zu verwünschen, betete sie ihn an. *Ich sterbe, wenn du nicht mehr kommst. Ich vermisse dich so.*

Das war pervers. Aber noch perverser waren die Kommentare darunter. Mims Fans, die daraufhinfieberten, dass aus Täter und Opfer endlich ein Liebespaar wurde.

»Ich glaub nicht das der die im Stich läst. Der holt die da raus ganz bestimmt«, schrieb *Minnimäuschen.*

»Ich hoffe auch das der die rausholt«, ergänzte *Glimmerfee49.* »Wenn er sich stellt und alles gesteht muss er vllt. auch nicht ins gefängnis und dann können die doch noch mal ganz neu anfangen.«

Myriam und ihr Entführer, das Traumpaar des Jahres. Nach Angst, Schrecken und Herzeleid träumte die Fangemeinde von einem Happy End. Entführer und Opfer vor dem Traualtar. Und Myriam? Wovon träumte Myriam?

Es ist zum Kotzen, dachte Jo. Das musste er sich nicht antun. Ein Blick auf die Uhr. Es war elf.

Holm wartete jetzt irgendwo in der Stadt mit den zwei Millionen auf die Entführer. Und die rothaarige Kommissarin und ihr Kollege warteten darauf, zuzugreifen. Auf der Straße warteten die Reporter und die beiden Bullen darauf, dass Jo das Haus verließ. Mahlers Männer warteten ebenfalls irgendwo auf eine günstige Gelegenheit, ihm die Rippen zu brechen. Und draußen am Fühlinger See wartete Lily. Er sah sie am Ufer sitzen, sie drehte ihm den Rücken zu. Ich liebe dich, ich liebe dich, ich liebe dich.

»Verdammt«, murmelte Jo. Und steckte sein Handy ein und den Geldbeutel und rannte aus der Wohnung.

Amelies Augen waren so rot wie ihre Haare. Und brannten. Das war die Müdigkeit. Sie war um zwei Uhr morgens nach Hause gekommen, nachdem sie Holm und seine Freundin im Hotel abgesetzt hatten. Bevor sie ins Bett gegangen war, hatte sie mit Daniel telefoniert, der ziemlich bedrückt klang, weil ihm die Ärzte soeben mitgeteilt hatten, dass er auf keinen Fall nach Hause fliegen durfte. Zumindest hatte er es geschafft, seine Eltern zu überreden, den Heimflug anzutreten.

»Aber dann bist du ganz allein in dem schrecklichen Krankenhaus«, sagte Amelie betroffen.

»Haha, guter Witz«, sagte Daniel. »Von allein kann keine Rede sein. Das Krankenhaus platzt aus allen Nähten. Aber medizinisch sind die auf einem guten Stand. Meine Mutter misstraut nur grundsätzlich jedem Arzt, der nicht fließend Deutsch spricht.«

»Haben sie dir gesagt, wie lange das noch gehen soll?«

»Ich darf fliegen, sobald die Entzündung weg ist«, sagte Daniel. »Aber wann das der Fall ist, weiß nur Gott allein.«

Amelie erzählte Daniel nichts von ihrer Übelkeit und auch nichts von dem Schwangerschaftstest, der immer noch ungeöffnet im Bad lag. Obwohl es ihn vermutlich aufgebaut hätte. Die Vorstellung, dass Amelie schwanger sein könnte.

Sie fiel in einen ohnmachtsähnlichen Schlaf und wachte erst wieder auf, als Dürr anrief und ihr mitteilte, dass die Entführer Holm angewiesen hatten, das Geld in einem Schließfach am Hauptbahnhof zu deponieren. Den Schließfachschlüssel sollte er in einen Umschlag stecken und in einen Papierkorb auf der Domplatte werfen.

Und da waren sie jetzt. Dürr und Amelie saßen in einem Straßencafé am Rande des Platzes und tranken Kaffee, den sie vorsichtshalber gleich nach dem Servieren bezahlt hatten. Die ganze Domplatte wimmelte vor Polizisten. Anja Brinkhaus und Florian Bertelsmann aßen Eis, Uwe Schönkamp telefonierte, Stahl marschierte vor dem Dom auf und ab, einen Stadtführer in der Hand und die Kamera um den Hals gehängt.

»Da kommt Holm«, sagte Dürr leise. »Nicht hingucken.«

Amelie zwang sich, den Blick nicht von ihrer Kaffeetasse zu heben. »Was macht er?«

»Er geht zum Papierkorb und wirft den Umschlag rein.«

Nun blickte Amelie doch auf, sah Holm, wie er über die Domplatte schlenderte und dann am Dom vorbei in Richtung Rhein verschwand. Dürr holte sein Handy raus und rief Wiebke Huber an, die das Schließfach mit dem Geld beobachtete.

»Irgendwas Auffälliges bei dir?«

»Nichts. Und bei euch? Ist der Schlüssel schon weg?«

»Nee.« Aber jetzt spazierte ein Obdachloser über den Platz, ging auf den Papierkorb zu und warf einen Blick hinein.

»Starr doch nicht so dahin!«, zischte Amelie Dürr zu.

»Das ist nichts«, sagte Dürr. »Der sucht nur nach Pfandflaschen.«

Der Stadtstreicher zog eine Coladose aus dem Müll, stopfte sie in seine Plastiktüte. Noch ein nachlässiger Blick in den Eimer, dann schlurfte er weiter.

»Wenn der wüsste«, stöhnte Dürr.

Nach einer Stunde rief Holm auf Amelies Handy an. »Sie können die Aktion abbrechen«, sagte er. »Die haben sich wieder gemeldet.«

»Was?«

»Ich hab grade eine Mail bekommen: *Die Streamings haben sich verhundertfacht, das Lösegeld verdoppelt sich. Vier Millionen bis zum Samstag oder MB stirbt.*«

»Das gibt's doch nicht. Erst lassen die uns hier auflaufen und dann fordern sie die doppelte Summe? Hätten die sich das nicht vorher überlegen können?«, schnaubte Amelie.

»Ich weiß gar nicht, wie die sich das vorstellen«, jammerte Holm. »Bis jetzt haben die Fans Myriam super unterstützt, aber ob sie noch weiterspenden, ist die Frage. Die fühlen sich doch alle verarscht. Am Samstag kommt dann die nächste Mail, dann wollen die Typen acht Millionen. Und immer so weiter.«

»Stimmt das mit den Streamings?«, fragte Amelie. »Sind sie wirklich hundertmal so hoch wie vor der Entführung?«

»Na ja, keine Ahnung.«

»Keine Ahnung? Das glaub ich Ihnen nicht, Holm. Sie kennen die Zahlen ganz genau.«

»Ungefähr«, sagte er widerwillig. »Was passiert denn jetzt? Wie geht es weiter?«

»Sie können heim«, sagte Amelie. »Wir melden uns bei Ihnen, wenn wir wieder im Präsidium sind.«

»Und was ist mit dem Lösegeld?«, fragte Holm. »Das brauchen wir ja nun noch.«

»Wir können es im Präsidium aufbewahren«, bot Amelie an.

»Lassen Sie mal. Ich haben den Crowdfunding-Aufruf gestartet, ich bin für das Geld verantwortlich. Ich hätte es lieber bei mir im Safe.«

Amelie zögerte einen Moment. Warum wollte Holm zwei Millionen Euro bei sich zu Hause aufbewahren? Hatte er etwas vor, über das er nicht mit ihnen sprechen wollte?

»Wir bringen Ihnen die Koffer mit einem Streifenwagen nach Hause«, sagte sie schließlich. »Wann sind Sie denn da?«

»Nicht nach Hause«, sagte Holm. »Ins Büro. Ich hab da einen Safe.«

Eine Libelle schwebte über der Wasseroberfläche des Sees. Regungslos, als ob sie ihr eigenes Spiegelbild bewunderte. Das Ufer war menschenleer, nur ganz in der Ferne ging eine Frau mit ihrem Hund spazieren. Es war ein kühler Tag, dicke Wolken hingen am Himmel, es sah nach Regen aus.

»Hast du was von der Lösegeldübergabe gehört?«, fragte Jo. »Hat Holm das Geld abgeliefert?«

»Keine Ahnung.« Lily saß auf einem Stein am Ufer. Hier hatten sie sich vor einem Jahr immer ausgezogen, die Badesachen schon unter den Klamotten. Und dann rein ins Wasser, wer als Erster drin war, konnte den anderen nass machen. Damals hatte alles zwischen ihnen angefangen, das wurde Jo jetzt klar. Vielleicht hatte Lily hier am See beschlossen, ihn zu verführen, und bis Weihnachten hatte sie auf eine Gelegenheit gewartet und dann war sie gekommen.

Vielleicht hatte sie ihn deshalb hierhergelockt. Um ihn an letzten Sommer zu erinnern und wie faszinierend sie für ihn gewesen war.

»Ich bin froh, dass du gekommen bist, Jo«, sagte Lily. »Echt, ich bin total fertig.«

»Was ist denn los?« Jo blickte sich nervös um. Die Reporter waren weg gewesen, als er aus dem Haus gekommen war. Vermutlich standen sie alle vor Holms Haus, um ihn zur Lösegeldübergabe zu begleiten. Der grüne Passat mit den beiden Polizisten war ihm dagegen gefolgt, bis er in den Bus gestiegen war. Dann war er plötzlich verschwunden. Hoffentlich hatte er die Bullen nicht abgehängt. Wenn jetzt Mahlers Männer aus dem Gebüsch brachen, wäre er geliefert.

»Irgendjemand hat es auf mich abgesehen«, sagte Lily und drehte sich nun ebenfalls nervös um. »Irgendjemand versucht, mir Mims Entführung in die Schuhe zu schieben.«

»Was? Wie kommst du denn darauf?«

»Auf meinem Computer waren Bilder, die ich nie gemacht habe.«

»Was für Bilder?«, fragte Jo und dachte an die Fotos von Lily mit Holm. Und fühlte sich wütend und geil. Beides zugleich. Am liebsten hätte er Lily an sich gerissen und weggestoßen.

»Bilder von Mim. Beim Einkaufen, beim Kaffeetrinken, ganz alltägliches Zeug.«

»Wow«, sagte Jo. »Na und?«

»Ich hab die Fotos noch nie gesehen«, sagte Lily. »Warum waren die Bilder auf meinem Computer?«

»Vielleicht hast du sie irgendwann mal geknipst und einfach vergessen.«

»Es waren bestimmt zwanzig Bilder.«

»Hast du sie denn hier?«

»Ich hab sie gelöscht.«

»Na super.«

Lily sah ihn an. Auf ihrer Stirn war immer noch die Beule zu sehen, ein fliederfarbener Fleck, eine verblassende Erinnerung an Myriams Entführung. »Wer macht denn so was?«, flüsterte sie.

»Keine Ahnung.« Jo zuckte mit den Schultern. »Vielleicht gibt es ja eine ganz harmlose Erklärung dafür.«

»Fällt dir eine ein?« Jo drehte schon wieder den Kopf. Dieses Gefühl, dass sie beobachtet wurden. Dass da jemand hinter den Bäumen am Ufer oder hinter dem Holzstapel oder hinter dem alten Bootshaus stand und zu ihnen herüberstarrte. In der Ferne sah er die Frau mit dem Hund, zwei Punkte, die kaum noch zu erkennen waren. Ansonsten kein Mensch.

»Ich habe Angst, Jo«, sagte Lily leise. »Die Bullen haben mich total auf dem Kieker. Die haben den ganzen Scheiß wieder ausgegraben, den ich früher gebaut habe, und die wissen auch von mir und dir, von unserer …«

Liebe, hätte Lily fast gesagt, Jo war sich ganz sicher, dass ihr dieses Wort auf der Zunge lag, aber sie sagte es nicht, sie schluckte es runter und sagte: »… Geschichte.«

»Jetzt mach dich mal nicht verrückt«, sagte Jo und merkte selbst, wie lahm sich die Worte anhörten, und Lily merkte es auch.

»Ich bin das perfekte Opfer«, sagte Lily. »Diese Fotos, die du bekommen hast …«

»Welche Fotos?«, fragte Jo, obwohl er natürlich genau wusste, wovon Lily redete.

»Die Sexbilder. Wer hat die gemacht? Und warum schickt er die Bilder ausgerechnet dir?«

»Du wirst doch wohl am besten wissen, wer die Bilder gemacht hat«, sagte Jo und ärgerte sich, weil seine Stimme plötzlich so belegt klang.

Sie wirkte so überrascht, als ob ihr wirklich nicht klar wäre, wovon er sprach.

»Holm«, sagte Jo. »Wer denn sonst?«

»Holm?« Lily schüttelte den Kopf und lachte. »Du denkst auch, dass er das ist. Auf den Fotos.«

»Wer denn sonst?«, fragte Jo noch einmal.

»Na, hör mal«, sagte Lily. »Glaubst du das echt von mir? Dass ich mit Erik ins Bett gehe? Ich steh doch nicht auf Greise. Und außerdem hat er eine Freundin.«

Nun lachte Jo. »Ich hab auch eine Freundin und trotzdem …«

Er verstummte, als Lily nickte. »Bei dir war das was anderes«, sagte sie nach einer Weile. »Du musst mir glauben. Ich steh nicht auf Holm. Ich hatte nichts mit dem. Nie.«

»Wer war es dann?«

»Keine Ahnung«, sagte Lily. »Irgend so ein Typ. Ich hab ihn vor ein paar Monaten mit nach Hause genommen. Wir hatten Sex, dann ist er weg und danach hab ich nie mehr was von ihm gehört oder gesehen.«

»Was? Du hast mit einem wildfremden Kerl geschlafen? Von dem du nicht einmal den Namen wusstest? Das nehme ich dir nicht ab.«

»Justus«, sagte Lily. »Er hat gesagt, er heißt Justus. Aber ich glaub, das war gelogen.«

»Warum bist du mit ihm ins Bett?«, fragte Jo. »Das ist doch widerlich.« Und dachte an die Muttermalfrau. Lass uns hier abhauen, ja?, flüsterte die Muttermalfrau und steckte ihm ihre Zunge in den Mund. Und dazu der Geruch von Zitronenputzmittel in seiner Nase. Widerlich.

»Keine Ahnung«, sagte Lily. »Oder doch. Ich war total fertig. Weil du mit mir Schluss gemacht hast.«

»Hab ich doch gar nicht«, sagte Jo. »Wir haben beide Schluss gemacht.«

»Nein.« Lily zog die Beine an den Körper, schlang ihre Arme um die Knie und starrte auf die samtgraue Oberfläche des Sees. »Ich hab dir gesagt, dass du dich entscheiden musst. Und du hast dich für Mim entschieden.«

Jo nickte. So war es gewesen. Er hatte sich für Myriam entschieden, weil sie die Frau seines Lebens war. Es hätte ihn fast zerrissen, aber er hatte es überstanden. Jetzt kam es nur darauf an, nicht wieder weich zu werden. Dem Drang nicht nachzugeben, den Arm um Lily zu legen und sie an sich zu ziehen und zu küssen.

»Du musst mir glauben, dass ich nichts mit Holm hatte«, sagte Lily.

Meinetwegen, dachte Jo. Dann war es eben nicht Holm, sondern dieser Justus, den du im Club aufgegabelt und nach Hause geschleppt hast. Er sah ihn vor sich, den namenlosen Justus, der aussah wie Holm, und Lily mit ihren Vanillekaramellbrüsten, die in seinen Armen lag. Er hätte das Bild gerne gelöscht, so wie Lily die Mail und die Bilder von Mim gelöscht hatte. Aber das ging nicht, er hätte seinen ganzen Kopf löschen müssen, um diese Vorstellung loszuwerden.

Das Gefühl, dass sie jemand beobachtete. Er wurde es einfach nicht los. Aber da war niemand, sogar die Frau mit dem Hund war jetzt weg. Es hatte auch zu nieseln begonnen.

Er erhob sich. »Ich muss wieder zurück.«

Sie sah ihn ungläubig an. »Und was ist mit mir? Lässt du mich jetzt im Stich?«

»Was soll das denn heißen?«, fragte er. »Mensch, Lily, nun komm mal wieder runter. Bis jetzt ist nichts passiert, gar nichts. Ein paar Fotos von Mim auf deiner Festplatte, die du vielleicht selbst gemacht hast, oder jemand hat sie dir zugemailt und du hast es wieder vergessen, weil sie so alltäglich waren.« Das passierte ihm ständig, dass er Dinge vergaß, warum sollte es Lily nicht auch so gehen.

»Und die Sexfotos?«

»Hat dieser Justus gemacht. Weil er ein perverser Scheißkerl ist.«

»Wie soll er das denn gemacht haben? Er ist doch selbst mit drauf. Und warum mailt er die Fotos an dich? Woher kennt er dich überhaupt?«

»Keine Ahnung«, sagte Jo. »War ich mit ihm im Bett oder du?«

Die Frage machte keinen Sinn und Lily ging auch nicht darauf ein. »Ich geh nicht mehr zurück in die Wohnung«, erklärte sie. »Ich hab wirklich Schiss. Die Bullen haben mich auf dem Kieker. Und wer weiß, was noch alles an Beweisen auftaucht.«

»Wo willst du denn hin?« Jo stand und Lily saß, das Kinn auf die Knie gestützt, die Arme um die Beine geschlungen, saß sie im Regen und wirkte so einsam und verloren, dass er fast eingeknickt wäre. Und sich wieder hingesetzt und sie in die Arme genommen hätte, aber das durfte er nicht, das hätte alles nur noch schlimmer gemacht. Für ihn selbst, aber vor allem auch für Lily. Obwohl man sich fragen musste, ob es überhaupt noch schlimmer ging.

»Mein Auto ist kaputt«, sagte Lily zusammenhanglos.

»Vielleicht wäre es ja am cleversten, wenn du die Bullen anrufst und ihnen von den Fotos erzählst. Und dass du glaubst, dass sie dir jemand untergejubelt hat. Ist allerdings blöd, dass du das Ganze gelöscht hast …«

Lily starrte ihn mit großen Augen an. »Du spinnst doch. Meinst du, die glauben mir? Wie naiv bist du eigentlich?«

»Ich mein ja bloß …«

»Hau ab«, sagte Lily. »Lass mich in Ruhe.«

»Verpiss dich!«, schrie sie, als er zögerte. »Ich komm schon allein zurecht, ich brauch dich nicht!«

Da trat er die Flucht an. Da eilte er über die Wiese zurück zur Straße und rannte zur Bushaltestelle, aber als er sie erreicht hatte, blieb er nicht stehen, um auf den Bus zu warten, sondern rannte weiter, weg, nur weg. Und wusste doch genau, dass es vergeblich war. Lily hielt ihn fest, hielt sein Herz fest und drückte es aus wie einen Schwamm.

20

»Scheiße«, sagte Dürr und ließ sich auf seinen Schreibtischstuhl fallen. »Ich hab gehofft, es wär zu Ende.«

Sie hatten alle darauf gehofft. Dass die Lösegeldübergabe erfolgreich wäre, dass die Entführer das Geld abholten, dass Myriam Bellinger wieder frei kam. Alles andere war nebensächlich. Kam später. Kam mit großer Wahrscheinlichkeit. Irgendwann würden sie die Entführer schnappen. Irgendwann würden sie ihnen ins Netz gehen. Der Peilsender im Koffer würde sie verraten oder die markierten Scheine oder irgendein Komplize oder ein blöder Zufall.

Vor der Lösegeldübergabe arbeitete die Zeit für die Erpresser. Aber sobald die Geisel frei war, drehte sich das Ganze. Arbeitete die Zeit für die Polizei.

Amelie schaltete ihren Computer an und schloss die Augen, während er hochfuhr. Sie war müde, so müde. Heute würde sie pünktlich nach Hause gehen, würde das Handy ausschalten und früh schlafen gehen und morgen wäre sie ein anderer Mensch. Ein ausgeschlafener, ausgeglichener, starker Mensch. Morgen früh hätte sie die Kraft, den Schwangerschaftstest zu machen.

Der Computerbildschirm wurde hell, sie sah es durch ihre geschlossenen Lider. Sie öffnete den Entführerblog. Kein neues Video. Dafür Hunderte von neuen Kommentaren. Nach dem zehnten Posting hörte Amelie auf zu lesen. Es war ohnehin immer dasselbe. Dem zweiten Mann wünschten alle den Tod und bei dem Guten hofften sie auf Läuterung. Dass er Myriam befreite, in Sicherheit brachte und heiratete.

Amelie rieb sich die Schläfen und seufzte. »Nichts Neues von der Bellinger. Weiß nicht, ob das gut oder schlecht ist.«

»Aber jetzt kommt Licht in die Sache.« Dürr strahlte Anja Brinkhaus an, die soeben ins Büro trat. »Anja bringt uns Neuigkeiten.«

»Aber nicht von der Bellinger.« Anja lächelte müde. »Ich wollt nur sagen, dass Dolders Frau angerufen hat. Die OP ist gut verlaufen. Er ist schon wieder wach. Wie's jetzt weitergeht, wird sich zeigen.«

»Super«, sagte Dürr. »Das ist doch mal eine gute Nachricht.«

»Danke, Anja.« Den ganzen Morgen hatte Amelie nicht ein einziges Mal an Dolder und seine OP gedacht, stellte sie jetzt fest, dabei ging es für ihn um Leben und Tod, genau wie für Myriam Bellinger. Dachte Amelie und merkte, wie sich ihr Gaumen zusammenzog, wie sich der vertraute säuerliche Geschmack in ihrem Mund ausbreitete, wie ihr schlecht wurde. Nicht jetzt, dachte sie. Und sprang dabei auf und eilte zur Tür.

»Alles klar?«, fragte Anja.

»Mmmh«, machte Amelie und rannte an ihr vorbei.

»Du gehst jetzt zum Arzt«, sagte Dürr, als sie wieder zurück ins Büro kam. »Sofort. Sonst geh ich zu Bonn und lass dich beurlauben.«

»Blödsinn.« Amelie lächelte matt. »Das geht doch gar nicht.«

»Darauf würde ich mich nicht verlassen.«

Sie ging zu ihrem Schreibtisch.

»Du brauchst dich gar nicht mehr hinzusetzen«, sagte Dürr.

»Schon gut.« Amelie seufzte. »Ich geh ja schon.«

Sie schaltete ihren Computer aus, griff nach ihrer Tasche und wollte das Handy darin verstauen, aber im selben Moment begann es zu klingeln.

»Fröhlich?«

»Schönkamp«, sagte eine Männerstimme. »Ich bin zusammen mit Kollege Bertelsmann an Jo Steiner dran.«

»Und? Habt ihr was Neues?«

»Steiner hat sich vor einer Stunde mit Pahl getroffen. Am Fühlinger See. Danach ist Steiner wieder zurück in die Stadt und Bertelsmann ist ihm gefolgt.«

»Und du bist hinter Lily Pahl her?«

»Genau. Wir konnten natürlich nicht hören, was sie mit Steiner besprochen hat. Aber sie wirkte irgendwie … aufgewühlt. Da hab ich spontan beschlossen, ihr nachzugehen.«

»Sehr gut«, sagte Amelie. »Und? Wo ist sie jetzt?«

»Am Hauptbahnhof. Hat sich ein Ticket nach Prag gekauft.«

»Nach Prag?«, schrie Amelie. »Sie will nach Prag?«

»Sie hat am Schalter nach dem nächsten Zug ins Ausland gefragt.«

»Sie darf auf keinen Fall einsteigen«, rief Amelie. »Nimm sie fest. Und bring sie hierher.«

»Aber klar doch«, sagte Schönkamp und legte auf, bevor Amelie sich für ihren Befehlston entschuldigen konnte.

»Ich glaub das nicht«, sagte Dürr, als Amelie sich auf ihren Stuhl plumpsen ließ, ihre Tasche wieder im Schreibtisch verstaute und nach dem Telefonhörer griff.

»Ich kann jetzt nicht zum Arzt«, sagte Amelie, ohne ihn anzuschauen. »Schönkamp kommt gleich mit Lily Pahl. Sie wollte abhauen. Ich denke mal, das reicht jetzt für einen Haftbefehl.«

»Das kann ich doch machen«, sagte Dürr, aber Amelie wählte schon die Nummer der Staatsanwältin. Sie hatte ohnehin nicht vorgehabt, zum Arzt zu gehen. Alles was sie zur Diagnose ihres Zustandes brauchte, lag in einer Schachtel in ihrem Badezimmer. Sie brauchte nur ein bisschen Urin. Und Mut. Aber den hatte sie nicht.

Jo rührte Zucker in seinen Espresso und kippte ihn dann in einem Schluck hinunter. Als wäre es Wodka. Im Gegensatz zu Wodka war der Espresso aber brüllend heiß und verbrannte ihm den Rachen und die Kehle. Und machte ihn auch nicht entspannt und gelassen, sondern noch nervöser, als er ohnehin schon war.

Er war den ganzen Weg vom See zurück in die Stadt zu Fuß gelaufen. Der grüne Passat hatte nicht mehr vor dem Haus gestanden, als er nach über einer Stunde endlich angekommen war. Allerdings parkte an derselben Stelle ein weißer Renault und hinter dem Steuer saß ein junger Mann und las Zeitung. Wo war sein Kollege? Bisher hatten sie ihn doch immer zu zweit observiert. Vielleicht war der Typ ja gar kein Bulle, sondern wohnte nur in der Nähe und hatte sich nach einem Ehekrach ins Auto geflüchtet.

Als er die Wohnungstür aufschloss, klingelte sein Telefon. Es war Lily. Verdammt, warum rief sie schon wieder an? Sie wusste doch, dass seine Gespräche abgehört wurden.

»Jo? Du musst mir helfen.« Sie klang so atemlos, als hätte sie einen Hundertmeterlauf hinter sich.

»Was ist denn?«

»Ich bin bei der Polizei. Die haben mich verhaftet.«

»Was? Wieso denn das?«

»Die haben uns zusammen am See gesehen.« Also doch. Sein Gefühl hatte ihn nicht getäuscht. Die Bullen waren am See gewesen und hatten sie beobachtet. Auf die Polizei war eben doch Verlass. »Und danach bin ich zum Bahnhof. Die dachten wohl, ich will abhauen …«

»Cool bleiben, Lily. Die können dir gar nichts. Länger als vierundzwanzig Stunden dürfen die dich gar nicht festsetzen …«

»Ich brauche einen Anwalt«, fuhr Lily fort, als hätte er nichts gesagt. »Aber ich kenne keinen.«

Simon, dachte Jo. Der war vorbestraft, da konnte er ihm ja wohl einen Strafanwalt empfehlen. »Ich hör mich mal um und besorge dir jemanden. Kopf hoch. Alles wird gut, Lily. Mach dir keine Sorgen.« Phrasen, nichts als Phrasen. Lily nahm sie ihm genauso wenig ab wie er selbst. »Wie ist denn die Lösegeldübergabe gelaufen?«, fragte er.

»Das Geld wurde nicht abgeholt. Die Entführer haben die Summe noch einmal erhöht«, sagte Lily und legte auf, ohne sich zu verabschieden.

Erhöht war die Untertreibung des Jahrhunderts. Die Erpresser hatten die Lösegeldforderung verdoppelt, erfuhr Jo, als er einen Blick auf die Crowdfundingseite warf. Vier Millionen bis zum Samstag.

Absurd, dachte er und hätte gerne einen Wodka getrunken, die Flasche war jedoch immer noch leer, also kochte er Espresso und verbrannte sich den Rachen und die Kehle. Er wollte Simon anrufen, aber dann entschied er sich, direkt bei ihm vorbeizugehen. Es war halb vier, um diese Zeit war Simon meistens zu Hause. Und wenn er zu Hause war, hatte er mit Sicherheit was zu trinken für Jo.

»Scheiße, Scheiße, große Scheiße«, sagte Simon. »Klar kenne ich einen Anwalt. Ich suche dir gleich die Nummer raus. Wie geht's Lily denn?«

»Keine Ahnung. Vermutlich bescheiden. Wir konnten uns nicht wirklich austauschen, als sie angerufen hat. Die Kommissarin saß ihr ja im Nacken.«

»Wenn sie sie am Bahnhof erwischt haben, bleibt sie erst mal in U-Haft. Fluchtgefahr. Aber vielleicht fällt dem Anwalt ja was ein.«

»Woher kennst du sie eigentlich?«

»Och«, sagte Simon und ging zum Kühlschrank und starrte hinein. »Bier ist keines mehr da. Cola oder Kaffee?«

Nicht noch mehr Koffein. Er zitterte ohnehin schon am ganzen Körper. »Lass mal. Woher kennst du Lily?«

»Aus dem Madonna. Glaub ich.«

»Schon länger?«

»Ein paar Monate. Oder Wochen. So genau weiß ich das nicht mehr. Wir kennen uns auch nicht gut.«

»Du hast immer so getan, als ob du sie gar nicht kennst.«

Simon holte eine Colaflasche aus dem Kühlschrank und schenkte sich ein Glas ein. »Nun reit doch nicht immer auf dieser Lily rum.«

Jetzt war es wieder *diese Lily.* Aber gestern vor dem Elektrolyte hatte Jo den Eindruck gehabt, dass Simon und Lily alte Freunde wären.

»Sollen wir noch runter in die Kneipe?«, fragte Simon.

Gerade eben hätte Jo noch alles für einen Wodka gegeben. Oder wenigstens ein Bier. Jetzt hatte er auf einmal keine Lust mehr.

»Gib mir lieber mal die Nummer von diesem Anwalt. Lily wartet drauf.«

»Na klar.« Simon pfiff ein Lied, während er die Nummer raussuchte. *Hey Joe, where are you going with that gun in your hand?* Mit dem Lied hatte er Jo in der Schule schon immer aufgezogen. *I'm going to shoot my old lady you know I caught her messing around with another man.*

»Hier ist sie ja. Bitte schön, Joe«, sagte Simon und kritzelte die Adresse auf ein Blatt Papier und gab sie Jo.

Auf dem Nachhauseweg ging ihm das Lied nicht mehr aus dem Kopf. Joe. Er musste an Mims Eltern denken und wie er sie zum ersten Mal getroffen hatte. »Herr Steiner, das ist aber eine Freude«, hatte Herr Bellinger gesagt und seine beiden Hände um Jos Hand gelegt, eine oben, eine unten, ein Burger aus Händen.

»Bitte, sagen Sie doch Jo«, sagte Jo. »Alle nennen mich Jo.«

Die Bellingers aber nicht. Herr und Frau Bellinger nannten ihn beharrlich Joe und Myriam korrigierte sie ein einziges Mal und dann beließ sie sie in ihrem Irrtum.

»Wenn sie sich einmal was in den Kopf gesetzt haben, kriegen sie das so schnell nicht wieder raus«, sagte sie hinterher zu Jo. So als wären ihre Eltern kleine Kinder oder Tattergreise.

Warum fiel ihm das gerade jetzt ein? Mim saß mit Todesangst in einem Kellerloch und Lily war im Gefängnis und er dachte an einen solchen Schwachsinn. Er überlegte gerade, wie er Lily die Nummer von dem Anwalt übermitteln sollte, als er am Supermarkt vorbeikam. Und schnurstracks hineinging. Zur Getränketheke, zu dem Glasschrank mit den harten Alkoholika, den man sich von einem Angestellten aufschließen lassen musste. Schnaps, Gin, Whiskey, Rum. Wodka.

Du bist der totale Alkie, sagte Mim.

»Zwölf neunundneunzig«, sagte die Kassiererin.

»Warum wollten Sie ausgerechnet jetzt nach Prag?«

»Wieso haben Sie sich mit Jo Steiner am See getroffen?«

»Was hat er Ihnen erzählt?«

»Wie war Ihr Verhältnis zu Myriam Bellinger wirklich?«

»Wer ist der Mann auf den Fotos?«

Fragte Amelie Lily Pahl. Und bekam immer dieselbe Antwort. Ein Kopfschütteln. Ohne meinen Anwalt sag ich gar nichts, hieß das. Und der Anwalt ließ sich nicht blicken.

Um fünf gab Amelie auf. Ihr war schlecht vor Hunger, aber wenn sie etwas zu sich nahm, wäre ihr zehn Minuten später schlecht vom Essen.

Dürr fuhr sie nach Hause. Sie hatte eine Packung Zwieback dabei, die sie im Wagen aufriss. Zwieback. Davon konnte einem unmöglich übel werden. Oder doch?

»Mein Hausarzt hat Sprechstunde bis um sechs«, sagte Dürr.

Aber bevor Amelie antworten konnte, klingelte ihr Handy. »Bühler, Schutzpolizei«, sagte eine Frauenstimme. »Sie sind für den Fall Bellinger zuständig?«

»Genau.« Amelie knabberte an einem Zwieback. »Haben Sie was für uns?«

»Denke schon. Aber nichts Angenehmes.« Die Frau machte eine Pause. Amelie schob den angebissenen Zwieback zurück in die Packung.

»Eine Leiche«, sagte die Frau am Telefon. »Wir haben eine Leiche. Die Person ist entweder vor die U-Bahn gesprungen oder wurde gestoßen. Arzt ist unterwegs.«

»Die Person? Eine Frau?«

»Ein Mann«, sagte die Polizistin. »Der Name ist Erik Holm.«

Ein lang gezogener, schmierig brauner Blutfleck auf den U-Bahn-Gleisen. Das war alles, was von Erik Holm übrig war. Den Rest hatte man bereits in einen Metallsarg verfrachtet und in die Pathologie geschickt. Der U-Bahnhof Breslauer Platz war immer noch gesperrt, die Spurensicherung suchte den Bahnsteig ab. Die Kollegen kratzten frische Kaugummis vom Pflaster, sammelten zerdrückte Pappbecher ein und leerten Müllsäcke aus.

Amelie starrte auf den Blutfleck und war froh, dass sie den Zwieback nicht gegessen hatte. Dass ihr Magen leer war, so leer, dass es nichts mehr zum Ausspucken gab.

»Bah, schrecklich«, murmelte Dürr. »Man kann sich das kaum vorstellen. Vorhin haben wir noch mit ihm telefoniert. Und jetzt ist er tot. Das gibt's doch nicht.«

»Vielleicht war es Selbstmord«, sagte Amelie. »Er stand total unter Druck.«

»Selbstmord?«, sagte Dürr. »Ich weiß nicht. Vor einer Woche vielleicht. Aber jetzt? Lief doch alles bestens für ihn. Die Streamings haben sich verhundertfacht, das hast du doch gehört. Es ging endlich aufwärts. Da bringt man sich doch nicht um.«

»Vielleicht doch.« Amelie dachte an die Tablettenpackung, die sie in Holms Badezimmer gesehen hatte. Citalopram. Ein Mittel gegen Angstzustände und Depressionen. Die gleichen Tabletten hatte ihre Mutter genommen, sie waren ihr nach einem Selbstmordversuch verschrieben worden. Aber das hatte Amelie erst viel später erfahren, als sie selbst schon erwachsen war.

Sie erzählte Dürr von den Medikamenten. »Vielleicht hat Holm die Tabletten abgesetzt, weil alles so super lief. Aber er hatte die Krankheit unterschätzt, die Depression kam zurück. Und nachdem die Lösegeldübergabe gescheitert ist, war er so fertig …«

»Warum sollte ihn das fertigmachen? Myriam stand ihm doch gar nicht so nahe.«

»Ich frage mich, was er überhaupt hier wollte. Warum er noch mal in die Innenstadt gefahren ist.«

»Kann uns vielleicht Frau Binder sagen.«

Frau Binder. Seine Sekretärin, seine Geliebte. Wie würde sie auf die Nachricht reagieren, dass ihr Geliebter tot war? Kühl und beherrscht oder verzweifelt? Schwer vorstellbar. Auf Todesnachrichten reagierten die Leute immer anders, als man es erwartete, das hatten ihr Beruf und die Erfahrung Amelie bereits gelehrt. Gestandene Männer bekamen Weinkrämpfe, zarte Frauen pressten die Lippen aufeinander und zeigten keine Regung.

»Da kommt Müller«, sagte Dürr.

Der Kollege von der Spurensicherung kletterte von den Gleisen auf den Bahnsteig. Er schwitzte, das Gesicht glänzte, der weiße Overall klebte auf seinem runden Bauch. »Warum habt ihr keine Schutzkleidung an?«, keuchte er, als er sie erreicht hatte. »Ihr macht mir hier alle Spuren kaputt!«

»Was willst du denn noch finden?«, meinte Amelie. »Hier sind heute schon Hunderte von Passanten rumgetrampelt und alle ohne Schutzkleidung.«

Müller öffnete den Mund und wollte zu einem Vortrag über die Möglichkeiten der modernen Spurensicherung ansetzen, aber Dürr war schneller. »Ist es denn sicher, dass der Tote auch wirklich Holm war?«

»Ja«, sagte Müller. »Wir haben seine Papiere gefunden. Also, nicht ich, sondern die Kollegen. Und sein Gesicht war ja nun hinlänglich bekannt. Nach dem Zusammenstoß mit der U-Bahn war allerdings nicht mehr allzu viel von ihm übrig. Die Bahn hat ihn zehn, zwanzig Meter mitgeschleift, bevor sie endlich zum Stehen kam.« Er schüttelte traurig seinen Kopf. »Ach so«, sagte er dann. »Wir haben eine zerrissene Plastiktüte auf den Gleisen gefunden. Da war eine Flasche Champagner drin, die den Zusammenstoß unbeschadet überstanden hat. Ein Witz, oder? Fingerabdrücke sind noch nicht überprüft, aber wir gehen davon aus, dass sie Holm gehörte.«

»Das spricht gegen Selbstmord«, sagte Dürr. »Wer kauft sich denn Champagner und stürzt sich dann vor den Zug?«

»Das müsst ihr mich nicht fragen«, sagte Müller.

»Hat der Fahrer was gesehen?«, fragte Amelie.

»Keine Ahnung. Den haben sie gerade ins Krankenhaus gebracht. Schwerer Schock. Der arme Kerl. Aber vielleicht weiß die junge Dame ja was.« Er wies mit dem Kopf auf eine Streifenpolizistin, die jetzt zu ihnen trat. »Sie und ihr Kollege waren als Erste vor Ort.«

»Bühler«, sagte die Polizistin und gab erst Amelie und dann Dürr die Hand. »Wir haben vorhin telefoniert.«

»Danke, dass Sie uns so schnell informiert haben«, sagte Amelie.

»Keine Ursache. Als ich den Namen Holm gehört habe, wusste ich Bescheid. Der Typ war ja in letzter Zeit Tag und Nacht im Fernsehen.«

»Haben Sie mit dem U-Bahnfahrer gesprochen, bevor er ins Krankenhaus gebracht wurde?«

»Ganz kurz. Er war kaum ansprechbar. Ich hab ihn gefragt, ob er gesehen hat, was passiert ist. Ob Holm gestoßen wurde oder von sich aus gesprungen ist.« Sie schüttelte den Kopf. »Er weiß überhaupt nichts mehr. Die U-Bahn war zwar nicht so schnell, der Zug fuhr ja gerade in den Bahnhof ein. Aber schnell genug, um Holm … na ja. Es war jedenfalls zu spät zum Bremsen. Vielleicht fällt dem Fahrer ja später noch was ein. Ist aber eher unwahrscheinlich.«

»Auf dem Bahnsteig muss es doch Leute gegeben haben, die das Ganze beobachtet haben«, sagte Dürr. »Und was ist mit der Videoüberwachung?«

»Die Aufnahmen werden bereitgestellt. Und die Station war total voll, als es passiert ist. Feierabendverkehr. Wir haben von allen Anwesenden die Personalien aufgenommen. Die Leute, die nichts gesehen haben, haben wir dann nach Hause geschickt.« Sie sah Amelie unsicher an, als erwartete sie ihren Widerspruch oder einen Tadel.

»Und die anderen?«

»Ein paar Zeugen warten da hinten.« Frau Bühler führte sie an den Rolltreppen vorbei zum hinteren Bereich der Station. Auf einer Bank saß eine dicke Frau und weinte. Neben ihr ein Mann, der Amelie ins Gesicht starrte und dabei Kaugummi kaute, als hinge sein Leben davon ab. Ein paar Meter entfernt standen eine Handvoll Jugendliche und zwei junge Frauen.

»Die waren alle in der Nähe, als es passiert ist«, sagte Frau Bühler. »Die Personalien sind bereits aufgenommen.«

Sie teilten die Zeugen in drei Gruppen auf. Amelie nahm sich die weinende Frau und den Kaugummikauer vor. Die Frau war Russin und sprach kaum Deutsch. »Ich nix sähe«, beteuerte sie immer wieder. »Mann fallt, Mann tot.« Und rang die Hände und wischte sich mit einem durchnässten Taschentuch die Tränen von den Backen.

Der Kaugummimann sagte im Grunde das Gleiche. »Ich war direkt neben ihm, als er plötzlich nach vorne gestolpert und auf die Gleise gefallen ist. Und dann kam die U-Bahn.«

»Gestolpert?«, fragte Amelie. »Warum ist er gestolpert?«

»Das weiß ich nicht. Es war so verdammt voll und die Leute sind aggressiv. Vielleicht hat ihn einer angerempelt. Hätte genauso gut mich erwischen können.« Er trat nach vorn, über die gelbe Linie zur Bahnsteigkante, starrte auf die Gleise, spuckte dann seinen Kaugummi auf die Schienen und schüttelte traurig den Kopf. Die Russin fing wieder an zu weinen.

Frau Bühler hatte ihre Zeugenbefragungen ebenfalls abgeschlossen. »Nichts«, sagte sie betrübt.

»Bei mir auch nicht«, sagte Amelie. Dürr blickte zu ihr herüber und schüttelte den Kopf. »Schicken wir die Leute nach Hause.«

Die Auswertung der Überwachungsvideos brachte ebenfalls keine Ergebnisse. Das Gedrängel auf dem Bahnsteig war zu dicht, man sah nur kurz Holms Kopf, dann war er verschwunden. Kein Hinweis auf Fremdeinwirkung.

Als Dürr und Amelie vor Frau Binders Haus aus dem Auto stiegen, setzte der Regen wieder ein. Über den wartenden Journalisten öffnete sich ein Himmel aus Schirmen. »Da müssen wir jetzt durch.« Dürr schob die Schultern nach vorn und senkte den Kopf. »Mir nach.«

Amelie drängte sich in seinem Windschatten durch die Reportermeute, die erst jetzt auf sie aufmerksam wurde. »Warum ist die Lösegeldübergabe gescheitert?«, schrie ein Mann.

»Ist Myriam Bellinger noch am Leben?«

»Wo ist Herr Holm?«, rief eine Journalistin neben Amelie.

Sie blieb stehen. »Haben Sie ihn heute schon gesehen?«

»Hier ist er nicht aufgetaucht. Ist er etwa weg?«

»Und Frau Binder? Seine Lebensgefährtin?«

»Die ist oben.«

»Wie lange sind Sie schon hier?«

»Seit heute Mittag um zwölf steh ich mir die Beine in den Bauch.« Die Frau sah Amelie so vorwurfsvoll an, als sei sie schuld an ihrer Misere. »Ich hab die Kollegen abgelöst, wir haben rund um die Uhr jemanden vor Ort.«

Amelie nickte, wollte weiter, zu Dürr, der schon an der Tür war und auf sie wartete, aber dann blieb sie noch einmal stehen. »Wissen Sie, wann Frau Binder nach Hause gekommen ist?« Die Kommissarin interviewte die Journalistin. Verkehrte Welt.

»Hm.« Die junge Frau blickte zu ihrem Kollegen, einem jungen Mann mit Zottelbart. »War das vor oder nach der Pizza?«

»Vorher. So gegen eins«, sagte der Zottelbart.

»Und danach hat sie das Haus nicht wieder verlassen?«

Beide Reporter schüttelten im Gleichtakt den Kopf. »Was soll die Frage?«, fragte die Frau aufgeregt. »Gibt es einen Verdacht gegen Frau Binder? Ist etwas passiert?«

»Für wen arbeiten Sie?«, fragte Amelie. »Haben Sie eine Karte?«

»Stadtanzeiger«, sagte die Frau und fischte eine Visitenkarte aus der Hosentasche.

»Ich melde mich bei Ihnen, wenn ich noch Fragen habe.« Amelie steckte die Karte ein, drängte sich weiter.

»Ich hätte lieber ein paar Antworten«, schrie ihr die Frau nach.

Ich auch, dachte Amelie.

Frau Binder hatte gekocht. Die ganze Wohnung roch nach gedünsteten Zwiebeln. Das Essen würde nie gegessen werden. Von Holm nicht und von Frau Binder wahrscheinlich auch nicht.

»Nein.« Nachdem Amelie die Todesnachricht überbracht hatte, schüttelte Frau Binder langsam den Kopf. »Da irren Sie sich. Das kann ja gar nicht sein. Erik ist nicht tot. Wir haben vorhin noch miteinander telefoniert. Er muss jeden Moment hier sein.«

»Es gibt leider keine Zweifel. Wir haben Herrn Holms Papiere bei dem Toten in der U-Bahn gefunden. Und er wurde von den Beamten identifiziert …«

»Nein«, sagte Frau Binder. »Nein, nein.« Und klang dabei ganz ruhig, fast amüsiert. Sie ging zur Garderobe, holte ihr Handy aus einer Jackentasche und wählte. Lauschte in den Hörer. »Ruf mich zurück, Erik«, sagte sie. Und schob das Handy wieder zurück.

»Vorhin hab ich noch mit ihm gesprochen«, sagte sie.

»Frau Binder«, sagte Amelie. »Ich habe im Bad ein Medikament gesehen. Wer von Ihnen nimmt Citalopram?«

Die Sekretärin drehte sich zu ihr. Auch diese Bewegung ganz langsam, wie in Zeitlupe. »Was?«

»Hatte Herr Holm Depressionen?«

»Ob er Depressionen hat?« Hat. Nicht hatte. »Er ist oft sehr niedergeschlagen. Die Scheidung von seiner Frau hat ihn mitgenommen. Scheußliche Geschichte. Und der Firma ging es nicht so gut. Aber jetzt ist es gut, jetzt geht es ihm viel besser.«

»War Herr Holm in psychotherapeutischer Behandlung? Wer hat ihm das Medikament verschrieben?«

»Welches Medikament?«

»Ein Antidepressivum. Die Schachtel liegt bei Ihnen im Badezimmer.«

Frau Binder starrte sie ausdruckslos an. Hatte sie sie überhaupt gehört? Jetzt holte sie das Handy wieder aus der Tasche, drückte auf die Wahlwiederholung. Lauschte und legte wieder auf.

»Das muss ein Irrtum sein«, flüsterte sie.

»Können Sie sich vorstellen, dass er freiwillig gesprungen ist?«, fragte Amelie leise.

Kathrin Binder schlug die Hände vors Gesicht. »Es ging ihm doch wieder gut«, murmelte sie, die Stimme dumpf und fremd. »Er war ganz in Ordnung. Warum macht er denn so was?«

»Die Spurensicherung hat eine Flasche Champagner auf den Gleisen gefunden«, sagte Amelie. »Warum hat Herr Holm Champagner gekauft? Wissen Sie das?«

Da sackte Frau Binder ganz plötzlich in die Knie, bevor Dürr zugreifen, bevor Amelie sie festhalten konnte. Sie versuchte auch gar nicht, sich wieder aufzurichten. Sie blieb im Flur hocken, den Kopf in die Hände gestützt. »Der Champagner war für mich«, flüsterte sie. »Ich liebe Champagner.«

Dürr sah Amelie an. Was für ein Scheißjob, sagte sein Gesicht.

Hinterher brachte Dürr Amelie zurück ins Präsidium und schickte sie nach Hause. »Iss was, geh ins Bett und schlaf dich aus«, sagte er. »Sonst haben wir morgen die nächste Leiche. Ich schnapp mir ein paar Leute und wir fahren raus zu Chamaeleon. Mal sehen, was wir in Holms Büro so finden. Und seinen Hausarzt ruf ich auch an.«

Amelie wollte widersprechen, aber ihr fehlte die Kraft dazu. Dürr hatte recht, sie brauchte Essen, sie brauchte Schlaf.

Als sie über die Deutzer Brücke radelte, rief Daniel an. »Hallo, Süße! Was macht dein Leben?«

»Mord und Totschlag«, sagte Amelie. »Alles schrecklich. Ich vermisse dich so. Was macht *dein* Leben?«

»Es wird langsam wieder. Ich glaube, die haben jetzt endlich ein Antibiotikum gefunden, das anschlägt.«

»Ach echt? Das ist gut, das ist super, Daniel«, rief Amelie und zog erschrocken ihr Fahrrad vom Fahrradweg. Ein behelmter Rentner radelte mit empörten Klingeln an ihr vorbei.

»Vielleicht freu ich mich zu früh, aber meine Augen haben zumindest aufgehört zu brennen. Hoffentlich geht die Entzündung zurück. Dieses Krankenhaus geht mir so was von auf die Nerven.«

»Sag ihnen, dass du nach Hause musst. Ich brauche dich!«

Er lachte. »Das wird sie überzeugen. Was macht deine Entführung? Habt ihr die Sache geklärt?«

»Ach wo. Es wird immer komplizierter.«

»Ist ja ein Riesending, dieser Bellinger-Fall. Sogar ich krieg das hier mit. Die Krankenschwestern versorgen mich mit deutschen Zeitungen und ich geb damit an, dass du meine Freundin bist.«

Amelie seufzte. Sie hätte Daniel gerne von Holms Tod erzählt.

Wie verfahren, wie verwirrend alles war. Aber das ging nicht. Nicht übers Handy, nicht mitten auf der Straße.

»Sind sie hübsch, deine Krankenschwestern?«, fragte sie stattdessen und zupfte an ihren roten Haaren.

»Kein Vergleich zu dir«, sagte Daniel.

Der Alkohol hatte Jo die Erinnerung geraubt. Und der Alkohol brachte sie auch wieder zurück. Nach dem zweiten Glas sah Jo sie plötzlich vor sich.

Die Muttermalfrau.

Maren.

Der Name taumelte zuerst aus dem Nebel und wehte wie ein welkes Blatt in sein Bewusstsein. Er wartete darauf, dass der Nachname auch noch angeweht wurde, aber der kam nicht. Vielleicht hatte er ihn nie gekannt.

Es kam aber etwas anderes.

Das ganze Bild.

Das Gesicht der Dunkelhaarigen. Schmale Augen, volle Lippen und auf der Stirn ein Tattoo. In Form eines Tropfens.

Die Muttermalfrau hatte gar kein Muttermal.

Woher er sie kannte und was er in der Nacht nach Mims Entführung mit ihr gemacht hatte, wusste er immer noch nicht. Aber das war nur noch eine Frage der Zeit, da war Jo sich ganz sicher. Er kannte ihren Namen, er kannte ihr Gesicht. Er war sich hundertprozentig sicher, dass er sie nicht mochte. Nie gemocht hatte. Auch wenn er sie geküsst hatte. Warum er das getan hatte, galt es noch herauszufinden.

»Jetzt krieg ich dich, Maren«, sagte Jo.

21

Amelie hatte es getan. Sie hatte neun Stunden geschlafen, hatte Tee mit Zwieback gefrühstückt, den Schwangerschaftstest aufgerissen, den Beipackzettel gelesen und dann auf den Teststreifen gepinkelt. Jetzt saß sie im Büro und ihr war wieder schlecht.

»Du musst endlich zum Arzt«, sagte Dürr, der fast hinter dem hohen Stapel an Leitzordnern und Schnellheftern verschwand, die er aus der Filmproduktion mit ins Präsidium gebracht hatte.

»Quatsch. Mir geht's prima. Apropos Arzt: Hast du mit Holms Hausarzt gesprochen?«

»Ich hab ihn erst heute Morgen erreicht. Aber von dem Citalopram weiß er nichts.«

»Und von den Depressionen?«

»Gewundert hat es ihn nicht. Herr Holm habe einen sehr gestressten Eindruck auf ihn gemacht, wenn er ihn gesehen hat. Allerdings kannte er ihn kaum. Holm war wohl ziemlich gesund.«

»Zumindest physisch.«

»Wir müssen Frau Binder fragen. Vielleicht hat sie ja eine Idee, wer Holm die Psychopharmaka verschrieben haben könnte.«

»Und sonst? Hat die Durchsuchung des Büros was ergeben?«

»Und ob«, sagte Dürr. »Das Geld ist nämlich weg.«

»Bitte was? Das Lösegeld?«

»Wir haben gestern Abend noch den Safe aufgemacht, ich hab mir den Ersatzschlüssel von Frau Binder geben lassen. Alles leer.«

»Das kann nicht sein! Holm hat sich das Lösegeld doch ins Büro bringen lassen, um es einzuschließen.«

»Ich weiß. Die Streife hat die Koffer auch bei ihm abgegeben, hab ich überprüft.«

»Und dann?«

»Nichts. Die Kollegen haben natürlich nicht nachgesehen, ob er das Geld auch wirklich eingeschlossen hat. Aber im Büro ist es auf keinen Fall. Sind ja nicht nur ein paar Scheine, zwei Millionen wären uns schon aufgefallen.«

»Vielleicht war im Safe nicht genug Platz dafür«, überlegte Amelie. »Da hat er sich einen anderen Aufbewahrungsort gesucht. Habt ihr Frau Binder gefragt, ob sie was weiß?«

»Klar. Sie hat keine Ahnung, wo das Geld sein könnte. Und der Safe ist ziemlich groß. Wenn Holm die Scheine aus dem Koffer genommen hätte, hätte das Geld schon reingepasst.«

»Wie viele Schlüssel gibt es für den Tresor?«

»Zwei. Einen hat Frau Binder, den anderen Holm.«

»Dann müssen wir in der Pathologie nachfragen, ob Holm seinen Schlüssel bei sich hatte.«

»Schon passiert. Den Schlüsselbund haben sie gefunden, aber der Tresorschlüssel hing nicht dran.«

»Zwei Millionen«, sagte Amelie. »Wenn das mal kein Motiv ist.«

»Hab ich doch gleich gesagt«, sagte Dürr. »Spricht alles für Mord.«

Amelie zupfte an ihren Haaren. »Meinst du, die Entführer haben ihn umgebracht?«

»Die hätten das Geld auch einfacher an sich bringen können.«

»Wirklich? Die wussten doch genau, dass wir am Domplatz auf der Lauer liegen und sie verfolgen würden. Jetzt haben sie die Kohle und Myriam ist immer noch in ihrer Gewalt.«

Dürr runzelte die Stirn. »Weißt du, was die größte Scheiße ist? Dass da draußen vor der Filmproduktion kein einziger Reporter war. Die standen alle vor Holms Haus. Und hier vor dem Präsidium. Zum Kotzen. Wenn man die Schmeißfliegen einmal braucht, schwirren sie garantiert woanders rum.«

»Wir sollten noch mal mit Frau Binder sprechen«, meinte Amelie.

Dürr nickte. »Aber gerade ist sie in der Pathologie. Die ist wild entschlossen, ihren Erik noch einmal zu besuchen.«

»Das will sie sich doch wohl nicht antun! Von dem sind doch nur noch Einzelteile übrig.«

»Mir musst du das nicht erzählen.« Dürr verzog das Gesicht. »Ich hab auch versucht, sie davon abzubringen. Aber da war nichts zu machen. Was willst du sie denn fragen?«

»Sie hat doch erzählt, dass sie kurz vor dem Unfall noch mit Holm telefoniert hat. Wir müssen wissen, was er vorhatte. Und was er am Breslauer Platz wollte.«

»Ich ruf mal in der Pathologie an. Die sollen sie von dort gleich hierherschicken«, sagte Dürr und griff zum Telefonhörer. Danach betrachtete er missmutig die Ordner auf seinem Schreibtisch. »Das kann ich mir jetzt alles reinziehen. Arbeitsverträge, Rechnungen, Mahnungen und, und, und.«

»Gib mir auch mal einen Teil ab.« Amelie wollte aufstehen, aber dann blieb sie sitzen, weil jetzt Peter Schulz das Büro betrat.

»Willst du zu mir?«, fragte Amelie.

»Wenn du einen Moment Zeit hast …«

»Für dich immer. Was gibt's denn?«

Der Polizeipsychologe zog sich einen Stuhl heran und ließ sich rittlings darauf nieder. Stützte die Hände auf die Lehne und legte das Kinn darauf. »Ich hab noch mal nachgedacht. Über Myriam Bellingers familiären Hintergrund. Mir gefällt das nicht.«

»Was gefällt dir nicht?«

»Das weiß ich nicht. Aber irgendwas stimmt da nicht.«

»Aha. Was schlägst du vor?«

»Dieser Nikolas kommt doch heute wieder zurück aus Frankreich«, sagte Schulz. »Ich würde gerne mal mit ihm reden.«

»Der war doch die ganze Zeit weg«, sagte Dürr. »Wie soll der uns denn helfen?«

»Es geht um die Hintergründe«, sagte Schulz. »Wir wissen so wenig über Myriam ...«

»Dieser Familienkram ist doch absolut nebensächlich«, unterbrach ihn Dürr. »Wir müssen die Erpresser finden. Und wir haben einen Mord aufzuklären. Das ist wichtig, darauf müssen wir uns konzentrieren.«

Peter Schulz zuckte mit den Schultern. »Ihr seid die Kommissare.« Und wollte aufstehen, aber Amelie hielt ihn zurück.

»Ich ruf da einfach mal an.« Sie wählte die Handynummer von Herrn Spundt, er antwortete nach dem ersten Klingeln.

»Na, Sie haben's aber eilig. Wir sind heute früh hier angekommen. Waren die ganze Nacht unterwegs. Nikolas schläft. Soll ich ihn aufwecken?«

»Noch nicht«, sagte Amelie. »Wir kommen vorbei.«

Sie musste sich noch zweimal übergeben, bevor sie endlich im Auto saß und mit Schulz nach Düsseldorf fuhr. Diesmal übernahm der Psychologe das Steuer und Amelie rief über ihr Smartphone die Forumseite auf. »Kein neuer Film. Dafür gibt es Millionen neuer Leserkommentare. Seit raus ist, dass Holm tot ist, explodiert die Seite fast. Nach dem Motto: Tod den Tätern. Rübe runter, Schwanz ab, wegsperren und so weiter.«

»Immer noch nichts Neues?«, sagte Schulz. »Das ist nicht gut.«

»Der Spendenfluss hat sich noch gesteigert. Aber die Leute wissen ja auch noch nicht, dass das Lösegeld weg ist.«

»Die Leute wollen Myriam Bellinger retten, koste es, was es wolle.«

»Aber was ist, wenn sie erfahren, dass alles umsonst war? Sie haben Geld gespendet und nun hat es der Mörder von Erik Holm. Das ist doch total frustrierend.«

»Aber es ist nicht Myriams Schuld. Im Gegenteil. Je abscheulicher und grausamer die Sache wird, desto mehr Geld können die Entführer fordern. Ich schätze, es dauert jetzt ein oder zwei Tage, bis sie wieder ein Video hochladen. Und es wird ein wirklich eindrücklicher Beitrag sein, der die Öffentlichkeit noch mal richtig aufrüttelt, bevor die Frist abläuft.«

»Ein wirklich eindrücklicher Beitrag?«, wiederholte Amelie unbehaglich. »Was meinst du damit?«

Schulz zuckte mit den Schultern. »Etwas Grausames. Oder besonders Anrührendes.«

Er blinkte und fuhr bei einer Raststätte ab. »Ich muss mal tanken. Soll ich dir einen Kaffee mitbringen? Oder was zum Essen?«

»Lass mal.« Keine Experimente. Das wollte sie Schulz und seinem Auto ersparen.

»Geht's dir immer noch schlecht? Dürr sagt, du hast Probleme mit dem Magen. Er macht sich richtig Sorgen um dich.«

»Unsinn. Mir geht's gut. Ist einfach eine Menge Stress zurzeit, das schlägt mir immer auf den Magen.«

Peter Schulz sah sie an, mit diesem Psychologenblick. Er weiß alles, dachte Amelie unbehaglich. Er sah in sie hinein und sah ihre Angst und sah auch den Teststreifen in ihrem Bad. Wusste, was er anzeigte. Schwanger oder nicht schwanger. Amelie hatte den Test auf den Waschbeckenrand gelegt und war geflohen, bevor das Ergebnis sichtbar war.

»Na dann.« Er nickte, stieg aus und tankte. Verschwand dann in der Raststätte, um zu bezahlen. Amelie schloss die Augen, stellte sich den Teststreifen vor und wie sich im Testfeld eine feine hellblaue Linie bildete, die rasch dunkler wurde. Positiv. Herzlichen Glückwunsch.

Ein Kind. In neun Monaten, vielleicht auch schon in acht oder sieben, je nachdem, wie weit sie schon war. Ein Junge oder ein Mädchen, das weinte, lachte, brüllte, strampelte und Blähungen bekam. Das ganz und gar abhängig war von ihr. Und Amelie würde versagen, genau wie ihre eigene Mutter versagt hatte. Jetzt nicht, Amelie, merkst du nicht, dass ich Kopfschmerzen habe? Merkst du nicht, dass du störst? Merkst du nicht, dass ich dich nicht liebe? Doch, das hatte sie gemerkt, jeden Tag aufs Neue.

Vielleicht war es aber auch falscher Alarm. Sie würde nach Hause kommen, ins Bad gehen, einen Blick auf den Test werfen und alles wäre vorbei. Das Bangen, das Zittern, die Angst zu versagen. Keine Schwangerschaft, nur eine Magenverstimmung.

Und dann.

Nichts.

Was für eine Enttäuschung.

Ein junger Mann mit Rastalocken machte ihnen die Tür auf. Er war hochgewachsen, braun gebrannt, gut aussehend. Der Krankenpfleger, dachte Amelie.

»Wir möchten zu Nikolas Spundt.«

»Steht vor Ihnen.« Ein breites Grinsen, als er sah, wie Amelies Blick zu seinen Beinen schoss.

»Prothesen«, sagte er. »Soll ich die Hose ausziehen?«

»Lieber nicht«, sagte Schulz. »Es sei denn, es ist Ihnen ein wirkliches Bedürfnis.«

»Kommen Sie rein.« Nikolas führte sie ins Wohnzimmer, er bewegte sich ganz normal. Hatte er wirklich keine Beine mehr? Amelie hätte zu gerne nachgesehen.

»Möchten Sie was trinken? Ich kann Ihnen allerdings nur Wasser anbieten. Wir kommen ja gerade erst aus dem Urlaub zurück.«

»Das wäre nett.« Amelies Mund war furchtbar trocken. Sie setzten sich an den Esstisch, auf dem Stapel von Briefen, Werbeprospekten, Zeitungen lagen. Neben dem Sofa standen zwei Koffer. »Wir haben noch gar nicht ausgepackt«, sagte Nikolas, der ihrem Blick gefolgt war.

»Hatten Sie einen schönen Urlaub?«, fragte Schulz.

»Danke. Es war super. Drei Wochen Südfrankreich. Besser geht's nicht, oder?«

»Sie wissen, warum wir hier sind?«, fragte Amelie, nachdem er zwei Gläser mit Wasser gebracht hatte und sie seinen Personalausweis überprüft hatten.

»Ich weiß, was mit Myriam passiert ist«, sagte Nikolas. »Die Geschichte ist bis nach Frankreich gedrungen. Ich hab auch die Videos gesehen. Schlimm. Aber wie ich Ihnen helfen kann, weiß ich nicht. Ich habe seit Jahren keinen Kontakt mehr zu ihr.«

»Seit Ihrem Unfall«, sagte Schulz.

»So ungefähr. Wir haben uns getrennt, als ich aus der Reha gekommen bin.«

»Myriam hat sich von Ihnen getrennt«, korrigierte Amelie. »So war es doch, oder?«

Er zögerte einen Moment, dann nickte er.

»Warum?«, fragte Schulz.

Nikolas lachte. »Das kann man sich doch vorstellen, oder? Sie hat sich in einen Rockstar verliebt und plötzlich hatte sie einen Krüppel am Hals. Und wir waren beide noch total jung. Ich weiß auch nicht, ob ich das an ihrer Stelle gepackt hätte.«

»Myriams Eltern sagen, dass es vor allem Ihre psychische Verfassung war, die Myriam Bellinger zu schaffen gemacht hat«, sagte Schulz. »Sie waren sehr depressiv.«

»Myriams Eltern!« Nikolas schüttelte den Kopf, dass die Rastalocken flogen. »Was haben die Ihnen denn sonst noch erzählt?«

»Dass Sie Myriam geschlagen haben«, sagte Amelie. »Sie kam mit einem blauen Auge nach Hause und blutete.«

Nikolas schloss die Augen. Und schüttelte wieder mit dem Kopf, diesmal aber ganz langsam. »Diese Spinner.«

»Spinner? Meinen Sie die Bellingers?«, fragte Amelie.

Er machte die Augen wieder auf und sah sie an. »Ich hab Myriam nicht geschlagen. So ein Quatsch. Wir haben uns gestritten an diesem Abend. Weil ich gemerkt habe, dass sie keinen Bock mehr hatte, dass sie wegwollte von mir, und klar hat mir das nicht gepasst. Ich hab ihr Vorwürfe gemacht und sie hat angefangen zu heulen und dann ist sie irgendwie gestolpert und mit dem Kopf gegen den Tisch geknallt. Es war schrecklich. Sie lag da am Boden und ich konnte nicht zu ihr, ich saß ja in diesem verdammten Rollstuhl. Irgendwann ist sie wieder zu sich gekommen und ist abgehauen. Danach hab ich sie nie wieder gesehen.«

»Man stolpert doch nicht so einfach und schlägt mit dem Kopf auf der Tischkante auf«, sagte Amelie. »Das glauben Sie doch selbst nicht.«

»Ich weiß. Das ist der Klassiker«, Nikolas lachte bitter. »Das erzählt Ihnen wahrscheinlich jeder Ehemann, der seine Frau schlägt. Die Alte ist nur ausgerutscht, ich war das nicht. Aber bei mir stimmt's. Ich hab Myriam nicht geschlagen. Nie.«

»Aber offensichtlich hat sie ihren Eltern etwas anderes erzählt.«

»Vielleicht auch nicht. Ihre Eltern haben ihr blaues Auge gesehen und eins und eins zusammengezählt. Die waren von Anfang an gegen unsere Beziehung. Ich glaube, die konnten mich einfach nicht leiden. Aber nach dem Unfall war alles aus. Wie die auf Myriam eingeredet haben! Das ist doch viel zu schwer für dich, Kind, das schaffst du nicht. Willst du etwa den Rest deines Lebens als Krankenpflegerin verbringen? Und so.«

»Woher wissen Sie das?«

»Dass Myriams Eltern uns auseinanderbringen wollten? Das hat sie mir selbst erzählt. Sie hat unglaublich darunter gelitten, dass ihre Eltern mich nicht akzeptierten. Vor dem Unfall hat sie darunter gelitten. Danach war sie sich selbst nicht mehr so sicher, ob sie wirklich bei mir bleiben wollte.«

»Noch mal zurück zu dem blauen Auge«, sagte Peter Schulz. »Die Bellingers nahmen also an, dass Sie Myriam geschlagen haben. Warum hat sie das nicht klargestellt? Sie wusste doch, was wirklich passiert war.«

»Ich weiß es nicht«, sagte Nikolas. »Wie gesagt, wir haben uns danach nicht wieder gesehen. Vielleicht hat sie widersprochen und sie haben ihr einfach nicht geglaubt. Vielleicht hat sie nach dem Sturz das Gedächtnis verloren und hat wirklich gedacht, ich hätte sie geschlagen. Keine Ahnung. Ich hab erst viel später erfahren, dass die Bellingers die Geschichte in die Welt gesetzt haben.«

»Und Sie haben das einfach so hingenommen?«, fragte Amelie.

»Was hätte ich denn machen sollen? Sie wegen übler Nachrede anzeigen? Keiner hätte mir geglaubt. Sie glauben mir doch auch nicht. Wenn ich mich gewehrt hätte, hätte ich alles nur noch schlimmer gemacht. Und ich brauchte meine Kraft für andere Dinge.«

»Haben Sie mit den Bellingers gesprochen? Ich meine, mit den Eltern.«

»Nein«, sagte Nikolas.

»Warum nicht?«

»Ich finde diese Leute widerlich.« Nikolas wirkte jetzt nicht mehr entspannt und locker, seine Finger zitterten, seine Kiefernknochen mahlten, als ob er auf etwas herumkaute. Auf seiner Wut, dachte Amelie, er kaut auf seiner Wut herum. »Sie tun so christlich und so tolerant, vor allem der Alte, der Vater. Aber sie sind nicht tolerant, die sind gnadenlos. Wie die ihre Kinder erzogen haben, was die denen angetan haben, da wird einem schlecht.«

»Was haben die ihren Kindern angetan?«, fragte Peter Schulz. »Können Sie das präzisieren?«

»Nein«, zischte Nikolas. »Das kann keiner. Weil keiner da drinsteckt. Weil die dichthalten. Das ist eine Familienangelegenheit, das verstehst du nicht, hat Myriam immer gesagt, wenn ich nachgehakt habe. Wir waren über drei Jahre zusammen und sie hat nicht ein einziges Mal bei mir übernachtet und ich nicht bei ihr.«

»Myriam war sehr jung damals«, gab Amelie zu bedenken.

»Als wir uns kennenlernten, war sie sechzehn. Aber sie durfte auch mit neunzehn noch nicht bei mir schlafen.«

Peter Schulz sah Nikolas nachdenklich an. »Das Ganze macht Sie immer noch sehr wütend.«

»Total.« Nikolas grinste, aber es war ein schiefes, ein wütendes Grinsen. »Myriam war echt ein tolles Mädchen. Aber die haben sie so richtig kaputt gemacht.« Er griff nach seinem Glas, trank gierig, trank das Glas leer und setzte es dann mit einem Knall zurück auf den Tisch. »Mit der Entführung hab ich trotzdem nichts zu tun. Ich hab seit zwei Jahren eine neue Freundin. Henrike. Sie war auch mit in Südfrankreich. Stellen Sie sich das mal vor, ihre Eltern hatten nichts dagegen.« Er lachte. »Wir ziehen im September zusammen.«

»Geben Sie uns Henrikes Telefonnummer und Adresse?«, fragte Amelie.

»Na klar.«

Sie nickte dem Psychologen zu und erhob sich. »Danke für Ihre Auskünfte, Herr Spundt.«

»Bitte, gern geschehen.« Er stand ebenfalls auf. Zögerte kurz und krempelte dann sein Hosenbein hoch. »Hier. Damit Sie wissen, dass ich Ihnen nichts vorspiele.« Er enthüllte eine Aluminiumprothese, die aus einem Kunststofffuß herauswuchs. »Die Dinger sind unglaublich«, sagte Nikolas. »Ich geh sogar wieder joggen.«

»Wow«, sagte Schulz. »Ein echter Fortschritt zum Holzbein.«

Nikolas lachte, aber dann wurde er wieder ernst. »Alles in allem hab ich verdammt Glück gehabt.«

»Mit Ihrem Bein, meinen Sie?«

»Dass sich Myriam von mir getrennt hat. Ich wäre ihre Familie sonst nie mehr losgeworden.«

»Sie ist nach Ihrem Unfall nach Köln gezogen und hat sich sehr von ihrem Elternhaus entfernt«, sagte Amelie.

Nikolas verzog das Gesicht. »Räumlich vielleicht. Aber richtig frei war sie auch in Köln nicht. Glaube ich. Aber vielleicht täusche ich mich ja auch.« Als sie schon an der Tür standen, kam ihm noch ein Gedanke. »Sprechen Sie doch mal mit Myriams Schwester.«

»Rebecca? Die in Wuppertal wohnt?«

»Nein, die älteste. Esther. Die hat sich total von der Familie abgesetzt. Ich hab sie nie kennengelernt. Könnte mir aber vorstellen, dass sie Ihnen eine Menge über ihre Eltern erzählen kann.«

»Esther lebt in Amerika«, sagte Amelie.

»Wer hat Ihnen denn das erzählt?« Nikolas schüttelte den Kopf. »Die ist Krankenschwester hier in Düsseldorf. Eine ehemalige Klassenkameradin von mir arbeitet mit ihr zusammen.«

»Sind Sie sicher?« Esther lebt in Amerika. Wir haben nur wenig Kontakt, hatte Herr Bellinger gesagt. Aber in Wirklichkeit war sie Krankenschwester in Düsseldorf. Ein paar Kilometer von ihrem Elternhaus entfernt.

»Sie schreibt sich jetzt Plach.«

»Welches Krankenhaus?«

»Marienhospital. Schönen Gruß von mir, wenn Sie mit ihr sprechen. Und herzlichen Glückwunsch, dass sie ihre Alten los ist.«

Amelie lachte. »Bestellen wir ihr.«

Sie fuhren auf die Autobahn und blieben sofort im Feierabendstau stecken. Stoßstange an Stoßstange reihten sich die Autos, bunt glitzerndes Blech, so weit das Auge reichte.

»Wie fandest du ihn?«, fragte Amelie.

»Sympathisch«, meinte Schulz. »Und sehr ehrlich. Was er über die Bellingers erzählt hat, halte ich für hochinteressant. Diese Schwester in Düsseldorf müssen wir unbedingt kontaktieren.«

»Sicher.« Amelie starrte aus dem Fenster, auf den Fahrer im Wagen neben ihnen, der gedankenverloren in der Nase bohrte. Sie dachte an Dürr. *Dieser Familienkram ist doch absolut nebensächlich. Wir müssen die Erpresser finden.* Dolder wäre ganz seiner Meinung.

»Was ist?«, fragte Schulz. »Bauchschmerzen?«

»Mit dem Fall«, sagte Amelie. »Vielleicht sind wir ja total auf dem Holzweg.«

»Inwiefern?«

»Wir stochern in Myriams Familiengeschichte rum und verlieren den Kern der Sache aus den Augen.«

»Was ist der Kern der Sache, deiner Meinung nach?«

»Holm. Warum wurde er ermordet? Und von wem?«

»Und warum«, sagte Schulz. »Sein Tod muss nicht unbedingt mit Myriams Entführung zusammenhängen.«

»Wäre aber ein großer Zufall, wenn es nicht so wäre.«

»Na ja. Alle wussten, dass er das Lösegeld hatte. Vielleicht wollte jemand die zwei Millionen abkassieren.«

»Nein«, sagte Amelie. »Dass die Lösegeldübergabe gescheitert war und das Geld noch bei Holm war, wussten nur ein paar wenige Leute. Wir. Und Frau Binder.«

»Die ein Alibi hat.«

»Wenn man den Journalisten glauben kann. Wir müssen überprüfen, ob ihr Haus einen Hinterausgang hat.«

Schulz nickte langsam. »Diese Serie«, sagte er dann. »Ich hab mir die gestern noch mal angesehen. Myriam Bellinger spielt gar nicht so schlecht.«

»Findest du? Also, ich weiß nicht.«

»Ist ja auch egal«, sagte Schulz. »Auf jeden Fall ist es auffällig, dass die Entführung ein Abbild der Serie ist. Das muss auch Myriam gemerkt haben. Bei Noemi gibt es eine Webcam, die mit der Website verlinkt ist – ich frage mich, ob Myriam nicht ahnt, dass die Erpresser auch Videos von ihr veröffentlichen.«

»Und wenn es so wäre – würde das für uns was ändern?«

»Vielleicht hat sie ja irgendwas für uns … eingebaut. Hinweise auf ihre Entführer, irgendwelche … Tipps.«

Amelie runzelte die Stirn. »Der Kleine«, murmelte sie.

»Was?«

»Myriam nennt den einen der beiden Entführer immer *den Kleinen.* Vielleicht ist es ja eine Frau.«

»Das würde sie doch merken, oder?«

»Wie denn? Es ist dunkel. Und die beiden Typen sprechen nicht.«

»Könnte sein«, sagte Schulz, aber er klang nicht sehr enthusiastisch.

Amelie seufzte. »Wir haben nichts als Vermutungen.«

»Wer hat sich die Serie eigentlich ausgedacht?«, fragte Schulz.

»Keine Ahnung. Der Name des Drehbuchautors erscheint vermutlich im Abspann, aber ich hab nicht drauf geachtet.« Sie suchte im Netz nach dem Namen. »Missing + Drehbuch + Autor« ergab keine Ergebnisse. Genauso wenig wie Suchbegriffe »Script« oder »Idee«.

Schulz legte den ersten Gang ein. Ließ den Wagen ein paar Meter rollen, bevor sie wieder zum Stehen kamen. »Scheißstau«, murmelte er.

Wir kommen nicht weiter, dachte Amelie. Wir stecken fest. Und spürte, wie ihr Magen sich zusammenzog. Und ließ rasch das Fenster nach unten fahren.

»Alles okay?«, fragte Schulz. »Soll ich rausfahren?«

»Alles bestens«, sagte Amelie, aber das war eine Lüge.

Vor dem Eingang des Präsidiums standen ebenfalls Journalisten. Als sie Amelie und Schulz sahen, stürzten sie sich auf sie wie streunende Hunde auf ein Stück Fleisch.

»Frau Kommissarin.« Ein fetter Typ verstellte ihr den Weg, er stand so dicht vor ihr, dass sie seinen Schweiß riechen konnte. »Warum musste Erik Holm sterben?«

Sie schüttelte den Kopf. Und wollte weg, wollte an ihm vorbei, aber er ließ sie nicht.

»Sind die Bürger dieser Stadt noch sicher?« Eine blonde Reporterin streckte ihren Kopf über die Schulter des Fettsacks und brüllte die Frage Amelie ins Gesicht. »Wie sieht Ihre Strategie aus? Hat die Polizei einen Plan?«

»Kein Kommentar«, sagte Amelie. »Lassen Sie uns bitte durch.«

»Sie leiten den Fall, ist das nicht so?«, fragte der Dicke und machte sich dabei noch dicker. Grätschte die Beine, stemmte die Arme in die Hüfte. »Warum waren Sie dann nicht auf der Pressekonferenz?«

»Die Öffentlichkeit hat ein Recht auf Information!«, schrie die Blonde. »Myriam Bellinger hat ein Recht auf Leben!«

Amelie presste die Lippen zusammen, senkte den Kopf, drängte sich an dem Dicken vorbei, kämpfte sich durch und kämpfte auch mit der Versuchung, ihre Waffe zu ziehen und damit herumzufuchteln. Aus dem Weg, im Namen des Gesetzes!

Was für eine verlockende Vorstellung. In die Luft zu ballern, bis der Dicke in Deckung ging und die Blonde um ihr Leben rannte. Das Leben als Film.

Dann zog Schulz sie am Ärmel zum Eingang und sie verschwanden im Präsidium.

Dürr erwartete sie mit finsterer Miene im Büro. »Da bist du ja endlich«, sagte er zu Amelie, obwohl Schulz noch neben ihr stand. »Hast du das neueste Video gesehen?«

»Wann ist das denn erschienen? Ich war doch gerade eben noch auf der Seite.« Sie eilte zu Dürrs Schreibtisch. Etwas Grausames. Oder besonders Anrührendes, hörte sie Schulz wieder sagen. »Zeig mal.«

»Hier.« Dürr überließ Amelie seinen Platz. Peter Schulz trat neben sie und blickte über ihre Schulter.

»Achtung. Das ist echt scheußlich«, sagte Dürr.

Amelie holte tief Luft und klickte auf das Startsymbol. Das Video, das jetzt ablief, war nicht mit der Deckenkamera aufgenommen worden. Die Entführer hatten es mit einer mobilen Kamera gefilmt, vielleicht mit einem Handy.

Zuerst erschien Myriams Gesicht im Bild. Die Wangen waren tränenüberströmt, aber sie weinte nicht. Ihre Lippen waren weit geöffnet, die Augen geschlossen, die Lider zitterten. Ihr Atem ging schnell und flach. »Es tut mir so leid«, wimmerte sie.

»Was …«, begann Amelie, aber Schulz unterbrach sie, indem er die Hand hob. Und Myriam im Film tat es ihm gleich. Auch sie hob ihre Hand, hob sie vor ihr Gesicht und starrte sie so ungläubig an, als könnte sie selbst nicht fassen, was sie da sah.

»Ahh.« Amelie zog scharf die Luft ein. »Das ist ja furchtbar.«

»Auuua«, sagte Peter Schulz. »Verdammt.« Myriams kleiner Finger war dunkelrot angelaufen, dick geschwollen und spreizte sich in einem unnatürlichen, weiten Winkel vom Handrücken ab.

»Diese Schweine haben ihr den Finger gebrochen«, sagte Dürr.

Amelie wandte den Blick ab. Ihr Magen rumorte. Tief atmen. Nicht denken.

»Warum haben die das getan?«, fragte Schulz.

Dürr beugte sich wortlos zu seiner Maus und klickte auf das nächste Video, das wieder von der Deckenkamera gefilmt worden war. Myriam lag zusammengekrümmt auf ihrer Pritsche, die rechte Hand hielt die verletzte Linke. Ihre Augen waren immer noch geschlossen. Sie stöhnte leise.

»Die Füße«, sagte Dürr und zeigte auf den Bildschirm.

»Sie haben sie gefesselt«, sagte Schulz.

Eine Wäscheleine schnürte Myriams Fesseln zusammen.

»Ich schätze mal, sie hat versucht zu fliehen«, sagte Dürr.

»Die werden immer brutaler«, meinte Schulz. Er griff nun selbst zur Maus und scrollte nach unten. »Diese Kommentare. Unglaublich.«

»Der Hammer, oder?«, sagte Dürr. »Typen wie euch sollte man

jeden Knochen einzeln brechen. Und dann Benzin drüber und anzünden«, las er vor.

»Ihr seid so blöde Wichser, ihr verdient den Tod«, ergänzte Schulz.

»Gibt aber auch andere Meinungen«, sagte Dürr. »Dirty Harry zum Beispiel. ›Endlich mal wieder Action, wurde auch Zeit. Knallt die blöde bitch endlich ab, dann ist Ruhe.‹«

»Widerlich«, sagte Amelie.

Dürr schloss die Seite. »Wie war eure Familienaufstellung? Hat das was ergeben?«

Aber bevor Amelie antworten konnte, rief der Pförtner an. »Frau Binder ist jetzt da. Soll ich sie hochschicken?«

»So ein Mist. Hätte die nicht früher kommen können?« Dürr warf einen Blick auf seine Uhr. »Ich hab in fünf Minuten einen Termin bei der Staatsanwältin. Die läuft bald Amok, weil wir immer noch nichts Brauchbares haben.« Er kniff die Augen zusammen und sah Amelie nachdenklich an. »Willst du nicht vielleicht …?«

»Nee, nee, lass mal«, wehrte Amelie ab. »Ich kümmere mich um Frau Binder. Das wird bestimmt auch kein Vergnügen.«

»Na dann, viel Erfolg«, sagte Peter Schulz. »Wir sehen uns später.« Und wollte zur Tür.

»Halt, warte doch mal«, rief Amelie. »Kannst du nicht mitkommen? Würde mich interessieren, was du von ihr hältst.«

Schulz sah Dürr an, als bräuchte er erst dessen Zustimmung. Und Dürr verschränkte die Arme vor der Brust und starrte Amelie an.

»Meinetwegen«, sagte Schulz schließlich.

22

Ihr letztes Zusammentreffen lag noch keine vierundzwanzig Stunden zurück, aber seitdem war Frau Binder um Jahre gealtert. Ihre Haut wie hellgraues Seidenpapier, das man zusammengeknüllt und wieder glatt gestrichen hatte. Rote Äderchen auf den Wangen, dunkle Schatten unter den Augen. Das wahre Gesicht, dachte Amelie, ohne die Schminke kommt es zum Vorschein.

»Waren Sie in der Pathologie?«, fragte sie die Sekretärin, nachdem sie in ihrem Büro Platz genommen hatten.

Kathrin Binder zuckte mit den Schultern. »Ich war dort, aber ich habe ihn nicht gesehen. Ich habe es einfach nicht geschafft.«

»Es ist besser so«, sagte Amelie. »Ganz bestimmt.«

»Ich weiß nicht«, sagte Frau Binder. »Ich kann es einfach nicht glauben, dass er tot ist. Wenn ich ihn sehen würde, würde ich es vielleicht begreifen. Aber so.«

»Geben Sie sich Zeit«, sagte Schulz. »Es ist eben erst passiert.«

»Das ist es ja«, sagte Kathrin Binder. »Es ist ganz neu und furchtbar und unbegreiflich. Und so wird es bleiben. Ich werde ihn immer vermissen. Ich werde immer darauf warten, dass er endlich nach Hause kommt. Ich werde nie mehr glücklich.«

Schulz nickte und sagte nicht, dass die Zeit alle Wunden heilte, und Amelie sagte es auch nicht.

»Wie lange arbeiten Sie schon für Chamaeleon Productions?«, fragte Amelie.

»Seit vier Jahren. Und seit zwei Jahren sind Erik und ich ein Paar.« Sie biss sich auf die Lippen. »Waren wir ein Paar.«

Seit zwei Jahren erst, dachte Amelie. Das war nicht sehr lang, dachte sie, und Frau Binder schien ihre Gedanken zu erraten.

»Wir wären unser Leben lang zusammengeblieben. Erik und ich. Wir waren füreinander gemacht.«

»Erzählen Sie uns, wie der gestrige Tag abgelaufen ist«, sagte Amelie.

»Wir haben zusammen gefrühstückt. Dann ist Erik zur Lösegeldübergabe und ich bin im Hotel geblieben. Ich habe so gehofft, dass alles glattgeht, dass der Albtraum endlich vorbei ist. Aber die Entführer haben das Geld ja nicht abgeholt. Erik hat mich angerufen und gesagt, dass er direkt ins Büro fahren wollte, um das Geld in den Safe zu legen. Ich hab ihm angeboten, ihn dort zu treffen, ihm zu helfen, aber das wollte er nicht. Fahr nach Hause, sagte er, wir treffen uns zu Hause.« Frau Binders Stimme brach. Sie würgte, schluckte, presste die Kieferknochen fest aufeinander, biss die Zähne zusammen. Drängte den Schmerz zurück, schaffte es nicht und fing an zu weinen. »Vielleicht wäre alles anders gekommen, wenn ich meinen Willen durchgesetzt hätte, wenn ich auf mein Gefühl gehört hätte. Aber ich hab es verdrängt und bin nach Hause.«

»Wir haben die Geldübergabe um zwölf Uhr abgebrochen«, sagte Amelie. »Kurz vor eins haben die Kollegen das Geld in die Filmproduktion gebracht. Und kurz vor fünf ist Ihr Lebensgefährte gestorben. Was ist in der Zwischenzeit passiert? Warum ist er nicht nach Hause gefahren?«

»Er hatte noch im Büro zu tun.« Frau Binder hielt die Augen geschlossen. Unter ihren geröteten Lidern quollen dennoch unaufhörlich Tränen hervor. »Und danach ist er in die Stadt und hat meinen Lieblingschampagner gekauft. Er hat gesagt, dass er die Gelegenheit nutzen wollte, allein in die Stadt zu fahren, ohne Journalisten, die ihm sonst immer an den Fersen hingen.«

Die Journalisten hat er abgehängt, dachte Amelie. Dafür hing ihm sein Mörder an den Fersen.

»Und Sie waren die ganze Zeit zu Hause und haben die Wohnung nicht verlassen?«, fragte sie.

»Wie denn? Mit diesen Bluthunden vor der Tür. Ich konnte doch keinen Schritt …« Frau Binders Stimme ertrank in Tränen. Amelie sah Schulz an, der kaum merklich den Kopf schüttelte. Lass es gut sein, hieß das, es reicht.

Nur zu gerne, dachte Amelie. Es reichte wirklich, und wie. Am liebsten wäre sie aufgestanden und weggerannt. Aber sie durfte jetzt nicht lockerlassen. Sie musste weiterbohren, stochern, kratzen, graben, so lange bis die Wahrheit ans Licht trat, so lange bis der Mord aufgeklärt war, so lange bis Myriam Bellinger wieder frei war.

»Herr Holm hatte Depressionen«, sagte sie. »Wissen Sie, wer ihm das Citalopram verschrieben hat?«

»Keine Ahnung. Irgendein Arzt. Das war vor meiner Zeit«, sagte Frau Binder. »Seit wir zusammen waren, ging es ihm viel besser. Ich hab sein Leben wieder in Ordnung gebracht. Wir wollten ein Kind, er war der erste Mann, von dem ich ein Kind wollte, und vielleicht hätte es auch noch geklappt.«

Wir wollten ein Kind. Die Worte drangen in Amelies Ohren und sackten direkt in ihren Magen, der sich vor Schreck überschlug.

Sie sprang auf und rannte zur Toilette.

Als sie aus dem Waschraum zurück in den Flur trat, kamen Schulz und Frau Binder gerade aus dem Büro. »Ich hoffe, es ist in Ordnung, wenn wir Schluss machen«, sagte Schulz.

»Natürlich«, sagte Amelie. »Ich muss mich wirklich entschuldigen. Aber mein Magen …«

»Keine Ursache«, sagte Frau Binder, die Amelies Abwesenheit offensichtlich genutzt hatte, um ihr Make-up zu erneuern. Eine dicke Puderschicht bedeckte ihre Nase, ihre Lippen glänzten frisch lackiert. »Herzlichen Glückwunsch.«

»Wozu?«, fragte Amelie.

»Zur Schwangerschaft.« Frau Binders Stimme klang fest und ruhig, als hätte sie nicht gerade eben noch geweint.

»So ein Quatsch.« Dafür zitterte jetzt Amelies Stimme.

»Mir können Sie da nichts vormachen. Ich hab eine Antenne für so was. Wie gesagt, Erik und ich wollten auch … na, ist ja auch egal«, sagte Frau Binder und wischte mit dem Handrücken über ihre Augen, weil die Tränen nun wieder zu laufen begannen.

»Stimmt das?«, fragte Schulz, als sie wieder in Amelies Büro waren. Frau Binder war nach Hause gegangen und Dürr war noch nicht zurück. »Bist du wirklich schwanger?«

»Keine Ahnung«, sagte Amelie und erzählte ihm von dem Schwangerschaftstest auf ihrem Waschbecken.

Schulz schüttelte beeindruckt den Kopf. »Wow. Ich würd das ja nicht bringen. Willst du denn nicht wissen, was Sache ist?«

»Schon. Aber ich habe solche Angst vor der Wahrheit«, flüsterte Amelie.

»Warum? Willst du keine Kinder?«

»Ich glaub, ich schaffe das nicht. Ich habe doch überhaupt keine Erfahrung mit Kindern.«

Er lachte. »Wer hat das schon, bevor es so weit ist. Was ist mit deinem Freund? Würde der sich freuen?«

»Wie verrückt.«

»Dann ist es doch gut«, sagte Schulz. »Das kriegt ihr doch hin. Wäre doch gelacht.«

Amelie lachte aber nicht, weil sie weinte. Und Schulz nickte, als wäre das ganz normal, und reichte ihr eine Packung Taschentücher und wartete einfach ab.

»Ich war mir sicher, dass du Bescheid weißt«, schluchzte sie, als sie wieder sprechen konnte. »Du hast doch neulich schon gesagt, dass deiner Frau auch immer schlecht war in der Schwangerschaft. Ich dachte, du weißt alles.«

»Was ihr immer denkt.« Schulz schüttelte den Kopf. »Ich bin nur Psychologe, Amelie. Kein Hellseher.«

Dürr hatte schlechte Laune. Man sah es ihm nicht an, aber man hörte es. Wenn er seine Kaffeetasse auf den Tisch setzte und eine Schublade schloss und den Telefonhörer auf den Apparat knallte.

Amelie zuckte jedes Mal zusammen. Ihr Vater war genauso gewesen. Hatte seine Wut rausgelassen, indem er Lärm machte. Und wenn man ihn gefragt hatte, was los sei, hatte er nur mit dem Kopf geschüttelt. Genau wie Dürr.

»Nichts ist los, was soll denn sein?« Dürr schaltete seinen Computer aus. »Ich bin jetzt weg.«

»Hast du noch was vor?« Amelie blickte auf die Uhr. Halb sieben. Mach Schluss für heute, hatte Schulz gesagt, bevor er gegangen war. Geh nach Hause und sieh nach, ob der Test positiv ist. Und dann rufst du deinen Freund an.

Stattdessen saß sie hier und schrieb Berichte und las Protokolle und zuckte jedes Mal zusammen, wenn Dürr eine ungestüme Bewegung machte.

»Ich habe nichts vor«, erklärte Dürr gereizt. »Aber Feierabend. Schon lange.«

»Schon gut«, sagte Amelie. »Ich geh jetzt auch nach Hause.« Als sie aufstand, klingelte ihr Telefon.

»Dachte ich es mir doch, dass Sie noch im Büro sind.« Frau Bartels-Schmidt, die Staatsanwältin. Die vermutlich seit zwei Stunden zu Hause auf dem Sofa saß und Tee trank.

Amelie unterdrückte ein Seufzen. »Ich wollte gerade weg. Was gibt's denn?«

»Hat Ihr Kollege Ihnen schon Bescheid gesagt? Morgen um elf

gibt es noch eine Pressekonferenz. Großer Aufmarsch, der Polizeipräsident kommt, das ganze Brimborium. Und Sie sind diesmal auch dabei.«

»Wirklich?« Wenn das Dolder wüsste. Er hätte sich mit blutender Bauchwunde aus dem Krankenhaus ins Präsidium geschleppt, um das zu verhindern.

»Na klar«, sagte Frau Bartels-Schmidt. »Ich schlage vor, wir setzen uns morgen früh um acht zusammen und besprechen die neuesten Erkenntnisse und unsere Vorgehensweise.«

»Um acht?«, wiederholte Amelie ungläubig. Vor neun nahm die Staatsanwältin keine Termine wahr, wenn es sich nicht irgendwie vermeiden ließ. Die Lage war ernst, die Lage war verzweifelt.

»Um acht bei Ihnen.« Ein kurzes Zögern. »Wir müssen uns sorgfältig vorbereiten. Nach diesem Todesfall machen die Medien einen unglaublichen Wirbel.«

»Das ist mir auch schon aufgefallen«, sagte Amelie süffisant.

»Wir brauchen morgen Ergebnisse. Irgendwas Handfestes.«

Wir haben aber nichts, dachte Amelie. Außer Lily Pahl, die in U-Haft saß und die Aussage verweigerte. Immerhin eine Verhaftung, eine Verdächtige, eine Spur, die man den Reportern präsentieren konnte. Und sonst? Einer der Hauptverdächtigen war tot, das Lösegeld war spurlos verschwunden und die Kommissarin war vermutlich schwanger. Großartig.

»Na dann, bis morgen«, sagte Amelie und legte auf.

»Dito«, sagte Dürr und nahm seine Tasche.

»Warte mal. Warum hast du mir nicht erzählt, dass die für morgen noch eine Pressekonferenz angesetzt haben?«

»Hab ich vergessen.«

»Um acht kommt Frau Bartels-Schmidt zu einer Besprechung. Alarmstufe Rot, sozusagen.«

»Na und?«

»Du musst mir den Rücken stärken.«

»Ich?« Dürr zuckte mit den Schultern. »Warum fragst du nicht deinen neuen Kumpel Schulz, ob er die Staatsanwältin becirct?«

»Schulz? Was soll das denn jetzt, Dürr?«

Selbst seine Schritte waren laut. Sie knallten auf dem Boden, als er zur Tür stürmte.

»Sag mal, bist du eifersüchtig?«

Rrrack! Die Tür knallte ins Schloss, Dürr war weg. Das war die Antwort.

Maren. Die Frau mit dem tätowierten Tropfen auf der Stirn. Ihr Name und ihr Gesicht waren in Jos Kopf. Jetzt war es nur noch eine Frage der Zeit, bis er sie auch in Wirklichkeit gefunden hatte.

»Na klar kenn ich die«, hatte der Barmann im Elektrolyte gesagt, als Jo sich nach ihr erkundigt hatte.

Aber als Jo nach ihrem Nachnamen fragte, zuckte er mit den Schultern, und hatte auch keine Ahnung, wo sie wohnte.

»Die ist ständig hier«, behauptete er, aber auch das stimmte nicht. Letzte Nacht hatte Jo bis morgens um vier im Elektrolyte ausgeharrt und Maren war nicht erschienen. Und jetzt war es auch schon wieder elf und sie war ebenfalls noch nicht da.

Dafür war Erik Holm tot. Selbstmord. Oder Mord. Das war die große Frage, über die die Medien spekulierten. Und wie das Ganze mit Myriams Entführung zusammenhing. Jo versuchte, nicht an Holm zu denken. Weil ihm unwillkürlich Lily einfiel, wenn er an ihn dachte. Und Lily verwirrte ihn, aber er durfte sich nicht verwirren lassen. Maren erforderte seine ganze Konzentration.

»Kommt bestimmt noch«, tröstete ihn der Barmann über den Lärm der Musik hinweg. »Willst du ein Bier?«

Jo trank ein, zwei, drei Bier. Keinen Wodka. Falls Maren wirklich auftauchte, brauchte er einen klaren Kopf. Er stand neben der Bar, die Flasche in der Hand, seine Augen wanderten durch den Club.

Glitten von den Leute, die sich vor der Theke drängten, zur Tanzfläche und wieder zurück. Seine beiden Bullen waren nirgends zu sehen. Aber vermutlich waren sie von anderen Männern abgelöst worden, deren Gesichter er nicht kannte. Vielleicht hatten sie auch aufgegeben, genau wie die Reporter und Fotografen. Seit der gescheiterten Lösegeldübergabe hatte sich kein Journalist mehr vor Jos Haus blicken lassen.

Zum Glück. Reporter und Presseleute waren das Letzte, was er jetzt brauchen konnte.

Er fragte sich, ob er Maren überhaupt erkennen würde. Ob das Bild in seinem Kopf mit der Wirklichkeit übereinstimmte.

Vielleicht war sie längst da.

»Nicht dass ich wüsste«, schrie der Barmann. »Aber ich bin hier auch beschäftigt. Was willst du denn eigentlich von ihr?«

»Ist privat.«

»Willst du noch ein Bier?«

»Mach mir mal einen Wodka«, brüllte Jo.

»Mir auch«, rief Maren.

Sie stand neben ihm und sah genau so aus, wie er sie sich vorgestellt hatte. Die Haare straff zurückgekämmt und hochgesteckt. Knallrote Lippen, dunkler Lidschatten. Auf der Stirn die tätowierte Träne. Sie trug ein schulterfreies Top aus schwarzer Seide.

»Da bist du ja endlich«, schrie der Barmann. »Jo hat dich schon gesucht.«

»Echt?« Sie sah Jo an. Große dunkle Augen, die sich in seinem Gesicht festsaugten wie Meeresschnecken. Er wäre am liebsten weggerannt. Kein Wunder, dass er die Frau verdrängt hatte, sie war unangenehm, sie war gefährlich.

Er hatte sie geküsst, daran erinnerte er sich jetzt genau. Auf dem Gang, der zu den Toiletten führte. Und dann waren sie weggegangen, er und Maren, aber wohin und warum, daran erinnerte er sich nicht mehr.

Daran wollte er sich nicht mehr erinnern.

»Warum hast du mich gesucht?«, fragte Maren und sah ihn mit ihrem Schneckenblick an, ohne zu blinzeln, ohne zu lächeln.

»Das weißt du doch«, sagte Jo und hatte selbst keine Ahnung, was er meinte.

Sie lächelte rätselhaft. Und schwieg. So kamen sie nicht weiter.

»Willst du tanzen?«, fragte Maren schließlich und deutete mit den Augen zur Tanzfläche.

Er schüttelte den Kopf, während er sein Gehirn auswrang wie einen nassen Waschlappen, aber es kam nichts dabei raus, nicht eine einzige hilfreiche Erinnerung. Er musste herausfinden, was am Mittwoch vor einer Woche passiert war. Aber wenn er Maren danach fragte, würde er gar nichts erfahren, das war ihm klar.

»Was ist jetzt?«, fragte Maren, also stieß er den einzigen Satz hervor, an den er sich erinnerte.

»Lass uns hier abhauen.«

Maren wohnte am inneren Ring, ganz in der Nähe vom Elektrolyte, sie konnten zu Fuß zu ihrer Wohnung gehen. Vor einer Woche waren sie bestimmt ebenfalls zu Fuß gegangen. Die Bushaltestelle an der Ecke, das Schaufenster mit der zersprungenen Scheibe, dieses Graffiti an der Wand: Bullenschweine. Nichts löste etwas aus, die Erinnerung kam nicht wieder.

Das Haus war dunkelbraun verklinkert, die Tür aus Milchglas. Kaputtes Linoleum im Flur, eine nackte Glühbirne an der Decke. Hässlich. Maren wohnte im dritten Stock und im Treppenhaus roch es nach Gulasch. Vielleicht hatte es beim letzten Mal auch nach Gulasch gerochen. Jo erinnerte sich nicht.

Maren schloss die Tür auf, machte Licht an und trat in den Flur. »Ist doch besser hier als im Park, oder?«, fragte sie und grinste und da fiel ihm alles wieder ein.

23

»Der zuständige Mitarbeiter ist leider nicht mehr im Haus. Da müssten Sie sich morgen noch einmal melden.« Die Dame am anderen Ende der Leitung seufzte bedauernd. Amelie legte auf. Verfluchte das Auswärtige Amt in Berlin und verfluchte sich selbst noch mehr. Dass sie Daniel schon wieder vergessen hatte.

Als sie gestern Abend mit ihm telefoniert hatte, hatte sie zum ersten Mal die Verzweiflung in seiner Stimme gehört. »Die wollen mich einfach nicht fliegen lassen. Ich brauch ein Gesundheitszeugnis für die Fluggesellschaft, aber das krieg ich nicht.«

»Vielleicht wollen die Geld dafür?«, fragte Amelie.

»Hab ich auch gedacht. Aber der Arzt war total beleidigt, als ich meinen Geldbeutel rausgeholt hab. No bribe, no bribe, what you want!«

»Vielleicht hast du ihm nicht genug geboten?«

»So weit waren wir doch noch gar nicht.« Daniel seufzte. »Ich fühl mich so verdammt hilflos. Die Entzündung ist weg, die Augen sind völlig okay, aber ich häng immer noch in diesem Krankenhaus rum.«

»Das geht doch nicht. Ich ruf morgen mal im Auswärtigen Amt an. Vielleicht können die was machen.«

»Ich hab schon mit der Deutschen Botschaft in Bangkok gesprochen. Die klangen aber auch ziemlich ratlos. Ich soll mich morgen noch mal melden, wenn sich bis dahin nichts ergeben hat.«

»Ich ruf trotzdem mal in Berlin an«, hatte Amelie versprochen, aber als sie morgens ins Büro gekommen war, hatte Frau Bartels-

Schmidt schon auf sie gewartet. Bis zur Pressekonferenz war sie von einer Besprechung zur anderen geeilt und zwischendurch hatte sie sich zweimal übergeben. Jetzt war es halb vier und die Mitarbeiter in Berlin hatten Feierabend.

»Mist.«

Dürr blickte nicht von seinem Schreibtisch auf. Er war immer noch sauer. Amelie nippte an ihrem Kräutertee. Viel trinken, das war ihre einzige Überlebenschance. Zum Glück war die Pressekonferenz gut gelaufen. Keiner hatte ihr ihre Übelkeit angemerkt, im Gegenteil, Frau Bartels-Schmidt hatte sie nach der Konferenz überschwänglich umarmt und ihr gratuliert. Zu ihrem Auftritt vor den Medienvertretern hatte sie ihr gratuliert, nicht zu ihrer Schwangerschaft, von der die Staatsanwältin ja auch keine Ahnung hatte.

Niemand wusste etwas, außer Amelie. Aber die hatte es seit gestern Abend blau auf weiß. Die Beweislinie im Testfeld war so dick, als hätte man sie viermal nachgezogen.

Sie wusste Bescheid, aber es kam ihr trotzdem unwirklich vor.

»Mahlzeit.« Polizeimeister Stahl hatte offensichtlich nicht mitbekommen, dass es längst Nachmittag war.

»Hast du was Neues?«, fragte Amelie hoffnungsvoll.

»Wie man's nimmt. Wir haben mit dem Hausmeister von Frau Binder gesprochen. Gibt keinen Hinterausgang. Wir können also davon ausgehen, dass sie das Haus nicht verlassen hat.«

»Und sonst?«

»Ein neuer Film auf der Website«, sagte Dürr. »Wurde vor fünf Minuten gepostet.«

»Echt?« Amelie stand auf und ging zu ihm, aber Stahl war schneller, er stand schon neben Dürr, beugte sich über dessen Schulter und versperrte ihr die Sicht. Sie schob ihn zur Seite.

»Lass mich auch gucken.«

Dürr startete den Film.

Myriams Augen waren glasig und verquollen, das linke war immer noch von einem blauen Hof umgeben, unter dem rechten lag ein dunkler Schatten. Die Wangenknochen ragten aus ihrem Gesicht, die Wangen wirkten eingefallen, als ob Myriam sehr viel Gewicht verloren hätte. Dabei war sie erst eine Woche in Gefangenschaft. Nicht *erst.* Schon, dachte Amelie erschrocken. Eine Woche ist viel zu lang.

Dann fiel ihr Myriams Hand auf. Der kleine Finger und der Ringfinger waren zusammengebunden und geschient. Jemand hatte den Bruch versorgt.

»Warum hast du mich verlassen?«, flüsterte Myriam. »Warum kommst du nicht mehr? Du kannst mich doch jetzt nicht im Stich lassen. Die Schmerzmittel, die du mir gegeben hast, sind alle. Mein Finger tut so weh. Und mein Kopf, ich kann überhaupt nicht mehr denken. Wo bist du?«

Sie starrte in die Kamera. Keine Antwort, natürlich bekam sie keine Antwort.

»Gib mir doch wenigstens ein Zeichen«, krächzte Myriam. »Hörst du mich noch? Oder bist du längst über alle Berge? Ich kann das alles ertragen, wenn ich weiß, dass du wiederkommst. Bitte, lass mich nicht im Stich. Komm zurück, rette mich!«

Der Film brach ab.

»Ich kann alles ertragen, wenn ich weiß, dass du wiederkommst«, wiederholte Stahl und schnaubte ungläubig. »Meine Fresse. Das kann doch wohl nicht wahr sein. Wie verstrahlt ist das denn?«

»Stockholm-Syndrom«, sagte Dürr. »Die Geisel versucht, den Kontrollverlust abzumildern, indem sie sich mit dem Entführer und seinen Zielen identifiziert.«

»Wie bist du denn auf einmal drauf?« Stahl sah Dürr mit schief gelegtem Kopf an. »Hast du einen Schnellkurs in Psychologie belegt, oder was?«

»Wikipedia«, sagte Dürr. »Für Psychologie haben wir ja hier unsere Fachleute.«

Amelie unterdrückte ein Stöhnen und ließ den Film noch einmal ablaufen. »Der Gute hat ihr ein Schmerzmittel gegeben«, sagte sie. »Wahrscheinlich hat er den Finger auch geschient. Und danach ist er verschwunden.«

»Der Gute?«, sagte Dürr. »Fängst du jetzt auch schon an mit dem Mist? Hier gibt es keinen Guten, die sind beide böse.«

»Ist doch egal.« Amelie setzte sich wieder an ihren Schreibtisch. »Ihr wisst doch, was ich meine.« Sie stützte den Kopf in ihre Hände. »Ob sie ihn immer noch für Jo Steiner hält?«

»Was?«, fragte Stahl.

»Bist du das, Jo?«, sagte Dürr und startete das achte Video, in dem Myriam noch lange Haare hatte und ihr Finger war auch noch nicht gebrochen. »Sie hat seinen Namen nur in diesem einen Clip erwähnt.«

»Die ist seit über einem Jahr mit dem Typen zusammen«, sagte Stahl. »Da würde sie ihn doch wohl im Dunkeln erkennen, auch wenn sie sein Gesicht nicht sieht.«

»Würde sie das?« Würde Amelie Daniel im Dunkeln erkennen, nur an seinem Atem, an seinem Geruch? Vermutlich nicht. Vielleicht doch.

Zu viele *Vielleichts,* dachte Amelie.

»Was ist denn jetzt mit diesem Antidepressivum?«, wechselte sie das Thema. »Frau Binder konnte uns nicht sagen, ob Holm in therapeutischer Behandlung war. Wir müssten da mal bei der Krankenkasse nachhaken.«

»Machst du das?«, fragte Dürr Stahl.

»Hab ja sonst nichts zu tun. Bei welcher Krankenkasse war Holm denn versichert?«

Amelie zuckte mit den Schultern. »Frag die Binder, die weiß das bestimmt. Ich ruf gleich mal Frau Bartels-Schmidt an, du brauchst eine richterliche Verfügung, sonst erzählen die dir bei der Krankenkasse gar nichts.«

»Mach ich. Aber zuerst geh ich was essen. Hab heute noch keine Pause gemacht. Will jemand von euch was von der Dönerbude?«

»Einen Köfteteller mit Pommes und Krautsalat«, sagte Dürr.

»Für mich nichts«, winkte Amelie ab. Ihr war schon wieder schlecht.

Abends ließ sie ihr Fahrrad im Polizeipräsidium stehen und fuhr mit dem Taxi nach Hause. Obwohl die Autofahrt im Feierabendverkehr dreimal so lang dauerte. Aber mit dem Fahrrad hätte sie es nicht mehr geschafft.

Sie schloss die Wohnungstür auf, wollte den Schlüssel ans Schlüsselbrett hängen und verfehlte den Haken, sodass er zu Boden fiel. Sie ließ ihn liegen. Wankte stattdessen in die Küche und setzte Teewasser auf. Den Blick in den Kühlschrank konnte sie sich sparen, der war leer, seit Daniel nach Thailand geflogen war. Sie musste aber etwas essen, sie musste endlich wieder zu Kräften kommen. Heiße Brühe oder eine Suppe. Wenn Daniel da wäre, hätte er für sie gekocht.

Sie wühlte im Küchenschrank nach einer Tütensuppe und fand eine Dose mit Ravioli, deren Haltbarkeitsdatum fast abgelaufen war. Während sie den Inhalt aufwärmte, wählte sie Daniels Nummer. Und lauschte auf das Klingeln, zehnmal, elfmal, zwölfmal, bis die Verbindung abbrach. *Der Teilnehmer ist zurzeit nicht erreichbar.*

Sie ließ sich auf einen Küchenstuhl fallen. Versuchte es noch einmal, mit dem gleichen Ergebnis. Bitte, geh ran, bitte, sei gesund. Komm wieder nach Hause, koch mir Suppe, sag mir, dass alles gut wird. Freu dich für mich. Dachte Amelie und merkte erst jetzt, dass ihr Tränen übers Gesicht liefen.

Tag eins ihrer Schwangerschaft und sie saß in der Küche und heulte. Nein, Unsinn, korrigierte sie sich selbst. Es war vermutlich Tag neununddreißig oder fünfundvierzig oder achtundsechzig.

Vielleicht war sie bereits im vierten Monat. Die schreckliche Übelkeit verspürte sie allerdings erst seit einer Woche, aber vielleicht setzte das bei einigen Frauen ja auch später ein.

Sie hatte ja keine Ahnung.

Die Soße brodelte und spuckte blutrote Spritzer auf den Herd und an die Wand. Sie stellte die Platte aus, schöpfte sich einen Teller voll und begann zu essen.

Sie war so hungrig. Sie verbrannte sich die Zunge, den Rachen, die Kehle, aber sie konnte einfach nicht langsamer essen. Und verschlang die Ravioli in Sekundenschnelle, zumindest kam es ihr so vor, schöpfte sich noch eine Portion und verschlang auch die.

Danach trank sie Tee und wartete auf die Übelkeit. Aber ihr Magen blieb ganz ruhig. Vielleicht war er genauso erschöpft wie der Rest des Körpers.

Sie wollte ins Bett, aber auf dem Weg zum Schlafzimmer musste sie am Computer vorbei. Sie schaltete ihn an und öffnete die Serienseite. Sie tat es eher aus Gewohnheit, das letzte Video war ja erst am Nachmittag erschienen.

Aber da waren gleich zwei neue Filme. Gerade einmal eine halbe Stunde alt.

Im ersten Video lag Myriam auf ihrer Matratze. Zusammengerollt wie ein Embryo, wie das Kind in Amelies Bauch lag sie da. Sie leckte sich über die Lippen, die farblos und aufgesprungen waren. Ansonsten rührte sie sich nicht. Irgendwann hörte Amelie sie flüstern.

»Du hast Quellen und Bäche hervorbrechen lassen und ließest starke Ströme versiegen. Dein ist der Tag und dein ist die Nacht«, flüsterte Myriam. Dann brach der Film ab.

Ein Gebet, vielleicht ein Bibeltext. Allerdings stellte sich die Frage, zu wem Myriam betete. Zu ihrem Gott oder ihrem Entführer. *Dein ist der Tag und dein auch die Nacht.* Genau wie Gott hatten die Entführer Myriam in der Hand, hielten sie gefangen, ließen sie nach Belieben leiden, schalteten das Licht aus und machten es wieder an.

Amelie startete den zweiten Film.

Jetzt rappelte sich Myriam hoch. Langsam und ungelenk richtete sie sich auf, sämtliche Glieder schienen ihr wehzutun. Sie bewegte sich wie eine alte Frau. Und griff nach dem Becher neben dem Bett, setzte ihn an die Lippen, trank oder wollte trinken, aber er war leer. Mit zitternden Händen tastete sie nach dem Krug, der daneben stand, wollte nachschenken, aber auch der Krug war leer. Sie ließ ihn fallen, ließ ihn liegen und wankte zurück zu ihrer Matratze. Rollte sich zusammen. Schloss die Augen.

Die Entführer ließen sie langsam verhungern und verdursten.

Warum hast du mich verlassen? Hat er ja gar nicht, dachte Amelie. Sie sind nicht weg. Sie sitzen im Nebenraum und sehen dir beim Sterben zu. Und filmen dich dabei und stellen alles ins Internet.

Amelie leitete den Link an alle Mitglieder der Sonderkommission weiter. Überlegte, ob sie Dürr anrufen sollte. Entschied sich dagegen. Dürr konnte ihr nicht helfen. Niemand konnte etwas tun. Sie hatten alle Steine auf dem Weg umgedreht, sie hatten jedes Staubkorn untersucht. Und nichts gefunden. Nichts. Myriam würde sterben.

Das Spiel war aus.

Sie schleppte sich ins Schlafzimmer, wühlte im Wäschekorb und fand ganz unten ein Sweatshirt von Daniel. Zog es an und fiel ins Bett. Sie schloss die Augen, stellte sich vor, dass Daniel sie umarmte, und schlief sofort ein.

Sie träumte von ihrem Kind. Sie hielt es in ihren Armen, es war ein Mädchen und ziemlich groß und hatte langes blondes Haar. Wie wollen wir es nennen?, fragte Daniel, der neben ihr saß. Und Amelie wollte antworten, aber das Mädchen war schneller. Ich habe doch schon einen Namen, sagte sie vorwurfsvoll. Ich heiße Myriam.

Sagte ihre Tochter in ihrem Traum.

Und Amelie fuhr aus dem Schlaf hoch und war zurück in der Wirklichkeit. Auf dem Nachttisch klingelte ihr Handy.

»Hallo?«, sagte Amelie und hätte sich nicht gewundert, wenn sich am anderen Ende der Verbindung Myriam Bellinger gemeldet hätte. Es war aber Dürr.

»Amelie?«, keuchte er. »Du musst sofort herkommen. Es gibt fantastische Neuigkeiten.«

Maren war wohl schon länger hinter Jo her gewesen. Aber Jo hatte sie nie richtig zur Kenntnis genommen. Er hatte Myriam einmal betrogen und hatte es bitter bereut, er würde nicht noch einmal den gleichen Fehler machen. Er wich Maren aus, so gut es ging, aber an jenem Abend hatte sie ihm für hundert Euro Pillen abgekauft und lud ihn dann auf einen Trip ein. Sie spülten das Zeug mit Wodka runter. »Jetzt musst du mit mir tanzen«, sagte Maren, und weil sie sowohl für die Pillen als auch für die Drinks bezahlt hatte, tat er ihr den Gefallen und folgte ihr zur Tanzfläche. Er zog seine Jacke nicht aus. In der linken Innentasche war der Beutel mit den Pillen, in der rechten Tasche das Geld, das er eingenommen hatte.

Nach wenigen Sekunden lief ihm der Schweiß in Strömen übers Gesicht. Vielleicht war es auch kein Schweiß, vielleicht waren es Tränen. Myriam war entführt worden, Lily lag im Krankenhaus, und er ging in den Club, als ob nichts wäre, vertickte Drogen, tanzte mit einer wildfremden Frau.

Er flüchtete sich an den einzig sicheren Ort, das Männerklo. Als er wieder rauskam, stand sie da. »Ein Abschiedskuss wird ja wohl noch drin sein«, sagte sie und trat auf ihn zu.

Also küsste er sie. Er küsste sie, um sie loszuwerden. Es war hirnrissig, aber genau so war es. Wenn du sie küsst, ist sie zufrieden und lässt dich gehen, redete sein zugedröhntes, gequältes, halluzinierendes Hirn ihm ein.

Er küsste Maren auf die Wange. Sie zog ihn an sich, sog ihn an sich, sog ihn in sich auf. Ihre Zunge in seinem Mund, suchte, drängte, füllte ihn aus, genau so musste es sein, wenn ein Außerirdischer Besitz von einem ergriff. Vielleicht war Maren ein Alien, dachte er, als sie ihre Zunge wieder zurückzog.

»Lass uns hier abhauen«, flüsterte sie.

Das taten sie dann auch, Jo haute vor Maren ab und Maren verfolgte ihn. »Ich wohne ganz in der Nähe«, lockte sie. »Komm doch mit, ich bin echt total scharf auf dich.«

Als ob er das nicht gemerkt hätte. »Hör zu, Maren«, sagte er und stellte mit Entsetzen fest, dass er Mühe hatte, die Worte zu formen. Seine Zunge, was war nur mit seiner Zunge los? Maren hatte sie verhext, als sie ihn geküsst hatte, und jetzt konnte er nicht mehr sprechen. »Ich bin mit Mim zusammen«, lallte er. »Ich liebe sie.«

Er hörte Maren lachen. Und plötzlich saßen sie nebeneinander auf einer Bank im Stadtgarten, obwohl Jo überhaupt nicht mitbekommen hatte, dass sie den Park betreten hatten. Das war ebenfalls Marens Hexenwerk.

»Hör doch auf«, sagte Maren und kletterte auf seinen Schoß. »Das weiß doch echt jeder, dass es aus ist mit dir und Mim.«

Sagte sie und dann beugte sie sich zu ihm herunter und öffnete die Lippen und wollte ihn verschlingen.

Danach brach seine Erinnerung ab.

Und setzte erst am nächsten Morgen wieder ein, als er unter der Dusche stand und die Bullen die Tür eintraten.

»Du bist ohnmächtig geworden«, sagte Maren jetzt und trat so nahe an ihn heran, dass ihre Brüste sein Hemd berührten.

»Und du hast mich im Park liegen lassen und bist abgehauen?«

»Ich war total sauer auf dich«, säuselte Maren. »Aber jetzt bin ich nicht mehr sauer.«

Die Pillen. Das Geld. Irgendjemand hatte ihn auf der Parkbank liegen sehen und hatte ihm den Beutel und die Kohle abgenommen.

Irgendjemand.

Oder Maren selbst.

Als kleine Rache dafür, dass er nicht mit ihr ins Bett gegangen war. Warum grinste sie ihn jetzt so seltsam an?

»Hast du die Pillen?«, fragte er mit rauer Stimme. »Und mein Geld?«

»Klingeling«, sagte Maren. »Klickediklick. Ich kann dir beim Nachdenken zusehen. Süß ist das.«

Süß. Ihm war plötzlich schlecht.

»Hast du mich beklaut, ja oder nein?«

Sie lächelte noch breiter. »Beklaut? Was für ein hässliches Wort. Ich hab die Wertsachen in Sicherheit gebracht. Damit sie kein anderer nimmt.«

»Super«, sagte Jo. »Dann hätt ich das Ganze gerne wieder.«

»Und was krieg ich dafür?«, flüsterte Maren und trat näher, noch näher, als sie ihm ohnehin schon war. Presste ihre Brüste gegen seinen Körper und sah ihm tief in die Augen. Er wich ihrem Blick aus, senkte die Augen und starrte in ihren Ausschnitt, in die dunkle Spalte zwischen ihren Brüsten. Ein Abgrund.

Er wich einen großen Schritt zurück.

»Hast du etwa Angst vor mir?«, wisperte Maren und wollte ihm nach, aber jetzt hatte Jo genug. Jetzt reichte es.

»Warte«, sagte er und griff sich in den Nacken und zog sein T-Shirt über den Kopf. Marens Augen leuchteten hell auf vor Freude. Aber nur einen Moment lang. Dann sah sie seinen nackten Oberkörper. Sah das riesige Hämatom, das sich vom linken Schlüsselbein bis zum Bauchnabel zog. Sah die Spuren, die die Fußtritte und Fäuste des Dönermanns auf seinem Körper hinterlassen hatten.

»Was ist denn mit dir passiert?«, flüsterte Maren.

»Dasselbe wird auch mit dir passieren«, flüsterte Jo zurück. »Komm mal mit, ich zeig dir noch was.« Er zog sie am Arm hinter sich her, durch die Tür zur Linken, die in die Küche führte. Durch das Fenster blickte man hinunter auf die Straße. Die beiden Bullen standen an der Straßenecke, direkt unter einer Laterne. »Siehst du die Typen da drüben?«, fragte Jo.

»Wer ist das?«

»Die sind hinter mir her. Die wollen das Geld zurück, dass ich ihnen schulde. Und wenn du jetzt nicht augenblicklich mit der Kohle rausrückst, dann geh ich da runter und rede mit ihnen, und dann bist du die Nächste, die die sich vorknöpfen.«

»Du spinnst doch«, sagte Maren unsicher.

»Vielleicht.« Jo zog sein T-Shirt wieder an. »Vielleicht aber auch nicht.« Da ging Maren zum Kühlschrank, zog ihn auf und holte den Beutel mit den Pillen und einen Stapel Geldscheine aus dem Eisfach. »Hier, bitte schön. Und jetzt verpiss dich.«

»Sehr gerne«, sagte Jo.

»Du belügst dich selber«, sagte Maren, als er schon an der Tür war. »Ich hab euch beobachtet, dich und diese Myriam. Länger schon. Ich find dich nämlich wirklich gut. Die Tussi ist nichts für dich. Du redest dir ein, dass du sie liebst, weil sie entführt worden ist und so. Aber ihr passt überhaupt nicht zusammen. Du und ich, *wir* passen zusammen. Das wär geil geworden mit uns.«

»Red doch keinen Müll«, sagte Jo, während er das Geldbündel in seine Hosentaschen stopfte, einen Teil rechts, den anderen Teil links. »Das ist doch absoluter Bullshit.«

»Kein Bullshit«, sagte Maren. »Denk drüber nach.«

Und das tat er. Während er durch die Stadt nach Hause lief, die beiden Polizisten im Schlepptau, dachte er über Marens Worte nach. Und über sich selbst und über Myriam und Lily.

Wenn er an Myriam dachte, zog sich seine Brust zusammen und er bekam sofort ein schlechtes Gewissen. Er fühlte keine Sehnsucht, er fühlte sich einfach nur schlecht. Schuldig im Sinne der Anklage.

Wenn er an Lily dachte, fühlte er sich ebenfalls schuldig. Weil er sie im Stich gelassen hatte, als sie ihn am See angefleht hatte, ihr zu helfen. Er hätte sie irgendwo verstecken können, in Pulheim, bei Simon. Vielleicht hätten sie sie trotzdem verhaftet. Er hätte es wenigstens versuchen müssen.

Aber wenn er an Lily dachte, war da noch viel mehr. Dann roch er Vanille und Kokos, dann wurde ihm schwindlig vor Sehnsucht. Wenn Jo für einen Moment verdrängte, dass Myriam seit einer Woche entführt war und Todesängste ausstand, wenn er an Lily dachte und nur an Lily, dann wusste er, dass er sie liebte.

Und niemanden sonst.

Die Erkenntnis warf ihn fast um.

Am liebsten wäre er stehen geblieben und hätte es laut in die Nacht hinausgebrüllt. Ich liebe Lily!

Aber dann hätten ihn die beiden Bullen einkassiert und in die Klapse gesteckt. Also ging er einfach weiter, die Hosentaschen ausgebeult von den Geldscheinen, den Beutel mit den Pillen am Gürtel, ging er durch die Dunkelheit. Bis er morgens um drei in seine Straße einbog und sein Handy klingelte.

Die Nummer auf dem Display war ihm unbekannt, er nahm den Anruf trotzdem an.

»Hallo, Jo?«

Eine dünne, kraftlose Stimme. Vertraut und fremd zugleich.

»Wer ist denn da?«

»Ich bin's, Mim. Ich bin wieder frei.«

24

Myriam Bellinger war von einem Fernfahrer gefunden worden. Auf einem Parkplatz an der A 59, die von Köln nach Düsseldorf führte. Er war ausgestiegen, um eine Zigarette zu rauchen, und hatte sie dort liegen sehen.

Im Straßengraben, wie ein Stück Müll.

Sie war ohnmächtig, aber im Krankenwagen war sie wieder zu Bewusstsein gekommen. Und im Krankenhaus hatte sie zuerst ihre Eltern und dann Jo Steiner angerufen.

Myriam Bellinger. Eine Woche lang waren Amelies Gedanken fast ununterbrochen um sie gekreist. Und nun lag sie vor ihr, schmal und blass und erschöpft in einem Krankenhausbett. Ihr struppiges, schmutziges Haar stand in alle Richtungen. Sie war viel kleiner und zarter, als Amelie sie sich vorgestellt hatte. Sie hielt die Augen geschlossen, blau schimmerten die Augäpfel durch die zarten Lider.

Nun schlug sie sie auf und sah Amelie an. Als habe sie ihren Blick durch die Lider hindurch gespürt.

»Guten Tag, Frau Bellinger«, sagte Amelie. »Ich bin Hauptkommissarin Fröhlich. Kriminalpolizei. Wie geht es Ihnen?«

»Gut«, krächzte Myriam, aber das stimmte nicht, das war offensichtlich. »Sind meine Eltern schon da?«

»Sie sind unterwegs«, sagte die Krankenschwester, die neben Amelie stand.

»Frau Bellinger.« Amelie räusperte sich. »Ich weiß, dass Sie müde sind, aber wir müssen Ihnen ein paar Fragen …«

»Morgen«, unterbrach sie die Krankenschwester. »Heute sind erst mal wir an der Reihe.« Sie befestigte ein Band an Myriams Oberarm, drückte ihre Hand zu einer Faust zusammen und schob dann eine Nadel in ihre Vene. Amelie wartete darauf, dass ihr schlecht wurde, aber es passierte nichts.

»Draußen sitzt der LKW-Fahrer, der Frau Bellinger gefunden hat«, sagte Wiebke Huber, die jetzt den Raum betrat. »Er macht ziemlich Druck, weil er heute Nacht noch weitermuss.«

»Sofort«, sagte Amelie und ließ sich neben dem Kopfende des Bettes in die Hocke sinken. Myriams Augen waren wieder geschlossen. Frau Bellinger ist vollkommen dehydriert, hatte ihr der Arzt erklärt, bevor man sie ins Krankenzimmer geführt hatte. Aber abgesehen von dem gebrochenen Finger schien sie keine schweren Verletzungen zu haben. Genaueres würden allerdings erst die Untersuchungen ergeben. »Können Sie mir sagen, wie Sie auf den Parkplatz gekommen sind? Wissen Sie das noch?«

»Es waren zwei«, wisperte Myriam kaum hörbar. »Ein Grausamer und ein Guter. Der Gute hat mich gerettet. Ich wusste, dass er mich retten würde.«

»Zwei Männer? Sind Sie sich da sicher?«

Ein schwaches Nicken. »Ich habe ihre Gesichter nicht gesehen. Sie haben auch nicht mit mir gesprochen. Aber ich glaube schon.«

»Kam Ihnen irgendetwas vertraut vor? Kannten Sie einen der Entführer?«

Sie schüttelte den Kopf. »Nichts. Ich weiß auch nicht, wo sie mich versteckt haben.«

»Frau Pahl ist in Untersuchungshaft«, sagte Dürr. »Glauben Sie, dass sie etwas mit Ihrer Entführung zu tun hatte?«

Nun hob Myriam den Kopf und sah Dürr erschrocken an. »Lily ist im Gefängnis? Warum sollte sie mich entführen? Die Männer haben sie niedergeschlagen, als sie mich geholt haben.«

»Genug«, sagte die Krankenschwester. »Jetzt reicht's. Wenn Sie jetzt nicht gehen, hol ich den Doktor …«

»Schon gut.« Amelie richtete sich auf. Ihr war ein bisschen schwindlig. Aber nicht schlecht.

Als sie das Krankenzimmer verließen, kamen Myriams Eltern gerade an. Seite an Seite eilten sie den langen Flur entlang, auf Amelie zu. Frau Bellinger streckte die Arme nach ihr aus, als wollte sie sie umarmen. »Wie geht es ihr?«, keuchte sie atemlos.

»Es sieht alles gut aus«, sagte Amelie. »Sie ist nur sehr erschöpft.«

»Gott sei Dank«, flüsterte Herr Bellinger. »Gott sei Dank.« Und sah einen Moment lang so aus, als wollte er hier und jetzt auf die Knie sinken, um seinen Gott zu preisen und ihn zu loben, aber dann überlegte er es sich anders und folgte seiner Frau ins Krankenzimmer.

Auf einem der Stühle im Vorraum vor den Aufzügen saß ein großer Mann mit Schnauzbart und trank Automatenkaffee. Amelie wollte zu ihm hin, aber nun öffneten sich die Fahrstuhltüren und Jo Steiner trat aus dem Lift. Im Gegensatz zu den Bellingers stürmte er nicht atemlos auf die Station, wo seine Freundin lag, sondern blieb zögernd stehen. Und blickte sich um und sah Amelie und Dürr.

»Zimmer 306«, sagte Dürr.

»Wie geht es ihr?«, fragte Jo und klang dabei nicht angsterfüllt wie Myriams Mutter, sondern nervös.

Vielleicht hat er doch was mit der Sache zu tun, dachte Amelie.

»So weit ganz gut«, sagte sie laut. »Ihre Eltern sind jetzt bei ihr.«

»Oh«, sagte Jo. »Na, dann warte ich besser, bis sie raus sind.«

Sie sah ihm nach, wie er die Glastür aufschob, den Flur entlangging und dann vor Myriams Zimmer stehen blieb. Er hielt den Kopf gesenkt und trat unbehaglich von einem Fuß auf den anderen.

Diese Beziehung ist vorbei, dachte Amelie. Auch wenn es ihm vielleicht noch nicht klar ist.

»Sind Sie die Kommissarin?« Der Schnauzbart stand auf, kam auf sie zu und zerdrückte dabei den leeren Kaffeebecher in seinen Händen.

»Und Sie sind der Fahrer, der Frau Bellinger gefunden hat?«

»Ganz genau. Wollte mir eine Kippe anzünden und da seh ich sie im Straßengraben liegen. Die Bellinger, nach der sie alle suchen. Das ist ja wohl ein Ding.«

»Das können Sie laut sagen«, sagte Dürr.

Sie fuhren vom Krankenhaus direkt zum Präsidium. Inzwischen war es halb neun, um neun hatte Bonn eine Besprechung angesetzt.

»Vorher brauch ich noch einen Kaffee«, sagte Dürr. »Du auch?«

»Unbedingt«, sagte Amelie und überlegte dann erschrocken, ob das erlaubt war. Ob man Kaffee trinken durfte, wenn man schwanger war.

»Frau Fröhlich!« Der Beamte hinter dem Empfangstresen winkte ihr zu. »Gut, dass Sie da sind! Hab schon oben bei Ihnen angerufen.«

»Was ist denn los?«

»Besuch.« Er deutete auf eine junge Frau, die auf einem der Stühle im Eingangsbereich saß und ihre Handtasche mit beiden Händen umklammerte, als habe sie Angst, dass einer der vorübereilenden Polizeibeamten sie ihr entreißen könnte.

»Plach.« Sie erhob sich, als Amelie vor ihr stand. Ein schmales Gesicht, blaugraue Augen, helle Haut. Die Frau wirkte vertraut, aber Amelie war sich sicher, dass sie sie noch nie gesehen hatte.

»Ich bin Myriam Bellingers Schwester.«

»Esther«, sagte Amelie. »Natürlich.«

»Ihre Kollegen haben gestern angerufen und gesagt, dass ich mich bei Ihnen melden soll. Und ich musste heute ohnehin nach Köln. Da dachte ich, ich schau einfach mal vorbei.«

»Ihre Schwester ist wieder da. Haben Sie das schon gehört?«

»Was? Sie haben Myriam gefunden? Wo ist sie?«

Amelie nickte. »Sie ist im Krankenhaus. Uniklinik.«

»Uniklinik?«

»Es geht ihr gut. Also den Umständen entsprechend. Ihre Eltern sind jetzt bei ihr.«

Unter Esther Plachs linkem Auge zuckte ein Nerv. Ansonsten war ihr Gesicht unbewegt, ausdruckslos. »Da bin ich aber froh. Wissen Sie denn, wer sie entführt hat?«

»Noch nicht.«

»Brauchen Sie meine Aussage denn überhaupt noch?«

Vermutlich nicht, dachte Amelie. Die Idee, dass Myriams Familie etwas mit ihrem Verschwinden zu tun haben könnte, war ihr von Anfang an unwahrscheinlich vorgekommen. Nachdem Myriam wieder aufgetaucht war, erschien sie geradezu absurd. Aber jetzt war Esther Plach nun einmal hier, da konnte sie sie auch befragen.

Sie gab Dürr Bescheid, dass die Besprechung ohne sie beginnen sollte, und ging mit Esther in ihr Büro.

»Ja, also. Ich weiß gar nicht, was ich Ihnen erzählen soll«, begann Frau Plach. Sie sah Amelie nicht an, sondern starrte auf ihre Handtasche, die sie wieder auf ihren Schoß gezogen hatte, an der sie sich mit aller Kraft festhielt. Wie ähnlich sie Myriam sah. Dasselbe schmale Gesicht, die hohen Wangenknochen. Große Augen, schmale Lippen. Aber Myriams Gesichtszüge waren viel ausgewogener und gefälliger. Dafür hatte Esther längere Haare. In weichen Wellen fielen sie auf ihre Schultern.

»Erzählen Sie mir von Ihren Eltern.« Amelie schaltete das Aufnahmegerät an, obwohl sie inzwischen überzeugt war, dass sie sich die Befragung auch hätte sparen können. »Es ist sehr schwer, sich ein Bild von Ihrer Familie zu machen.«

Esther lächelte. »Das wundert mich nicht.«

»Warum nicht?«

»Es ist ein geschlossenes System. Die heilige Familie. Von außen hat keiner Einblick und Zutritt. Und von innen darf nichts nach außen dringen. Wer nicht dichthält, fliegt raus. So wie ich.«

»Sie haben den Kontakt zu Ihren Eltern abgebrochen.«

Frau Plach nickte. »Ich habe mich in Sicherheit gebracht. Sonst hätten sie mich zerstört«, sagte sie und umklammerte ihre Handtasche und presste die Lippen aufeinander.

Amelie schielte auf ihre Uhr. Kurz vor neun. Esther hatte keinen Kontakt mehr zu ihrer Familie, es gab nichts, was sie ihr sagen konnte. Wenn sie die Befragung jetzt abschloss, käme sie noch rechtzeitig zur Besprechung.

»Wir Kinder mussten früher Tagebücher führen«, sagte Frau Plach leise. »Seelentagebücher, nannte mein Vater das. Wir sollten unsere Gedanken und Gefühle aufschreiben. Auch Fehler und schlimme Dinge. Jeden Tag. Und bevor wir ins Bett gingen, kamen Vater oder Mutter und gingen die Bücher mit uns durch.«

»Ihre Tagebücher?«, fragte Amelie entgeistert. »Sie meinen, Ihre Eltern haben Ihre Einträge gelesen?«

»Sie haben sich abgewechselt, an einem Tag die Mutter, am anderen der Vater. Wenn wir etwas Schlimmes getan haben, haben sie uns nicht bestraft. Wir haben gemeinsam gebetet, dass der Herrgott uns vergibt.«

»Haben Sie denn die Wahrheit geschrieben?«

Esther hob den Kopf und sah sie entgeistert an. »Natürlich. Keiner von uns hätte es gewagt, die Eltern zu belügen. Sie wussten alles über uns. Sie kontrollierten uns auf Schritt und Tritt. Sie bestimmten, welche Musik wir hörten, welche Bücher wir lasen, sie suchten unsere Klamotten aus und wählten unsere Freunde. Sie entschieden über unser Leben. Ich war nicht so gut in der Schule, ich sollte eine Ausbildung zur Krankenschwester machen. Meine Schwester Rebecca sollte Theologie studieren und Myriam Sprachen, das hat mein Vater entschieden, als beide dreizehn oder vierzehn waren. Keine Ahnung, was er sich für Johannes ausgedacht hat.«

»Myriam hat aber ihr Studium abgebrochen. Und ist Schauspielerin geworden.«

»Ich hab mich so gefreut, als ich das gehört habe.« Esther öffnete den Verschluss ihrer Handtasche und ließ ihn wieder zuschnappen. Mehrmals hintereinander. Auf und zu, auf und zu. Sie öffnete auch ihren Mund und machte ihn wieder zu. Und schwieg.

»Aber?«, fragte Amelie.

»Na ja. Ich dachte, sie hätte sich eben auch von ihnen gelöst. So wie ich. Ich hab sie besucht, kurz nachdem sie mit der Serie angefangen hat. Und hab ihr dazu gratuliert, dass sie sich endlich befreit hat. Da wurde sie vielleicht sauer. Sie ist richtig ausgerastet.«

»Weil Sie davon ausgegangen sind, dass sie sich mit Ihren Eltern überworfen hätte?«

Esther nickte. »Es war seltsam. Sie kannte unsere Eltern doch genauso gut wie ich, sie wusste, dass diese Serie für sie ein Schlag ins Gesicht wäre. Ihre kleine Myriam spielt in einer billigen Internetproduktion mit. Für meinen Vater war das fast so schlimm, als ob sie einen Porno gedreht hätte.«

»Er hat sich dafür geschämt, dass Myriam Schauspielerin geworden ist.«

»Er hätte es wahrscheinlich akzeptiert, wenn sie zum Theater gegangen wäre. Minna von Barnhelm, Antigone und so. Solange sie sich auf der Bühne nicht ausgezogen hätte. Aber dieser billige Internetstreifen, schlechtes Script, miese Darsteller, holprige Dialoge, das war unerträglich für ihn.«

»Aber Myriam hat das anders gesehen?«

»Damals, als ich sie besucht habe, hat sie geglaubt, dass unsere Eltern stolz auf sie wären. Oder dass sie zumindest akzeptieren würden, was sie machte. Ich weiß nicht, wie sie darauf kommen konnte. Wir hatten zu Hause nicht mal Fernsehen, weil unser Vater das als Verdummung empfunden hat. Und dann diese Entführungssoap. Das war für ihn das Allerletzte.«

»Aber Myriam ist hart geblieben. Sie hat die Sache durchgezogen.«

»Hat mich gewundert. Nach ihrem Auftritt mir gegenüber dachte ich, sie bricht das sofort ab und knickt ein.«

»Die Serie war recht erfolgreich.«

»War sie das? Aber erst nachdem Myriam entführt worden ist.«

»Sie sagen, Ihr Vater habe Fernsehen als Verdummung empfunden. Und Ihre Mutter? Wie stand die dazu, dass Myriam Serienschauspielerin wurde?«

»Meine Mutter.« Esther schnaubte leise. »Meine Mutter macht immer genau das, was mein Vater will. Und denkt auch, was mein Vater denkt. Sie lässt sich alles gefallen, alles.«

»Wie meinen Sie das?«

»Als ich noch zu Hause wohnte, gab es Krach. Meine Mutter sang damals im Kirchenchor und hatte sich mit dem Chorleiter angelegt. Es ging um irgendeine lächerliche Geschichte – einen Kuchen, den sie hätte backen sollen und vergessen hatte. Aber es wurde ein Riesenzerwürfnis. Und der Chorleiter war zugleich Kantor in der Kirche und mein Vater ertrug es nicht, dass meine Mutter sich mit ihm stritt. Er wollte, dass sie klein beigab, dass sie sich entschuldigte, aber meine Mutter weigerte sich. Weil sie sich so im Recht fühlte. Ich glaube, es war das erste Mal, dass sie meinem Vater widersprochen hat.«

»Aber Ihr Vater hat sich durchgesetzt?«

»Mein Vater hat ihr eine reingehauen. So wütend war er. Er hat ihr mit der flachen Hand ins Gesicht geschlagen, ich war dabei, ich hab es gesehen.«

»Und Ihre Mutter?«, fragte Amelie atemlos.

»Ihr Auge ist zugeschwollen, man konnte richtig dabei zugucken, wie es dicker und dicker wurde. Es muss höllisch wehgetan haben, aber meine Mutter hat nicht geheult und hat meinen Vater auch nicht beschimpft. Sie ist zu mir gekommen, hat mich mit beiden Händen gepackt, so …« Jetzt ließ Frau Plach ihre Handtasche los, beugte sich nach vorn, griff nach Amelies Oberarmen und umklammerte sie. »Davon erzählst du nichts, hat sie gesagt. Das bleibt unter uns, das erfährt niemand.« Frau Plach ließ Amelie wieder los und suchte sofort wieder Halt bei ihrer Tasche. »Das war ihre größte Angst. Dass es nach außen dringen könnte, dass die Gemeinde erfahren könnte, dass der Pfarrer seine Frau schlug.«

»Und dann?«

»Hat sie sich beim Chorleiter entschuldigt. Ende der Geschichte.« Esther seufzte. »Wenn wir in den Urlaub gefahren sind, haben wir nachts gepackt und die Sachen ins Auto getragen, damit die Nachbarn nicht sehen, was wir mitnehmen. Keiner sollte wissen, dass der Pfarrer auch nur ein Mensch ist. Und dann wird seine Tochter Schauspielerin in einer peinlichen Serie und alle können es runterladen und angucken.«

»Aber im Gegensatz zu Ihnen hat Myriam noch Kontakt zu Ihren Eltern. Das Verhältnis ist auch ganz gut, soweit ich das beurteilen kann.«

»Wahrscheinlich hatten sie die Hoffnung noch nicht aufgegeben, dass Myriam doch noch zur Vernunft kommt.«

»Haben Sie Jo Steiner kennengelernt?«

»Myriams Freund? Nein, nie. Ich hab den Namen in der Zeitung gelesen, nachdem sie entführt worden ist. Myriam und ich hatten keinen Kontakt mehr, nachdem sie damals so ausgeflippt ist. Funkstille.«

»Ihre Eltern mochten ihn nicht.«

»Nein, sie mochten nie einen von unseren Freunden. Die waren ihnen suspekt. Sie hatten Angst, dass wir ihnen erzählen könnten, wie es wirklich in unserer Familie zugeht.«

Amelie dachte an Nikolas Spundt. *Das ist eine Familienangelegenheit, das verstehst du nicht, hat Myriam immer gesagt, wenn ich nachgehakt habe.*

»Hat Ihr Vater Sie auch geschlagen?«, fragte sie.

»Mich?«

»Oder Myriam.«

»Nein, nie. Er hat auch meine Mutter nur dieses eine Mal angefasst. Glaub ich, jedenfalls. Er war kein Prügler. Seine Gewalt war viel subtiler.« Sie zuckte mit den Schultern. »Tja, das war's eigentlich. Viel mehr gibt es nicht zu erzählen.«

Amelie schaltete das Aufnahmegerät aus. »Vielen Dank.«

»Ich hab Ihnen die Zeit gestohlen«, sagte Esther. »Ich mag meine Eltern nicht, aber mit Myriams Entführung haben sie ganz bestimmt nichts zu tun.«

»Nein«, sagte Amelie. »Das kann ich mir auch nicht vorstellen.« Sie zupfte an ihren Haaren. Seelentagebücher. Fernsehverbot. Ein Schlag ins Gesicht. Koffer, die nachts gepackt wurden, damit die Nachbarn sie nicht sahen. Ein Abgrund, aus dem Esther herausgeklettert war. Und Myriam? War sie den Fängen ihrer Familie ebenfalls entronnen oder hielt sie das System immer noch gefangen? Waren ihre Beziehungen zu Nikolas Spundt und Jo Steiner gescheitert, weil beide Männer die Ansprüche ihrer Eltern nicht erfüllten?

»Sind Sie eigentlich verheiratet?«, fragte Amelie Esther, als sie zusammen zum Aufzug gingen.

»Nein.« Esther schüttelte den Kopf. »Mein Bedürfnis nach Familienleben ist für alle Zeiten gestillt. Ich lebe allein und genieße es jeden Tag.«

Die Besprechung war in vollem Gange, als Amelie in den Konferenzraum kam.

»Unser erstes und wichtigstes Ziel ist erreicht«, sagte Bonn. »Myriam Bellinger ist wieder frei, es geht ihr gut. So wie es aussieht, haben die Entführer noch nicht einmal das Lösegeld kassiert.«

»Vielleicht doch«, sagte Frau Bartels-Schmidt. »Vielleicht waren sie es, die Holm umgebracht haben.«

»Oder sie haben gerade deshalb aufgegeben, weil Holm umgebracht worden ist«, sagte Wallrath. »Die Sache wurde ihnen zu heiß, nachdem es einen Toten gab. Damit hatten sie nicht gerechnet.«

»Die Sache wurde ihnen zu heiß?«, fragte Dürr. »Hältst du die Typen für so sensibel? Mit der Bellinger sind sie ja nicht gerade zimperlich umgesprungen.«

»Vielleicht haben sich die beiden zerstritten. Einer von ihnen hat Skrupel bekommen. Und hat den anderen überredet, die Geisel freizugeben«, sagte Wiebke Huber.

»Oder es hat einen Kampf zwischen den Entführern gegeben. Und der Gute hat den Bösen umgebracht.« Das war Bertelsmann, der Frischling.

»Dann müssten wir ja wohl irgendwann auf eine Leiche stoßen«, sagte Frau Bartels-Schmidt.

»Wenn der andere sie nicht spurlos beseitigt hat.«

»Nun hören Sie doch mal auf zu spekulieren«, sagte Bonn. »Halten wir uns an das, was wir haben.«

»Was haben wir denn?«, fragte Dürr und beantwortete die Frage auch gleich. »Nichts.«

»Spuren«, sagte Katja Sehl. »Wir haben Massen von Spuren. Auf dem Parkplatz, auf dem Myriam gefunden wurde, gab es Reifenspuren, Zigarettenkippen, Müll ohne Ende. Im Gestrüpp lag sogar ein rostiges Fahrrad. Ich bezweifle, dass irgendwas davon zu unseren Entführern gehört. So clever, wie die sich bisher verhalten haben. Aber natürlich schauen wir uns das ganze Zeug noch genauer an.«

»Was ist mit dem Opfer selbst?«, fragte Amelie. »Die erste Befragung hat nichts ergeben, aber vielleicht gibt es Spuren an ihrer Kleidung, die uns etwas über ihr Versteck verraten?«

»Die Typen haben sie umgezogen, bevor sie sie freigelassen haben. Fabrikneue Klamotten. Die Etiketten sind rausgeschnitten. Man kann aber davon ausgehen, dass es sich um Massenware handelt, die sich nicht zuordnen lässt«, sagte Müller.

»Was ist mit Lily Pahl?«, fragte Frau Bartels-Schmidt. »Wenn sie einer der Entführer gewesen wäre, hätte Frau Bellinger sie wiedererkannt.«

»Vielleicht ist sie im Hintergrund geblieben«, sagte Amelie.

»Vielleicht«, sagte die Staatsanwältin. »Das reicht aber nicht. Die Hausdurchsuchung in ihrer Wohnung hat auch nichts Belastendes ergeben.«

»Von Frau Pahls Computer wurden kürzlich Daten gelöscht. Fotos von Myriam Bellinger«, sagte Kellermann. »Seltsame Bilder.«

»Seltsame Bilder? Was soll das denn heißen?«, fragte Frau Bartels-Schmidt.

»Auf keiner der Aufnahmen schaut Frau Bellinger in die Kamera. Sie scheint gar nicht gemerkt zu haben, dass sie fotografiert worden ist.«

»Das ist doch normal«, sagte Wiebke Huber. »Geht doch jedem mal so.«

»Aber es waren über zwanzig Bilder.« Kellermann holte einen Stapel Fotos aus der Tasche und fächerte sie auf dem Tisch auf. »Aufgenommen an allen möglichen Orten, in allen möglichen Situationen. Und Frau Bellinger schaut nie in die Kamera. Man könnte meinen, dass Frau Pahl einen Detektiv auf sie angesetzt hat, um sie zu überwachen.«

»Seltsam.« Die Staatsanwältin nahm eines der Bilder in die Hand, betrachtete es und legte es dann wieder weg. »Aber das reicht nicht, um Frau Pahl weiterhin in Untersuchungshaft zu belassen.«

»Und der Fluchtversuch?«, fragte Amelie.

»Muss nichts bedeuten. Das Entscheidende ist, dass Myriam Bellinger wieder aufgetaucht ist und ihre Freundin entlastet hat.«

»Die Observierung von Jo Steiner können wir doch auch abbrechen, oder?«, fragte Dürr.

»Natürlich«, sagte Amelie. »Daran hab ich gar nicht mehr gedacht.«

Bonn erhob sich. »Wie gesagt, unser erstes und vorrangiges Ziel ist erreicht, Frau Bellinger ist frei. Früher oder später schnappen wir die Burschen, die sie entführt haben. Im Weiteren konzentrieren wir unsere Ermittlungen ganz auf die Mordsache.«

Die Staatsanwältin stand ebenfalls auf. »Morgen früh gibt es noch mal eine Pressekonferenz. Frau Fröhlich, ich kann doch auf Sie zählen?«

»Sicher«, sagte Amelie und überlegte, ob sie von dem Gespräch mit Esther Plach erzählen sollte. Und entschied sich dagegen. Die Mordsache stand im Vordergrund, die familiären Hintergründe des Opfers interessierten keinen mehr. Sie würde einen Bericht schreiben und zu den Akten heften.

»Noch eine gute Nachricht, bevor wir auseinander gehen«, sagte Bonn und wedelte mit seinem Handy. »Hab gerade eine SMS von Dolders Frau bekommen. Die ersten Untersuchungsergebnisse liegen vor. Aller Wahrscheinlichkeit ist es nichts Bösartiges.«

Erleichtertes Gemurmel erfüllte den Raum.

Amelie fühlte ein vertrautes Rumoren im Magen, er ballte sich zusammen, er ging zum Angriff über. Sie verließ den Raum mit großen Schritten. Gut, dass die Toilette ganz in der Nähe war.

In ihrem Büro wartete Polizeimeister Stahl auf sie.

»Ich habe heute Morgen mit Erik Holms Krankenkasse telefoniert.«

»Und?«

»Der war in den letzten zehn Jahren nie beim Psychiater. Also jedenfalls ist da nichts abgerechnet worden.«

»Und das Citalopram? Wer hat ihm das verschrieben?«

»Das konnten die mir nicht sagen. Die Verschreibungen werden nicht gespeichert.« Stahl grinste verschwörerisch. »Aber ich bin schon einen Schritt weiter.«

»Dann schieß mal los.«

»Hab gesehen, dass es genau gegenüber von Holms Haus eine Apotheke gibt. Und da war ich eben. Mit der richterlichen Verfügung. Ich hab ein bisschen mit der netten Apothekerin geplaudert, die da arbeitet.«

»Und was hat die erzählt? Jetzt mach's doch nicht so spannend!«

»Erik Holm hat kein Citalopram bei ihr geholt«, sagte Stahl. »Aber Frau Binder.«

»Ach«, sagte Amelie. »Das ist allerdings wirklich …«

»Der Hammer, oder?«

»Bist du sicher, dass sie es nicht nur für ihn besorgt hat?«

»Sie bekommt die Tabletten seit Jahren verschrieben. Aber warum erzählt sie euch, dass Holm das Zeug schluckt, wenn sie es in Wirklichkeit selber nimmt?«

»Das werden wir sie gleich selbst fragen«, erklärte Amelie.

25

Vor Myriams Krankenzimmer saß ein Polizist und hielt Wache. »Ich bin Frau Bellingers Freund«, sagte Jo. »Jo Steiner.«

Der Mann ließ sich Jos Ausweis zeigen, durchsuchte dann eine Liste mit Namen und nickte. »Die Eltern sind gerade drin.«

»Ich weiß.« Jo lehnte sich ans Fensterbrett und wartete, bis Myriams Eltern rauskamen. Sie verließen das Zimmer rückwärts, zuerst Herr Bellinger und dann seine Frau. »Schlaf gut, Kleines!«, rief Frau Bellinger Myriam noch zu, bevor sie die Tür zuzog.

Und sich umdrehte und Jo sah.

»Guten Tag, Joe.« Sie zögerte einen Moment, dann streckte sie ihm ihre Hand hin. »Myriam geht es gut. Ist das nicht wunderbar?«

»Sie ist sehr schwach«, sagte ihr Mann, der neben der Tür stehen geblieben war. »Sie braucht jetzt Ruhe.«

»Ich will nur ganz kurz mit ihr reden«, sagte Jo und ärgerte sich, dass er nicht einfach in den Raum ging.

»Wir sind sehr dankbar, dass die Sache so gut ausgegangen ist«, wisperte Frau Bellinger und musterte ihn wachsam, als erwartete sie seinen Widerspruch.

Er nickte. »Ich bin auch … froh.« Dankbar brachte er nicht über die Lippen. Wem sollte er auch danken sollen? Er glaubte nicht an Gott. Jedenfalls nicht an den Gott der Bellingers. »Ich will dann mal.« Er wies mit dem Kopf zur Tür. »Schönen Tag noch.«

»Ihnen auch, Joe«, sagte Frau Bellinger.

»Lassen Sie die Tür offen, wenn Sie reingehen«, sagte der Polizist. Herr Bellinger nickte, als habe er das auch gerade sagen wollen.

Jo atmete tief ein, klopfte an, lauschte, hörte keine Antwort und öffnete die Tür trotzdem.

Die Vorhänge waren zugezogen. Im Halbdunkel des Zimmers leuchtete weiß das Krankenbett und im Bett lag Mim und lächelte ihn an.

Sie war unglaublich dünn und schmal und blass. Diese Haare. Kurz und verstrubbelt. Fast so schrecklich wie die Frisur der Kommissarin. Wenigstens waren sie nicht rot.

Er wartete auf ein Gefühl. Freude, Ergriffenheit, Erleichterung oder zumindest Mitleid. Und empfand nichts, überhaupt nichts.

»Hallo, Mim, wie geht es dir?« Er trat neben sie und gab ihr einen Kuss auf die Wange. Sie roch so fremd. Nach Krankenhaus und Angstschweiß. *Ich kann das alles ertragen, wenn ich weiß, dass du wiederkommst.* Myriams Worte aus dem Video waren plötzlich wieder in seinem Kopf. Ob Mim ihren Peiniger immer noch vermisste? Ob sie davon träumte, dass er ins Krankenhaus eindrang, den Polizisten an der Tür niederschlug und sie wieder mitnahm?

»Wie geht es dir?«, fragte er leise.

»Super«, wisperte Mim. »Ich bin so froh, dass alles vorbei war. Es war schrecklich.«

Ihre Augen standen voller Tränen, das erkannte Jo, obwohl es so dunkel war.

»Arme Mim«, flüsterte er und kam sich gemein vor, weil er immer noch nichts spürte.

Sie schwiegen, aber es war kein gutes Schweigen.

»Weißt du schon, wann du hier wieder rauskommst?«, fragte er und dachte zum ersten Mal seit Langem wieder an die Flugtickets, die immer noch auf seinem Schreibtisch lagen. Zwei Wochen Curaçao. Der Traumurlaub, den er für Mim und sich gebucht hatte. Und danach: Verlobung, Heirat, Kinder und ein Haus im Grünen. Wie hatte er nur so bescheuert sein können. So blind.

»Hoffentlich bald«, sagte Mim. »Ich will nach Hause.«

Nach Hause, dachte Jo. Wo ist das? Hier in Köln oder bei deinen Eltern in Düsseldorf? Oder in Hamburg, wo du nach einer Wohnung gesucht hast, bevor sie dich entführt haben?

»Worüber denkst du nach?«, fragte Myriam leise.

»Über nichts«, sagte er. »Ich bin froh, dass du wieder da bist.«

»Sie haben ja schon wieder Besuch!«, rief die Krankenschwester, die jetzt im Türrahmen auftauchte. »Jetzt ist aber mal Schluss mit Party, Frau Bellinger braucht Ruhe.«

»Ich gehe ja schon«, sagte Jo und hatte das Gefühl, dass Mim genauso erleichtert war wie er selbst.

Frau Binder hatte sich über Nacht wieder verjüngt. Die Föhnfrisur saß perfekt, das Make-up ließ ihre Haut makellos und jung erscheinen. Nur die Augen waren leicht entzündet.

»Geht es Ihnen ein bisschen besser?«, fragte Amelie, nachdem sie im Wohnzimmer Platz genommen hatten.

»Danke. Ich habe ein Schlafmittel genommen, sonst hätte ich kein Auge zugemacht.« Kathrin Binder versuchte ein Lächeln, das misslang. »Und selbst?«, fragte sie dann.

»Gut«, sagte Amelie hastig. »Wir wollen Sie auch nicht lange stören. Es geht um die Tabletten in Ihrem Badezimmer.«

Frau Binders Gesicht zeigte keine Regung.

»Sie haben uns erzählt, dass sie Ihrem Lebensgefährten verschrieben wurden«, sagte Amelie. »Aber das stimmt nicht. Das Medikament ist für Sie.«

Schweigen. Frau Binder zupfte sich ein unsichtbares Stäubchen vom Ärmel, die Miene unbewegt, als habe sie sie nicht gehört.

»Warum nehmen Sie Citalopram, Frau Binder?«, fragte Amelie.

Frau Binder schwieg. Dürr streckte die Beine von sich und verschränkte die Hände im Nacken. Wir warten, hieß das. Bis heute Nacht. Bis morgen früh.

Amelies Handy piepste. Eine SMS. Sie zog das Telefon aus der Tasche und rief die Nachricht auf. »Hab recherchiert: Drehbuchautor von Missing überall unbekannt. Hak doch noch mal nach, wenn du mit der Binder sprichst. LG Peter.«

»Also, Frau Binder«, sagte Dürr. »Wie wäre es mal mit einer Antwort?«

»Es war dumm von mir, Sie anzulügen«, flüsterte die Sekretärin. »Ich weiß auch nicht, warum ich das gemacht habe. Ich war so durcheinander.«

»Sie haben uns angelogen, weil Sie durcheinander waren?«, fragte Dürr. »Das ergibt keinen Sinn. Das müssen Sie doch selbst zugeben, oder?«

»Eine andere Frage«, sagte Amelie. »Wer hat sich Missing eigentlich ausgedacht? Wer schreibt die Drehbücher?«

Frau Binders Augenbrauen wanderten in die Höhe. »Bitte was?«

»Wie heißt der Drehbuchautor?«, fragte Dürr. »Die Frage habe sogar ich verstanden.«

Frau Binder zuckte mit den Schultern. »Warum wollen Sie das wissen?«

»Verraten Sie uns einfach den Namen.«

Frau Binder überkreuzte die Arme vor der Brust und presste die Lippen zusammen. »Ich weiß nicht, was das soll. Mein Mann ist gestorben, vermutlich ist er ermordet worden. Und anstatt seinen Mörder zu suchen, bedrängen Sie mich und stellen mir unsinnige Fragen und unterstellen mir … Ach, was soll's. Ich habe nichts zu verbergen.« Sie warf den Kopf in den Nacken. »Ich schreibe die Bücher.«

»Das Mädchen für alles«, sagte Amelie.

»Bitte?«, zischte Frau Binder. »Was soll das denn jetzt?«

»Sind Sie doch«, sagte Amelie. »Sie machen das Büro, kochen Kaffee, schreiben die Drehbücher, zahlen die Miete …«

»Und schlafen mit dem Chef«, ergänzte Dürr.

Kathrin Binder erhob sich. »Jetzt reicht's«, sagte sie mit bebender Stimme. »Das lass ich mir nicht gefallen. Jetzt gehen Sie. Und zwar sofort.«

»Setzen Sie sich«, sagte Dürr. »Sonst müssen wir Sie mit ins Präsidium nehmen und da ist es nicht halb so gemütlich wie hier.«

»Was wollen Sie?«, rief Frau Binder. »Sagen Sie mir doch bitte einfach klipp und klar, was Sie von mir wollen!«

»Wir fragen uns, ob Sie nicht vielleicht furchtbar frustriert und verärgert waren«, sagte Holm. »Der ganze Erfolg von Missing ist allein Ihnen zuzuschreiben. Aber in der Öffentlichkeit war nur Erik Holm bekannt. Sie waren die Sekretärin, die er aus dem Raum geschickt hat, wenn's wichtig wurde. Dass muss Sie doch gekränkt haben.«

»Hat es nicht«, sagte Kathrin Binder. »Auch wenn Sie mir nicht glauben. Ich bin keine Frau für die erste Reihe. Ich bleibe lieber im Hintergrund.«

»Wenn Sie so zufrieden mit Ihrer Situation waren«, sagte Amelie, »wofür brauchten Sie dann das Citalopram?«

Die Sekretärin faltete ihre Hände vor dem Gesicht, blies ihren Atem gegen die Handfläche und schüttelte den Kopf. »Ich sage jetzt gar nichts mehr«, erklärte sie leise. »Ich will einen Anwalt. Sie drehen mir doch sonst das Wort im Mund herum.«

»Frau Binder«, sagte Amelie. »Wenn mein Kollege und ich jetzt nach unten gehen, dann finden wir im Keller ein Fenster, durch das man aus dem Haus kommt, ohne dass die Reporter das mitkriegen. Und an dem Fenstergriff und auf dem Fensterbrett und im Lichtschacht und am Rost über dem Lichtschacht oder wo auch immer sind Ihre Fingerabdrücke. Ganz frisch. Ist es nicht so?«

Frau Binder presste die Lippen zusammen und schüttelte den Kopf.

»Hatte Ihr Lebensgefährte ein Verhältnis mit Lily Pahl?«, fragte Dürr. »Oder mit Myriam Bellinger? Sind Sie deshalb depressiv?«

Seine Stimme war sanft, sie klang fast liebevoll. Wenn er Frau Binder angeschrien hätte, wenn er sie geschüttelt oder geschlagen hätte, hätte er nichts erreicht. Aber die warmen Worte waren zu viel für sie. Die trieben Sprünge in ihre perfekte Oberfläche, die ließen sie auseinanderbrechen. Ihre Lippen öffneten sich, ihr Kinn begann zu zittern, die Zähne schlugen aufeinander. Und dann begann sie zu weinen.

»Ich weiß nicht, ob Erik was mit Lily hatte«, schluchzte sie. »Zutrauen würd ich es ihr, dass sie mit ihm im Bett war. Ist ja auch egal.«

»Das ist Ihnen egal? Das glauben Sie doch wohl selbst nicht«, sagte Amelie.

»Ein Seitensprung wäre mir egal gewesen. Aber diese Angst, dass er genug von mir hat, dass er mich wegen einer anderen verlässt. Die hat mich nachts nicht schlafen lassen, die hätte mich irgendwann noch umgebracht. Diese Angst.«

»Da haben Sie lieber Herrn Holm umgebracht. Sie sind ihm gefolgt und haben ihn vor die U-Bahn gestoßen.«

Frau Binder weinte lautlos.

»Wovor hatten Sie Angst?«, fragte Amelie. »Herr Holm war von Ihnen abhängig. Er hätte sich Sorgen machen müssen, dass Sie ihn verlassen.«

»Er war fünf Jahre jünger als ich und die Mädels standen auf ihn. Alle. Erik sah gut aus, er war charmant und intelligent. Er hatte die besten Jahre noch vor sich. Aber für mich ist alles gelaufen.«

»Sie waren wegen dieser Ängste in psychologischer Behandlung?«

Frau Binder schüttelte den Kopf. »Ich bin jahrelang zum Psychotherapeuten gerannt, schon während meiner letzten Beziehung. Hat nichts genützt, überhaupt nichts. Ich hab jedes Mal Panikattacken bekommen, wenn ich Erik mit einer attraktiven Frau reden sah.

Und als Sie mir neulich diese Fotos gezeigt haben … Vielleicht hatte er was mit Lily. Aber mit Myriam nicht, Myriam hätte sich nie auf ihn eingelassen.«

»Warum sind Sie sich da so sicher?«

»Myriam macht so was nicht. Das weiß ich einfach. Nicht mit Holm und mit anderen auch nicht. Die wollte keine Abenteuer. Die suchte einen Mann, auf den sie sich verlassen kann.« Sie lachte leise. »Genau wie ich. Ich hätte so gerne ein Kind gehabt.«

»Aber Holm wollte nicht.«

»Nein. Ich hab es trotzdem versucht. Aber es hat nicht geklappt. Nicht einmal das habe ich hinbekommen.« Ein kurzer Blick auf Amelies Bauch, der das vertraute Rumoren in ihrem Magen auslöste.

»Erzählen Sie uns, was am Dienstag genau geschehen ist«, sagte Dürr.

»Ich hab ihn im Büro angerufen. Ich wollte, dass er endlich nach Hause kommt. Aber er hatte keine Lust. Und als ich ihn anflehte, zu mir zu kommen, da sagte er …« Ihre Stimme ging in Tränen unter. Dürr reichte ihr ein Taschentuch. Sie schnäuzte sich, weinte und putzte sich noch einmal die Nase, bis sie endlich weiterreden konnte. »Er sagte, dass ich eine Klette bin, eine unerträgliche Klette. Dass er genug von mir hätte, es sei aus, sagte er.«

»Am Telefon?«, fragte Amelie. »Wir haben die Anrufe doch überwacht …«

»Wir hatten beide ein Prepaid-Handy ohne Vertrag. Man will ja seine Privatangelegenheiten nicht vor der Polizei ausbreiten.« Frau Binder zog eine Grimasse. »Es war nicht das erste Mal, dass Erik mir den Laufpass gab. Er hatte mir schon vorher zu verstehen gegeben, dass er mich nicht mehr liebte. Aber noch nie so deutlich, noch nie so grausam.« Sie wischte sich mit dem Taschentuch über die Augen und verschmierte dabei die Schminke. »Er brauchte mich nicht mehr. Die Entführung hatte ihn erfolgreich gemacht, er hatte wieder Geld und Perspektiven, er sah wieder Land.« Kathrin Binder nickte langsam. »Vielleicht hat er mich nie geliebt«, flüsterte sie.

»Sie haben sich aus dem Haus geschlichen und sind zu ihm ins Büro gefahren.«

»Ich bin über die Wohnung im Erdgeschoss raus. Sie ist zurzeit nicht vermietet, aber ich hab einen Schlüssel, weil manchmal Leute zur Besichtigung kommen, die lass ich dann rein. Die Terrassentür geht nach hinten, wir haben den Ausgang öfter benutzt, um an den Reportern vorbeizukommen.« Sie schniefte leise. »Ich wollte mit Erik reden, ich wollte ihn zur Vernunft bringen. Er verließ das Büro gerade, als ich ankam. Aber er hat mich nicht gesehen. Und aus irgendeinem Grund hab ich ihn nicht angesprochen. Ich bin ihm gefolgt. Er ist in die Stadt gefahren und hat eine Bratwurst gegessen, einfach so, als ob nichts wäre. Und dann hat er Champagner gekauft. Nicht für mich, für eine andere Frau. Oder für sich selbst. Eine einsame Feier, weil er mich endlich los war. Als er am Breslauer Platz auf die U-Bahn wartete, hab ich es nicht mehr ausgehalten. Die Wut, ich hatte so eine Wut. Eine unerträgliche Wut.«

»Sie haben ihn auf die Gleise gestoßen«, sagte Dürr und Frau Binder nickte. Und weinte jetzt nicht mehr, sie war ganz ruhig.

»Und dann sind Sie zurück ins Büro und haben das Lösegeld aus dem Tresor geholt und versteckt«, sagte Amelie. »Wo haben Sie es hingebracht?«

Frau Binder schüttelte den Kopf. »Ich habe das Geld nicht.«

»Das ist doch Unsinn. Sie hatten den Schlüssel zum Safe. Sie haben die zwei Millionen auf die Seite geschafft.«

»Ich habe das Geld nicht.« Sagte Frau Binder und dabei blieb sie.

Bis Amelie die Geduld verlor und aufstand. »Wir bringen Sie jetzt aufs Präsidium«, sagte sie. »Vielleicht fällt es Ihnen da ja wieder ein.«

Als sie gerade ins Auto steigen wollten, klingelte Amelies Handy.

»Aloha!«, rief eine Männerstimme.

»Hallo?«

»Ich bin's! Dein verschollener Geliebter!«, sagte Daniel.

»Daniel! Wo bist du denn?«

»Raus! Entlassen! Ich bin endlich frei! Genau wie deine Myriam Bellinger. Glückwunsch, ich hab's gerade in der Zeitung gelesen.«

»Du bist draußen? Wann kommst du nach Hause?«

»Bin schon da.«

»Du bist in Deutschland?«

»In Köln. Hab eben die Wohnungstür aufgeschlossen. Der Kühlschrank ist so was von leer. Aber zumindest ist Kaffee da.«

»Du bist …« Amelie lehnte sich an die offene Wagentür. Ihr Kopf drehte sich. Wenn sie sich noch einmal übergab, würde sie ihren Magen auswürgen, alles andere war schon draußen.

»Kannst du nicht einfach nach Hause kommen? Der Fall ist doch nun gelöst«, sagte Daniel.

Nichts ist gelöst, dachte Amelie. Myriam ist frei und wir haben Holms Mörder. Aber wir haben keine Ahnung, wie das eine mit dem anderen zusammenhängt. Sie dachte auch an Dolder, der bald wieder zurück wäre. *Habe ich es mir doch gedacht, dass Sie es nicht in den Griff kriegen.*

»Bin schon unterwegs«, sagte sie. Und dann, kurz bevor er auflegte: »Daniel?«

»Ja?«

»Ich muss dir noch was sagen.«

»Etwas Gutes oder etwas Schlimmes?«

»Etwas Schreckliches«, sagte Amelie. »Charleen hat mir die Haare abgeschnitten und blutrot gefärbt. Ich sehe aus wie ein Zombie.«

Daniel lachte. »Wenn sie nur nicht glatt und schwarz sind. Und du Deutsch mit mir sprichst. Dann ist alles gut. Komm schnell nach Hause, Amelie. Ich liebe dich auch ohne Haare.«

26

Und dann kehrte der Alltag wieder. Frau Binder widerrief ihr Geständnis nicht und kam bis zur Verhandlung in Untersuchungshaft. Sie antwortete ausführlich auf alle Fragen, die die Tat oder ihr Verhältnis zu Erik Holm betrafen, aber wenn die Sprache auf das Lösegeld kam, wurde sie schweigsam. »Ich habe das Geld nicht.« Das war und blieb ihre einzige Aussage zu diesem Thema.

Ein Zusammenhang mit dem Kidnapping ließ sich nicht nachweisen, dennoch waren nicht nur die Medien, sondern auch die meisten von Amelies Kollegen überzeugt, dass Kathrin Binder und Erik Holm hinter der Entführung standen. Frau Binder hatte sich das Ganze ausgedacht – genau wie die Drehbücher – und Holm hatte ihre Pläne in die Tat umgesetzt. Weil er Myriam insgeheim liebte, hatte er Skrupel bekommen, hatte darauf gedrängt, sie freizulassen, und Frau Binder hatte ihn dafür umgebracht. Danach war ihr die Sache über den Kopf gewachsen und sie hatte aufgegeben.

Holm war der gute Entführer, Frau Binder war *der Kleine*, der Grausame, der Myriam die Haare abgeschnitten und ins Gesicht geschlagen hatte und der ihr auch den Finger gebrochen hatte.

Das war die gängige Meinung in der Öffentlichkeit, bei den Journalisten und bei der Polizei. Nur Amelie war nicht überzeugt.

Myriam wurde aus dem Krankenhaus entlassen und kam zur Befragung ins Präsidium. Es fiel ihr schwer, über ihre Gefangenschaft zu reden. Es war eine Qual für sie, sich zu erinnern. Sie war in psychotherapeutischer Behandlung, dennoch litt sie unter Panikattacken und konnte nachts nicht schlafen.

»Hätten Sie Holm und Kathrin Binder nicht wiedererkannt, wenn sie Sie gefangen gehalten hätten?«, fragte Amelie.

Myriam nagte an ihrem Zeigefingernagel. »Ich weiß es nicht«, wisperte sie. »Ich weiß überhaupt nichts mehr. Das Ganze ist wie ein böser Traum. Wenn ich mich an ein Detail erinnern will, verschwimmt alles.«

Sie war nicht mehr in die WG mit Lily zurückgezogen, sie wohnte jetzt wieder bei ihren Eltern in Düsseldorf.

»In Köln hätte ich das Gefühl, dass es jederzeit wieder passieren kann«, sagte sie. »Zu Hause fühle ich mich sicher.«

Sicher. Amelie dachte an das Gespräch mit Esther Plach und schauderte.

Myriam hielt sich im Haus ihrer Eltern versteckt, gab keine Interviews und ließ sich nicht fotografieren. Und Lily Pahl war nach ihrer Entlassung aus der U-Haft untergetaucht. Sie war immer noch in der Wohnung in Nippes gemeldet, für die auch regelmäßig Miete gezahlt wurde. Wahrscheinlich kellnerte sie wieder. Aber wo sie wohnte, wusste keiner.

Nach ihrer Entlassung hatte sie Amelie angerufen und ihr eine Handynummer durchgegeben. »Falls noch was ist, können Sie mich darüber erreichen«, hatte sie gesagt. »Nicht dass Sie denken, dass ich mich vom Acker machen will.«

»Warum sind Sie aus Ihrer Wohnung ausgezogen?«

»Wissen Sie, was da los ist? Die Journalisten belagern mich, als wäre ich Lady Gaga. Meine alte Simcard hab ich weggeschmissen, die haben Tag und Nacht angerufen. Ich zieh vorübergehend zu einem Freund.«

»Zu Jo Steiner?«, hatte Amelie gefragt, worauf Lily aufgelegt hatte.

Dolder kam wieder zurück ins Präsidium. Er hatte fünf Kilo abgenommen, ansonsten war er ganz der Alte. Dieselben frauenfeindlichen Sprüche, die gleichen schlechten Witze wie früher. Und doch hatte er sich geändert.

Er ließ Amelie in sein Büro kommen und entschuldigte sich bei ihr. »Mir ging der Arsch auf Grundeis«, sagte er. »Ich dachte, ich habe Krebs, ich muss den Löffel abgeben. Und Sie mussten's ausbaden.«

Und ich hätte dir fast den Tod gewünscht, dachte Amelie und sagte laut: »Schwamm drüber.«

»Sie haben sich ganz tapfer geschlagen. Bin froh, dass die Bellinger-Sache so gut ausgegangen ist. Vielleicht können wir Holm und der Binder die Entführung ja noch beweisen. Aber im Grunde ist es egal. Holm ist tot und die Binder kriegen wir wegen Mord dran.«

»Vielleicht war es doch ein anderer?«

»Wer denn? Der geheimnisvolle Unbekannte, der zufällig in Myriams Wohnung eingedrungen ist? Alle, die mit ihr in Verbindung standen, haben wir überprüft. Da ist nichts. Die Einzige, die wirklich ein Motiv hatte, ist Lily Pahl und die saß in U-Haft, als Holm ermordet wurde und Myriam freigekommen ist.«

Die Sonderkommission war längst aufgelöst worden. Nur Amelie hatte die Akte noch nicht geschlossen. Jeden Tag blätterte sie in den Berichten und Protokollen, las und suchte. Nach dem einen Hinweis, den sie übersehen hatten, nach dem einen Kieselstein, den sie noch nicht umgedreht hatten.

»Für Sie steht ja jetzt ohnehin erst mal was anderes im Vordergrund«, sagte Dolder und zwinkerte ihr zu. Diese Zwinkerei. Noch so eine Sache, die sie nicht vermisst hatte. »Die Spatzen pfeifen es schon durchs Präsidium.«

Dürr. Bestimmt hatte er Dolder verraten, dass Amelie schwanger war. Außer ihm und Schulz hatte sie es bisher noch keinem Kollegen gesagt.

»Das ist noch geheim«, sagte sie nervös.

»Aber nicht mehr lange«, sagte Dolder und starrte auf ihren Bauch, der sich tatsächlich schon leicht nach vorn wölbte. »Glückwunsch. Das ist doch wirklich besser, als Verbrecher zu jagen.«

Mach dir keine Hoffnungen, dachte Amelie wieder. Ich gebe den Job nicht auf.

»Ich bleibe zu Hause«, hatte Daniel sofort erklärt, als sie ihm den positiven Teststreifen gezeigt hatte. »Ich mache das. Ich freu mich so. Und du? Freust du dich auch?«

»Ein bisschen«, hatte Amelie entgegnet. »Aber hauptsächlich hab ich Angst. Als Mutter bin ich die totale Fehlbesetzung.«

»Als Mutter wirst du der Star«, widersprach Daniel. »Du kommst ganz groß raus, glaub mir.« Und dann musste er weinen, weil er sich so freute.

Und Amelie weinte mit, weil ihr angst und bange war.

Aber ihre Besorgnis war nichts gegen die von Dürr. Als sie ihm eröffnete, dass sie ein Kind bekam, geriet er in helle Panik.

»Was machst du denn dann noch hier? Du kannst doch in deinem Zustand nicht mehr als Polizistin arbeiten!«

»Ist doch alles noch ganz am Anfang. Und mir geht es gut.«

»Gerade am Anfang muss man vorsichtig sein. Da wird doch alles angelegt, die inneren Organe und das Gehirn und die Synapsen.« Dürr sorgte sich um das Kind, als wäre es sein eigenes. Wenn Amelie sich erhob, sprang er ebenfalls auf, um ihr die Tür zu öffnen. Er kochte ihr Kräutertee und brachte jeden Tag frisches Obst mit ins Büro.

»Du musst auf jeden Fall unser Taufpate werden«, sagte Amelie. »So wie du dich um mich kümmerst.«

»Echt?« Sämtliche Pickel in seinem Gesicht leuchteten auf, vor lauter Freude.

Eigentlich hatte sie es gar nicht ernst gemeint. Amelie und Daniel waren beide schon lange aus der Kirche ausgetreten. Aber jetzt beschloss Amelie, dass sie das Kind taufen lassen würde, und sei es auch nur, damit Dürr wirklich Taufpate werden konnte.

»Ich zermartere mir das Hirn«, sagte Amelie zu Daniel. Sie saßen auf ihrem Balkon, Daniel trank Wein, Amelie Tee. Über den Dächern von Köln ging langsam die Sonne unter.

»Immer noch wegen dem Fall?«, fragte er.

»Es ergibt keinen Sinn. Warum haben die Entführer Myriam freigelassen? War Holm doch an der Entführung beteiligt? Haben sie aufgegeben, weil er tot war? Ich begreife es einfach nicht.«

»Vielleicht denkst du nicht in die richtige Richtung«, sagte Daniel. »Du stehst vor einer Tür und versuchst sie aufzumachen. Und rüttelst an der Klinke und trittst dagegen und willst unbedingt rein. Aber hinter der Tür ist nichts. Es ist nur ein Fake.«

»Was willst du mir damit sagen?«

»Dass du dich mal umdrehen sollst. Vielleicht ist der Ausgang genau hinter dir.«

Amelie seufzte. »Wenn es so einfach wäre.« Sie griff nach Daniels Glas und nahm einen Schluck Rotwein.

»Alkohol ist auch keine Lösung«, sagte Daniel und nahm ihr das Glas weg. »Jedenfalls nicht für Schwangere.«

»Lass uns reingehen! Das Interview fängt gleich an.«

Ein einziges exklusives Interview. Dazu hatte sich Myriam Bellinger nach langem Zögern und vielen Einwänden bereit erklärt. Daraufhin hatten sich die großen Fernsehsender mit ihren Angeboten überschlagen und am Ende hatte man sich auf eine Kooperation geeinigt. Zwei Reporter sollten Myriam interviewen und das Gespräch sollte gleichzeitig von ARD und RTL übertragen werden.

»Fast wie vor der Bundestagswahl«, sagte Daniel. »Möcht nicht wissen, was die ihr dafür gezahlt haben.«

»Ich weiß es. Aber ich sag dir's nicht, sonst wirst du ohnmächtig. Myriam wird das Geld übrigens komplett spenden. Brot für die Welt oder so.«

»Ein Engel. Kein Wunder, dass die Medien sie so lieben.«

Myriam Bellinger sah auch aus wie ein Engel, als sie eine Viertelstunde später auf dem Bildschirm erschien. Sie trug ein schwarzes Etuikleid, ihr kurzes blondes Haar stand nicht mehr struppig vom Kopf ab, sondern war frisch geschnitten und umglänzte ihr Gesicht wie ein Heiligenschein. Make-up so dezent, dass sie ungeschminkt wirkte.

»Wow«, murmelte Amelie. »Weißt du noch, wie sie in den Videos ausgesehen hat? Ich hätte sie nicht wiedererkannt.«

In den Gesprächen, die sie im Präsidium mit Myriam geführt hatten, war ihre Stimme matt und kraftlos gewesen. Auch jetzt sprach sie sehr leise, aber ihre Stimme klang fest und melodiös.

»Wie geht es Ihnen heute?«, fragte einer der Interviewer, ein Moderator mit dunklem Vollbart, der bestimmt berühmt war. Amelie kannte ihn genauso wenig wie seinen öffentlich-rechtlichen Kollegen, weil sie so gut wie nie fernsah. »Nachdem der Albtraum vorbei ist?«

Myriam erzählte von ihren Eltern, die ihr die Kraft gaben, die Ängste zu ertragen, die sie immer noch quälten. »Die Nächte sind die Hölle.« Der Vollbart schüttelte betrübt den Kopf.

»Sie wohnen jetzt wieder in Düsseldorf?«, fragte sein Kollege von der ARD.

»Zurzeit ja«, sagte Myriam. »Es ist eine Zuflucht für mich. Aber ich weiß natürlich, dass ich früher oder später zurück ins Leben muss. Schritt für Schritt. Aber es geht nicht so schnell.«

Sie fragten sie nach ihrer Beziehung zu Jo Steiner, ohne seinen Namen zu nennen, und Myriams Gesicht wurde noch ernster. »Wir haben uns getrennt«, sagte sie leise. »Unsere Liebe war einfach nicht stark genug, diesen Albtraum zu überstehen. Es ist nicht seine Schuld. Aber es ging nicht mehr.« Die beiden Journalisten nickten synchron.

Sie sprachen von der Serie, von der es nie eine zweite Staffel geben würde. Obwohl die Filmproduktionen Schlange standen, die die

Rechte kaufen und die Serie weiterführen wollten. Allerdings nur, wenn Myriam Bellinger weitermachte. Und Myriam wollte nicht. »Nie mehr«, sagte sie. »Für kein Geld der Welt. Das ist vorbei.«

»Wollen Sie ganz aufhören mit der Schauspielerei?«, fragte der Vollbart betroffen.

»Das weiß ich noch nicht.« Myriam faltete die Hände vor dem Gesicht und schloss kurz die Augen. Ein Engel, dachte Amelie wieder. »Ich weiß überhaupt nicht, was ich machen will. Ich bin im Moment voll und ganz damit beschäftigt zu überleben.«

»Man kann sich das als Außenstehender kaum vorstellen, was so eine Entführung mit einem macht«, sagte der ARD-Mann. »Haben Sie die Kraft, uns von Ihrer Gefangenschaft zu erzählen?«

Sie hatte die Kraft. Auch wenn es ihr sichtlich schwerfiel, auch wenn es sie an ihre Grenzen brachte, erzählte sie den beiden Journalisten und dem Rest von Deutschland von ihrer Zeit im Kerker, von ihrer Angst und Verzweiflung und der schwindenden Hoffnung.

»In Ihrem Tagebuch haben Sie den einen Entführer als mitleidig und den anderen als sehr grausam beschrieben. Wie sehen Sie das jetzt?«, fragte der Vollbart.

»Es hört sich total verrückt an, aber ich habe das Gefühl, dass da etwas war zwischen mir und dem ersten Mann«, sagte Myriam leise. »Eine Art Verständnis, eine Sympathie, ich finde nicht die richtigen Worte. Ich träume oft von ihm. Aber das sind keine Albträume, ich träume davon, dass wir uns in einer anderen Welt wiederbegegnen und dass wir uns nicht mehr voreinander verstecken müssen.«

»Sie träumt von ihrem Entführer? Davon hat sie uns gegenüber aber nie was gesagt«, meinte Amelie.

»War da so etwas wie Liebe zwischen Ihnen?«, fragte der Öffentlich-Rechtliche. »Kann man das so sagen, ja?«

Myriam zuckte mit den Schultern. »Liebe? Ich weiß nicht. Vertrauen, das trifft es vielleicht eher. Klingt verrückt? Der Typ hält mich gefangen und ich rede von Vertrauen.«

»Es gibt ja die Theorie, dass Ihr ehemaliger Produzent der Entführer war«, sagte der Vollbart. »Unterstützt von seiner Sekretärin, die ihn danach ermordet hat. Was halten Sie davon?«

Myriam verschränkte die Arme vor der Brust und seufzte tief. »Erik Holm soll mein Entführer gewesen sein? Ich kann mir das einfach nicht vorstellen. Ich rede mir auch ein, dass ich ihn wiedererkannt hätte. Und sie auch. Aber sicher bin ich mir nicht.«

»War Erik Holm verliebt in Sie?«, hakte der Vollbart nach. »War das vielleicht auch der Grund, dass er sterben musste?«

Myriam Bellinger zögerte. »Was soll ich Ihnen dazu sagen?«, fragte sie leise. »Ich weiß es genauso wenig wie Sie oder irgendein anderer. Erik ist tot. Als er noch gelebt hat, war nie was zwischen uns. Er war mein Produzent. Wir waren beide in einer Beziehung.«

Der RTL-Mann öffnete den Mund, sein Kollege war schneller. »Die Entführer haben Sie ja freigelassen, ohne das Lösegeld zu kassieren«, sagte er. »Hatten Sie das Gefühl, dass das dem Einfluss des Guten – nennen wir ihn der Einfachheit halber mal so – zu verdanken war?«

»Vielleicht«, sagte Myriam. »Ich weiß es nicht. Aber ich würde es gerne wissen.«

»Sie hören es, Mister Unbekannt«, sagte der Vollbart in die Kamera. »Wenn Sie jetzt zuschauen, melden Sie sich bitte nach der Sendung.«

Der ARD-Mann lächelte säuerlich. Er fand diese Bemerkung unsensibel und unmöglich, das sah man ihm deutlich an. Er rückte noch ein Stück näher an Myriam Bellinger heran, es sah so aus, als wollte er sich auf ihren Schoß setzen. »Wie ist denn heute das Verhältnis zu Ihrer ehemaligen Mitbewohnerin und Kollegin Lily Pahl?«

»Es gibt Gerüchte, dass da etwas war, zwischen Frau Pahl und Ihrem Exverlobten«, ergänzte der Vollbart.

»Woher hat er das denn?«, rief Amelie empört. »Das gibt's doch wohl nicht!«

Myriam Bellinger schwieg.

Die Kamera zoomte auf ihre Hände in ihrem Schoß, eine klammerte sich an der anderen fest. »Mein Freund und ich sind nicht mehr zusammen«, sagte sie schließlich. »Ich hab das ja schon gesagt. Ob er jetzt mit Lily …« Sie verstummte wieder. »Ich weiß es nicht«, erklärte sie schließlich mit gepresster Stimme. »Und ich kann auch nicht darüber reden.«

Ihre Stimme brach. Die beiden Reporter senkten betreten den Blick.

»Frau Bellinger«, begann der ARD-Mann schließlich mit bebender Stimme. »Ich sehe, wie sehr Sie unsere Unterhaltung mitnimmt. Ich möchte Ihnen ausdrücklich für den Mut und die Offenheit danken, mit der Sie heute vor die Kamera getreten sind. Ich persönlich bin sehr beeindruckt von Ihrem … ja, lassen Sie es mich ruhig so sagen … Ihrem Charakter.«

Sein vollbärtiger Kollege beeilte sich zu versichern, dass er ebenfalls schwer beeindruckt war, dann wünschten beide Myriam alles Gute und viel Glück und verabschiedeten sich von den Zuschauern. Die Live-Übertragung war beendet. Es folgten Hintergrundberichte zur Entführung. »Weg damit«, sagte Daniel und schaltete den Fernseher aus.

»Was hältst du von ihr?«, fragte Amelie.

»Na ja. Die hat schon was. Ich könnte mir vorstellen, dass sie als Schauspielerin noch mal groß rauskommt. Wenn sie es schafft, die Entführung zu verarbeiten.«

Amelie nickte.

»Irgendwie scheint sie inzwischen auch davon auszugehen, dass ihr Produzent der Entführer war, findest du nicht?«, sagte Daniel.

Amelie schwieg. Weil sich in ihrem Kopf alles drehte. Weil sich die Dinge neu zusammenschoben, und als endlich alles stillstand, sah sie die Tür, die sie die ganze Zeit übersehen hatte. Die Tür zur Lösung.

Es ist alles ganz einfach, dachte sie. Und konnte es nicht fassen, dass sie nicht schon früher darauf gekommen war.

Sie hatte nur leider nicht den Hauch einer Ahnung, wie sie das Ganze beweisen sollte.

Jo Steiner war am Ende. Er war sechsundzwanzig Jahre alt, hatte ein Alkohol- und Drogenproblem, kein Geld und keine abgeschlossene Ausbildung, wenn man einmal von einem wertlosen Diplom als Drehbuchautor absah, seine Freundin hatte ihm den Laufpass gegeben, und die Frau, die er liebte, war spurlos aus seinem Leben verschwunden.

Seine Schulden war er los. Immerhin das hatte er geschafft. Am Morgen, nachdem Myriam wieder aufgetaucht war, war er zu Mahler spaziert und hatte ihm den Rest der Pillen und das Geld aus Marens Eisfach auf den Tisch geknallt. Achthundert Euro, vielleicht sogar tausend, er hatte sich nicht die Mühe gemacht, es nachzuzählen.

»Und du meinst, das reicht?«, hatte Mahler gefragt. »Zwei meiner Leute haben ein Verfahren am Hals. Wegen dir. Und du schmeißt mir ein paar Scheine auf den Tisch und knallst die Pillen daneben und meinst, das reicht?«

»Ich hab deine Leute nicht gebeten, mich zusammenzuschlagen«, sagte Jo. »Und wenn dir die Kohle nicht reicht, kannst du ja versuchen, noch mehr aus mir rauszupressen. Aber ich sag dir eins: Die Bellinger-Sache ist noch nicht vom Tisch und ich werd auch immer noch observiert. Wenn du nicht aufpasst, lochen sie beim nächsten Mal dich ein.«

»Willst du mir drohen?«, fragte Mahler und sah Jo misstrauisch an. Und sah die Hoffnungslosigkeit in seinem Gesicht und dass ihm alles scheißegal war. Da steckte er das Geld ein und warf die Tüte mit den Pillen in eine Schublade und schickte Jo zum Teufel.

Jo ließ sich das Geld für die Karibik-Tickets zurückerstatten und kaufte sich davon Wodka und betrank sich. Aber so viel er auch trank, er konnte einfach nicht vergessen, wie beschissen seine Situation war. Und das würde immer so bleiben. Solange Mims Entführung sein Leben bestimmte.

Wenn er eine Zukunft haben wollte, dann musste er seine Vergangenheit klären. Dann musste er mit Mim reden. Es hatte keinen Sinn, sie anzurufen, sie würde gar nicht erst rangehen, wenn sie seine Nummer auf dem Display sah. Also schrieb er ihr einen Brief.

»*Liebe Mim*«, schrieb er. »*Wenn du das liest, hast du den Brief aufgemacht und nicht ungeöffnet weggeworfen. Obwohl ich mir sicher bin, dass du drüber nachgedacht hast, ihn ungeöffnet wegzuwerfen. Du bist überrascht, von mir zu hören. Ich bin auch überrascht, dass ich dir schreibe. Und es fällt mir verdammt schwer, die richtigen Worte zu finden. Ich hab bestimmt schon zehn Briefe angefangen und bisher jeden weggeworfen, aber diesen hier bringe ich zu Ende.*

Es ist so: Ich krieg dich nicht aus dem Kopf. Ich denke die ganze Zeit an dich und habe so viele Fragen, die ich dir gerne stellen würde.

Ich weiß, dass es dir nicht gut geht. Ich weiß auch, dass es aus ist und dass ich keine Chance bei dir habe. Und ich kann sogar verstehen, dass du deine Ruhe willst. Aber ich würde dich so gerne noch ein letzes Mal sehen und noch mal mit dir über alles reden. Danach belästige ich dich nie mehr, das versprech ich dir.

Ich bin nächste Woche am Donnerstag um acht im Le Canard und warte auf dich. Wenn du kommst, ist es gut, wenn du nicht kommst, ist es auch gut. (Aber wenn du kommst, ist es besser.)

Sehr aufgeregte Grüße

Jo«

Er reservierte den Tisch und war sich sicher, dass sie nicht kommen würde, und war dennoch nass geschwitzt vor Aufregung, als er um acht Uhr im Le Canard saß und der Kellner die Weinkarte brachte.

»Ein Wasser«, sagte Jo, der lieber Wodka getrunken hätte. »Mit dem Wein warte ich noch. Und mit der Bestellung auch.«

»Natürlich«, sagte der Kellner und kurz darauf brachte er ein Glas und eine kleine Wasserflasche, deren Inhalt dreizehn Euro kostete, das wusste Jo noch von seinem letzten Besuch. Er war einige Male mit Mim hier gewesen und hatte es jedes Mal gehasst: das gezierte Getue der Kellner und die handgeschriebene Speisekarte und die arroganten Gäste und die Preise. Aber Mim blühte in diesem Laden auf wie die Serengeti in der Regenzeit.

»Mit einer Einladung ins Le Canard kriegst du mich immer«, hatte sie beim letzten Mal zu ihm gesagt. Hoffentlich stimmte es, dachte er, hoffentlich versetzte sie ihn nicht. Er blickte auf seine Uhr, und als er wieder aufsah, kam sie durch die Tür.

Ein schlichtes hellgraues Kleid mit weißem Kragen, die blonden Haare nach hinten gekämmt. Perlenstecker in den Ohren. »Du siehst super aus«, sagte Jo anstelle einer Begrüßung.

»Danke. So langsam wachsen die Haare wieder.«

»Ich bin froh, dass du gekommen bist«, sagte er, als sie beide am Tisch saßen.

»Ich hab echt lange gezögert«, sagte sie. »Aber irgendwie hast du mich neugierig gemacht.«

»Wie geht's dir?«

»Gut. Also, ich meine, jeden Tag ein bisschen besser.«

»Ich hab dich im Fernsehen gesehen. Das war Wahnsinn.«

»Ach Quatsch.« Sie senkte den Blick auf die Weinkarte. »Hast du schon was bestellt?«

»Ich hab auf dich gewartet.«

»Worüber wolltest du mit mir reden?«, fragte Mim, als der Kellner die Vorspeisen brachte.

»Mir ging es genau wie dir. Ich war neugierig.«

»Bitte?«

»Ich wollte einfach wissen, wie du das alles arrangiert hast.«

»Wie ich … was?« Myriam sah ihn an. Die Augen groß und verständnislos.

»Die Entführung«, sagte Jo und schnitt ein Stück Gänseleberpastete ab und schob es in den Mund. Das Zeug schmeckte wie Leberwurst, aber es kostete das Zwanzigfache.

»Spinnst du?«

Er aß noch ein Stück Pastete, dann schob er den Teller weg. »Du hast dir das ausgedacht. Und du hast es durchgezogen. Vom Anfang bis zum bitteren Ende. Es gab keinen guten Entführer und auch keinen bösen. Alles Erfindung.«

»Du bist doch …« Myriams Stimme überschlug sich vor Erregung. Sie stand auf und griff nach ihrer Handtasche. »Ich hätte nicht herkommen sollen.«

»Warte«, sagte Jo ernst. »Bitte warte, Mim. Gib mir fünf Minuten.«

Sie zögerte.

»Bitte.«

Da setzte sie sich wieder. Aber nur auf die vorderste Stuhlkante. Sie aß auch nicht, sie hielt ihre Handtasche fest und sah ihn misstrauisch an.

»Du wusstest von mir und Lily«, sagte Jo. »Dass wir was miteinander hatten. So war's doch, oder?«

Ihre Augen füllten sich mit Tränen. »Also stimmt es? Ich habe es vermutet, Jo, ich hab's mir echt gedacht. Aber gewusst hab ich es nicht. Du bist so ein Schwein. Mit meiner besten Freundin.«

»Lüg mich nicht an«, sagte Jo. »Es war nicht nur eine Vermutung. Du wusstest es. Ist ja jetzt auch egal. Aber ich wollte dir sagen, dass es mir leidtut.«

»Ich weiß echt nicht, was das soll!«, sagte Myriam. »Warum fängst du jetzt damit an? Willst du mir wehtun? Willst du mich noch mehr fertigmachen?«

»Nein. Ich kann dir nicht mehr genau sagen, warum ich mich auf

Lily eingelassen habe. Es war dumm von mir. Aber ich war reif. Reif für einen Seitensprung.«

»Wie bitte?« Myriams Augen waren jetzt nicht mehr groß, sondern schmal vor Missbilligung. »Ist es jetzt meine Schuld, dass du mit Lily ins Bett bist?«

»Unsinn«, sagte Jo. »Du warst mir einfach zu perfekt, Mim. Eine hübsche, nette, fleißige, brave Pfarrerstochter. Everybody's darling. Kein Fehler, kein Laster, kein Makel. Langweilig. Dachte ich.« Er schlug sich mit der flachen Hand gegen die Stirn. »Ich Idiot.«

»Sag mal, bist du betrunken?«, fragte Myriam.

Er schüttelte den Kopf. »Ich bin nicht betrunken. Und du bist nicht brav. Und auch nicht nett. Du bist genial. Ich hätte dir das nicht zugetraut.«

»Was?«

»Du hast dich selbst entführt. Als Lily an dem Abend unter der Dusche war, hast du geklingelt und dann im Flur rumgeschrien, bis sie aus dem Bad gestürzt kam. Da hast du sie niedergeschlagen. Und als sie wieder aufgewacht ist, warst du weg.« Mim wollte etwas einwenden, aber Jo hob seine Hand und brachte sie so zum Schweigen. »Du hast dich irgendwo versteckt. Hast dir die Haare abgeschnitten. Hast dir selbst ins Gesicht geschlagen. Und dir den Finger gebrochen. Alle Achtung! Hast du dich vorher betäubt oder wie hast du das hingekriegt? Und dann die Videos. Deine Angst, deine Verzweiflung und wie du dich immer mehr in deinen Peiniger verliebt hast. Das war ganz großes Kino, du bist eine tolle Schauspielerin, Mim.«

Mim schüttelte den Kopf. »Das ist so hirnverbrannt und bescheuert, Jo, das kann doch nicht dein Ernst sein.«

»Nein, Mim«, sagte Jo. »Das ist nicht hirnverbrannt. Das ist absolut gigantisch. Das ist perfekt.« Er trank einen Schluck Rotwein. »Ich hab dich total unterschätzt, ich Trottel.«

Myriam überkreuzte die Arme vor der Brust. Schüttelte den Kopf und lächelte. »Was für eine Story, Jo. Aber verrat mir doch eines: Warum hätte ich das alles tun sollen? Ich hab keinen Cent Lösegeld kassiert. Ich hab keinen Vorteil aus der Entführung gezogen. Nichts. Im Gegenteil. Ich bin meinen Job los, ich kann nachts nicht schlafen, ich hab nicht mal mehr eine eigene Wohnung.«

Jo nickte. »Darüber hab ich auch lange nachgedacht.«

»Und zu welchem Schluss bist du gekommen?«

»Erik Holm. Er hat dir einen Strich durch die Rechnung gemacht. Indem er ermordet wurde.«

Mim verdrehte die Augen und lachte. »Jo. Jetzt wird's echt albern.«

»Du hast alles geplant. Dass er an die Medien geht und die Sache groß rausbringt. Crowdfunding, Videos, Spendenaufrufe, Talkshows. Du konntest dich drauf verlassen, dass Holm jede Chance auf Öffentlichkeit nutzt, weil ihm das Wasser bis zum Hals stand. Aber du hast nicht mit der Binder gerechnet. Und dass Holm ihr den Laufpass geben würde, sobald er wieder Boden unter den Füßen spürte. Du konntest nicht ahnen, dass die Binder Holm umbringt.«

»Puh«, sagte Myriam. »Gott sei Dank. Ich dachte schon, du willst mir den Mord an Erik auch noch anlasten.«

»Na ja, wenn du dich nicht entführt hättest, wäre Holm noch am Leben. Aber wo gehobelt wird, da fallen Späne, das wissen wir beide. Auf jeden Fall hast du kalte Füße bekommen, als du von Holms Tod gehört hast. Und hast beschlossen, die ganze Sache abzubrechen. Du hast drei Tage nichts getrunken und hast dich vollkommen dehydriert auf diesen Parkplatz geschleppt.«

Myriam schnaubte verächtlich.

»Schade«, sagte Jo. »Wenn du keine Nerven gezeigt hättest, wärst du jetzt reich. Dein Plan war genial. Zu dumm, dass er nicht aufgegangen ist.«

»So ein Quatsch«, sagte Mim und leerte ihr Weinglas. »Du hast ja keine Ahnung.«

»Hab ich nicht?«, fragte Jo und schenkte ihr nach. »Warum nicht?«

»Mein Plan ist aufgegangen. Alles ist genau so gelaufen, wie ich es wollte.«

»Kein Geld. Job weg. Wohnung weg. Das war dein Plan?« Jo schüttelte den Kopf.

»Denk doch mal nach. Meine Situation war total verfahren. Als Schauspielerin war ich in der Sackgasse.«

»In der Sackgasse? Die Serie lief doch ganz gut, dachte ich …«

»Blödsinn. Ein paar Hundert Leute haben die erste Folge runtergeladen. Wenn wir weitergemacht hätten, wären es irgendwann ein paar Tausend geworden. Na und? Das ist nichts, das kannst du vergessen. Aber das war nicht das Schlimmste.« Noch ein Schluck Wein. »Das Schlimmste war, dass ich aus der Situation nicht mehr rauskam. Egal wo ich vorgesprochen habe, egal wo ich mich beworben habe, Missing hat mir immer das Genick gebrochen. Die Leute haben sich den Scheiß angesehen und wussten Bescheid. Und dann wollten sie mich nicht mehr haben.«

»Das kann ich mir nicht vorstellen. So schlecht war die Serie doch auch wieder nicht.«

»Glaub mir, für Theaterleute ist es das nackte, entsetzliche Grauen, was wir da gemacht haben. Keiner, der mich als Noemi gesehen hat, hätte mich danach das Gretchen oder Emilia Galotti spielen lassen. Ich hab's ja versucht. Die haben mich ausgelacht, Jo.« Mims Augen glänzten. War es der Wein oder hatte sie Tränen in den Augen? Ihr Glas war schon wieder leer. Jo schenkte ihr den Rest der Flasche ein.

»Ich hatte diese Demütigungen so satt. Erst hab ich mich jahrelang in den Schauspielschulen beworben und keiner wollte mich. Lily hatte noch bessere Chancen als ich und Lily spielt echt wie ein Sack Kartoffeln. Und dann hat sie mich überredet, bei diesem Casting für Missing mitzumachen und zack! – hatten wir die Hauptrollen. Und haben uns auch noch gefreut, wir bescheuerten Gänse.«

»Und jetzt?«, fragte Jo verständnislos. »Jetzt hast du gar keinen Job mehr. Und deine Missing-Vergangenheit klebt immer noch an dir. Was soll denn daran besser sein?«

»Du kapierst echt nichts, oder?« Mim lehnte sich zurück, verschränkte die Arme vor der Brust und lächelte. »Jetzt ist alles anders. Weißt du, was ich in den letzten Wochen für Angebote bekommen habe? Theater, Fernsehen, Film. Davon hätte ich früher nur träumen können.«

»Und? Wofür hast du dich entschieden?«

»Ich hab alles abgelehnt. Und wenn morgen Spielberg anruft oder Claus Peymann, dann sag ich denen auch ab. Ich hab dazugelernt, Jo, ich weiß jetzt, wie das Spiel gespielt wird.«

»Aha?« Er verstand immer noch nicht, worauf sie hinauswollte.

»Ach Jo«, sagte sie mitleidig und zärtlich zugleich. »Du bist so süß naiv. Ich habe gerade einen Riesendeal mit einer internationalen Verlagsgruppe abgeschlossen. Es gibt ein Buch über meine Zeit in diesem Keller. Ein Extended E-Book, falls dir das was sagt.«

Jo zuckte mit den Schultern.

»Das Buch enthält die Videos, die während meiner Entführung erschienen sind. Und aktuelle Interviews mit mir. Und natürlich auch Texte. Über Details darf ich noch nicht reden. Aber der Vorschuss ist ordentlich. Die Rechte sind bereits in acht Länder verkauft. Eine Woche, nachdem ich unterschrieben habe.«

»Und diesmal wirst du das Honorar nicht spenden, habe ich recht?«, sagte Jo.

»Nicht alles, aber einen Teil davon. Es kommt mir nicht auf die Kohle an, hast du das immer noch nicht begriffen? Ich will, dass sich nie mehr jemand über mich lustig macht.« Jetzt lächelte sie nicht mehr, ihre Augen waren hart und glanzlos und und ihre Stimme auch. »Dieses jahrelange Vorspielen, diese Tingelei von Schauspielschule zu Schauspielschule, von Casting zu Casting. Und immer haben sie mich zurückgewiesen. Beim nächsten Mal schaffen wir es, hat Lily immer gesagt, das war der Gipfel, das war echt der Hohn, dass sie uns auf eine Stufe gestellt hat. Vor ein paar Monaten hab ich im Düsseldorfer Schauspielhaus vorgesprochen. Zwei Sätze haben die mich aufsagen lassen, zwei ganze Sätze. Und dann hat mich dieses Arschloch von Regisseur unterbrochen. Danke, Frau Bellinger, das genügt. Und raus war ich wieder. Hinterher hab ich nachgefragt, warum es nicht geklappt hat. Und diese blöde Tussi, diese arrogante Kuh von einer Regieassistentin meinte nur: Ach, Frau Bellinger. Es reichte eben einfach nicht.« Sie schnaubte leise. »Aber es reichte doch. Mir hat es gereicht. Und zwar gründlich.«

»Was sollte das mit dem guten Entführer und dem zweiten Mann? Wie bist du darauf gekommen?«

»Ich wollte, dass die Sache ganz groß wird. Dass die Medien sich drauf stürzen und die Leute es im Internet verbreiten, dass es jeder mitkriegt. Dass alle meinen Namen und mein Gesicht kennen. Und ich hab mir gedacht, dass diese kleine Romanze zwischen mir und dem Entführer bestimmt für eine Menge Aufmerksamkeit sorgt. Love-Interest. Funktioniert doch immer.«

»Hast du den Verdacht bewusst auf Lily und mich gelenkt?«

»Na ja«, sagte Myriam. »Vor allem auf Lily. Ich wollte ihr eine Lehre erteilen. Und dir auch.«

»Du hast deiner Mutter gesagt, dass du Angst vor mir hast. Und Lily hast du das Gleiche erzählt.«

»Rauch und Nebel. Um die Polizei zu verwirren.«

»Ist dir gelungen. Die Stalking-Fotos von dir – die hast du auf Lilys Computer geladen, oder? Wie hast du die Bilder gemacht? Hast du einen Detektiv auf dich selbst angesetzt?«

»Quatsch. Selbstauslöser. Manchmal hab ich auch Passanten gefragt, ob sie mich mal knipsen.«

»Und die Sexfotos von Lily und Holm?«

»Das war nicht Holm. Das war so ein Typ, den sie mit nach Hause gebracht hat, nachdem ihr euch getrennt habt. Er sah Erik ziemlich ähnlich, also hab ich eine Kamera in Lilys Zimmer versteckt und hab sie gefilmt. Nach dem Sex hat Lily den Typ rausgeschmissen. Und den nächsten Tag hat sie durchgeflennt. Wegen dir, nicht wegen ihm. Und ich hab mitgeflennt. Du hast mich so verletzt, Jo. Ausgerechnet Lily hast du dir ausgesucht. Ausgerechnet diese kleine Schlampe. Das war so demütigend!« Sie lächelte traurig.

»Ich liebe Lily«, sagte Jo. »Ich bin total verrückt nach ihr.«

Das Lächeln erstarrte. Sie griff nach ihrem Weinglas und leerte es in einem Zug .

»Darf ich den Herrschaften dann den Hauptgang servieren?« Der Kellner hatte sich von hinten genähert. Nun stand er neben Jo und betrachtete missbilligend die fast unberührten Vorspeisenteller.

»Jetzt nicht«, sagte Jo.

»Weißt du, was ich glaube?«, fragte Jo, als der Kellner wieder weg war. »Im Grunde hast du das Ganze nur wegen deinen Eltern getan. Es hat dich tief getroffen, dass sie so enttäuscht von dir waren. Dass sie sich für dich geschämt haben. Du willst, dass sie stolz auf dich sind.«

»Halt meine Eltern da raus. Die haben überhaupt nichts mit der Sache zu tun.«

»Der Schein ist alles. Wie die Dinge wirklich sind, interessiert keinen. So haben sie dich doch erzogen. Und was sie dir beigebracht haben, hast du konsequent in die Tat umgesetzt.«

»Lass meine Eltern da raus«, sagte Myriam noch einmal. »Das verstehst du nicht. Das wirst du nie verstehen.«

»Was werde ich nie verstehen?«

»Als ich damals nach Köln gezogen bin, da brauchte ich Abstand. Da wollte ich mein eigenes Leben anfangen und mich von allem loslösen, was vorher gewesen ist. Ich hab Lily kennengelernt und dann fing das mit der Schauspielerei an und dann hab ich dich getroffen. Am Anfang war es aufregend und toll, aber dann …«

»Aber dann?«, fragte Jo.

»Dann hab ich gemerkt, wie falsch das alles ist. Und dass ich so nicht leben kann und will. So unvernünftig, so chaotisch, so verantwortungslos. Wie du und Lily. Ich habe ein Ziel im Leben, ich will etwas erreichen. Und ja, ich geb's zu. Ich will, dass meine Eltern stolz auf mich sind.«

»Stolz?«, sagte Jo. »Dein Vater ist Pfarrer. Was meinst du, wie der das findet? Die ganzen Lügen, den ganzen Betrug?«

»Ich hatte keine andere Chance«, sagte Myriam. »Es war der einzige Ausweg aus meiner Situation. Und ich hab auch keinem geschadet. Ich meine, das mit Erik konnte ich ja nicht ahnen.«

»So ein Quatsch. Lily saß im Knast wegen dir.«

»Na und?«, fragte Mim. »Was soll das Ganze hier überhaupt?«

Jo leerte sein eigenes Glas, lächelte und schwieg.

»Du hast keinen Beweis«, sagte Mim. »Niemand wird dir glauben. Du hast es vorhin selbst gesagt: Mein Plan ist genial.«

»Ist er auch«, sagte Jo. »Aber ich hab dein Geständnis.« Er griff in seine Jackentasche und holte das winzige Mikrofon heraus, mit dem die Polizisten ihn ausgestattet hatten. »Ich hoffe doch, es hat alles funktioniert, Frau Fröhlich.«

»Wir haben jedes Wort.« Die rothaarige Kommissarin war aus der Küche gekommen und trat jetzt an ihren Tisch. »Vielen Dank, Frau Bellinger. Das war hervorragend.«

Myriams Blick begann zu flackern. Er flog von Jo zu der Kommissarin und wieder zurück zu Jo. »Das nützt Ihnen nichts«, sagte sie. »Ich bin total betrunken, ich hab nur Blödsinn geredet. Ein Alkoholtest wird das beweisen. Das Gespräch ist vor Gericht nicht zulässig.«

»Natürlich ist es zulässig«, sagte die Kommissarin. »Aber wir brauchen es auch gar nicht. Wir haben die Wohnung gefunden, in der Sie sich versteckt haben.«

Myriam starrte sie schweigend an.

»Ich hab mich die ganze Zeit gefragt, wie Sie von Ihrem Versteck auf den Rastplatz gekommen sind«, fuhr Frau Fröhlich fort. »Ein Taxi wäre zu riskant gewesen. Ihr Gesicht war so bekannt. Und einen Komplizen hatten Sie nicht.« Sie machte eine Pause, vielleicht wollte sie Myriam die Chance geben, die Wahrheit selbst auszusprechen, aber die schwieg beharrlich. »Das rostige Fahrrad auf dem Rastplatz, auf dem man Sie gefunden hat. Wir haben es am Anfang für Müll gehalten, aber das war Ihr Fluchtfahrzeug.«

Mim lachte verächtlich und schüttelte den Kopf. »Absurd.«

»Sie waren erschöpft, halb verdurstet, verletzt. Sie konnten nicht weit gefahren sein. Das war mir klar. Wir haben alle Häuser im Umkreis von vier Kilometern abgesucht. Heute Nachmittag haben wir die Wohnung gefunden. Sie haben sie anonym angemietet, der Vermieter hat Sie nie gesehen, die Nachbarn kennen Sie auch nicht.«

»Sie haben überhaupt keinen Beweis«, sagte Myriam. »Sag ich doch.«

»Auf dem Fahrrad sind Ihre Spuren. Und in der Wohnung auch. Noch haben wir nichts, aber ich bin mir vollkommen sicher, dass die Kollegen von der Spurensicherung etwas finden. Ein Haar, eine Hautzelle, einen Fingerabdruck. Ich weiß, Sie haben gründlich geputzt. Aber Sie waren über eine Woche dort und verletzt und am Ende waren Sie vollkommen erschöpft.«

Myriam zupfte an ihren Haaren. Wie die Kommissarin in ihren besten Zeiten.

»Ein Geständnis würde Ihre Situation ganz entscheidend verbessern, Frau Bellinger«, sagte Frau Fröhlich.

Wie sich die Dinge wandelten. Myriam Bellinger saß in Haft und wartete auf ihre Gerichtsverhandlung, und im Serienforum, das immer noch nicht geschlossen worden war, zogen die Leser nicht mehr über die bösen Entführer her, sondern über das ehemalige Opfer. Und die Reporter, Sachverständigen und Experten im Fernsehen, in der Presse und im Internet hatten es alle schon von Anfang an geahnt, dass mit Myriam Bellinger etwas nicht stimmte.

»Sie hat mit der Solidarität und dem Mitgefühl der Öffentlichkeit gespielt«, erklärte derselbe Journalist, der Myriam vor ein paar Wochen als Engel in Menschengestalt bezeichnet hatte, mit vor Abscheu bebender Stimme. »Und das wird ihr die Gesellschaft ...«

Jo drehte ihm das Wort ab. Und wollte sich den Rest Wodka ins Glas schenken, aber die Flasche war schon leer. Und es war gerade mal fünf. Einen Moment lang war er versucht, die leere Flasche an die Wand zu feuern, aber dann sah er sein eigenes Spiegelbild im schwarzen Glas des Fernsehers, sah einen jungen Mann, der sich seit Wochen täglich betrank und in seinem Selbstmitleid suhlte und darin ertrinken würde. In nicht allzu ferner Zeit.

Plötzlich ekelte er sich vor sich selbst.

Dass er hier saß und Wodka trank und an Lily dachte, die immer noch wie vom Erdboden verschwunden war, obwohl der Fall nun gelöst war und Myriam im Gefängnis saß.

»So geht es nicht mehr weiter«, sagte Jo. Und stand auf und nahm die beiden Wodkaflaschen, die er auf Vorrat gekauft hatte, und drehte sie auf und kippte sie ins Klo. So weit war er im Sommer auch schon gewesen, bevor ihn die Ereignisse überrannt, bevor er wieder rückfällig geworden war. Vielleicht würde er auch diesmal wieder rückfällig werden, wenn er Lily erst gefunden hätte und sie es ihm ins Gesicht gesagt hätte, dass es aus war, dass sie ihm keine zweite Chance mehr geben würde. Aber bis dahin würde er nüchtern bleiben.

Er brauchte einen klaren Kopf, um sie zu finden.

Er begann seine Suche bei Simon.

»Dass es dich noch gibt«, sagte Simon, als er Jo die Tür öffnete. »Ich dachte schon, du bist ausgewandert. Weißt du, wie oft ich bei dir angerufen habe?«

»Mein Akku war leer«, sagte Jo.

»Und die Klingel war auch kaputt, was? Jedenfalls hast du nie aufgemacht.«

»Ich suche Lily«, sagte Jo.

»Komm rein.«

Er führte Jo in sein Wohnzimmer und da saß Lily und trank Kaffee. Im Schlafanzug.

»Ach, so ist das«, sagte Jo und hatte das Gefühl, dass ihm der Boden unter den Füßen weggezogen wurde. »Du bist so ein Arschloch, Simon«, sagte er. »Und du auch, Lily. Ich such dich wie verrückt und du warst die ganze Zeit hier. Seid ihr jetzt zusammen, oder was? Herzlichen Glückwunsch aber auch.«

»Quatsch«, sagte Simon. »Lily wohnt nur hier.«

»Du hast mich auch nicht gesucht. Du bist zu Hause gesessen, hast dich besoffen und bemitleidet«, bemerkte Lily treffend.

»Aber ich hab dabei an dich gedacht.«

»Na toll.«

»Ich kann ja auch wieder gehen«, sagte Jo und wollte zur Tür.

»Nein«, sagte Simon. »Schluss jetzt, verdammt noch mal. So geht das nicht mehr weiter. Die Sache wird jetzt geklärt.«

»Ich zieh mich an«, sagte Lily und verschwand in Simons Schlafzimmer.

Simon drückte Jo auf einen Stuhl und setzte sich daneben.

»Also. Raus mit der Sprache«, sagte Jo. »Wie lange kennt ihr euch schon?«

»Seit letztem Winter«, sagte Simon. »Ich hab Lily im Elektrolyte kennengelernt. Du hast ihr gerade den Laufpass gegeben und bist zu deiner Mim zurück. Und Lily war fix und fertig.«

»Das hat sie dir erzählt?«

»Nicht sofort. Aber so nach und nach. Na ja, wir haben uns angefreundet. Aber sie wollte nicht, dass ich mit dir über sie rede. Sie wollte nicht, dass du erfährst …« Er unterbrach sich, um sich eine Zigarette anzuzünden.

»Was sollte ich nicht erfahren?«, fragte Jo.

»Wie traurig sie ist. Wie sehr sie dich liebt.« Simon blies den Rauch gegen die Zimmerdecke.

»Aber jetzt erzählst du's mir doch.«

»Weil es jetzt genug ist. Erst diese blöde Tussi mit ihrer Entführung und dann wird dieser Holm ermordet und die Reporter und der ganze Scheiß. Und nun der Stress mit dir. Lily packt das nicht mehr. Sie säuft zu viel«, sagte Simon. »Und wenn ich das schon sage, dann ist es wirklich ernst.«

Jo schwieg. »Ich liebe sie auch«, sagte er dann.

»Ich weiß«, sagte Simon.

»Aber das glaubt sie mir nicht.«

Die Wohnungstür knallte ins Schloss. Danach hörten sie Schritte im Treppenhaus, die sich rasch entfernten.

»Sie ist weg«, sagte Jo erschrocken.

»Und jetzt?«, fragte Simon. »Willst du ihr nicht nach?«

Er lief die Treppen so schnell nach unten, dass er ein paarmal fast stürzte. Als er auf die Straße trat, war Lily trotzdem weg. Er rannte aufgeregt ein Stück die Straße hoch und dann wieder zurück und in die andere Richtung, aber es fehlte jede Spur von ihr.

»Verdammt!«, brüllte er so laut, dass sich eine ältere Dame auf der anderen Straßenseite empört nach ihm umdrehte.

»Schrei doch nicht so.« Er fuhr herum und sah Lily, die im Eingang einer Bäckerei lehnte, ein schiefes Grinsen auf dem Gesicht.

»Da bist du ja.« Er war so erleichtert, dass seine Stimme brach.

»Da bin ich«, sagte Lily. »Was gibt's?«

»Lily, ich … Es tut mir so leid. Ich war ein solcher Idiot, ein Volltrottel. Ich hab dich hängen lassen. Ich hab dich so schlecht behandelt. Dabei …«

»Dabei was?« Sie kam ein Stück auf ihn zu, trat von der Stufe vor der Bäckerei zu ihm auf die Straße, trat vor ihn hin und raubte ihm den Atem. Dieser Duft nach Vanille und Kokos.

»Dabei liebe ich dich«, sagte Jo. »Nur dich und immer nur dich.«

»Das ist gut«, sagte Lily. »Ich liebe dich nämlich auch. Aber das …« Sie kam noch näher. »… weißt du ja schon.«

Epilog

Verliebtsein im Frühling. Das war noch schöner als Verliebtsein im Sommer, Herbst und Winter. Jo legte seinen Arm um Lily und roch ihren Duft, von dem er immer noch nicht wusste, woher er stammte. Das Parfüm, das sie benutzte, roch ganz anders.

Ein Rätsel. Wie vieles andere an Lily auch. Das eine oder andere würde er im Laufe der Zeit noch ergründen, aber das meiste würde ihm immer rätselhaft bleiben, da machte er sich keine Illusionen.

»Guck mal, wie schön.« Lily blickte verträumt auf ein blaues Blumenbeet. »Veilchen sind meine Lieblingsblumen.«

»Das sind keine Veilchen. Das sind Vergissmeinnicht«, sagte Jo.

»Na, dann eben Vergissmeinnicht.« Sie stellte sich auf die Zehenspitzen und gab ihm einen Kuss.

»Oh«, sagte eine Frauenstimme neben ihnen. »Hallo! Ich hätte Sie ja fast nicht wiedererkannt.«

Eine große Dunkelhaarige, die mit einem Mann auf einer Parkbank saß. Und vor ihnen ein Kinderwagen.

»Hallo?«, sagte Jo. »Verwechseln Sie uns vielleicht?«

Die Frau lachte und stand auf und trat auf ihn zu. »Fröhlich«, sagte sie. »Kriminalkommissarin.«

»Wow«, sagte Lily. »Neue Haarfarbe, neue Frisur. Steht Ihnen viel besser, das muss ich echt sagen.«

»Und neues Kind«, sagte Jo. »Ist das Ihres?«

»Seit zwei Wochen.«

»Herzlichen Glückwunsch«, sagte Lily. »Junge oder Mädchen?«

»Ein Mädchen. Sie heißt Ella.«

Sie bewunderten die Kleine, deren Köpfchen fast so rot war wie früher Frau Fröhlichs Haare.

»Ihnen geht es gut«, sagte Frau Fröhlich. »Das sieht man.«

»Besser als Myriam auf jeden Fall«, erklärte Jo.

Vor wenigen Tagen war ihr Prozess zu Ende gegangen. Man hatte sie zu vier Jahren Haft wegen schweren Betrugs verurteilt.

»Ist ja schwer vorstellbar. Mim im Knast«, meinte Lily.

»Das wird auch nicht passieren«, sagte Jo. »Ihre Anwälte gehen jetzt erst mal in Berufung und am Ende kommt sie mit einer Bewährungsstrafe davon. Und dann kommt sie ganz groß raus. Dass sie schauspielern kann, hat sie jetzt ja wirklich bewiesen.«

»Mir ist das egal«, sagte Lily.

»Mir nicht«, sagte Frau Fröhlich und seufzte. »Aber das liegt nicht mehr in meiner Hand.«

»Was ist mit Kathrin Binder?«, fragte Lily. »Ihr Prozess hat noch gar nicht angefangen, oder?«

»Es geht aber in Kürze los.«

»Sie tut mir leid«, sagte Lily. »Auch wenn sie Erik umgebracht hat. Aber irgendwie ist sie selbst ein Opfer.«

»Ein reiches Opfer«, sagte Frau Fröhlich.

»Ist das Lösegeld immer noch nicht aufgetaucht?«, fragte Jo.

Sie schüttelte den Kopf.

»Aber Sie gehen davon aus, dass Kathrin es hat«, meinte Lily.

Ein Schulterzucken.

»Ach so. Dazu dürfen Sie mal wieder nichts sagen.«

»Zwei Millionen, die im Grunde niemanden gehören«, sagte Jo. »Und die jetzt irgendwo rumliegen. Faszinierende Vorstellung.«

»Finde ich auch«, sagte der Mann, der neben Frau Fröhlich auf der Bank gesessen hatte und nun zu ihnen trat. »Sehr verlockend. Vielleicht sollten wir uns mal auf die Schatzsuche machen.«

»Also wirklich«, sagte Frau Fröhlich. »Ich hab mich wohl verhört. Du bist jetzt mit einer Polizistin verheiratet. Schon vergessen?«

Danksagung

Düsseldorf, im März 2014

Am Ende dieses Buches bleibt mir eigentlich nur eins zu sagen: Danke!

An alle, die mir beim Plotten, Grübeln, Recherchieren und Schreiben geholfen haben:

Allen voran Cathrine Maus von der Abteilung Öffentlichkeitsarbeit des Kölner Polizeipräsidiums. Sie hat meine Fragen zur polizeilichen Ermittlungsarbeit mit großer Kompetenz, unglaublicher Geduld und sehr viel Humor beantwortet. Mit meinen ständigen Mails und Anrufen bin ich mir irgendwann selbst auf die Nerven gegangen, falls es Frau Maus genauso ging, hat sie es mich nie spüren lassen. Vielen Dank dafür!

Rechtsanwalt Ferdinand Dahlmanns war mein Beistand in allen strafrechtlichen Fragen. Dank ihm weiß ich endlich, wann man Computer beschlagnahmen, Telefone abhören, Verdächtige verhaften und Türen eintreten darf.

Ansgar Mayer hat mir das mit dem Streamen erklärt und beim Titel-Brainstorm geholfen. ("Webcam des Todes" ist ein toller Titel, wirklich. Genau wie "Deathstream". Nur vielleicht nicht für dieses Buch ...)

Dr. Christian Duwe hat als Psychiater mal wieder die richtigen Diagnosen gestellt und die richtigen Medikamente zum richtigen Zeitpunkt verschrieben.

Ich danke meinen Testlesern Ralph Bayer, Christine Kahlhöfer, Ida Kretschel, Ruth Mayer und Conny Possin, meiner Agentin Birgit Arteaga, die das Manuskript inzwischen vermutlich auswendig kann, und natürlich nicht zuletzt, sondern vor allem: meiner Lektorin Susanne Bertels von Script5. Die kriminelle Energie, mit der sie mir beim Entführen und Morden geholfen hat, war wirklich … äh … beeindruckend. Die Zusammenarbeit hat auch bei unserem zweiten Buch riesigen Spaß gemacht!

Alle Fehler im Text sind natürlich allein mir und meiner Einfalt zuzuschreiben.

Gina Mayer